현대시의 생태론

김지연

국학자료원

서문

강산이 변할 만큼의 시간이 흐르고서야 논문들을 묶어낸다. 변화의 속도가 옛날과는 다르다는 사실을 감안한다면, 논문은 상전벽해의 세월을 온몸으로 끌어안은 채 덕지덕지 눌어붙은 시간의 더께 속에 묻혀 있었을 법하다.

생태계 모든 존재가 상생할 수 있는 생태적 지향점을 마련하기 위해 인류가 변화해야 한다는 점은 분명하다. 인간에게서 비롯된 환경과 생태문제가 이미 인간 스스로에게 총구를 되돌려 놓고 있을 만큼 위태롭고 절박한 상황에 놓여 있기 때문이다. 이런 맥락에서 볼 때 생태주의적 움직임들은 우리 자신을 구원하기 위한 자구책에 지나지 않을 수도 있다.

생태주의는 우리가 직면한 환경 파괴와 생태 위기에 대응하기 위한 목적성을 갖고 태동하였다. 표층생태학이 인류 중심의 근시안적 환경 운동에 머물러 있었다면, 심층생태학은 그 기저에 깔린 인류 중심적 세계관에 대해 문제를 제기하고 새로운 패러다임을 제시하였다는 점에서 차별화된다. 알려진 바와 같이 심층생태학은 1973년 네스Arne Naess의 논문 '표층생태운동과 심층적이고 멀리 보는 생태운동'에서 발표한 7가지 원칙을 활동의 바탕으로 삼고 있다. 이후 생태학적 비전을 제시하고 조화로운 세계를 이루려는 다양한 노력이 지속해서 이어지게 된다.

시는 인간과 호흡해온 유구한 역사를 가지고 있는 박물 장르이다. 그것 자체가 유물이며 고고학적 가치를 갖고 있다고 해도 과언이 아니다. 시는 인간을 증언하고 자연을 증언하며 우리가 걸어온 역사를 증언해왔다. 그 모든 것들이 시의 소재이자 제재이므로 시 속에는 삶의 모든 것이 들어 있을 수밖에 없다. 현재 우리가 직면한 생태적 위기 역시 삶의 일부로서 시의 제재가 된다. 주위를 둘러보면 온통 상처 입은 것들의 한숨과 신음 소리가 흘러넘친다. 강이 오염되고 산이 파괴되며 도로가 꺼지고 사람들이 고통 받고 있다. 이러한 위기 상황 속에서 시란 무엇이며, 시가 할 일은 무엇인지를 고민하는 것은 지극히 자연스러운 일이다.

그런데 '시의 역할'에 비추어 생태주의 시를 바라보는 일은 그리 녹록지 않다. 시란 저절로 자신의 가치를 발산하는 유물처럼 그것 자체로써 감화를 주는 것이라고 믿어왔다. 실제로 시는 독자에게 감동을 줄뿐 아니라 독자의 감정적 변화와 깨달음까지 이끌어낸다. 이 결과를 의도된 목적성에서 비롯된 것이라고 보기는 어렵다. 오히려 그것은 자연스러운 마음의 변화라고 보는 게 타당할 것이다. 그렇다면 그러한 시의 성격은 생태주의의 목적지향성과 어우러지기 쉽지 않을 터이다.

이 책에는 그 고민의 흔적들이 배어 있다. 시의 존재 의미에 대한 개인적 편견과 생태주의의 지향성 사이에서 스스로 찾아낸 해답은 '시를 통해서 찾으라'는 것이었다. 아무리 훌륭한 메시지를 담고 있다 할지라도, 감동을 주지 못하는 시는 유리창 너머 전시품으로 전락하기 마련이다. 하지만 독자의 마음을 움직인 시는 독자의 삶을 크게 변화시키기도 할 것이다. 시로 인한 변화는 독자가 누릴 수 있는 커다란 즐거움이다.

본문 중 작품 몇 편은 동일 작품인데도 각각 다른 관점에서 재해석되고 있어 소소한 재미도 느낄 수 있으리라 본다. 이 소박한 책이 나오기까지 도움을 주신 분들께 머리 숙여 깊은 감사의 말씀을 올린다.

목차

1. 한국 현대 생태주의 시

2. 생태여성론의 대두

3. 생태론, 그 너머

◆ 1. 한국 현대 생태주의 시

1—1. 서론

1) 연구 목적

산업화 이후 급속도로 발전한 근·현대 문명은 인간에게 편리를 가져다주었다. 그러나 부정적인 측면 역시 드러나고 있다. 문명사회의 구조 속에서 인간의 욕망은 더욱 이기적으로 변질되었는데, 이것을 가능케 한 것은 인간중심주의적인 자연관이라 할 수 있다. 인간중심주의적 자연관은 인간과 자연의 연대보다는 인간이 자연 위에 서서 이것을 이용할 수 있는 정당성을 제공해 왔다. 생태·환경 위기의 비극적 현실은 인간과 자연의 평화로운 연대가 깨지면서 야기된 결과라 해도 과언이 아니다.

환경·생태 위기에서 촉발된 생태학적 관심은 자연스럽게 문학 전반의 창작과 논의로 이어졌다. 그러나 이 문학적 대응이, 단지 전 세계에 불어닥친 생태학적 조류의 영향 때문만은 아니다. 문학은 삶의 과정에서 겪게 되는 다양한 감성과 실존 의식을 반영한다. 이 안에는 시대상과 현실 인식이 고스란히 담겨 있기 마련이다. 곧 생태주의 문학에서 문제삼는 것은 현실의 가장 절실한 당면 과제인 환경 파괴와 생태계 위기이다. 이와 같은 부정적 현실 인식을 바탕으로 바람직한 지향점을 도출하고자 하는 노력이 문학을 통해 드러난다.

문학 장르 중에서 특히 시는 작품 속의 전후맥락에 의해 언어 의미가 규정되는 상호관계성이 뚜렷하다는 점에서 생태적이라 할 수 있다.[1] 또한 제반 생태론의 논리적 진술이 이끌어내지 못한 내용을 은유적 진술을

---

[1] 임도한, 『한국 현대 생태시 연구』, 고려대 박사학위 논문, 1999, 24쪽. 문학 작품에서 작품 내적 관계성으로 인해 생태학적 친연성을 갖는다는 견해는 다음의 연구물들에서도 찾을 수 있다.(박이문, 「생태학과 예술적 상상력」, 『철학전후』, 문학과 지성사, 1993, 311~326쪽; 이은봉 「시와 생태학적 상상력」; 신덕룡 편, 『초록 생명의 길 Ⅱ』, 시와사람사, 2001, 349~382쪽)

통해 직관적으로 표현할 수 있다는 가능성도 열려 있다. 생태주의 시의 은유적 전망이 오히려 본질을 지적할 수도 있다는 견해다. 형식적인 측면에서도 시가 다른 문학 장르에 비해 현실 문제에 민감하게 반응할 수 있는 장점이 있다. 이 연구는 이와 같은 점들을 근거로 하여 생태주의 시를 연구의 대상으로 삼고 있다.

생태주의 시는 현실의 위기의식에서 출발한다. 그러나 부정적인 현실 인식을 토로하는 데 그치지 않고 대안을 모색하려 한다는 점에서 새로운 면모를 보여 준다. 과거의 문학사를 보면 현실 문제에 천착했던 문학 작품들 중에서 이데올로기의 흐름에 치중된 예를 쉽게 찾을 수 있다. 사회적 모순과 부조리를 바라보는 시인의 현실 인식만 강조됨에 따라 미학적 측면에서는 미흡한 경우가 적지 않았던 것이다.

그런데 일부 환경시를 제외한 생태주의 시는 사회적 기능 못지않게 미학적 가치를 내포하고 있어서 주목된다. 따라서 이 연구에서는 사회의 연속선상에서 생태주의 시의 가치를 논의하는 것은 물론, 자칫 논의에서 간과되기 쉬운 미학적 가치에도 초점을 맞추고자 한다. 생태주의 시가 위기 현실에서 비롯된 생태의식을 근거로 하여 창작된다고는 하지만, 문학 작품으로서 예술적 측면을 경시할 수 없기 때문이다. 사회적 제현상들과 복합적으로 이어진 연결고리를 전제로 해서 작품 내적인 문제 곧 생태적 상상력과 시적 비유, 이미지의 분석을 통해 생태 지향의 모색 과정을 다각적으로 살펴보고자 한다.

연구자는 이 연구를 통해서 인간과 자연간의 관계에 대한 깊은 성찰과 새로운 관계 정립의 필요성이 부각되기를 기대한다. 또한 생태주의 시의 주제 편향에 따른 도식화 우려와 각계에서 일고 있는 생태주의의 천편일률적 경향을 불식시키는 새로운 분기점이 마련되기를 기대해 본다.

2) 연구사 개관

한국 현대문학사에서 환경 파괴와 생태 위기에 대한 관심이 시로 표출되기 시작한 것은 1969년 발표된 김광섭의 「성북동 비둘기」부터이다. 이 작품은 1960년대 이후 경제 성장의 결과로 빚어진 환경 파괴가 문학에 반영된 결과로 볼 수 있다. 그러나 본격적으로 생태문학 작품의 창작과 논의가 활발하게 이뤄지기 시작한 것은 1990년대에 이르러서이다. 환경 파괴와 생태 위기라는 현실적 문제가 심각하게 대두된 만큼, 생태주의 문학에 대한 논의는 문단 전반으로 급속히 번져나갔다. 이 이면에는 1970~1980년대에 확산된 이데올로기적 성향의 주류에서 벗어나 새로운 담론으로서 변모를 꾀한 면도 없지 않다.

여기에서는 선행 연구들 중 주목할 만한 몇몇 담론과 생태주의 문학에 대한 명칭, 그리고 유형 분류의 문제에 대해 언급하고자 한다.

우선 생태주의를 반영한 문학을 지칭하는 용어의 문제를 요약하면 다음과 같다. 시에서는 '생태시', '환경시', '생태환경시', '생명시', '녹색시' 등의 명칭이 사용되고 있다. 최동호는 '생태지향시'라는 상위 개념을 '민중적 생태지향시', '전통적 생태지향시', '모더니즘적 생태지향시' 등 세 가지 하위 개념으로 구분한다. 송희복과 임도한, 정효구는 '생태시'라는 용어 개념을 사용하는데, 송희복은 '생태시'라는 용어 아래 '생태적 문명비판시'와 '정신주의 시', '생태적 서정시'로 하위 유형을 나누고 있다. 그 밖에, 남송우의 '환경시', 신덕룡의 '생명시', 김욱동·이남호의 '녹색시', 이숭원의 '생태환경시' 외 명칭들도 모두 변별력 있는 분명한 의미 정립 없이 유사한 의미로 혼용되고 있다.

최동호는 현재까지 거론된 생태문학의 문제점을 두 가지로 요약한다.[2] 첫째 생태문학이 지나치게 현장적이고 소재적이며 산발적이라는 점이다.

---

2) 최동호, 『디지털 문화와 생태시학』, 문학동네, 2000, 89쪽.

둘째 전통사상과 현대의 생태문학론이 긴밀하게 접맥되지 않았다는 점이다. 따라서 그는 전통사상에서 생태문학이 앞으로 나아가야 할 어떤 이론적 근거를 찾는다면 생태문학이 더욱 확고하게 뿌리를 내리게 될 것이라고 주장한다. 그는 동양의 인간관에 대한 기존의 견해들을 토대로 하여 기계문명의 모순과 부조리를 극복할 수 있는 '신인간'의 역사철학적 의미와 과제를 역설한다. 곧, "인간의 자유는 책임과 결합되지 않을 때 그 존엄성을 유지할 수 없다는 자각이야말로 새로운 세기를 맞이하는 신인간의 존재 근거가 될 뿐만 아니라, 문학적 탐구의 목표가 된다."[3]는 것이다.

그는 환경·생태시가 이미 문학사적 의미망 안에 포섭되어 있다고 보고 그 유형을 세 가지로 가름하고 있다.[4] 첫째, '민중적 생태지향시'의 경향은 환경오염의 고발에서 시작하여 문명 비판, 체제 비판적 성향을 내포하고 있는 것인데 민중시인 신경림·김지하 등이 이에 속한다. 둘째, '전통적 생태지향시'의 경향은 순수 서정시에 뿌리를 내리고 있으며, 정신과 물질을 구분하려 하지 않는 자연관을 바탕으로 하고 있다. 이 자연관에 깊이 자리 잡고 있는 것은 인간에 대한 신뢰이다. 그런데 물신주의의 가속화와 생태계 파괴의 결과 그 신뢰가 흔들리는 데 대한 반작용으로 시적 창작의 계기가 주어진다고 한다. 이러한 경향을 띠는 시인은 이형기, 이수익, 이문재 등이 있다. 셋째, '모더니즘적 생태지향시'의 경향은 시대 변화의 선두에서 새로운 감각을 새로운 기법으로 구사하고자 하는 모더니즘 취향의 작품들을 가리킨다. 최동호는 이들의 시적 성향이 식민치하나 1950년대의 그것과는 달리, 좀 더 주체적인 시각에서 자신의 시세계를 펼쳐나갈 내적 능력을 축적했다고 평가한다. 이하석, 정현종, 최승호 등이 세 번째 경향에 속한다.

---

3) 최동호, 위의 책, 102쪽.
4) 최동호, 「21세기를 향한 에코토피아의 시학」, 신덕룡 편, 『초록 생명의 길』, 시와 사람사, 1997, 264~288쪽 참고.

그러나 최동호의 분류 방법에 대해서 크게 두 가지 반론이 제기된다.[5] 첫째, 한 시인의 작품 경향은 어느 하나로 분류할 수 없다는 것, 둘째, 지나치게 기존의 시사적 갈래의 틀에 의거하고 있다는 것이다. 최동호의 분류 방법이 시사적 연속성을 확보하고 있기는 하지만, 생태주의 시의 생태적 상상력과 주제 등 내적 분류 기준에서 미흡한 측면이 있는 것은 사실이다.

송희복은 불교사상을 바탕으로 해서 작품 속의 생명의식을 탐구하고 체계화시킨다. 그는 '생태적 상상력'이 문학·비문학권에서 보편화되어 가고 있다는 데 동의하고, 이를 전제로 생태적 상상력에 근거를 둔 시적 경향을 생태시라 명명한다. 그가 생태환경에 대한 인식 방법에 따라 분류한 생태시의 세 가지 유형은 다음과 같다.[6]

1990년대 초반 한국시의 한 흐름을 형성한 환경시는 '생태적 문명 비판시'이다. 이것은 훼손된 자연 및 파괴된 생태계를 사실적·풍자적·상징적으로 묘사함으로써 오손과 파괴의 주체인 인간을 고발하는 시, 기형적 문명시대에 살고 있다는 사실을 인간 스스로 끊임없이 확인하게 하는 시 등으로 개념화될 수 있다. '정신주의 시'는 생태적 문명비판시에 첨예하게 대립하는 경향이며 1990년대 초반 황동규, 김지하, 조정권 등 동양적 초월의 세계에 침잠하였던 일군의 시인들 작품을 가리킨다. 앞의 두 경향을 상호보완적으로 아우르기 위해 분류한 제3의 경향이 바로 '생태적 서정시'이다. 생태적 서정시는 문명파괴적 종말론 혹은 자연에의 초절적超絶的 귀의·숭배 모두를 동시에 제어한다. 이러한 생태적 서정시는 인간과 자연, 생물과 환경, 생명과 생태계 사이의 조응과 교감, 경이로운 생명의 신비, 그 행복의 정서를 노래하며 공생공존의 원리에 근거를 둔 세계의 질서에 매우 호의적이고 희망적인 반응을 보인다.

---

5) 최동호, 『디지털 문화와 생태시학』, 앞의 책, 88쪽.
6) 송희복, 『생명문학과 존재의 심연』, 좋은날, 1998, 36~42쪽 참고.

그는 특히 '생태적 서정시'의 경향에 대해 일반적인 개념으로써 '생명시' 혹은 '생명시학'이라는 용어를 사용한다. 그는 '생명시(학)'와 불교가 친연성을 맺고 있는 이유를 두 가지로 설명한다.[7] 첫째는 생태적 서정시가 지향하는 이념·방식과 세계관이, 불교에서 사유의 궤적을 구성하고 세계를 해석하는 방식과 매우 흡사하다는 사실이다. 둘째는 서구의 근대성에 입각한 문학관에 뿌리내린 이분법적 수사, 루카치·바슐라르류의 유물론적 상상력으로는 오묘한 생명의 신비를 이해하는 데 분명히 한계가 있다는 사실이다. 이러한 이유에서 그는 생명시가 불교, 넓게는 동양학에 근거를 둔 문제 해결적인 인식틀로 인해 새로운 세계 해석의 전환점, 환경문학의 신기원이 될 전망을 제시하고 있다고 설명한다.

송희복이 동양사상을 토대로 해서 '생명'에 관심을 갖고 작품 속의 생명의식을 탐구하는 것은 의미 있는 일이다. 그러나 그 접근 방법의 측면에 대해서는 이론이 제기될 수도 있다. 곧 동양철학에 근거를 둔 접근 방법은 자연 존재와 자연 현상을 너무 신비적으로 바라보게 할 뿐만 아니라 자연에 대한 인간의 책임을 도외시한다는 약점을 갖고 있다. 목적성을 띠는 생태주의적 실천 방향에 다소 부정적인 영향을 미칠 수 있다는 우려가 나타날 수도 있다.

정효구는 우주 전체가 하나의 살아 있는 유기체라는 관점에서 '우주공동체'라는 용어를 사용한다. 곧, 우주 전체는 서로 공생의 관계, 조화의 관계, 합일의 관계를 전제로 한다는 것이다. 그는 이 시대가 陰 혹은 여성성의 힘을 필요로 한다는 전제 하에 이것을 회복하기 위한 효과적인 방법으로 노장사상과 불교사상을 든다. 무위자연의 도를 근본원리로 삼는 노장사상과 무집착·무소유, 무아·공을 근본으로 삼는 불교사상을 통하여 이 시대가 여성성의 힘을 발휘할 수 있고, 나아가 유기체적인 균형에 도

---

7) 송희복, 위의 책, 42쪽.

달할 수 있다8)는 것이다. 또한 그는 생태 위기 문제 앞에서 시인들이 현실에 대한 진지한 성찰을 바탕으로 해서 생태시를 써야 한다고 말한다. 또한 생태시가 목적성 때문에 상상력이 저해되고 도식성을 띠기 쉬우므로 이 도식성의 위험을 경계해야 한다고 주장한다.

정효구가 '여성성의 힘'을 강조하고 '여성성 회복'을 주장하는 것은 "이 시대가 남성성의 극단적인 횡포에 의하여 균형과 조화를 상실"9)하였다는 인식에서 나온 것이다. 궁극적으로 그가 바라는 것은 여성성이 남성성의 우위에 존재하는 것이 아니라, 여성성과 남성성이 균형과 조화를 이룬 세계이다. 그러나 이 주장은 양의 힘 곧 남성적인 것에 대한 그의 부정적 견해로 인해 페미니즘 일부의 편견으로 와전될 여지도 있다.

이남호는 '녹색문학'의 개념을 제시한다. 우리가 의지하고 지향해야 할 유일한 이념이 녹색이념이라면, 현실에 입각한 문학이념도 녹색이념이어야 한다는 게 그의 주장이다. 따라서 녹색문학은 "자체의 방식으로 녹색이념의 가치와 미학을 추구하고 실현하고 확산하는 문학"이다. 그는 문학이 어떤 이념이나 선전 수단은 아니지만, 녹색문학이 가능한 이유를 다음과 같이 제시하고 있다.10) 첫째, 녹색이념은 기존의 이념과 달리 그 지향하는 가치가 보편적이고 포괄적이다. 녹색이념은 인간에 의해 설계된 세상을 도모한다기보다는 자연 속에 이미 내재하는 가치와 질서와 미학을 존중하고 추구하는 인간의 삶을 지향한다는 점에서 그 이념적 성격이 희미하다. 둘째, 문학은 존재하는 모든 것들에 대한 사랑과 연민의 정신이므로 본질적으로 녹색이다. 셋째, 문학의 중요한 특성이 지식과 깨달음을 주는 이외에 감성을 계발한다는 관점에서 의식적으로 자연의 가치와 질서와 미학을 되찾아 확산시키려는 녹색이념과 잘 어울린다.

---

8) 정효구, 「우주공동체와 문학」, 『초록생명의 길』, 앞의 책, 113쪽 참고.
9) 정효구, 위의 책, 112쪽.
10) 이남호, 『녹색을 위한 문학』, 민음사, 1998, 20~22쪽 참고.

이남호는 녹색이념의 생태주의 중에서도 심층생태학에 관심을 기울이고, 녹색문학이 비인간중심주의적인 심층생태학과 친화성이 높다고 주장한다. 계몽주의 이후의 인간중심주의가 오늘날 생태 위기의 근본 원인인만큼, 심층생태학의 비인간중심주의는 녹색문학의 첫 화두일 수밖에 없다는 것이다. 김욱동 역시 이와 비슷한 주장을 전개하고 있는데, 이남호는 비인간중심주의를 무조건 주장하는 것보다 '약한 인간중심주의'가 오히려 공생의 자연 질서에 더 순응하는 태도라는 입장을 견지하고 있다.

김욱동은 포스트모더니즘 연구의 연장선상에서 문학생태학에 대한 고찰을 시도한다. 그는 생태주의의 기본 개념에 따라 이 우주에 존재하는 모든 것들은 평등하다고 보았다. 이러한 생태주의에 근거를 둔 문학생태학은 생태학보다는 생태주의를 표현하는 문학[11]이며, 여기에는 환경문학과 생태문학, 좀 더 넓은 의미에서 자연을 소재나 주제로 삼는 자연문학까지 포함할 수 있다. 이와 같이 자연문학을 넓은 의미의 문학생태학에 포함시킨다고는 하지만, 전원시처럼 자연에 대해 인간중심적인 관점에서 묘사하고 예찬하는 문학을 제외하고 있다는 점은 재론의 여지가 있다. 김욱동 역시 '녹색문학'이라는 명칭을 사용한다. 그는 생태주의를 받아들이는 환경문학, 생태문학 그리고 자연문학을 '녹색문학'에 포함하고 있다. 특히 '탈춤'의 생태적 가치를 논하고 있어서 주목된다. 또한 그는 생태주의 문학의 연장선상에서 '생태페미니즘'을 관심사로 올려놓는다.

그런데 이남호와 김욱동이 사용하는 '녹색문학'이라는 개념은 그 자체가 비유적인 표현이기 때문에 용어의 혼란을 일으킬 수 있다는 우려가 남는다.

신덕룡은 '생명'의 문제를 생태적 지향의 화두로 삼고 있다. 생명의 문제는 이남호, 김욱동도 논의하긴 하였으나, 녹색문학론 속에 뭉뚱그려져 있어서 독립적으로 조명 받지 못한 논제였다. 그는 『초록 생명의 길』,

---

11) 김욱동, 『문학생태학을 위하여』, 민음사, 1998, 33쪽.

『초록 생명의 길Ⅱ』,『생명시학의 전제』등 일련의 저서를 통해서 '생명'을 생태주의 문학의 핵심 논제로 부각시켜 놓는다.

「생명시 논의의 흐름과 갈래」에서 그가 상정한 생태 위기에 대한 시적 대응의 특징은 다음과 같다.[12] 첫째, 우리나라 생명시의 논의는 정치적 변화와 밀접한 관련을 지닌다. 성장 이데올로기에 의해 환경 문제나 생태계 파괴를 경제 성장의 당연한 부산물로 여기던 1970~1980년대의 억압적 국가권력에서 벗어나게 됨에 따라, 문학에서도 계급적 시각을 극복하고 당면한 생태 위기 현실에 눈을 돌리게 되었다. 둘째, 생명문학에 대한 논의는 1990년을 계기로 해서 1990년대의 중요한 담론으로 자리잡게 되었다. 그리고 그 논의는 생태계 위기의 근본 원인을 어떻게 바라보느냐에 따라 시적 상상력의 내용과 시적 대응의 태도가 달라진다. 셋째, 생태시 분류에서도 시적 소재, 시인의 미래에 대한 전망, 시적 대응 등에 따라 그 분류가 다르게 나타난다. 넷째, 목적성을 띤 주제를 형상화하는 데서 과거 정치지향의 시에서 경시되었던 미학적 형상과 대상에 대해 좀더 진지한 접근을 하며 시인의 도덕적·윤리적 차원의 실천 역시 중요하다는 인식을 보여준다. 다섯째, 환경오염과 생태계 파괴를 다루는 시에 대한 명칭이 혼재한다. '생태환경시', '공해시', '생태시', '환경시', '환경생태시', '생명시', '녹색시' 등 다양한 명칭이 존재하며, 그 하위 갈래도 '생태적 문명비판시', '정신주의 시', '생태적 서정시', '민중적 생태지향시', '전통적 생태지향시', '모더니즘적 생태지향시' 등 다양하다. 이에 대해 신덕룡은, 적어도 상위 범주의 명칭은 통일되어야 한다고 주장한다. 그는『환경 위기와 생태적 상상력』(실천문학사, 2000)에서 생명시 차원을 뛰어 넘어 생명문학의 개념을 정립해놓기도 한다. 그러나 상위 범주와 하위범주에 대한 체계와 명칭 정리가 필요하다는 그의 주장은 그

---

12) 신덕룡,「생명시 논의의 흐름과 갈래」,『초록 생명의 길』, 앞의 책, 26~27쪽 참고.

자신의 연구물에도 똑같이 적용되는 과제이기도 하다.

장정렬은 『생태주의 시학』에서 '생태주의'와 '환경주의'의 입장 차이를 정리하고 있다. 그는 생태주의와 환경주의가 모두 환경에 대해 관심을 보이고 있다고 설명한다. 그러나 환경주의와 달리, 생태주의는 환경 보호와 관련해서 근본적으로 사회·정치적 생활양식에서도 변화를 전제로 해야 한다고 주장한다. 이러한 입장에서 그는 '생태주의 시'라는 용어를 사용한다. 생태주의 시가 단순히 생태계 현실을 고발하는 데에서 나아가 정치·경제적인 기본 구조의 변화를 지향하며, 인간 의식의 변화를 꾀하고 미래에 대한 전망을 제시해야 한다는 것이다. 그는 근대화 초기 생태계 파괴를 다룬 시들이 생태주의에 대한 구체적인 인식이 없었음을 인정하면서도, 이것들을 생태주의 문학의 논의 대상에 포함하고 있다.

그는 현대시에서 생태주의 시로 간주할 수 있는 작품의 유형을 세 가지로 구분해 놓는다.[13] 첫째, 생태계 파괴의 실상을 고발하고 비판하는 시, 둘째, 현대 생태계의 위기와 그 원인의 규명에 주력하는 시, 셋째, 생태적·유기체적 세계관을 바탕으로 해서 자연과 인간의 교감을 형상화하여 총체성 회복을 추구하는 시 등이다.

장정렬이 제시한 생태주의 시의 범위를 보면 생태주의에 대한 구체적 인식이 없는 작품들까지 이 범위에 포함하고 있어서 모순이 드러난다. 또한 하위 유형 구분의 기준이 주제에 치우쳐 있는 것도 지적할 수 있다.

임도한은 생태시의 범위를 생태환경 위기 현실을 고발하고 시의식의 생태적 전환을 강조하는 계몽성 짙은 작품으로 설정하고 있다. 그는 시의식의 생태적 전환을 강조하는 작품 경향이, 생태시의 초기적 특징이면서 생태시 창작에 임하는 시인들 개인의 초기적 특징임을 강조한다. 그는 이러한 초기의 계몽적 단계를 벗어난 작품들이 생태적

---

13) 장정렬, 『생태주의 시학』, 한국문화사, 2000, 32쪽.

인식을 창작의 토대로 하여 생태적 의식의 배양을 추구하는 작품 성향을 보이다가, 점차 동양적 사유체계 또는 생태신학적 사유와 같은 특정한 사상의 깊이를 더하여 그 나름의 생태적 대안을 모색하는 쪽으로 발전한다고 보았다.14)

 본 연구에서는 '환경·생태위기상을 고발하고 이것이 인간에게 얼마나 치명적인 해를 끼치는지를 일깨우는 환경시 뿐 만 아니라, 생태의식을 불러일으키는 데 훨씬 더 관심을 기울이는 생태시'를 포함하여 생태주의 시로 정의하고자 한다.15) 그런데 이렇게 정의하면 앞에서 살펴본 '생명시'에 대한 문제가 제기될 수 있다. '생명시'는 시사적으로 볼 때 생명파로 분류되는 일군의 작품들과 주제 지향 측면에서 구분의 경계가 명확치 않기 때문이다. 그러나 '생명시' 혹은 '생명시의 정신'이 생태주의 시의 근원에 자리 잡고 있다는 사실을 부인할 수 없는 만큼, 이것을 따로 하위 개념으로 구분할 필요는 없을 것이다. 임도한이 지적하고 있는 바와 같이 생명의 문제는 대부분의 생태시인들이 다루는 문제이다. 인간중심적 태도를 지양하고 모든 존재의 생명성을 인정하는 쪽으로 나아가는 것이 생태학적 자각으로 이어지는 흐름의 일반적인 성향이다.16) 생명시는 생태주의 시의 하위 개념의 성격이라기보다 오히려 생태주의 시 전체를 포괄하는 개념으로 보는 것이 적절하다고 생각한다. 따라서 이 연구

---

14) 임도한, 앞의 논문, 43쪽, 참고.
15) 김욱동은 '환경문학'과 '생태문학'을 다음과 같이 비교 설명한다. "환경문학은 환경 오염이나 자연 파괴의 실상을 고발하고 이러한 오염과 파괴가 인간 삶에 얼마나 치명적인 해를 끼치는지를 일깨우는 문학을 말한다. 한편 생태문학은 생태의식을 불러일으키는 쪽에 훨씬 더 많은 관심을 기울인다. 그러나 환경문제와 생태문제는 마치 종이의 앞면과 뒷면과 같아서 서로 따로 떼어서 생각하기 어렵다. 자연이 파괴되고 환경이 오염되는 것은 생태의식이 부족하거나 아예 없기 때문이다. 이와는 반대로 환경 오염의 심각성을 통하여 얼마든지 생태의식을 일깨울 수도 있다."(김욱동, 『문학생태학을 위하여』, 앞의 책, 39쪽 참고)
   연구자도 이와 일치된 견해를 바탕으로 하여 논의를 전개할 것이다.
16) 임도한, 앞의 논문, 105쪽.

에서는 '생태주의 시生態主義 詩'를 상위 개념으로, '생태시生態詩'와 '환경시環境詩'를 하위개념으로 설정하고 논의를 진행할 것이다.

3) 연구의 방법과 범위

문학은 시간과 공간을 초월하여 어느 사람에게나 공통적인 반응을 얻어낼 수 있는 '자율적 기능'과 이에 대립되는 시대성과 공간성을 지닌 '타율적 기능'을 발휘한다. 문학에 대한 수많은 관점들은 이 두 가지 기능 중에서 어느 하나의 기능을 중시한 결과에 따라 이루어진 것들이다.[17] 생태주의 시에 반영된 생태의식은 생태 · 환경 위기에 대한 부정적인 현실 인식에서 비롯되므로, 문학의 타율적 기능 중 특히 사회적 기능에 뿌리내리고 있다고 볼 수 있다.

큰 틀에서 이야기할 때 이 연구의 논의 방법은 사회학적 방법이라 할 수 있다. 시인은 현실 사회의 일원으로 존재하므로 작품과 사회는 어떤 형식으로든 관련을 맺을 수밖에 없다. 또한 모든 문학적 활동은 사회적 활동에 다름 아니며 모든 사회적 현상은 문학적으로 이해되고 문학 형식 속에 가둬둘 수 있다.[18]

문학 작품은 유기체적인 삶의 총체적 결과물이다. 이 연구에서는 기본적으로 사회학적 방법을 따르지만, 세부적인 논의 과정에서는 작품에 대한 생태학적 해석을 중시할 것이다. 생태주의 시가 생태 · 환경 위기에서 비롯된 생태의식을 근거로 하여 창작되고 있는 것은 분명한 일이다. 따라서 이러한 작품에서는 현 문명사회와 자연생태계의 부조리하고 황폐화한 단면들이 집중적으로 다뤄지고 있다. 이 주제는 산업화 이후 현대 사회에

---

17) 김병택은 문학의 타율적 기능 중 사회적 기능을 다시 비판적 기능, 도덕적 기능, 정치적 기능 등으로 세분하여 논의하고 있다.(김병택, 「문학과 사회」, 『한국현대시인론』, 국학자료원, 1995, 251쪽)
18) 김현, 『문학사회학』, 민음사, 1983, 34쪽.

서 야기된 자본주의, 과학기술의 발달과 인간 소외, 인간의 끝없는 욕망 등 무수한 갈래의 의미망으로 분화되어 광범위하게 사회 전반을 뒤덮고 있다. 이 모든 것들을 합리적으로 포괄하기 위해서는 생태주의 시에 대한 개념이 정의되어야 한다. 이 연구에서 논의할 생태주의 시는 '생태의식을 바탕으로 하여 인간중심적인 세계관에서 비롯된 현재 자연생태계의 여러 문제들을 성찰하고, 새로운 극복 방안을 모색하고 있는 시'를 가리킨다.

이 연구에서는 1960년대 후반 본격적인 종합 학문적 특성을 지니게 된 생태학과 문학의 관련성을 고려하여, 그 이후 생태의식에 근거를 둔 작품들 중에서 1980년대 이후 창작된 작품들을 중심으로 논의를 전개할 것이다. 전원문학의 전통에서 볼 수 있는 자연친화적 문학이나 동양적 세계관을 드러낸 고전 작품에서도 생태주의 문학적 의의를 찾을 수는 있지만, 이들을 생태주의 문학으로 인정하는 데에는 문제가 있다.[19] 현재 당면한 환경 · 생태 위기에 대한 인식이 생태주의 문학의 근거가 된다고 보기 때문이다. 따라서 과거의 작품들은 보다 거시적이고 포괄적인 맥락에서 어느 정도의 관련성만 인정해야 할 것이다.

이 연구에서 비중 있게 다뤄질 부분은 제Ⅲ장 '한국 현대 생태주의 시의 특성'이다. 시적 비유와 이미지 등은 각각 시를 통하여 특징적으로 구사되는 구성 원리이다.[20] 여기에 초점을 맞춘 이유는, 기존의 생태주의 시 논의에서 상대적으로 간과되어온 시적 비유와 이미지 등 작품 내적 가치의 측면까지 조명하고자 하는 의도 때문이다.

---

19) 임도한, 앞의 논문, 25쪽. 이와 유사한 견해들은 김욱동, 『문학생태학을 위하여』, 앞의 책, 277~289쪽이나 김용민, 「생태사회를 위한 시학」, 신덕룡 편, 『초록생명의 길Ⅱ』, 시와사람사, 2001, 37~40쪽에서도 엿볼 수 있다.
20) 많은 이론서들이 비유와 이미지를 시의 가장 큰 쟁점으로 인정하고 있는 것은 일치하지만, 과연 비유 그 자체를 구성 원리로 볼 것이냐 혹은 구성 요소로 볼 것이냐 하는 데는 합의점을 이루지 못하고 있는 것 같다. 이 연구에서는 그것들을 시적 구성 원리로 보고, 그 외 직유, 은유, 상징, 의인 등을 비유의 하위 개념으로 구분하여 논의를 전개해 나갈 것이다.

제Ⅲ장은 다시 '생물·비생물에 대한 물활론적 자연관', '생물·비생물 과의 교감을 통한 시적 비유', '모성성·식물성·광물성 이미지에 투영된 자연'으로 구분해 놓았다. 생태주의 시에 드러나는 物活論(범생명적 자연 관)에서 촉발된 관심을, 시적 비유의 문제와 접맥한 다음, 모성성·식물 성·광물성 이미지에 투영된 자연의 모습에서 재확인하고자 한다.

물활론적 자연관은 이 연구의 핵심 의미이다. 이 연구에서 논의하는 생 태주의 시의 특성들은 모두 물활론적 자연관을 바탕으로 하여 형성된다 는 사실을 밝혀 둔다.

'생물·비생물에 대한 물활론적 자연관'에서는 생태주의 시의 물활론 적 자연관을 살피고자 한다. 작품 속에서 생물과 비생물에 대하여 일반적 인 도출되는 생태주의 시의 특성을 논의될 것이다.

'생물·비생물과의 교감을 통한 시적 비유'는 이하석, 정현종, 강은교의 작품을 중심으로 논의를 진행할 것이다. 시적 역량을 토대로 하여 그들이 펼쳐내는 생태의식을 시적 비유의 측면에서 살펴보고자 하는 것이다. 의 인화를 중심으로 한 비유의 문제가 초점이 될 것이다.

'모성성·식물성·광물성 이미지에 투영된 자연'에서는 각각의 이미지 에 내포된 시인의 생태적 상상력을 살펴보고자 한다. 이 연구에서는 생태 주의 시에 드러나는 이미지를 크게 '모성성·식물성·광물성 이미지'로 나누고 있다. 이 이미지들이 생태 환경 위기 현실의 극복·치유 의지, 또 는 위기 현실에 대한 부정적·비극적 인식으로 드러남에 따라 각각 '에로 스'와 '타나토스'의 의미망으로 구분하고 그 성격과 지향성을 논의하고자 한다. 생태·환경 파괴가 시인의 상상력을 변용시킨다는 것은 명백하 다.21) 이와 같이 변용된 상상력은 작품 속에서 여러 이미지들을 형성한다. '모성성·식물성·광물성 이미지에 투영된 자연'에서는 생태주의 시에 드

---

21) 장정렬, 『생태주의 시학』, 앞의 책, 130쪽.

러나는 상상력의 변용 양상을 다양하게 반영하는 데 초점을 두어 논의하고자 한다.

1—2. 한국 현대 생태주의 시의 발생과 전개 과정

이 연구는 생태·환경 위기라는 현실적 당면 문제에 대하여 기본적으로 비인간중심주의적 입장[22]을 지향한다. 그렇지만 인간과 자연 존재물들 사이의 완전한 평등을 주장하는 심층생태론자들의 이상적 견해에 대해서는 이의를 제기하지 않을 수 없다. 인간과 인간 외 자연존재들이 서로 다르다는 것을 부인하기는 어렵다. 그 실체에 대해서 과학적·종교적으로 아직도 논의가 진행 중이지만, 서로 다르다는 것을 인정하고 객관화하는 작업은 이미 이원화된 현실을 반영한다. 인간은 생존하기 위해 어쩔수 없이 자연을 이용할 수밖에 없다. 뿐만 아니라 자연의 내재적 가치를 인정하고 존중한다고 하더라도 이것이 인간의 입장에서 비롯된 생각이라는 사실은 분명하다. 결국 인간은 환경과 생태계 위기에 처한 현 상황 속에서 자연과 조화를 이루는 방법을 모색하지 않을 수 없게 되었다.

이러한 전제 하에 전 지구적 환경·생태 위기에서 촉발된 생태학적 자각과 문학적 대응에 대해 살펴보기로 한다.

1) 한국 현대 생태주의 시의 문화적 배경

환경 문제가 심각하게 대두되면서 지구상에 살고 있는 인간은 물론 생태계가 파괴될 정도에 이르렀다. 로마 클럽은 1972년에 인간의 보편적 과

---

22) 이 연구에서 비인간중심주의는 '非'와 '人間中心主義'의 합성어적인 의미, 곧 인간중심주의에 반하는 의미이다. 그러나 이 용어가 생물중심주의를 가리키는 것은 아니다.

제를 제시하고 있는 「성장의 한계」라는 보고서에서 인구, 공업화, 환경 오염, 식량 생산 및 천연 자원의 이용이 현 추세대로 이어진다면, 지구의 성장은 100년 이내에 한계에 도달하게 될 것이라고 전망하였다. 그 중에서 대표적인 환경 위기의 실례는 지구 온실 효과와 프레온 가스(불화탄화수소) 등에 의한 오존층의 파괴라 할 수 있다. 따라서 생태학자들은 대기 온도의 상승이 아프리카 지역에서 사막지대를 확대하거나 평탄한 기후대에서 폭풍과 호우를 야기하고 습지와 건조지대를 뒤바꿔 놓는 등 예측 불허의 기후 변동을 가져오며 남북극 및 고산의 빙설을 녹여 해수면 상승을 초래할 것이라고 경고한다. 또한 과학자들은 오존층이 이대로 파괴되면 강한 자외선을 받아 식물들의 엽록소가 파괴되어 곡물 수확량이 급격히 줄어들 것으로 예측한다. 화학 폐기물로 인한 물과 공기의 오염, 원자력 이용에 따른 방사능 오염 등 환경 위기는 인간의 건강한 삶을 위협한다. 생태계는 교란되고 매일 100여종 이상에 이르는 생물들이 영원히 자취를 감추고 있다. 같은 맥락에서 다이옥신 파동과 환경 호르몬 문제를 거론할 수 있다. 이 물질이 인간의 활동을 통하여 배출되고 생물체 및 환경에 축적되어 미치는 영향 또한 간과할 수 없는 문제이다. 결국 환경 오염의 문제는 현세대의 문제로 그치는 것이 아니라 향후 미래 세대에까지 이어지며, 미래 세대에서 이것은 더욱 암담한 결과로 드러나게 될 지도 모른다.

　이러한 환경 위기에 직면하여 먼저 '생태계'란 무엇이고, 자연과 환경은 무엇을 가리키는 것인지에 대한 개념 정리가 필요하다. '생태계ecosystem'라는 말은 1935년에 영국의 탠슬리Tansley가 처음으로 제안했다. 초기에는 '生物群集 사이의 相互關係'라는 좁은 범주의 개념이었으나 현대에 이르러서는 '자연 현상을 물질의 순환이라는 커다란 전제 하에 해석하고 인간을 포함한 생물 및 비생물적 물질의 총체적인 상호순환 관계'를 의미하는 폭넓은 의미로 발전하게 되었다.[23] 다시 말해서 빛, 공기, 물, 토양, 기후, 지하자원 등의 비생물적 환경과 동·식물을 포함하는 생산자, 소비자, 분해자 등의 생물적 환경은 상호의존성에 입각하여 상호 순환구조를 갖게 마련이며, 상호 평형보존성에 입각한 균형상태를 유지하게 된다. 인간을 포함한 생물 및 비생물적 물질의 이러한 총체적 상호 순환관계를 생태계라 부른다.

'자연'의 개념은 포괄적인 것이어서 인간을 포함한 모든 존재를 총괄적으로 지칭한다. 요컨대 자연은 우주 전체, 아니 존재 전체를 단 하나로 통합하여 지칭하는 개념이다. '자연'이라는 개념은 '생태계'라는 개념의 한 측면을 나타내는 것으로 볼 수 있는 '환경'은 물론이고 '생태계'라는 개념보다도 더 포괄적인 개념이다.[24]

엄밀히 말하자면 자연환경 파괴 행위는 인류가 지구에 등장한 때부터 계속되어 왔다. 인류의 생존을 위한 수단으로 제한된 범위에서 이루어지던 자연환경 파괴는, 인구가 늘어나고 인간의 활동 범위가 확대됨에 따라 그 파괴 범위도 확대되었다. 지금과 같은 생태계 파괴 행위의 원인에 대해서 생태학자들은 흔히 인구증가, 과학 기술의 발달, 인간의 욕망, 산업혁명과 그로 인해 파생된 자본주의 등을 꼽는다. 그러나 근본적인 생태 위기의 원인은 인간중심주의적 세계관에서 그 뿌리를 찾아야 한다. 인간중심주의적 세계관에서는 전체론적인 시각 대신 자연을 이용의 대상으로

23) 주광렬, 『과학과 환경』, 서울대출판부, 1986, 89쪽.
24) 박이문에 의하면 환경은 흔히 산·바다·들·동물들을 지칭하는 자연환경, 모든 공산품·제도·사회 그리고 그 시대의 사상 등을 뜻하는 사회문화 환경, 농토로 변한 벌판이나 가축들을 지칭하는 인간화된 자연환경, 실내장치·가옥·공원·도시·조경 등을 의미하는 조작화된 환경 등으로 나뉘는데, 이러한 구분은 인간중심적 환경 개념을 전제로 한다. 그런데 환경이 인간중심적, 문화적인 개념이라면 생태계는 생물중심적, 생물학적 개념이다. 또, 환경은 원자적·단편적 세계인식 양식을 의미하고, 생태계는 유기적·총체적 세계인식 양식을 의미한다. 자연과 인간을 분리하는 인간중심적 사고를 전제로 한다는 점에서 환경 개념이 이원론적 형이상학을 함의한다면, 모든 생명의 뗄 수 없는 상호의존성을 강조하는 생태계라는 개념은 일원론적 형이상학을 반영한다.(박이문, 『문명의 미래와 생태학적 세계관』, 당대, 1998, 65~80쪽 참고)

보고 있으며, 인간이 자연의 일부로서 평화롭게 공생해야 할 존재라는 사실과 거리를 두고 있다. 인간중심주의의 밑바닥에는 모든 것을 이원론적으로 보는 태도가 자리잡고 있다. 자연을 지배하거나 착취해도 무방하다는 생각은 이러한 태도에서 비롯된다. 여기서 기독교적 세계관의 영향을 간과할 수 없다. 화이트Lynn White, Jr.는 1966년 미국의 과학진흥학회(AAAS) 모임에서, 자연에 대한 인간의 우월성을 강조한 유대 · 기독교적 자연관 때문에 자연 파괴가 일어났다고 주장했다. 기독교의 세계관에 따라 인간과 자연을 이원론적으로 바라보고 더 나아가 인간이 신의 뜻에 따라 자연을 지배하고 착취하는 것을 당연시하게 되었다는 것이다.[25]

인간 스스로를 자연의 일부로 인식하지 않을 뿐 아니라, 자연을 객체로 인식하게 되면서 인간과 자연의 순조로운 연대는 깨져버린다. 과학기술은 인간중심주의의 이원론적 사고를 근간으로 인간의 욕망에 따라 자연을 이용하기 위해 발전해온 것이며, 이러한 과학 기술의 발달과 함께 생태계 위기는 가속화되어 온 것이다. 인간중심주의적 세계관에서 생태 위기가 비롯되었다면, 이를 해결하기 위해서는 인간중심주의적 세계관을 극복해야 할 것이다. 우선 인간과 자연의 관계를 이원론적으로 파악하는 것을 그만 두고, 인간 자신도 유한한 신체적 존재로서 자연의 일부라는 점을 인식할 필요가 있다.

생태학(Ecology)이란 용어는 '집'을 뜻하는 희랍어 '오이코스oikos'에서 생겨난 말인데 생물학자 헤켈E. Haeckel이 처음으로 사용했다. 생태학은 '생

---

25) 방지형은 이러한 견해가 성경에 대한 해석상의 문제에서 비롯된 것이라는 전제 하에, 기독교와 환경 문제에서 서로 쟁점이 된 구절들을 들어 반론을 제기한다. 가령, 창세기 2장에서 하나님께서 모든 동식물을 아담에게 '다스리며 지키게'하였는데, 이때 '다스린다'는 의미는 모든 피조물이 인간에게 종속됐다는 의미가 아니다. 따라서 자연환경을 남용하고 파괴하는 것은 본래의 청지기 사명을 망각한 행위이며 창조주 하나님께 대한 모독이다. 곧, 성경에는 환경에 대한 그리스도인의 윤리적 실천 지식이 포함되어 있다고 한다.(방지형, 『교회와 환경 윤리』, 쿰란출판사, 1994, 16~72쪽 참고)

물 상호간의 관계 및 생물과 환경 사이의 관계를 연구하는 과학'을 의미한다. 그러므로 생태적 사유는 관계론적 사유 방식이다. 곧, 생태계의 모든 존재를 상호 관계 속에서 파악하는 것이다. 그 존재들의 가치는 일방적인 인간의 평가에 따라 좌우되지 않으며, 존재들 사이의 교류를 통하여 비로소 드러난다. 따라서 생태학에서는 존재와 존재, 존재와 환경 사이에 내재되어 있는 어떠한 원리를 확인하고 그 원리가 건강하게 유지될 수 있도록 노력한다. 그런데 이런 관계론적 원리는 불교의 緣起論과 상통한다. 연기론은 존재[衆生世間, 正報]와 환경[器世間, 依報], 존재와 존재 사이의 관계론이기 때문이다.26) 이런 관계론적 사유는 동양사상은 물론, 생명체를 비롯한 모든 존재들이 실체는 없고 단지 관계, 곧 주변 환경과 상호 작용 속에서만 존재한다는 현대 과학적 이론에서도 드러난다.27) 지구의 생물과 대기, 대양, 지표면 등이 복잡하게 어우러져 이루어진 시스템을 하나의 유기체로 간주하는 가이아Gaia 이론도 이와 관련해서 이해할 수 있다.

자연과학의 한 분야였던 생태학(ecology)은 1960년대 이후에 본격적으로 환경 문제의 해결을 추구하면서 논리의 폭을 넓힌 결과 자연과학의 수준을 넘어 사회과학과 인문과학의 성격까지 포괄하는 종합 학문적 특성을 지니게 되었다. 이것은 생태학이 현실 인식과 함께 당면한 과제를 극복해 나가기 위해 가장 적절한 내용으로 변화 · 발전한 학문임을 말해 준다. 생

---

26) 고영섭, 「불교의 생태관」, 송상용 외, 『생태문제와 인문학적 상상력』, 나남, 1999, 137쪽.
생태학과 불교의 관련성에 대해 송희복도 다음과 같이 언급한다.
"불교는 생명을 매우 중시하는 사상체계를 갖고 있다. 불가에서는 유정 · 무정 곧 생명체와 비생명체 모두 존귀하다는 믿음을 견지해왔으며, 물질도 불생불멸의 법칙에 의해 살아 있는 것으로 간주하는 등 온 세계가 영혼으로 가득 차 있다는 소위 애니미즘적 범생명관을 이어받았을 뿐더러, 사람 이외의 뭇생명이 계유불성하다는 가르침을 통해 동식물에조차 불살생의 계율을 다소간 적용하는 등 이른바 '생태적 지위'를 부여함으로써 생물종의 다양성, 생명 윤리의 다양성을 극대화했다."(송희복, 『생명문학과 존재의 심연』, 앞의 책, 21쪽)
27) F. Capra, 김성범 · 김용정 역, 『현대물리학과 동양사상』, 범양사, 1985, 97쪽.

태학은 생태 · 환경 위기의 극복은 물론, 인간과 자연의 바람직한 공존 혹은 연대를 모색한다는 점에서 다소 미래학적 성격도 지니고 있다. 일반적으로 '생태적 문제의식', '생태적 세계관', '생태적 자각' 등으로 표현될 때의 '생태학'이란 자연과학의 일환이었던 과거의 생태학이 아니라 종합학문이자 미래학으로 발전한 현대 생태학을 의미한다. '생태론'이라고 할 때는 생태학의 세부 갈래를 뒷받침하는 이론 내지 세계관을 지칭하기도 하고, '생태사회학', '생태윤리학', '생태시학'과 같이 '생태 패러다임'을 수용한 학문들을 총칭하기도 한다. 지향성을 강조하는 측면에서는 '생태주의'로 표현할 수도 있을 것이다.[28] 생태주의자들은 인간이 다른 존재들과 마찬가지로 생물학적 법칙에 순리적으로 따름으로써 전체 생태계와 조화를 이루어야만 한다고 주장한다. 또한 그들은 생명 중심적 평등성, 생물학적 평등성을 주장하기도 한다.[29] 생명 중심주의 입장에서는 인간을 다른 생명체에 비해 도덕적으로 더 고려해야 할 이유가 없다. 그러나 생명이 내재적 가치를 가지고 있다는 것을 받아들인다 하더라도 생명 평등주의(biotic egalitarianism)가 곧 도출되는 것은 아니다. 서로 조직화 수준이 다른 생명체 사이에 평등한 상호관계를 기대하는 것은 이미 생태적으로 비현실적이

---

28) 임도한, 앞의 논문, 4쪽.
29) 심층생태론의 생물중심주의는 인간중심주의에 대항하는 새로운 견해를 제시하긴 하였지만 한계가 나타난다. 쉽게 인용되는 예를 들면, 모든 생명의 존귀함을 보장하려고 할 경우 미생물의 권리와 인간의 권리 중 어느 것을 선택해야 하는지에 대해 명확한 답변을 내려주지 못한다는 점이다. 이와 같은 논리의 극단, 곧 인간 외 생물의 존엄성을 소홀히 다루는 인간중심주의나, 인간과 조직화 수준이 서로 다른 생명체들 사이의 평등한 상호관계를 기대하는 생물중심주의 모두 극복해야 할 것이다. 이미 지적한 바와 같이 우리가 자연 혹은 생명을 인식한다는 것은, 우리가 그것을 객체화하고 있다는 전제에서 비롯되므로, 엄밀한 의미에서 논의한다면 인간중심주의는 강약의 문제일 뿐 어떤 식으로든 인간의 사고의 기저를 이루고 있다고 볼 수 있다. 이런 의미에서 이남호가 『녹색을 위한 문학』, 앞의 책, 34쪽에서 언급하는 '약한 인간중심주의'를 수긍할 만하다. 그는 인간의 자연에 대한 이기적 욕망에 대해 언급하면서 '염치의 마음'이 있는 한, 인간의 자연에 대한 착취는 자연 질서의 일부로 용납될 수 있을 것 같다고 설명한다.

다.30) 이것은 인간의 불가피한 조건을 무시한 발상이다. 인간이 생존하기 위해서는 어느 정도 자연환경을 이용할 수밖에 없기 때문이다. 그 뿐만 아니라 인간 외 자연의 고유한 권리를 주장하는 것 역시 인간의 생각 안의 일이다. 그러므로 자연 속에서 인간의 역할을 인정한다는 것은 비인간중심주의를 무조건 주장하는 것보다 오히려 더 생태적이라고 볼 수 있다. 머레이 북친은 자연중심적 동양주의와 생명중심적 신비주의가 생태적으로 부적절한 까닭을, 자연 내 인간의 위치를 올바로 파악하지 못하고 인간과 자연의 변증법적 관계를 간과하였기 때문31)이라고 설명한다.

한편, 일부 극단적인 생태주의자들은 생태 천국, 생태 파시즘 또는 인간 혐오증과 더불어 현대 기술문명을 증오한다. 그러나 우리는 문명의 테두리에서 벗어날 수 없다. 그리고 자연에 대한 찬미가 역으로 인간에 대한 미움으로 드러나서도 안 된다. 그들이 비록 자연 위에 군림하면서 지배하는 삶에 대해 비판적 의식을 가진다는 점에서는 수긍할 만한 의미를 지니지만, 자연 속에 묻혀서 사는 삶을 예찬하는 것은 바로 신비주의로 나아가는 것을 의미한다.32) 결국 생태적 사유에서 전제로 해야 할 것은

---

30) 이 문제에 대해 법륜의 견해도 참고할 만하다. 만물의 평등성을 주장하고 있는 불교의 관점에 따르면, 인간이 다른 동물보다 더 소중하다거나 다른 동물들과 평등하다고 말할 수 없을 뿐만 아니라, 인간이 다른 동물과 같다거나 다르다고 단정 지을 수도 없다. 그 이유는 인간과 동물이 별개의 존재가 아니라 서로 연관되어 존재하고 있기 때문이다. '인간이 더 소중하다' 또는 '아니다', '인간은 동물과 평등하다'는 것 모두가 인간의 생각이며 관점이다.(법륜, 『불교와 환경』, 정토출판사, 1998, 84~85쪽 참고)

31) 이진우, 『녹색사유와 에코토피아』, 문예출판사, 1998, 176~177쪽 참고.

32) 머레이 북친과 같은 생태주의자들은 동양적 정신에서 대안을 찾으려는 움직임에 대해 추상적이라고 지적하고, 서구의 유기체적 전통이 동양의 전통보다 오늘의 상황에 더 건강하게 대처할 수 있다고 주장하기도 한다. 또한 자연과 인간의 변증법적 관계를 무시하고 단지 생명체의 상호 연관성만을 강조한다면, 이러한 생명 중심주의는 생태론적으로 무의미한 신비주의로 전락한다고 경고한다. 유기체적 일원론, 생명과 우주적 질서로서 자연, 천인합일 등의 동양주의가 생태담론과 맞물려 자연스럽게 대안으로 떠오르고 있지만, 이것들을 단지 생명중심적이라는 이유에

내재적인 가치를 지닌 생태계 구성 요소들로서 존재와 존재간의 관계성에 대한 인식이며 배려이다.

따라서 우리는 생태·환경 위기의 현실 속에서 동양적인 사유체계의 신비성·추상성의 문제, 서양적 사유체계의 기계적 인식 모두가 한계를 갖고 있음을 겸허히 인정해야 한다. 아울러 생태적 논의에 관한 한 책임 있는 인간의 역할에 대해 인정하는 것은 물론 인간 외 자연의 모든 존재간의 '관계성'에 초점을 맞추고 공생적인 상호존중의 태도를 취하는 것만이 대전제가 될 수 있다.

앞에서 살펴본 바와 같이, 자연과학의 한 분야였던 생태학은 생태·환경 문제의 해결을 추구하며 논리의 폭을 넓힘으로써 사회과학과 인문과학까지 포괄하는 종합 학문적 특성을 지니게 되었다. 이러한 과정은 현실 인식과 함께 당면한 과제를 극복해나가기 위해 가장 적절한 내용의 학문으로 변화·발전해 온 결과라 할 수 있다.

그런데 생태학은 생태·환경 위기 극복은 물론, 인간과 자연의 평화로운 공존과 연대를 모색한다는 점에서 문학적 정서와 일맥상통한다. 문학이 지향하는 세계는 본질적으로 일원론적 세계이기 때문이다. 이런 점에 비춰 볼 때 생태·환경 위기에 대한 생태적 자각이 문학적 대응으로 이어지는 것은 자연스러운 일이라 할 수 있다.

서 근본생태학 밑에 혼합하려는 시도는 근본적으로 잘못되었다는 것이다. 사회 문제를 배제한 자연중심적 동양주의는 현실 도피적 신비주의로 변질되어 결과적으로는 불평등한 사회관계를 정당화할 뿐만 아니라 생태적 사유와 실천에도 기여하지 못한다는 것이다. 머레이 북친은 생태적 담론에서 동양의 정신과 서양의 기술을 결합시키려는 시도들에 대해, 근본적으로 모순된 사유 방식의 한계를 들어 부정적인 견해를 보인다. 그러나 박이문은 동양의 이념이 서양의 기술을 통해서만 이룰 수 있다고 말하면서 동양의 합리성이 과학적 서양사상과 상호보완적으로 결합될 때에 비로소 바람직한 생태적 합리성을 구성할 수 있다고 주장한다.(Murray Bookchin, 문순홍 역, 『사회생태론의 철학』, 솔출판사, 1999, 137~139쪽; 박이문, 『문명의 미래와 생태적 세계관』, 앞의 책, 204쪽 이하; 이진우, 『녹색사유와 에코토피아』, 앞의 책, 171~187쪽 참고)

2) 생태적 인식과 문학적 대응

인간은 그 어떤 존재보다도 관계적 존재이다. 생태위기와 관련하여 볼 때 이 관계성의 의미는 매우 중요하다. 현재의 위기상황은 관계의 위기이며, 관계의 일탈과 파괴가 그 원인이다. 따라서 위기 상황의 극복을 위해 새로운 관계 질서의 정립이 과제로 떠오른다. 특히 인간과 자연 사이의 관계 회복에 따른 연대 모색은 그 핵심 과제이다. 생태적으로 의식화된 인간은 현재 위기의 원인이 인간 자신에서 비롯되었을 뿐만 아니라 자신의 삶의 방식에서 기인한 것임을 직시한다. 인간은 생태계의 다른 존재들과 근본적으로 다른 특성을 갖고 있다. 다른 존재들이 생태계의 흐름에 그대로 몸을 맡겨 생존하는 것과 달리 인간은 사회적 · 의식적으로 자연 환경을 조작하고 바꾸는 시도를 계속해 왔다. 그로 인해 끝없는 욕망을 채우기 위한 악순환이 계속되었다. 인간이 과학기술을 눈부시게 발전시킨 결과 급속하게 진행된 환경 · 생태 파괴가 그 단적인 예이다.

지금까지 문학과 과학은 서로 거리가 먼 분야인 양 취급되어온 게 사실이다. 그러나 이것은 그릇된 편견에서 비롯된 결과에 지나지 않는다. 이른바 문학에서 '상상력'의 개념과 과학에서 '논리성'의 개념에 대한 오해가 그러한 사실을 뒷받침한다. 마치 '상상력'이 문학에서만 필요할 뿐 과학과는 무관하며, '논리성' 또한 문학에서는 불필요한 개념이라는 오해는 없어져야 한다. 상상력은 하나의 창조적 원리이다. 코울리지는 그 어떤 사람도 위대한 시인이기 위해서는 동시에 심오한 철학자이지 않으면 안 된다고 강조한다.[33] 이와 같은 맥락에서 볼 때 '논리성'도 과학에서만 필

---

33) R. L. Brett, 심명호 역, 『空想과 想像力』, 서울대출판부, 1987, 44쪽.
　　상상력에 대한 버크의 견해를 덧붙이면 다음과 같다. "인간의 정신은 일종의 고유한 창조력을 지니고 있다. 그 힘은 사물의 심상들을 감각이 수용했던 순서와 방법에 따라서 수시로 재현하거나 또는 새로운 방법으로, 그리고 전혀 다른 질서에 따라 이러한 심상들을 조합하기도 한다. 이 힘은 상상력이라고 불리우며 機智, 공상,

요한 전유물이 아니다. 아무리 뛰어난 상상력이라 할지라도 비체계적인 조합은 문학 작품의 질을 떨어뜨리기 마련이다.

생태학은 생물학의 분과학문으로 출발하였지만, 현재 처해 있는 생태적 위기 상황을 풀어나가는 데 단초를 제공할 수 있는 분야로 주목받고 있다. 또한 생태학은 그 방법론에서도 엄밀하고 객관적인 자료에 기대기보다는 문학처럼 수사와 상징에 기댄다는 점에서 전복적인 특성을 지닌다.34) 김욱동이 지적한 바와 같이 그 어느 때보다도 생존의 위협을 받고 있는 지금 문학이 맡아야 할 중요한 임무 가운데 하나는 자연 세계에서 인간의 위치를 새롭게 깨닫게 하는 일이다. 더구나 그는 생태 위기를 가져오는 데 문학도 한몫 톡톡히 했다고 주장한다. 지금까지 많은 문학가들이 인간의 자연 지배를 아주 당연한 것처럼 여겨왔으며, 인간이 자연에 비해 도덕적으로나 지적으로 낫다고 보았다는 것이다. 그는 간접적이나마 이런 태도는 환경과 생태에 부정적인 영향을 미쳤다고 본다.35) 이와 같이 자연환경이 파괴되고 생태계가 위협받고 있는 현실은 인간의 삶을 위협할 뿐만 아니라 인간의 본원적 감수성을 파괴해버린다. 인간과 자연의 교감, 정서적 교류의 원천이 황폐화한다는 것은 인간성의 상실을 예고한다. 여기에 문학이 설 자리를 마련하고, 능동적인 문학의 역할을 부여하는 것은 아주 중요하다.

Carl G. Herndle과 Stuart C. Brown은 자연 환경을 보호하고 생태 위기를 극복하는 데에는 세 가지 담론이 필요하다36)고 말한다. 곧, 규제적 담론과 과학적 담론, 시적 담론이 그것이다. 이들은 구체적으로 환경 정책 등을 의미하는 제도의 담론, 객관적 사실과 이성에 대한 믿음에서 출발하

발명 등으로 불리우는 것들이 여기에 속한다(같은 책, 37쪽)."
34) 김욱동, 『문학생태학을 위하여』, 앞의 책, 26쪽.
35) 김욱동, 위의 책, 20~21쪽 참고.
36) Carl G. Herndle & Stuart C. Brown, *Green Culture: Environmental rhetoric in Contemporary America,* University of Wisconsin Press, 1996, pp.10~12.

는 환경 과학자들의 과학적 담론, 문학예술가들의 정서적 힘을 의미하는 시적 담론을 가리킨다. 그런데 그 영향력이나 효과면에서 생태의식을 불러일으키고 자연 환경을 보호하는 데에는 시적 담론이 규제적 담론이나 과학적 담론보다 훨씬 높이 평가받고 있다.

문학의 다른 분야보다 시는 생태적 자각과 함께 생태의식의 고양에 앞장서왔다. 시는 자아와 세계의 정서적 교감이다. 시가 현실을 수용한다는 말은 적절한 표현이다. 그런데 시인이 현실을 수용하는 데 자아와 현실의 관계를 어떻게 설정할 것인가 하는 문제가 떠오른다. 시적 현실 속에는 시인이 가장 절실하게 받아들여서 주관적으로 새롭게 부여한 가치가 담겨 있다. 따라서 최근 환경오염이 심각한 문제로 떠오르고 생명의 존립 기반마저 위협받고 있는 현실을 시인들이 시적 현실로 인식하게 된 것은 필연적인 결과이다.

생태적 인간의 모델을 통하여 인간성을 회복하고 인간과 자연간의 관계를 정상적인 형태로 복원하려는 사람들은, 미학적 역량과 윤리적 역량을 동시에 갖추어야 한다.37) 미학은 감각, 감정, 느낌 등 인간의 감성적 능력에 대한 탐구이다. 인간은 그러한 감각을 통하여 외부 세계와 소통한다. 따라서 미학적 체험 없이는 자연과 만나거나 관계 맺는 것도 불가능하다. 또한 지금껏 인간중심적 사고에 의해 평가 절하되었던 자연 존재들에 대해 내재적 가치를 지닌 존재로서 도덕적 지위를 부여하기 위해서는 윤리적 상상력이 필요한데, 이 역시 문학적 접근이 바람직하다.

일부 생태운동가들과 철학자들 역시 문학의 생태적 가능성을 높이 평가한다. 박이문은 철학자의 입장에서 생태문학의 의의를 강조한다. 환경과 생태 위기의 시대에 '생태학적 세계관'38)을 수용하는 것은 당연한 일이다.

---

37) 김성진, 「철학적 인간학의 생태적 과제」, 『생태문제와 인문학적 상상력』, 앞의 책, 70~73쪽 참고.
38) 생태학적 세계관은 생태학의 기본 입장에 근거를 둔 것이므로 먼저 생태학의 기본

그에 따르면 예술 작품의 경우 작품의 한 부분이 다른 전체 속에서 규정되는 관계를 고려하지 않고 그 부분만의 의의를 주장할 수 없다는 점에서, 부분과 전체의 관계를 강조하는 생태적 성격과 상통한다. '예술적 상상력'과 '생태적 세계관' 사이의 친연성을 고려할 때, 과학의 기계적 사고에 무디어진 미학적 감수성을 회복하고 예술적 세계관을 되살리지 않고는 직면한 환경 파괴와 생태 위기 문제의 궁극적 해결은 불가능하다는 것이다.[39]

우리가 사물을 지배하는 조작의 대상으로 파악할 때 생태학적 문제가 야기되었다면, 생태학적 상상력은 사물을 인간과 세계의 '관계'에서 느낀다.[40] 특히 시는 작품 내 전후 맥락에 의해 단어나 시행의 의미가 드러나

입장을 정리할 필요가 있다. 생태주의 창시자 중의 한 사람인 커머너(B. Commoner)는 이것을 다음과 같이 네 가지로 정리한다. 첫째 '전체는 서로 연결되어 있다'이다. 이것은 인간을 포함한 모든 생물의 상호 의존관계를 나타내며, 물질과 에너지와 생명이 연결되어 있음을 뜻한다. 둘째 '모든 것은 어디론가 자리를 옮길 뿐 이 세상에서 아주 없어지는 것은 없다'이다. 이것은 인간이 자연계에 투입한 오염 물질은 그 양이 많으면 자연계의 균형을 깨뜨린다는 의미이다. 셋째 '자연이 가장 잘 알고 있다'이다. 이것은 생태주의가 갖는 야생적 자연 세계에 대한 동경을 드러낸다. 넷째 '대가를 지불하지 않고서 얻어지는 것은 없다'이다. 이것은 인간의 모든 활동은 에너지의 방출이라는 대가를 지불한다는 뜻이다.(한국철학사상연구회, 『삶과 철학』, 동녘, 1999, 190~191쪽; Barry Commoner, *The Closing Circle: Nature, Man and Technology,* New York: Knopf, 1971, pp. 41~42)

39) 박이문은 예술적 세계관이 곧 생태학적 세계관이라는 전제 하에, 생태학적 문제를 근본적으로 해결하기 위해서는 예술적 감수성과 예술적 자연관, 예술적 세계관이 필요하다고 주장한다. 그는 생태학적 자연관이 예술적이며, 예술적 표상이 생태학적일 수 있다고 보는 몇 가지 근거를 제시한다. 첫째, 생태학적 관점에서 볼 때 지구상의 모든 현상은 하나의 체계를 형성하고 있다. 따라서 자연의 모든 현상과 생명체들은 그 커다란 체계 속에서만 비로소 이해되고 의미가 부여될 수 있다. 둘째, 전체와 부분간의 똑같은 관계가 예술 작품의 이상에서 발견된다. 예술은 사실상 전체와 부분간의 하나로서의 작품과 그것을 구성하는 개별적 요소와의 다양하고 새로운 관계를 찾는 작업이라고 볼 수 있다. 셋째, 예술이 지향하는 목적의 관점에서 볼 때에도 생태학적이다. 생태학적 입장에 설 때, 인간과 자연은 분리되지 않는다. 인간은 자연의 일부로서 존재할 뿐, 자연 속에서 그밖의 존재를 지배하고 활용하는 자연의 중심도 아니며 주인도 아니다. 인간은 자연과 분리될 수 없다.(박이문, 「생태학과 예술적 상상력」, 앞의 글, 316~321쪽 참고)

는 등 '상호관계성'이 뚜렷하다는 점에서 생태적이라는 평을 받아 왔다. 그러므로 환경 · 생태 문제에 대해 더 깊이 있는 탐색을 위해서는 생태적 사고를 빌려 와야만 한다. 이때 생태학이라는 주제에 대한 접근 방식이나 태도는 전적으로 개인의 자연관에 의해 결정된다고 볼 수 있다. 문학에서 말하는 생태적 상상력의 발생론적 근거가 여기에 있다. 환경 파괴와 생태 위기의 현실 인식을 바탕으로 해서 진지하게 인간과 자연 관계에 대한 성찰과 반성은 물론, 생태주의적 지향점을 마련해야 한다.

문학이 지향하는 세계는 일원론적 세계이다. 문학 상상력으로서 생태적 세계관에는 인간과 자연 사이의 관계 정립의 문제가 핵심으로 떠오르게 된다. 생태주의 시는 파괴된 자연생태계 내 자연존재들과 그들의 관계에 주목한다. 다음 장에서 논의되는 것처럼, 생태주의 시의 서정성과 물활론이 맞물릴 수 있는 것은, 바로 물질화 · 도구화되어 가는 존재의 의미와 관계를 복원하려는 서정시의 본원적인 정신과도 일치하기 때문이다. 따라서 "생태적 상상력의 추구는 곧, 자아 · 세계와 인간 · 자연간 합일을 추구하는 일원론적 서정의 회복으로 이어진다."[41]

앞에서 살펴본 바와 같이 생태학이란 '생물 상호간의 관계 및 생물과 환경의 관계를 연구하는 학문'을 말한다. 여기에는 '관계'라는 의미가 중요하게 자리잡고 있다. 이른바 만물 유관성(萬物有關性)과 상의성相依性 인식이 생태적 사고의 출발이다. 이러한 인식에 바탕을 둔 생태적 상상력에 의해서 생태주의 시가 쓰여진다. 인류는 생태 · 환경 위기의 극복이라는 현실적 과제를 떠안고 있다. 시인들도 더 이상 이러한 시대적 사명을 도외시할 수 없게 되었다. 우선, 인간과 자연 사이의 일탈된 관계성에 대한 자각과 함께 새로운 관계 회복과 정립이 필요하다. 그러기 위해선 생태적 상상력을 적극 수용한 문학 작품들을 생산해 나가야 한다. 당면한

---

40) 이진우, 「생태학적 상상력과 자연의 미학」, 『초록생명의 길 II』, 앞의 책, 423쪽.
41) 고현철, 「생태주의 시의 지형과 과제」, 『초록생명의 길 II』, 앞의 책, 206쪽.

시대의 현실적 과제에 대해 담당해야 할 문학의 몫 역시 적지 않은 것이다. 다만, 지나친 목적지향성 때문에 도식화 경향 따위의 생태주의 시들이 지니고 있는 약점들은 쇄신해야 한다. 문학 작품에서 무엇보다 우선되어야 할 것은 작품성과 그 미학적 가치이기 때문이다.

지금까지 생태주의 시 대두 배경에 대해 논의한 내용을 다음과 같이 요약할 수 있다. 자연과학의 한 분야였던 생태학은 생태·환경 문제의 해결을 추구하며 논리의 폭을 넓힘으로써 사회과학과 인문과학을 포괄하는 종합 학문적 특성을 지니게 되었다. 이러한 과정은 현실 인식의 바탕 위에서 당면한 과제를 극복해나가기 위해 가장 적절한 내용의 학문으로 변화·발전해온 결과라 할 수 있다.

그런데 생태학은 생태·환경 위기 극복은 물론, 인간과 자연의 관계성에 주목한다는 점에서 문학적 정서와 맥락을 같이 한다. 문학이 지향하는 세계는 본질적으로 일원론적 세계이기 때문이다. 특히 시는 생태적 자각과 함께 생태의식의 고양에 앞장서 왔다. 최근 환경·생태 위기 현실을 시인이 시적 현실로 인식하게 된 것은 필연적인 결과이다. 이에 따라 현실적 위기 상황을 극복하기 위한 시적 대응으로서, 생태적 상상력을 수용한 작품의 중요성이 부각되는 것은 당연한 일이다.

이상의 논의에서 알 수 있듯이, 생태주의 시의 생태적 상상력은 인간과 자연간 관계성을 바탕으로 하고 있다. 이때 전제로 해야 할 것은 자연관에 대한 합의이다. 이 연구에서는 환경·생태 위기의 원인을 인간중심주의적 자연관에서 찾고 있는 만큼, 기본적으로 생태주의 시를 비인간중심주의적 입장에서 논의할 것이다. 특이할 만한 사실은 생태주의 시에서 물활론적 자연관에 의한 사고가 유독 두드러진다는 점이다. 이것은 이 연구의 비인간중심주의적 입장과도 일맥상통한다.

이어질 논의에서는 생태주의 시에 드러나는 물활론적 자연관을 바탕으로, 이것이 생태주의 시 속에서 어떻게 반영되고 있는지를 살펴보기로 한다.

1—3. 한국 현대 생태주의 시의 특성

세상의 모든 자연 존재들을 신성하다고 여기며 이들이 다 관련되어 있다고 하는 만물 유관성과 상의성의 인식은 생태적 상상력에 바탕을 두고 있다고 할 수 있다. 이것은 인간과 자연을 망라하여 모든 자연 존재를 혈육같이 생각한다는 점에서 지구를 하나의 유기체로 보는 가이아 이론, 또는 동양에서 널리 뿌리내린 物活論的 自然觀과 상통한다. 物活論(hylozoism)은 물질 그 자체에 생명과 활력이 있다고 보는 견해이다.[42] 물활론적 자연관에서는 인간은 물론이고 동물이나 식물 심지어 돌과 물 등 모든 자연 존재들이 영혼을 가지고 있다고 본다. 이런 사고는 동 · 서양 가릴 것 없이 원시문화에서 두루 찾아볼 수 있는 것이기도 하다.

앞에서 살펴본 바와 같이 '생태계'라는 말은 '생물 군집 사이의 상호 관계'라는 좁은 범주의 개념이었으나, 현대 생태학에 이르러서는 '자연 현상을 물질의 순환이라는 커다란 전제 아래 해석하고 인간을 포함한 생물 및 비생물적 물질의 총체적인 상호 순환 관계'를 의미하는 폭넓은 의미로 발전하게 되었다. 그런데 생물과 비생물을 논의하는 데 있어 단초가 될 '생명'의 개념[43]을 규정하는 문제는 결코 간단하지 않다. 이에 대해서는 많

---

42) 임석진 외, 『철학사전』, 중원문화사, 1991, 236쪽.
43) '생명'이란 모든 생물에 공통적으로 존재하는 특성이다. 생명현상이 지녀야 할 필수 조건에 대한 견해들을 정리 · 요약하면 다음과 같다.
  첫째, 생명체는 주변에서 자유에너지를 흡수하고 이를 자체 유지에 사용하기 위해 물질 대사를 한다.(metabolism)
  둘째, 자기 자신을 재생산해낸다.(reproduction)
  셋째, 외부 환경과 상호 작용한다.(interaction)
  넷째, 생명은 물질의 일반적인 물리화학적 특성과는 다르다. 곧, 생명은 화학 성분에 의해서가 아니라 그 화학 물질들의 작용에 따라 구별된다.(chemically unique)
  다섯째, 유전 프로그램을 갖고 있다.(genetic program)
  여섯째, 변화하는 환경에 적응하기 위해 세대를 거쳐 가며 변이와 선택에 의한 적응력의 증가가 이루어진다.(evolution)

은 논란이 있어왔지만 현재까지 뚜렷한 결론이 나와 있지 않다. 이것은 어쩌면 당연한 결과라 할 수도 있다. 생명은 과학의 힘으로도 벗겨지지 않는 영역 속에서 신비스럽게 존재하는 것이기 때문이다.

동양에는 샤머니즘이 널리 퍼져 있다. 주술적이고 신비주의적인 샤머니즘은 바로 물활론적 자연관에 의존한다. 그런데 현대 문명의 세계에서는 베일에 가려진 인간과 자연의 교류 등 과학적·합리적인 잣대에서 벗어나는 일들에 대해서 지극히 배타적인 편견을 내보이기 일쑤다. 이른바 미신적이라거나 주술적이라는 낙인도 이러한 편견에서 비롯된다. 현대 문명의 도구적 이성과 합리성을 지나치게 숭배함으로써 인간과 자연의 연대가 깨지게 되고, 이로 인해 생태계 위기가 도래하였다고 보는 시각은 그래서 자연스럽다.

단적으로 생태적 사유는 인간과 자연의 감성적 결합을 인정하고 받아들여서 연대를 추구하는 것이라 해도 과언이 아니다. 합리성의 체계만으로는 해결되지 않는 '인간과 자연의 교류'는 곧 생태적 사유와 관련되기 때문에 중요하다. 전체론적인 시각으로 볼 때, 모든 자연 존재·자연 현상을 적극적으로 인정한다는 것은 결국 인간 자신을 적극적으로 인정한다는 의미가 되며, 궁극적으로 지구에 존재하는 모든 자연 존재들을 포괄한 바람직한 공생의 길이 된다. 이와 같이 생태적 사유를 통해 인간과 자연간 교류·연대를 증폭시키는 것은 생태주의 시의 지향과도 일치한다.

이미 언급한 바와 같이, 생태주의 시의 생태적 사유는 물활론적 자연관과 밀접히 관련되어 있다. 이것은 한국 현대 생태주의 시의 가장 기본적이고도 중요한 특성이다. 여기에서는 물활론적 자연관을 바탕으로 하여, 시적 비유와 이미지의 문제로 논의를 이어갈 것이다. 시인은 비유에 의해

(장회익, 『삶과 온생명』, 솔, 1999, 참고; 장회익, 『과학과 메타과학』, 지식산업사, 1999; Erwin Schroedinger, 서인석·황상익 역, 『What is Life』, 한울, 1992; Lynn Margulis and Dorion Sagan, 황현숙 역, 『What is Life』, 지호, 1999 참고).

관념들을 진술하고 전달한다.[44] 또한 그는 전달하고 싶은 관념이나 체험들을 미학적이고 호소력 있는 형태로 형상화하기 위해 이미지를 사용한다.[45] 이러한 점에 비추어 생태주의 시의 비유와 이미지 분석을 생태주의 시 해석의 근거로 삼고자 한다. 이 작업을 통하여 물활론적 자연관에 입각한 시인의 생태의식을 점검함은 물론, 시적 비유와 이미지에 반영된 미학적 가치의 측면도 포괄하여 살필 수 있으리라 본다.

1) 생물 · 비생물에 대한 물활론적 자연관

인간과 자연의 연대를 추구하는 것이 생태적 사유라고 할 때, 생태주의 시의 물활론적 자연관을 살핌에 있어 생물 · 비생물의 구분은 그리 바람직한 일이 아닐 수 있다. 그러나 이 구분은 생물과 비생물의 상이성에 대한 인식을 전제로 한 것이 아니며, 궁극적으로는 생물 · 비생물간 조화로운 공생을 모색하는 데 초점이 맞춰진다. 생물 · 비생물의 근거로 차용하는 것은 '생명성'이다. 그런데 여기에서 논의할 비생물의 경우는 반생명성의 여러 요소 중에서도 특히 근대 산업화 이후의 기계문명적 속성을 통해 그것을 찾고자 한다.

생물에 대한 물활론적 자연관의 경우, 대부분의 시에는 주로 생동감 넘치는 생명체들을 통하여 그들이 상징하는 건강한 자연을 강조하고, 자연과 인간의 연대를 희구하는 경향을 드러낸다. 반면 비생물에 대한 물활론적 자연관의 경우, 기계문명적 속성의 비생명체들을 통해 원초적 자연과 거리가 먼 문명 사회의 현실을 작품 속에서 삭막하게 투사하는 경향이 짙다. 그러나 이것들은 그 자체의 부정적 의미 개념들을 독립적으로 구사하는 데서 그치지 않고, 역설적으로 자연생태계에 대한 강력한 물활론적 회

---

44) 김준오,『시론』, 삼지원, 1991, 116쪽.
45) 위의 책, 103쪽.

구를 드러낸다.

먼저, 생물에 대한 물활론적 자연관을 조망하기로 한다.

(1) 생물에 대한 물활론적 자연관

자연의 내재적 가치에 대한 논의는 생태주의의 화두가 되어 왔다. 내재적 가치란 어떤 것이 다른 것을 위해서 있는 것이 아니라 그 자신 안에 목적을 갖는 것을 의미한다. 자연의 내재적 가치를 주장할 때 그 근거가 되는 것은 자연의 생명성이다. 생명체는 자신 안에 '목적론적 중심(teleological center)'을 가지고 있기에 바로 자신을 위해서 있는 것이다. 이에 반해 생명을 갖지 않는 것은 자기 자신을 위해서 있는 것이 아니기 때문에 내재적 가치를 갖는다고 말할 수 없다.[46] 따라서 자연의 내재적 가치를 인정한다는 의미는, 자연을 생명체로서 인식하고 자연의 생명성을 인정한다는 의미로도 해석할 수 있다. 이것은 물활론적 자연관의 사유와 맥락이 같다. 현대 서구 문명의 과학적 지식으로도 생명의 문제는 해결되지 않은 채 남아 있다. 이러한 점 때문에 '생명'은 생태론의 최대 논제로 부각된다. 여기에서는 생태주의 시에서 '생명', 곧 내재적 가치를 지닌 자연(자연존재)에 대한 접근을 통하여 물활론적 자연관에 대해 살펴보기로 한다.

> 생명
> 한 줄기 희망이다
> 캄캄 벼랑에 걸린 이 목숨
> 한 줄기 희망이다

---

46) 장춘익, 「생태철학: 과학과 실천 사이의 지적 상상력」, 『생태문제와 인문학적 상상력』, 앞의 책, 99쪽.

돌이킬 수도
밀어붙일 수도 없는 이 자리
노랗게 쓰러져 버릴 수도
뿌리쳐 솟구칠 수도 없는
이 마지막 자리

어미가
새끼를 껴안고 울고 있다
생명의 슬픔
한 줄기 희망이다.
　　　　　　　─ 김지하, 「생명」47) 전문

　시인이 인식하고 있는 '생명'은 "한 줄기 희망"이다. 돌이킬 수도 밀어
붙일 수도 없는 자리, 이것은 "마지막 자리"라는 전언과 함께 비장한 울림
을 전해온다. 현대 문명 속에서 소외되고 왜곡된 생명의 문제에 천착해온
그는 현재의 생태적 위기 상황을 "마지막 자리"라는 경구로서 명료하게
포착해내고 있다. '생명'은 그에게 벼랑에 걸린 것과 같은 마지막 자리에
서도 포기할 수 없는 희망이다. 이것은 불빛처럼 손에 잡히지는 않지만,
인류에게 던져진 한 줄 구원의 동앗줄이다. 그의 생명 인식은 다음의 시
에서 다른 생명체들과 관련을 맺고 연대적으로 펼쳐진다.

나 한때
잎새였다
지금도
가끔은 잎새

해 스치는 세포마다
말들 태어나

---

47) 김지하, 『별밭을 우러르며』, 동광출판사, 1989, 107쪽.

온 우주가 노래 노래부르고
잎새는 새들 속에
또 물방울 속에
가없는 시간의 무늬 그리며
나 태어난다고
끊임없이 노래부르고 노래부른다

지금도
신실하고 웅숭스런
무궁한 나의 삶

내 귓속에
내 핏줄 속에 울리는
우주의 시간

나 한때
잎새였다

지금도
가끔은 잎새

잊었는가
잎새가 나를 먹이고
물방울이 나를 키우고
새들이 나를 기르는 것

잊었는가
나
오늘도
잎새 속에서
뚫어져라 뚫어져라

나를
쳐다보는 것.
　　　　　－ 김지하, 「나 한때」[48] 전문

　자연생태계의 파괴로 인간의 삶이 근본적으로 훼손되고 있는 이 시대에, 우리가 견지해야 할 사상으로 시인은 '생명사상'을 내세운다. 생명의식은 어떠한 극한 상황도 넘어설 수 있는 힘이 되며, 죽음까지도 삶으로 전환시키는 역동성을 갖고 있다.[49]

　물활론적 자연관에서는 '잎새'와 '세포', '새', '물방울' 등 모든 자연물들이 그 나름의 내재적 가치를 지닌 존재로 자리 잡고 있다. 그 자연물들 모두 인간처럼 영혼과 마음을 가진 존재이며, 혹은 인간 이상의 영적 능력을 갖고 있다.

　그런데 생태주의 시에서 '생명'의 문제가 대두된다고 할 때, 이것은 관계론적 사유와 깊이 관련되는 것임을 상기하도록 하자. 시인이 물활론에서 촉발시킨 생명의식의 생태적 상상력을 열어보는 일은 그래서 흥미롭다. 그는 '생명'을 한계가 없는 활동으로 파악한다.[50] 흡사 불교의 윤회관과 맥이 닿아 있는 듯도 하지만, 그에게 '생명'은 폐쇄적인 반복 순환이 아니라, 순환하면서 끝없이 증폭되고 진행되는 독특한 개념이다. 위의 시에서 '잎새'는 독립적으로 존재하는 개체가 아니다. '새'와 '물방울', 그리고 '나'와 우주의 시간 속에 얽혀 있다. 실제로 시인은 "나 한때 잎새였다"라는 고백을 통하여 우주의 시간 어느 켠에서 자신이 '잎새'였을 수도 있음을 인식한다. 그 '잎새'는 "잎새가 나를 먹이고", "물방울이 나를 키우고", "새들이 나를 기르는" 지난한 과정을 거쳐온 셈이다. '나'는 '잎새'였으되, 잎새에 머물지 않았으며, 이제 다시 그 "한때의 잎새"를 기억하는 시인으로 잠시 머물러 있다.

48) 김지하, 『중심의 괴로움』, 솔출판사, 1994, 105~107쪽.
49) 남송우, 『생명과 정신의 시학』, 전망, 1996, 90~92쪽.
50) 정과리, 「문학과 환경」, 『초록 생명의 길』, 앞의 책, 150쪽.

그러나 그는 지금도 "가끔은 잎새"가 된다. 그리하여 "잎새 속에서 뚫어져라 뚫어져라 나를 쳐다"본다. 이처럼 잎새를 통한 생태계 일원으로서 사유와 자기 반성, 이것은 잎새에 대한 깊은 유대감에서 비롯된 것이다. 그는 잎새를 통해 우주의 시간을 읽고, 자신이 잎새였으며 지금도 가끔은 잎새라고 고백한다. 잎새는 그의 시간관[51] 속에서 물방울이고 새이며, 나 자신이기도 하다. 이처럼 나 자신과 자연물들을 엮어주는 시간을 시인은 '우주의 시간'이라고 말한다. 이때 우주의 시간은 근대 문명에서 바라보는 직선적 시간관과는 다르다. 생과 사가 확연히 분리되고, 이른바 발전적이라고 일컬어지는 방향만을 향해 치닫는 현재적이고 직선적인 시간관으로는 시인이 발견한 생명성을 이해할 수 없다.

생태·환경의 위기로 인해 무엇보다 생명의 존속이 위협받고 있다. 이런 이유에서 생명의 문제는 생태주의 시의 초점이 될 수밖에 없다. 바꿔 말하면 위기적 상황에 처한 생명에 대해 접근하는 것이, 시인의 현 자연생태계에 대한 총체적 인식을 표현하는 데 보다 효과적이라는 것이다. 따라서 남송우의 지적처럼 김지하 등이 보여주는 생명의식은 현재의 위기 상황도 넘어설 수 있는 힘이 되며, 이를 극복하려는 역동적인 의지를 내포하게 된다.

한편, 다음과 같이 '생명'의 문제가 '몸(인체)'의 의미와 밀접하게 연결

---

51) 김지하의 생명사상에서 시간관은 다음과 같다.

"폐쇄적이며 고정적이고 안정적인 원 속에서의 일정한 반복 순환의 시간이 아니라, 순환하면서 수렴하고 순환하면서 확산하는, 끊임없이 지금 여기에서 지금 여기로 되돌아오며 또한 밖으로 나아가는 안팎이 동시적이면서도 동시적이 아닌, 아니다 그렇다고 근원적인 숨겨진 질서의 끊임없는 유출로서의 드러난 질서의 끊임없는 자기 변화, 자기 조직화, 자기 수정과 갱신과 차원 변화를 반복, 증폭하며 사방 팔방으로, 전 방위로 팽창 확산하고 또한 심층무의식의 끝없는 그 밑바닥으로 외계 우주의 수천억 개의 무한한 공간으로, 처음도 끝도 없는, 진행하는, 절멸하지 않는 삶 그 자체인 것."(정과리,「문학과 환경」, 위의 글, 149쪽에서 재인용)

정과리는 이 글에서 생명 개념들을 비교 분석하고 종합하여 "한국의 문학은 생태계 위기라는 역사적이고 현실적인 사안을 '생명'이라는 대승적 관점으로 치환해 파악하는 특성을 보여 준다"라고 주장한다.

되는 예도 있다. 인간이 자연과 감성적으로 연결되어 있다고는 하나, 이것에 감응하는 것은 반드시 '몸'이라는 매개체를 통해서이다. 단적으로 말한다면 인간의 알몸 이외의 것들은 장식에 지나지 않는다.

> 내가 그들을 먹은 게 아니라
> 그들이 나를 먹었다
> 기쁘다!
> 먹힐 수 있음의 기쁨을 아느냐
> 오랜만에 나는 아주 잘 먹혔다
>
> 나는 요즈음 먹힌다 이렇게
> 어딜 가서나 먹힌다 누구에게나
> 내가 참 맛있게는 되었나 보다
>
> 소여물을 썰면서
> 작두에 풀을 먹이면서
> 아버지는
> 풀잎이 잘 먹힌다고 하셨다
> 고마우신 아버지
> 맛있는 아버지
> 고마우신 풀잎!
> ― 정진규, 「몸詩·32 ― 풀잎」[52] 전문

생태주의 시에서 물활론적 자연관은 단순히 모든 자연 대상물들과 유대를 강화하는 데 기여하는 것으로 그치지 않는다. 여기에서 촉발된 유대감은 인간과 자연물의 관계에서 벗어나 서로를 총체적인 생태계 속에서 분리할 수 없이 밀착된 한 몸의 구성원으로 간주하는 관계론적 사유로 이어진다.

　위의 시에서 화자는 보다 적극적으로 생명체들의 관계적 삶 속으로 뛰

---

52) 정진규, 『몸詩』, 세계사, 1994, 55쪽.

어든다. 풀잎과 소, 그리고 나와 아버지를 거쳐 다시 풀잎으로 이어지는 순환고리는 자연 생태계의 그것과 같다. 풀잎은 소여물로 소에게 먹이지만, 그 소는 사람에게 잡아먹히고, 사람은 분해자에게 분해되어 원래의 자연으로 돌려진 뒤 풀잎의 양분이 된다. 그 과정을 간략하게 요약한 것이 "풀잎에게 내가 먹히고", "어딜 가서나 누구에게나 먹히"게 된다는 표현이다. 실상 그 표현은 새롭고 놀라운 시적 상상력의 표현이라기보다는, 진지한 성찰에서 비롯된 담백한 언사이다. 풀잎을 먹으면서 화자가 발견한 것은 "풀잎에게 먹히는 나"이다. 그리고 그는 요즈음 어딜 가서나 누구에게나 먹히는 자신이 "참 맛있게는 되었나 보다"고 즐거워한다.

생태계의 순환 고리 속에서 모든 생물은 먹고 먹히는 관계에 놓인다. 그러한 순환 고리를 기꺼이 인정하고 이것의 형성 과정에 동참한다는 것, 이것은 즐거운 일임에 틀림없다. 그 모든 출발선에 식물이 있다. 흔히 유일한 생산자로 구분되기도 하는 식물의 중요성으로 인해 '풀'을 비롯한 식물은 생태주의 시의 중요한 자원이 되고 있다. 이처럼 생태계 순환 고리의 흐름에 순응하는 것이야말로 관계적 삶이며, 생태적으로도 진정한 공생의 길이 되는 셈이다. 모든 자연물을 '몸'으로 이해한다는 것은, 이것들이 동등하게 생태계 순환 고리의 한 축을 이루고 있음을 읽어낸다는 의미다. 몸은 세계 안에 있는 우리들의 사회적 처소다. 몸은 여러 감각의 공동 작용과 상호 영향을 통해 우리와 세계의 관계를 조율시켜준다.[53] 따라서 몸을 통해 이루어지는 자연과 교류·연대는 시인이 포착해낸 가장 진솔한 자연 교류의 형태이다. 상대의 자연물과 나, 모두가 알몸으로 만나 알몸의 진솔함으로 생태계의 흐름에 동참한다는 것, 이것이야말로 시인이 주장하려 하는 몸詩의 핵심이다.

알몸의 진솔함이 인간과 자연 생물체들의 생태적 교류를 한층 고양시

---

53) 정화열, 박현모 역, 『몸의 정치』, 민음사, 1999, 183쪽.

킨다고 할 때, 다음의 시는 '몸'으로 느끼는 연대감을 잘 표출하고 있다고
할 수 있다.

> 나는 은어를 본다
> 물의 힘줄 속에 그것들의 길이 있다.
> 물을 힘줄을 은어들이 당겨 강이 탱탱해진다.
>
> 나는 은어를 본다.
> 강의 힘줄이 내 늑간근에도 느껴진다.
> 그밖에 중요한 것은 없다.
>
> 나는 은어를 본다,
> 언어에 기대어서.
> 이건 물론 중요한 게 아니다.
>
> 누가 강의 힘줄을 풀어놓느냐.
> 강에는 은어가 올라와야 한다.
> 그밖에 중요한 것이 도대체 무엇인가.
> ― 이하석, 「대가천2 ― 은어낚시」[54] 전문

은어가 물 속에서 헤엄을 치는 모습을 통하여 화자는 자신의 늑간근에
서 꿈틀거리는 힘줄을 느낀다. 은어의 유영과 화자의 낚시 행위는 별개이
지만, 한순간 서로 연결되어 있는 것같은 연대감이 생성된다. 이것은 단
지 대상의 감정을 이해하고 수긍하는 차원의 것이 아니라, 직접 그 스스
로 몸을 통하여 체험하는 실제적 감동이다. 몸으로 살아 있는 자연물을
느낀다는 것, 이것은 가장 진전된 생태적 교감이다. 그래서 자신의 몸으
로 인식하는 "그 밖에 중요한 것은 없다"는 탄성이 절로 이어진다.

3연에서 "나는 은어를 본다 언어에 기대어서"라고 화자가 이야기하듯

---

54) 이하석, 『투명한 속』, 문학과지성사, 1991, 36쪽.

이, 우리는 모든 감각과 정서의 표현을 언어를 통해 표현한다. 그러나 그는 이것을 중요한 게 아니라고 곧 부인한다. 언어로 표현되기 위해서 사유과정을 거치는 동안, 감각과 정서들은 가감되기 마련이다. 엄밀한 의미에서 이것은 생생한 느낌 그 자체가 아니다. 오직 우리의 몸을 통한 즉각적인 감동과 그 느낌만이 순수함 바로 그것이다. 때문에 자연과 실제적 교감이 충분히 이루어질 여지가 큰 것이다.

그런데 자연의 모든 존재들에 대해 일정한 지위를 부여하는 것은 특정 문화 속에서 실제 일어나는 일이기도 하다. 우리나라 토속신앙의 경우는 한 마디로 잡신주의라 할 수 있는데, 이것은 주변의 모든 자연물에 정령이 깃들여 있다는 사고방식에서 비롯된 것이다. 따라서 자연에 대해 외경심을 갖고 있었고 자연에 순응하며 살아가려고 했다. 특히 우리 문화 속에서 신과 인간, 그리고 자연 대상물의 관계가 깊게 연관되어 있고 친밀하다는 점은 연구의 대상이 될 만하다. 민담, 가전체 소설의 의인화와 동물과 인간의 교류 등 그 사례는 무수히 많다. 게다가 정령신앙 대상의 범위 또한 어느 나라의 문화보다 광범위하다. 예를 들면 자연물, 천체는 물론 死靈, 威靈, 山神, 그 외 직능에 따른 신,[55] 심지어는 전설 상의 인물과 실존 인물에 이르기까지 다 헤아리기 힘들 정도이다. 이러한 多神論[56]의 뿌리는 정령신앙이며 물활론이다. 물활론적 자연관에 의해 영혼과 영적

55) 부엌을 관장하는 조왕신, 마루방 앞문을 관장하는 일문전, 마마와 홍역 따위 역병을 관장하는 손님신, 바다·육지에서 생업을 관장하는 용왕신과 곡령신, 인간 수명을 관장하는 칠성신, 가옥의 축조를 관장하는 성주신, 어린 아이 출산 양육을 관장하는 삼신, 그 외 厠神, 門神 등 수많은 직능신이 우리 문화 속에 산재해 있다.(이두현 외,『한국민속학 개설』, 학연사, 1988, 151~209쪽, 참고)
56) "다신론의 세계에서 인간과 자연은 유일신의 지배와 통제에서 벗어나 자율성을 보장받는다. 모든 것이 계급 질서로 이루어져 있는 유일신론과는 달리 다신론에서는 모든 것이 수평적 관계를 맺고 있다. 다신론에서는 인간과 자연물의 관계는 결코 대립적이 아니며 어디까지나 상대적일 뿐이다. 인간도 결국 자연의 일부에 지나지 않는다는 생각이 그 밑바닥에 깔려 있다."(김욱동,『한국의 녹색문화』, 문예출판사, 2000, 54쪽)

인 지위를 부여받은 모든 자연대상물들은 하나같이 제 나름의 가치를 갖고 인간과 함께 존재할 수 있었다. 동물이나 식물 심지어 비생물체까지도 인간과 같이 생각하며 행동한다고 여기는 것은 우리의 문화 속에서도 그렇게 낯선 일이 아니다. 인간과 자연의 바람직한 관계는 일순간 주관적 판단이나 합의에 의해 만들어지는 것이 아니라, 오랜 세월을 거쳐 절로 축적된 문화적 경험을 바탕으로 할 때 진정한 의미를 드러낸다. 인간이 소망하는 자연의 상은 오랫동안의 지적·정서적 축적에 바탕을 둔 상상력의 산물이기 때문이다.

생태시를 통하여 구현하고자 하는 생태적 이상은 이러한 맥락에서 찾을 수 있다. '인간이 소망하는 자연의 상'이 '지적·정서적 축적에 바탕을 둔 상상력의 산물'이므로, 역으로 시의 상상력을 생태적 지향과 접맥시킴으로써 인간이 소망하는 자연의 상에 한 발 가까이 다가가고자 하는 의도는 충분히 성립된다. 그로 인해 인간과 자연의 유대를 돈독히 하는 데 기여하게 되는 것이다.

지금까지 논의를 통해 생물에 대한 물활론적 자연관의 경우, 주로 생동감 넘치는 생명체들을 통하여 건강한 자연과 인간의 연대를 강조하고 있다는 사실을 알 수 있었다. 그러나 물활론적 자연관이 단순히 자연 대상물들과 유대를 강화하는 데 기여하는 것으로 그치는 것은 아니다. 이것에서 촉발된 유대감은, 인간과 자연물의 관계에서 벗어나 서로를 총체적인 생태계 속에서 한 몸의 구성원으로 간주할 만큼 밀착된 관계론적 사유로 이어지는 것이다. 그 관계론적 사유의 기저에는 자연생태계의 순환성 혹은 순환의 질서에 대한 깊은 이해가 자리잡고 있다. 곧 생명이란 순환하는 자연 생태계의 질서 속에 놓인다는 의미이다. 자연생태계 속의 자신의 위치를 인식하고, 그 순환의 질서에 따른다는 것은 내재적 가치를 지닌 자연존재로서 당연한 의무라 할 수도 있다.

(2) 비생물에 대한 물활론적 자연관

앞에서 살펴본 바와 같이 생물에 대한 물활론적 자연관은 자연 대상과 인간의 특별한 유대감을 형성하는데 기여한다. 그렇다면 비생물의 경우는 어떠한가. 불교에서는 모든 자연 존재들에 대하여 유정有情과 무정無情이라는 표현을 사용한다. 여기서 말하는 유정이란 일반적으로 생명을, 또한 무정이란 돌이나 흙과 같은 비생물을 각각 의미한다. 그런데 유정과 무정이 다 성불한다는 말은 유정은 물론 무정 곧 비생물들도 성불할 수 있다는 말이다. 일반적으로는 생물만이 성불하는 것으로 알려져 있다. 유념해야 할 것은, 불교에서는 유정만을 생명으로 보지 않는다는 사실이다. 유정이라는 말이 때로는 정신적인 작용을 갖는 존재들만을 말할 때도 있고, 정신이 없는 존재를 합쳐서 생명이라고 말할 때도 있다.57) 이런 견해는 생물에 비해 상대적으로 소외되어 온 비생물에 대해 새로운 인식의 계기를 마련해준다. 다만, 무정 곧 비생물도 생명이라고 하는 비약된 논리는, 비생물 역시 생물과 대등한 자격을 갖춘 존귀한 존재로서 인정하려는

---

57) 금강경에서는 '일체중생실유불성'이라 하여 일체 중생들을 태어나고 생겨나는 방식에 따라 약란생, 약태생, 약습생, 약화생으로 나눈다. 곧, 알에서 태어나는 것, 태(胎)에서 태어나는 것, 고여 있는 물에서 태어나는 것, 그 몸이 갈라져서 형성되거나 꺾꽂이하는 식으로 암수의 결합 없이 생성되는 것들을 가리킨다. 그러나 생명은 이렇게만 나눌 수는 없다. 생명에는 모양이 있는 것도 있고 모양이 없는 것도 있다. 이런 형상과 관련하여 유색(형상이 있는 것), 무색(형상이 없는 것), 형상이 있는 것도 아닌 것, 형상이 없는 것도 아닌 것의 4가지로 나뉜다. 그 다음에 약무생, 약유생으로 나눌 수도 있다. 생명에는 정신이 있는 것도 있고, 정신이 없는 것, 정신이 있다고도 말할 수 없는 것, 정신이 없다고도 말할 수 없는 것이 있다. 이렇게 해서 앞에서 살펴본 것들을 통틀어 12류 중생이라고 한다. 일체 중생을 세분하면 이 12가지 중에 어디에든 포함된다. 이렇게 볼 때 정신이 있고 생각이 있는 존재도 중생이지만 생각이 없는 존재도 중생이라고 해야 한다. 경전에서 중생이라고 하는 것은 소위 성불할 수 있는 존재가 생물학적으로 보이는 생물로만 한정되는 것이 아님을 알 수 있다.(법륜, 「불교사상에서의 생명문제와 세계관」, 한국불교환경교육원, 『동양사상과 환경문제』, 모색, 1997, 128~132쪽, 참고)

의도에서 비롯된 듯하다.

'비생물'이란 생명체가 아닌 모든 자연 존재를 일컫는 말이다. 그런데 여기에서 특히 주목하는 것은 반생명성의 여러 속성 중 '기계문명의 속성'이다. 이것은 '비순환성'을 전제로 한 것이다.

> 비에 젖은 장생포
> 구중중한 배를 뒤집고
> 비늘이 다 벗겨진 바다
>
> 포위 점령하듯 바닷가
> 언덕을 밟고 섰는 화학공장들
> 독을 뿜어 탈색된 바다
> 몇 척 포경선이 비에 젖는다
>
> 마스트는 녹슬고
> 망루는 부러지고
> 포신은 휘어져
> 힘차게 바다를 갈라내던 선단
> 힘겨운 파도만 묶인 뱃전을 두드리고
>
> 그 아이들 어디로 갔나
> 봄날 바닷바람 품으러 온 여공들
> 푸른 바다가 눈이 부셔
> 은빛 수평선이 눈이 부셔
> 가는 눈으로 백치처럼 말없이
> 웃기만 하던 맑은 아이들
>
> 그 힘센 사내들 다 어디 갔나
> 추위와 햇볕에 그을린 얼굴들
> 불끈 주먹과 우렁차던 목소리

힘차게 내딛던 발걸음들

그해 겨울 항구엔
한 척의 배도 출항하지 않았다

먼 바다에서 들려오는 외항선 소리
건너 조선소에서 겨울비 속으로 달려드는
뜨거운 망치 소리

— 백무산, 「장생포」58) 전문

시에 그려진 "구중중한 배를 뒤집고/ 비늘이 다 벗겨진 바다"의 이미지는
죽은 생선의 모습 그대로이다. 바닷가 언덕의 화학공장들이 그 원인이다. 화
학공장에서 나온 독은 아마 인간의 욕망을 채우는 데 이로운 무언가를 생산
하기 위해 배출되었을 것이다. 이것은 인간을 이롭게 하고 배를 불린 문명의
이기였으나, 다른 한편으로는 장생포 바다의 배를 뒤집고 비늘을 다 벗겨내
기에 이르렀다. 인간의 욕망은 현세적이다. 불행히도 이것을 인지하면서부터
더욱 인간의 욕망은 포악하고 무도해졌다.59) 그리고 이것은 늘 생명을 담보
로 진행되어 왔다. 순환성의 생명과는 거리가 먼 비생명체로 전락한 '바다'는
한낱 '화학공장'이나 다를 바 없는 기계 덩어리에 지나지 않는다. 곧 정지, 변
화 없음의 속성을 지닌 기계 덩어리로서 항구는 한 척의 배도 출항시킬 수 없
는 존재인 것이다. 그러나 이러한 기계적 속성과 문명의 폐해 속에서 "봄날

---

58) 백무산, 『인간의 시간』, 창작과비평사, 1996, 94~95쪽.
59) 마르틴 콜랭은 '욕망'에 대해 다음과 같이 말하고 있다.
　　"속세의 당장의 이익을 그토록 갈구하게 만드는 것은 죽음에 대한 그릇된 견해이
　　다. 그래서 인간은 질투, 폭식, 야망 따위에서 심한 고통을 겪는다. 이러한 정념들
　　은 모두 헛된 견해들에서 나온 것들이므로 악한 것이다. 생명과 죽음의 자연적인
　　움직임에 대한 인식은 죽음을 극적으로 묘사하지 않는다. 그리고 영혼의 육체적
　　본성에 관한 인식은 불멸에의 신화를 깨뜨려버린다. 그러므로 인식은 인간이 헛되
　　고 공허한 욕망에 빠지지 않게 지켜주는 병기이다."(Martine Collin, 박윤영 역, 『인
　　간과 욕망』, 예하출판사, 1996, 47~49쪽)

바닷바람 품으러 온 여공들", "말없이 웃기만 하던 맑은 아이들", "그 힘센 사내들'"과 같이 생명력을 상징하는 이미지들은 무엇보다도 돋보인다. 물활론적 자연관의 핵심이 '생명'이라고 한다면, 생명을 통한 생명 구가보다도 비생명을 통한 생명 구가에서 한층 더 그 의미가 잘 살아나고 있는 데 주목할 필요가 있다. 곧 비생물에 대한 물활론적 자연관에서 찾을 수 있는 특징은, 시인들의 생태적 상상력이 "생명의 세계가 배제된 모습을 통해 역설적으로 생명의 의의를 강조하는 방식으로 작용"[60]한다는 점이다.

다음에 예시될 작품들에서도 비생명체로 전락한 생명체들을 통해 문명사회의 부도덕성이 부정적으로 표현되고 있다. 그러나 이것은 부정적인 현실 인식에서 그치지 않고 생태적 희구를 드러낸다.

> ① 우리 시대의 비는 계절과 무관하다.
> 시도 때도 없이
> 푸른 것은 모조리 갉아먹어 버리는
> 전천후 산성비
> 그렇다 전천후로
> 비는 죽은 구근을 흔들어 깨워서
> 자꾸만 생산을 재촉하고 있다.
> 그래서 생산이 넘치고 넘치는
> 그래서 미처 다 소비도 하기 전에
> 쓰레기통만 가득 채우는 시대.
>
> 쓰레기통에서
> 장미가 피기를 기다린다고
> 누군가 참 잘도 말했다.

---

60) 임도한은 정현종과 최승호의 작품을 비교 분석하면서 최승호의 작품에서 그의 생태학적 상상력은 생명의 세계가 배제된 모습을 통해 역설적으로 생명의 의의를 강조하는 방식으로 작용한다고 주장하고 있다.(임도한, 『韓國 現代 生態詩 硏究』, 앞의 논문, 100쪽)

한때는 선지자의 예언처럼 고독했던
그러한 절망이
이제는 도처에서 천방지축으로
장미처럼 요란하게 꽃피고 있는 시대.

죽은 자의 욕망까지 흔들어 깨우면서
그 위에 내리는
시도 때도 없는 산성비.

사람들은 모두 우산을 쓰고 있다.
일회용 비닐우산이 되어 버린
절망을 쓰고 있다.

비극이 되기에는
너무나 흔해빠진 우리 시대의 비
대량생산의 장미를 쓰레기통에 가득 채우는
전천후 산성비 오늘도 내린다.
　　　　　　　　　　　　　　　－ 이형기, 「전천후 산성비」61) 전문

② 이 도시의 시민들은 아무도 죽지 않는다
　어제 분명히 죽었는데도
　오늘은 또 거뜬히 살아나서
　조간을 펼쳐든 스트랄드브라그 씨의 아침 식탁
　그것은 위대한 생명공학의 승리
　인공합성의 디엔에이 주사 한 대가
　시민들의 영생불사를 확실하게 보장하고 있다
　(……)
　1년에 한 살씩 나이를 먹는다는 계산은
　전설이 되어버린 도시

---

61) 이형기, 『심야의 일기 예보』, 문학아카데미, 1990, 94~95쪽.

얼마나 오래 살았는지
누구도 제 나이를 아는 사람이 없다
(……)
실연한 백발의 노처녀가 드디어 목을 맨다
그러나 결코 죽을 수는 없는
차가운 디엔에이의 위력
스스로 개발한 첨단의 생명공학이
죽음에의 길마저 차단해버린 문명의 막바지에서
시민들의 소망은 하나밖에 없다
아 죽고 싶다
　　　　　　　― 이형기, 「죽지 않는 도시」[62] 부분

③ 그래야 경제가 발전한다.
비오디 피피엠.
물보다 물 사먹을 돈이 더 좋다,
비오디 피피엠.
몽골 샤먼의 진언처럼 주술성이 강한
비오디 피피엠의 마취효과.
물고기는 죽거나 말거나
중금속 폐수에 맹독성 농약과 개숫물
지천으로 흘러들거나 말거나
비오디 피피엠은 끄떡없이 버틴다.
이 강물은 썩을 리 없다.
　　　　　　　― 이형기, 「비오디 피피엠」[63] 부분

　　모든 생명체는 순환하는 자연의 질서 속에 놓여 있다. 순환하는 자연
질서는 곧 생명활동의 바탕이 된다. 그런데 근대 문명의 발달은 이러한
자연의 질서를 무질서하게 와해시켜 놓았다.[64] ①의 시에서 "우리 시대의

---

62) 이형기, 『죽지 않는 도시』, 고려원, 1994, 14~15쪽.
63) 이형기, 위의 시집, 26~27쪽.

비는 계절과 무관하다"는 첫 행은 이러한 맥락에서 짚어봐야 한다. "우리 시대의 비"는 순환적인 생산 리듬 속에서 봄순을 재촉하는 그러한 비가 아니다. "죽은 구근을 흔들어 깨워서 자꾸만 생산을 재촉"하는 비이다. '죽은 구근'은 생명성을 상실한 것이다. 이것은 이미 반생명反生命으로 불리는 기계적 속성에 가까워져 있다. 그러기에 미처 다 소비도 하기 전에 넘치게 생산된 것들은 쓰레기통만 채울 뿐이다. 순환의 생산 주기에 얽매이지 않는 기계적 산업 문명의 결과로 생산의 과잉을 초래한 것이다.

생명은 순환적인 자연의 질서에 응할 때 가장 아름다운 가치를 지닌다. 물론 이것은 생태 원리에 비춰서도 긍정적인 의미를 갖는다. 생태 원리의 순환 질서가 깨짐으로써 모든 자연 존재들은 '죽은 구근'과 같이 기계적 속성의 물질, 쓰레기로 전락해 버린다.

자연계에서는 본래 쓰레기란 없다. 어떤 존재가 있어야 할 자리에 있지 못하고, 사용되어야 할 곳에 사용되지 않기 때문에 발생하는 것이 쓰레기 문제다.[65] 자연의 질서를 무시한 기계적 과잉 생산의 결과이다. 기계적 과잉 생산은 인간의 이기주의와 욕망에 편승하여 더욱 기승을 부린다. "죽은 자의 욕망까지 흔들어 깨우면서 그 위에 내리는 시도 때도 없는 산성비"란 인간의 끝없는 욕망과 그로 인한 파멸의 경구이다. 산성비의 재앙을 막기 위해 인간이 쓰고 있는 것은 공교롭게도 "일회용 비닐우산이 되어버린 절망"이다. 인간은 산성비와 같은 생태 위기의 경고마저도 일회

---

64) "순환의 비전은 농업시대적 삶과 관계있고 역사적 비전은 근대적 생산양식과 관계된다. 이제 순환질서가 인간의 생산을 지배하던 시대는 지나갔지만, 그 질서는 여전히 지상의 '삶의 전체적 환경'을 규정하고 지배한다. 근대적 생산이 산출한 현대 문명의 가장 거대한 오만은, 순환질서가 눈에 띄지 않고 생산의 직접적 조건이 아니라는 이유로 그것을 능멸하고 무시하는 데 있다. 이오만은 지상의 모든 삶을 가능하게 하는 순환의 법칙 자체를 파괴하여 생명의 전면적 절멸을 가져올 수 있는 단계에까지 이르고 있다."(도정일 「풀잎, 갱생, 역사」, 『초록생명의 길』, 앞의 책, 129쪽)

65) 법륜, 『불교와 환경』, 앞의 책, 55쪽.

용 비닐우산처럼 쉽사리 내팽개쳐 버리기 일쑤다. 이것 역시 쓰레기통에 곧 버려질 운명의 일회용 생산물에 지나지 않는 것이다.

이 작품에서 기계 문명에 투영된 물활론적 자연관은 생태계 순환 원리를 거스르는 반생명성으로 대변된다. 이것은 기계 문명의 폐해를 지적하고 고발하는 데서 그치지 않고 나아가 물활론적 자연관의 가치를 한층 드러내는 역할을 한다. 이 또한 앞서 살펴본 백무산의 작품에서와 같이, 생명체를 통하여 관계적 삶의 공생을 추구하는 예보다 더욱 강하게 비생명체를 통하여 역설적으로 표출하고 있다.

②의 시도 앞에서 살펴본 맥락에서 읽을 수 있다. 사람이 죽는다는 것은 평범한 진리이다. 더불어 이것은 생태계의 원활한 흐름을 위하여 반드시 필요한 과정이기도 하다. 인간은 죽어 비생명체의 자연물질로 돌아가 생태계 물질 순환과 에너지 흐름에 동참한다. 그 주검은 썩어 흙이 되고, 그 흙은 거름이 되어 식물을 자라게 할 것이다. 식물은 다시 초식동물의 먹이가 되며, 초식동물은 육식동물을 거쳐 다시 먹이사슬의 다른 축으로 이어지는 이러한 순환과정들이 되풀이된다. 생태계의 안경을 쓰고 바라보면 모두 엄숙하고 신성한 것들이다.

그런데 인간이 죽지 않고 영원한 삶을 보장받는다고 할 때, 어떠한 일이 벌어지게 될까. 인간이 오랜 역사 속에서 품어온 욕망 중 으뜸은 바로 불사의 꿈이라 할 수 있다. 시 ②에서는 이러한 인간의 욕망을 모티프로 하여 시상을 전개하고 있다. 그런데 불사의 꿈을 실현할 수 있는 생명공학의 승리가 인간에게 행복을 가져다 줄 것인지에 대한 시인의 답변은 부정적이다. ②의 시에서 비생명의 기계문명적 소재들 곧, '생명공학', '인공합성의 디엔에이 주사' 등에 투사된 자연관은 이를 잘 말해준다. 단적으로, 불사의 욕망은 생태계의 흐름을 끊어버리는 결과를 초래한다. 우리는 무한정 생태계 소비자가 늘게 되면서 초래할 많은 생태계 문제를 어렵잖게 유추해볼 수 있다. 먼저, 유일한 생산자인 식물들을 위시한 자연의 고

같이 진행될 것이다. 더구나 죽을 수 없다는 사실은 동시에 삶의 의욕을 점차 상실케 할 것이다. 그리하여 사람들은 영생불사를 일궈낸 생명공학의 성과에 대해서도 회의하고 분노할 것이다. 죽음의 길마저 차단해버린 문명으로 인해, 원활한 흐름이 정체된 생태계는 절로 썩어 파멸에 이르게 될 것이다. 이 시의 마지막 부분에 드러난 시인의 절규는 그래서 의미 있다. "죽고 싶다"는 것, 이것은 생명체로서 생태계의 순환과정에 참여한다는 의미다. 원활한 자연 생태 흐름에 동참함으로써 인간은 비로소 자연과 화해를 이룰 수 있고, 대자연의 구성 요소로서 소임을 다하게 되는 것이다. 임도한 역시 이 시의 해석에서, 문명의 폐해를 의식하는 가운데 반생명성을 지적하게 되고 생명의 소중함에 대한 강조로 발전하게 됨을 확인할 수 있다고 주장한다. 그리하여 인간 문명의 발달이 가져올 최고의 상태를 비판적으로 그려 인간중심적 가치관과 인간의 욕망 그리고 인류 문명의 본질에 대해 성찰할 수 있는 계기를 제공한다는 것이다.[66]

③에서도 시인이 차용한 소재들, '비오디 피피엠', '중금속 폐수', '맹독성 농약', '개숫물' 등 비생명체들은 하나같이 기계문명의 속성을 갖춘 대표적인 물질들이다.

먼저 "물보다 물 사먹을 돈이 더 좋다"는 의미를 살펴보기로 한다. '물'은 인간이 생명체로서 살아가는 데 최소한의 생존 조건이 된다. 이것은 치장이나 가식, 욕망과는 거리가 멀다. 다만 생리적 기초 대사에 필요한 절박한 삶의 요건일 따름이다. 그러나 '돈'은 이와는 거리가 있다. 돈은 인간이 현대를 살아가는 데 필요악의 의미를 갖고 있다. 이것은 치장이며 가식이고 욕망을 좇는 매개물이다. 따라서 돈이 물보다 더 좋다는 의미는 기본적인 생존 조건에 만족하지 않고 치장, 가식, 욕망을 추구한다는 의

---

66) 임도한은 「죽지 않는 도시」를 '문명비판시'로 구분하고 있다. 이것은 계몽적 의도를 드러내는 것이 대부분이지만, 현장 고발의 작품보다는 생태학적 자각에 한 걸음 접근한 것이라는 견해이다.(임도한, 『韓國 現代 生態詩 硏究』, 앞의 논문, 89쪽)

미로 받아들여진다. 이것을 열렬히 추종하는 현대의 인간에게 강물이 썩거나 물고기가 죽는 것은 그리 중요한 관심사가 되지 못한다. 이미 부도덕한 욕망의 덫에 걸려 있기 때문이다.

곧, 이 시를 통하여 시인이 의도하는 것은 기계문명의 부도덕성에 대한 경고의 메시지이다. 자칫 기계문명은 인간과 자연의 유대를 깨뜨리고, 인간 욕망만을 추구하는 결과를 낳을 수 있다. 그러나 그러한 인간의 욕망이 인간의 행복을 가져다 주지 못하는 것은 물론, 궁극에는 자연생태의 흐름마저 끊기게 할 수도 있다는 점을 이 시는 강조하고 있다. 기계문명의 화려한 외양에 가려진 물활론적 자연관의 가치를 위 시들은 잘 드러내 준다.

기계문명적 속성의 비생명체들은 작품 속에서 물활론적 자연관에 의해 삭막하게 투사된다. 인간의 기본 생존 조건과는 거리가 먼 물질들로서, 인간의 이기로 인해 새롭게 자연생태계에 등장하였으나 지금에 이르러서는 자연생태계 황폐화의 주범이 되고 있다. 이것은 자연생태계의 순환성과 거리가 멀어 엔트로피를 증가시킨다. 인간의 무분별한 욕망과 부도덕성을 대변하는 것들이기도 하다. 그러나 그것들은 그 자체의 부정적 의미 개념들을 독립적으로 구사하기보다는, 생태주의 시가 지향하는 주제를 이끌어내는 데 간접적으로 도움을 주고 있다. 먼저, 비생명체들에 내포된 삭막한 이미지에 따라 상대적으로 생명체들의 생동감을 도드라지게 하는 구실을 한다. 그리고 비순환성의 부도덕성과 피해를 보여줌으로써, 역설적으로 살아넘치는 물활론적 자연생태계에 대한 강렬한 회구를 배태하게 하는 것이다. 보는 시각에 따라서는 물활론적 사고를 되찾는 일이란 그리 어렵지 않은 것일 수 있다. 우리가 스스로를 진단하는 작은 변화에서 조금씩 나아가 온 우주에 생명으로 충일하게 된다는 것. 이것이야말로 생태주의 시가 지향하는 바이다.

지금까지 작품 속에 투영된 물활론적 자연관을 살피고 인간과 자연의 연대, 혹은 연대의 모색 과정을 살펴보았다. 생물에 대한 물활론적 자연관에서는 주로 생동감 있는 생명체들을 소재로 하여 이들이 상징하는 건강한 자연을 강조하고, 인간과 자연의 연대를 회구하는 경향을 드러낸다. 반면, 비생물에 대한 물활론적 자연관의 경우는, 순환하는 생태계 원리를 거스르는 기계 문명적 속성의 비생명체들을 통하여 파괴된 '생태 · 환경을 보여줌으로써 역설적으로 생동감 넘치는 자연에의 회구를 불러일으키고 있다.

계속하여, 앞에서 살펴본 물활론적 자연관의 논의 내용을 바탕으로 생태주의 시들의 '시적 비유'에 대한 분석이 이어질 것이다. 생태주의 시에서 물활론 혹은 물활론적 자연관에 대해서는 더러 연구가 진행되어 왔으나, 아직까지 그와 관련하여 시적 비유의 문제까지 다룬 예는 찾을 수 없다. 시에서 '비유'가 차지하는 중요성을 감안한다면, 생태주의 시에서 물활론적 자연관과 연계한 시적 비유의 문제는 간과해선 안될 논의 내용이라 할 수 있다.

2) 생물 · 비생물과의 교감을 통한 시적 비유

물활론적 자연관의 파장은 광범위한 범위에 걸쳐 펼쳐져 있다. 앞에서 생태주의 시에 드러나는 생명체와 비생명체들은 '생명성'과 '반생명성 중 특히 기계문명적 속성'을 띠고 있으며, 물활론적 자연관에 의해 자아와 자연 대상 사이의 유대감을 형성하는 데 기여하고 있는 것을 살펴보았다. 그 연계 하에서 이 부분에서는 '물활론적 자연관과 시적 비유'라는 주제를 가지고 논의를 전개할 것이다. '시적 비유'의 문제에 관심을 기울이게 된 것은, 생태주의 시의 경우 유독 '의인화'가 빈번히 등장하며, 또한 이 외에 '은유', '직유', '상징' 등에서도 같은 맥락의 비유적 발상이 드러난다는 데에 주목했기 때문이다. 이 연구에서는 이것을 물활론적 사고의 결과로 보고 있다.

비유의 근본 정신은 비교되는 두 대상 사이의 동일성의 발견에 있다.[67] 특히 여기에서 주목하는 '의인화(의유, 활유)'의 경우, 이러한 비유의 근본 정신에 비춰볼 때 시사하는 바가 크다. 인간중심주의적 세계관에 의해 상대적으로 인간보다 평가 절하되었던 인간 외 존재들에 대한 새로운 조명이 생태주의 시에서 이루어지고 있는 반증인 셈이다. 이 작업의 일환으로 시인들은 시적 비유를 통해 소외된 인간 외 존재들에 대해 인간과 대등한 자격을 부여하려 시도한다. 서정시의 본질이 자아와 세계의 동일화에 있다는 점을 상기한다면, 이질적인 두 대상간의 동일성을 추구하는 비유는 대표적인 시적 원리가 된다고 할 수 있다.

그런데 생태주의 시에서 의인화를 비롯한 시적 비유의 경향은 두 가지 방법으로 드러나며 이것들은 각각 대별되는 효과를 초래한다. 그 중 하나는 인간과 자연 존재들의 비교적 밝고 희망적인 측면을 강조하는 것인데, 이것은 인간과 자연 상호간의 원활한 연대를 모색하고 자연생태계에 대한 긍정적 인식을 그려낸다는 점에서 상향적 체계의 비유화라 할 수 있다. 다른 하나는, 인간과 자연 존재들의 어두운 측면을 강조하는 것인데, 이것은 단절된 인간과 자연의 관계, 현대 문명 사회에 대한 부정적 인식을 그려낸다는 점에서 하향적 체계의 비유화라 할 수 있다. 그러나 양자 모두 의인화 등을 통하여 인간 외 자연 존재들에 대해 인격적 사유체계를 부여하거나 인간과 대등한 존재로 그려내고 있다는 점에서는 동일한 양상을 드러낸다.

이 두 가지 방법은 앞 장에서 살펴본 내용의 연장선상에 놓여 있다고 할 수 있다. 따라서 이어지는 논의에서는 그것들을 각각 앞 장의 연계 하에, '생물과의 교감을 통한 시적 비유'와 '비생물과의 교감을 통한 시적 비유'의 틀 속에서 논의를 전개하기로 한다. 분석 대상으로는 이하석, 정현종, 강은교의 시들을 중점적으로 택하였다. 부기하고 싶은 것은 시 해석의 다양성에 관한 문제이다. 논의될 작품들 역시 이처럼 다양한 측면

---

67) Northrop Frye, 임철규 역, 『비평의 해부』, 한길사, 1982, 171쪽.

의 해석이 가능하다는 점을 전제로 하며, 그 중 특히 생태주의적 측면을 택하고 있음을 밝혀둔다.

(1) 생물과의 교감을 통한 시적 비유

시는 언어를 매개로 한 예술이다. 언어는 인간의 가장 위대한 창조물인 동시에 정반대로 동물로서 인간의 가장 치명적이며 근본적인 조항이기도 하다. 언어로 인해 인간은 동물 아닌 동물이 되어 자연과 뛰어넘을 수 없는 거리를 갖게 되었다.[68] 인간은 언어를 통해서 인간외 사물들을 객관적으로 인식하거나 이것을 지배할 수 있게 되었지만, 이 과정에서 필수적으로 시적 비유의 논리가 배태되었다고 할 수 있다. 곧, 언어는 그 사물 현상 자체가 아니며 인간의 지각 과정을 통해 재배열된 지각 현상의 표출인 것이다. 언어로 인해 자연에서 분리된 인간이 대자연의 일부로서 자신을 인식하고, 거대한 자연 속에서 조화를 이루려는 노력을 보여주는 것은 당연한 일이라고 할 수 있다.

이하석의 시를 살펴보자.

> 보랏빛 달개비꽃 주위로 조여드는 확장되는
> 넘쳐나는 쇠의 붉은 녹물.
> 아니아니
> 그렇게 말하기보다는 더 아름답게,…… 이렇게
> "수줍게 쇠들을 물로 달래는 보랏빛 달개비꽃."
>
> ― 「폐차장2」[69] 전문

폐차장이라는 제목부터 음산한 문명의 그늘이 감지된다. 생활에서 폐기된 물건들이 버려져 쌓인 곳, 그러한 곳이 폐차장이다. 그러나 자연적

---

68) 박이문, 「시적 언어」, 정현종·김주연·유평근 편, 『시의 이해』, 민음사, 1987, 50쪽.
69) 이하석, 『측백나무 울타리』, 문학과지성사, 1993, 12쪽.

인 생태계에서는 결코 폐기되어 버려질 것, 혹은 쓰레기란 있을 수 없다. 모든 유기물과 무기물은 서로 얽히고 맞물려 소비되거나 분해된다. 쓰여질 곳이 더는 없어서 버려질 수밖에 없는 정체 불명의 물건들, 곧 폐차장이라는 장소는 그 설정부터가 문명의 사생아와도 같은 의미를 내포한다. 폐차장에서 겨우 비집고 솟아난 '보랏빛 달개비꽃'의 의미는 그래서 특별하다. 아무리 각박한 문명의 뒷골목이지만 생명은 잔재하기 마련이다. 이 가녀린 생명체의 주위로 "쇠의 붉은 녹물"이 "조여들고 확장되고 넘쳐" 흐른다. 녹물은 단적으로 드러나는 문명의 구정물이다.

이것을 바라보는 시인의 역설은 이러하다. 쇠의 녹은 단순히 부패한 쇠의 빛이 아니라 달개비의 얼굴빛이다. 더구나 "수줍게 쇠들을 물로 달래는"이라는 표현에서 짐작할 수 있듯이, 이 물은 부패한 쇠들을 달래기 위해 달개비가 끌어온 재생과 정화의 성수이다. 달개비의 얼굴빛이 붉어져 이 빛이 성수에 비치는 것이다. 이것은 이만저만한 역설이 아니다. 자세히 들여다보면 시인이 위 시를 통하여 가장 역점을 둔 것은, 폐차장이라는 버려진 것들의 공간 속에서 끊기지 않고 솟아오르는 생명체 '달개비꽃'이다. 이 작은 희망의 생명이 점점 녹물을 성수로 환원하고 부패한 쇠붙이들을 달래는 엄청난 위력을 발휘한다. 달개비는 처해 있는 공간과 공간 속의 비생명 물질들과 대비를 통해 그 생명력을 명료히 드러내고 있는데, 달개비에게 부여된 의인화 수법이 이를 잘 뒷받침한다. 곧, 의인화를 통하여 달개비는 인격적 주체로서 문명의 부산물인 '쇠와 쇠의 녹물'과 화해를 이루어내고, 나아가 긍정적인 생태 지향의 메시지를 전달하고 있는 것이다.

> 쐐기풀 덤불 아래
> 푸른 먼지 푸른 먼지 푸른
> 먼지, 때로 젖고 마른 잎들만 비틀린 채 드러나
> 가만히 앉을 그늘이 없다.

회색 개미떼가 쳐들어오는 방안에는
붉은 술병의 그늘이 식어 있다.
문 밖엔 여전히 붙은 '신문 사절'

물론 다시는 신문이 오지 않는다
그 대신 포크레인과 포크레인과 포크레인이 온다.
그 자신의 그림자를 타고 달리는 회색 벌레같은.

담 안에 뛰어들어 얼른 꽃 피우고
먼지 그늘에 숨는 민들레가 그걸 엿보고는
재빨리 온 집 안과 집 밖에 바람 씨앗을 날린다.
―「빈 집」70) 전문

　　물활론적 사고는 세상의 모든 자연 존재들도 인간과 같이 영혼이 있다
는 믿음에서 출발한다. 자연 존재들의 영혼에 눈높이를 맞춰 그들의 입장
에서 세상을 바라볼 준비를 한다는 의미가 된다. 그래서 의인화 곧 의유
와 활유는 가장 기본적이고도 중요한 생태주의 시의 시적 기재로 활용되
는 것이다.

　　위의 시에서도 '회색 개미', '민들레'의 의유를 통해 주제를 전개하고 있
다. '빈 집'이란 일반적으로 인기척이 끊긴 집을 의미한다. 인간의 주거 생
활이 이루어지지 않는 곳, 혹은 정지된 곳이다. '신문 사절'이라는 문구는
이것을 잘 대변한다. 그러나 이 빈 집은 엄밀한 의미에서 빈 집이 아니다.
그 곳에도 생명체들의 활발한 움직임이 포착된다. 인적이 끊긴 곳으로 쳐
들어오는 회색 개미떼들, 이들은 인간과 직접적인 대결 대신에 인간이 살
지 않게 된 빈 집에 슬그머니 점령해 들어오는 방법을 택한 듯 보인다. 그
들에게 사람의 의미는 위협적일 수밖에 없다. 자신들을 한 공간 속의 공

---

70) 이하석, 위의 시집, 27쪽.

존의 대상으로 인정하지 않을 뿐 아니라, 갖가지 살상 도구로 생존을 위협하기도 한다. 그러기에 인적이 끊긴 집으로 잠입한다 하더라도 쳐들어가는 전사들처럼 긴장돼 있다. 그리고 "물론 다시는 신문이 오지 않는다"는 사실을 확인하지만 이것도 잠시, 빈 집을 허물기 위해 포클레인이 밀려와 그 평화를 깨뜨려버린다. 개미떼의 불운 곁에는 민들레가 함께 한다. 담 안에 뛰어들어 꽃을 피웠던 민들레가 개미떼와 포클레인을 보고 재빨리 취한 행동은 재미있을 뿐만 아니라 의미심장하기 그지없다. 인간과 공존이 얼마나 힘든 일인지를 민들레는 행동을 통해 단적으로 보여준다.

포클레인으로 은유되는 인간 문명의 이기에 대해 민들레가 경계의 표시로 날려보낸 것은 '바람 씨앗'이다. 인간이 비운 집조차 안전치 못하여 다시 떠나야 하지만, 이 순간에도 생명체들은 '씨앗'을 포기하지 못하고 이것을 퍼뜨리려 한다. 이것은 부도덕한 문명에 대응하는 생명체들의 평화로운 단 하나의 무기이다. 얼핏 보면 개미떼와 인간의 정서적 대립 면에서 문명사회에 대한 부정적인 현실 인식만이 강조된 듯 보이나, 결국 상황은 시의 마지막 부분에 이르러 반전되고 있음을 알 수 있다. 생명체들을 대표하여 '민들레'가 퍼뜨리고 있는 '바람 씨앗'은 어느 경우에도 포기할 수 없는 희망의 상징이기 때문이다. '민들레'에게 주체적 사고 판단의 기회가 주어짐으로써, 민들레는 자신의 몫을 훌륭하게 소화해내고 있는 것이다. 현실과 화해 그리고 긍정적 연대 가능성이 점쳐지는 대목이기도 하다. 이것은 민들레의 성공적인 의인화 결과이다. 이처럼 인간과 연대를 모색하던 생명체들은 다음의 시에서 인간의 희로애락을 형이상학적으로 감응하는 사고의 주체로 그려진다.

> 안개 속으로 굴참나뭇잎들이
> 이슬을 굴린다. 도토리 갈색 열매들은
> 땅을 내려다본다. 이젠 떨어질 때가 되었다.

산 아래로 굴러내리는 어떤 돌의 소리가
들린다. 나무 아래서 김노인은 잠시 쉬며
이마의 땀을 손등으로 쓱 밀어낸다.
고요는 어둠 풀리는 안개 속으로 번져나온다
— 「돌 구르는 소리」[71] 부분

 땅을 내려다보며 "이젠 떨어질 때가 되었다"고 생각하는 도토리 갈색
열매들의 사유는, 세상 역정을 다 겪어낸 인간의 그것처럼 담담하다. 자
연의 순환 속에서 자신의 위치를 인식하고 스스로 처방을 내리고 있다는
점에서 뭇 생명체들과는 다른 사유체계를 드러낸다. 오히려 이것은 욕망
이 배제되어 있다는 점에서 凡人들의 사고방식을 뛰어넘는 형이상학적인
차원의 대응이라 할 수도 있다. 자연의 조화를 이해하고 그 부름에 순순
히 응한다는 것, 이것은 욕망의 연쇄고리에 얽혀 있는 인간들에게는 그리
쉬운 일이 아니다. 때문에 나무 아래서 잠시 쉬며 이마의 땀을 닦는 '김노
인'은 상대적으로 왜소하게 처리되어 있다.
 이와 같이 시인은 소재들에 투영된 식물적 상상력을 통해 긍정적인 자
연 흐름의 일면을 반영하려 한다. 실제로 앞에서 살펴 본 「빈 집」에서도
식물에 대한 시인의 인식이 동일하게 드러난다. 「빈 집」에서 일차적으로
인간과 대립 구도를 드러내는 것은 '회색 개미 떼'이다. 시인은 회색 개미
떼들의 의인화를 시도하지만, 정작 인간과 공존 가능성에 대해서는 부정
적이다. 그러나 민들레를 통하여 '바람 씨앗'을 뿌리고 평화적인 해결책을
모색한다. 여기에서 민들레는 회색 개미떼와 달리 인간에 대해 대립적인
존재가 아니다. 의인화된 민들레는 회색 개미 떼와 인간 사이의 대립을
지켜보는 제3의 관찰자이며, 공존과 평화를 긍정적으로 모색하는 매개자
로 그려진다.

---

71) 이하석, 『金氏의 옆얼굴』, 문학과지성사, 1987, 66쪽.

다음 작품들에서도 시적 비유에서 물활론적 사고가 바탕이 되고 있음을 알 수 있다. 그런데 이때 생명체의 내면성에 따라 시인의 선호도가 달라진다는 사실을 발견할 수 있다.

① 피임약과 함께
　황혼이 온다. 세돌씨는 여자의 더러운 손톱을
　깨물면서 작은 여우처럼 으르렁거린다.
　폭우가 또 퍼붓고, 태풍 세실양의 치맛자락이
　누추한 여관의 창을 휘감는다.
　　　　　　　　　　　　　　―「여름 휴가」72) 부분

② 그가 날 찾아왔다고 생각한다.
　그가, 그 여린, 모든 설명과 죄악의 세계에서 자유로운 그가
　문득 내 앞에 나타났다고
　이 턱없는, 아슬아슬한,
　사랑이 실은 나의 힘이다.
　내가 사는 도시의 미세하게 얽어짜인 미궁들을 비켜서
　그만이 아는 미로의 해답을 더듬어서
　그가 내게 왔다.
　그 길은
　내가 가보고 싶었던 길
　　　　　　　　　　　　　　―「고추잠자리」73) 부분

③ 그 나무는 신의 모습으로 서 있었네.
　　― 모든 나무는 신의 모습을 하고 있다고
　나는 생각하네 ―
　해 뜰 무렵 출근길에 인도와 차도 사이, 아슬아슬하게,
　나무의 서쪽으로 드리운 그 그림자에

---

72) 이하석, 위의 시집, 24쪽.
73) 이하석, 『측백나무 울타리』, 앞의 시집, 44쪽.

내 그림자의 가슴을 맞추었네.

         —「비밀」74) 부분

 ①의 시는 현대 문명사회의 어두운 한 단면을 그려내고 있다. 동양에서는 인간을 윤리적 도덕적 존재로 정의하며, 도덕을 가졌으므로 금수 중에서 인간만이 유일한 도덕적 존재라고 본다.75) 그런데 발달된 서구 과학문명의 유입으로 이성적인 사고방식이 강조되면서 인간성은 점점 기계적으로 변질되어버렸다. 자연히 윤리적 도덕적 측면의 인간성은 소홀히 취급되고 그 중요성도 점차 퇴색되어가고 있다. 그 대신 쾌락적이고 즉흥적인 문화에 노출되어 있지만, 이것을 제어할 수 있는 도덕적인 개인의 양심이나 사회적 공감대가 형성돼 있지 않다. 이러한 사실은 나아가 인간성 상실을 예고한다는 점에서 반생태적 파장을 불러일으킨다.

 이 시에 등장하는 '작은 여우'의 의미 속에는, 더러운 여관방에서 상경한 시골 처녀를 범하는 세돌씨의 이른바 짐승적 본능이 담겨 있다. "작은 여우처럼 으르렁거린다"는 표현의 주체는 '세돌씨'이다. 인간을 비인간적 존재로 비유하고 있다는 점에서, 비인간을 인간화하는 일반적인 예와는 구별된다. 이 결과 '세돌씨'는 '작은 여우'와 동격의 대상으로 그려진다. 시인이 바라보는 세돌씨와 작은 여우는 하나의 동질성으로 인해 밀착되어 있다. 그런데 이때 이들이 공유하고 있는 연대감은 그리 긍정적인 가치 개념에서 기인한 것이 아니다.

 시인에게 동물, 특히 들짐승에 대한 상상력은 앞에서 살펴본 식물의 경우와는 대조적이다. 그의 시에 등장하는 들짐승들은 대체로 부정적인 가

---

74) 이하석, 『金氏의 옆얼굴』, 앞의 시집, 22쪽.
75) 이러한 입장은 서양사상에서의 인간에 대한 정의와 구별된다. 서양에서는 인간을 이성적 동물로 바라본다. 서양사상은 논리적이고 체계적인 사고, 과학적 · 분석적이며 명확하고 정확한 기계적 사고로서, 한 마디로 인간성을 상실하고 배제한 것일수록 객관적이고 타당하다는 사고가 중심이 된다는 것이다.(송항용, 「노장철학의 세계」, 『동양사상과 환경문제』, 앞의 책, 46쪽)

치를 내포한다.76) 그런데 특이할만한 사실은 동물 중에서도 들짐승 외 어류나 곤충류 등의 경우에는 상대적으로 보다 덜 부정적인 의미로 표현되고 있다는 점이다.77) 그 예로써 위의 시 ②를 들 수 있다. 이 시에서 '고추잠자리'는 "그 여린, 모든 설명과 죄악의 세계에서 자유로운" 존재이며, "턱없는, 아슬아슬한 사랑"이기도 하다. 앞에서 살펴본 '작은 여우'와는 확연히 다른 의미를 내포한 것으로서 "내가 가보고 싶었던 길", 곧 도시의 미로를 자유롭게 더듬어갈 수 있는 존재이다. 이것은 고추잠자리가 하늘을 날아다닌다는 일반 관념에 덧붙여진 상징성으로 해석할 수도 있다.

이와 비교할 때 식물에 대한 화자의 심리는 지극히 긍정적으로 고양되어 있다.78) 심지어 ③에서와 같이, 나무를 가리켜 "신의 모습으로 서 있었네―모든 나무는 신의 모습을 하고 있다고 나는 생각하네―"라고 표현하기를 서슴지 않는다. 나무의 그림자에 자신의 그림자의 가슴을 맞춰보는 행위에서는 엄숙함마저 느껴진다. 서낭단 앞에 서서 옷깃을 여미듯, 나무의 모습에서 신을 느끼고 "그 그림자에 내 그림자의 가슴을 맞추는" 의례를 치르는 것이다.

예컨대 자기 실존에 대한 생명체의 절대적 관심을 가리켜 내면성이라 부른다. 생명체는 새로운 물질을 얻기 위하여 외부 세계에 대해 개방적이어야 한다. 그로 인해 지각, 운동, 감정을 통해 외부 세계와 선택적 관계를 맺고 있으며, 외부 세계와 만나면 만날수록 그 내면적 정체성은 증대된다.79) 이와 같은 맥락에서 연계한다면, 생명체를 의인화할 때 내면성 곧

---

76) 인용된 시 외에, 「검은 길」, 『측백나무 울타리』, 앞의 시집, 25쪽; 「1980년 11월 25일」, 『金氏의 옆얼굴』, 앞의 시집, 74~75쪽 등에서도 들짐승에 대한 시인의 부정적 인식을 읽을 수 있다.

77) 인용된 시 외에도, 「지리산 1」, 『금요일엔 먼 데를 본다』, 문학과지성사, 1996, 12쪽; 「연어」, 위의 시집, 89쪽 등에서도 같은 맥락의 인식이 드러난다.

78) 인용된 시 외에도 「기린초」, 『금요일엔 먼 데를 본다』, 위의 시집, 84쪽; 「제비꽃」, 『투명한 속』, 앞의 시집, 39쪽 등의 작품에서 식물에 대한 시인의 긍정적 인식을 읽을 수 있다.

내면적 정체성이 증대된 생명체일수록 역으로 이에 대한 이하석의 선호도는 낮아지고 있다는 흥미로운 결론을 이끌어낼 수 있다. 내면성이 증대된 생명체일수록 그 의인화된 가치 개념은 상대적으로 부정적인 경향을 띠는 것이다. 이 결과 들짐승을 비유화하고 있는 경우에는 건강한 자연 생태계를 표현하기보다는 삭막하고 부도덕한 현대문명 사회의 부정적인 단면을 표현하는 데 원용되는 예가 많다. 반면 들짐승 외 곤충, 어류, 식물에 대한 비유화의 경우는 상대적으로 긍정적인 자연 생태계 속의 순조로운 인간과 자연 사이의 교류가 표현되는 예가 대부분이다. 그러나 살펴본 바와 같이, 모든 사례에서 생명체들이 인간과 교감이 가능한 인격적 존재라는 연대감 위에 표현되고 있음은 재론의 여지가 없다.

한편, 다음의 시에서는 시적 비유가 어떻게 드러나고 있을까. 정현종 역시 물활론적 자연관을 바탕으로 하여 시 세계를 전개하고 있다.

> 여름날 축령산 잣나무숲
> 이끼 낀 바위 위에 웅크리고 있던
> 참 오랜만에 본 갈색 두꺼비,
> 내가 엎드려 들여다봐도
> 태평인지 숨은 건지 끄떡도 하지 않던
> 한 神出― 자연만큼 깊고 두툼한 등허리,
> 그 흑갈색 등허리에 어려 있던
> 숲 그늘, 흙 냄새, 계곡 물소리.
> 갖은 곤충들과 풀잎과 하늘,
> 그 등허리 깊은 색깔 속에 선명하던
> 또 저 무한 천체들……

---

79) 이진우의 따르면 유기체적 정체성은 질료적 의존성을 대가로 얻어지는 까닭에 자아와 세계, 주관과 객관, 내면과 외면의 구별은 이미 생명체에 주어져 있는 정신현상이다. 자기 실존에 대한 생명체의 절대적 관심이 내면성이라 할 때, 지각·운동·감정과 같이 유기체를 식물과 구별하는 특성들은 모두 이 내면성을 표현한다.(이진우, 『녹색 사유와 에코토피아』, 앞의 책, 37쪽 참고)

그 두꺼비 등에 올라 나는
오늘 기운을 좀 차리이느니
                                              ─「그 두꺼비」80) 전문

　화자가 축령산 잣나무숲에서 만난 갈색 두꺼비는 神出한 등허리를 가
지고 있다. 神出한 등허리란 화자가 표현하는 바, "자연만큼 깊고 두툼한
등허리"이다. 두꺼비에게서 단지 친근함을 느끼는 데 그치지 않고, 한 걸
음 더 나아가 그 두꺼비 등허리에 '자연'을 통째로 옮겨와 바라보고 있다.
이쯤 되면 두꺼비의 몸 하나가 거대한 자연을 내포하는 상징체가 된다.
숲 그늘, 흙 냄새, 계곡 물소리, 갖은 곤충들과 풀잎과 하늘, 또 무한 천체
들. 화자가 여름날 축령산 잣나무숲에 오른 것은 반생태적인 문명 사회에
서 벗어나 이것들을 보기 위함이었다. 문명의 발달과 함께 자연 환경과
생태계는 파괴되고 균형이 깨진 지 오래다. 문명 사회 속에 사는 현대인
들이 자연의 생동감을 만끽하는 것은 그렇게 쉬운 일이 아니다. 그런데
산행 중 우연히 만난 두꺼비 한 마리가 태평하게 그 모든 것들을 제 등허
리에 얹은 채 웅크려 있다. 결국 화자는 두꺼비 한 마리에도 내포된 자연
의 의미를 깨닫고, "그 두꺼비 등에 올라 기운을 차리"는 방법을 택한다.
　한낱 미물로 여겨지는 동물이지만, 화자는 두꺼비와 교감을 통해 자연
스럽게 하나의 진리를 얻는다. 곧, 자연은 우리 외부에 존재하는 관념의
세계가 아니라, 자연 구성원 하나하나에 깃들어져 있는 실재의 세계라는
사실이다. 그 일부로서 의존하며 공생하고는 있지만, 실상 자연이란 자연
구성원들 하나하나에 절로 내포되어 있기도 하다. 그러기에 두꺼비와 교
감하는 것만으로도 화자는 자연을 송두리째 얻는다. 두꺼비와 화자는 모
두 자연의 구성물이다. 두꺼비가 대자연의 은유로 그려진다는 사실은 동
등한 자연 구성원으로서 거리감 없는 감정 이입이 가능했기 때문이다. 두

---

80) 정현종, 『세상의 나무들』, 문학과지성사, 1998, 18쪽.

꺼비는 곧 자신이며, 나아가 대자연을 내포한 존재들이다. 이러한 생각은 다음의 시에서도 드러나고 있다.

> 저 꾀꼬리 소리 좀 봐
> 넘쳐흐르는 말씀을―
> 여기다 집을 지어라
> 여기다 집을 지어라.
> 또 저 뻐꾸기 소리―
> 여기다 집을 지어라
> 여기다 집을 지어라.
> 어떤 멧새도 그렇게 노래한다
> 여기다 집을 지어라……
>
> 그렇게 그 소리의 무한은
> 열리고 또 열리어
> 보인다 바람과 그늘과 초록의
> 우주,
> 흙과 벌레
> 천둥 번개의 우주가……
> 봄이면 나는 내내
> 저 새소리의 집에서 산다.
> 한없이 넓고 둥글고
> 그리고 편안하다.
> ―「새소리」[81] 전문

꾀꼬리 노래 소리에서 "넘쳐흐르는 말씀"을 듣기 위해서는, 꾀꼬리의 언어를 이해해야 한다. 충분한 교감으로 다져진 관계에서나 가능한 일이다. 뭇 새들의 언어를 이해하고 귀기울이게 되면서부터 그 소리의 무한이

---

81) 정현종, 위의 시집, 27쪽.

열리는 경험을 한다. 그로 인해 화자는 "보인다 바람과 그늘과 초록의/우주/흙과 벌레/천둥 번개의 우주가……"라고 토로한다.

앞의 시에서는 화자가 '두꺼비의 등허리'라는 구체적 실재 속에 자연을 축약해 놓았다면, 여기에서는 '새소리'라는 추상적인 개념이 등장하여 자연을 포괄한다. '새소리'는 화자와 자연을 이어주는 매개물이면서 동시에 자연 자체를 의미하는 상징물이기도 하다. 그런데 누구나 새의 말씀을 이해하고, 소리의 무한을 열어볼 수 있는 것은 아니다. 진정한 교감이란 자신을 상대에게 맞추는 자세에서 출발한다. 자신에게 상대를 맞추려 하는 잘못된 편견이 자연과 인간 사이의 갈등을 빚어왔다고 볼 수 있다. 그보다는 상대에게 자신을 맞추고 새의 말씀 한 마디일지언정 진심으로 마음을 열고 귀기울인다는 것, 이것이 교감을 위한 바람직한 의미의 자세이다.

그런데 정현종의 경우는 강한 생명력을 조응케 하는 시적 소재로 특히 생명체 중에서도 '새(혹은 곤충)'를 자주 차용한다.

　① 아스팔트를 조금 벗어난
　　숲길에서 문득, 아,
　　날개 소리!
　　(날아오르는 산비둘기)
　　'아!'─ 왜냐하면
　　그 순간의 신선함을
　　말할 길이 없으므로,
　　(말은 참 모자란 연장이므로)
　　날개 소리 신선해, 문득
　　탁 트여, 한없이 열려
　　퍼지는 푸르름,
　　이 몸, 에테르,
　　무한에 넘쳐, 꽃피는 공,
　　팽창하는 공, 푸르른 이 마음,

암브로시아, 생명의 떡,
새벽빛에 물드는 핏줄,
솜털 끝에서 탕탕 튀는 공기……
　　　　　　　　　　　　　　　　—「날개 소리」[82] 부분

② 봄에 그 붉은 가슴은
　아침마다 창가에 와서 울어
　아침의 저 신선 투명을
　제 목소리 속에 굴려,
　굴리고 굴려,
　그 빛 속에,
　그 맑음,
　그 방울 속에,
　또는 사랑 덩어리와도 같이
　우주는 한없이
　생생하여
　모든 가슴 두근두근 팽창하고 있었는데요
　　　　　　　　　　　　　　　—「붉은 가슴 울새」[83] 부분

③ 까치야 고맙다.
　누가 너를 두고 한식구가 아니라고 한다면
　그 사람이야말로 우리의 종족이 아니다.
　고맙다 까치야.
　우리네 집 근처에서 한결같이
　오 한결같이 살아주어서
　정말 고맙다.
　　　　　　　　　　　　　　　—「까치야 고맙다」[84] 부분

82) 정현종, 위의 시집, 32쪽.
83) 정현종, 위의 시집, 38쪽.
84) 정현종, 위의 시집, 44쪽.

하늘의 푸른 빛은 '순수성', '영원성' 등을 상징한다.85) 이에 미루어 보면 시인이 '새'(혹은 곤충)에 대해 쏟아 붓는 애정의 의미를 짐작할 수 있다. 위의 시 ①에서 숲길에서 날아오르는 산비둘기의 날개 소리에 단지 '아!'라고 탄성을 지를 뿐 말문이 막혀버린 화자를 보자. 그는 "말은 참 모자란 연장"임을 인정하면서 삼매에 빠져든다. 그가 느끼는 삼매경은 "한 없이 열려 퍼지는 푸르름, 에테르, 무한에 넘쳐 꽃 피는 공, 팽창하는 공, 푸르른 이 마음, 암브로시아, 생명의 떡, 새벽빛에 물드는 핏줄, 솜털 끝에서 탕탕 튀는 공기……" 등과 같은 것이다. 새가 '순수성'과 '영원성'의 상징인 하늘을 맘껏 날아다닌다는 것은 바로 '순수성'과 '영원성'에 대한 지향을 의미한다. 날개가 있어 하늘을 날아다닐 수 있다는 새의 우월성은 인간에게 질시와 함께 초월에 대한 욕망을 끝없이 부추긴다. 이것은 원초적인 순수함으로 다시 되돌아가고자 하는 인간 본성의 희구를 반영한다고도 할 수 있다. 자연 생태계의 균형이 깨진 현재의 구도로는 도저히 닿을 수 없는 원초의 순수함, 시인은 새를 통해 이것을 읽고 강렬한 향수를 느낀다. 인간 누구나 갖고 있는 유년기의 순수함에 대한 향수, 시인이 닿고자하는 이상향은 바로 그런 것이다. 유년기의 순수함으로 되돌아가 영원히 머물러 있고 싶음, 바로 '새'의 상징에 시인이 덧입힌 희망이다.

이러한 마음은 시 ②에 잘 표현돼 있다. '붉은 가슴 울새'의 '신선 투명'한 목소리가 아침 창가에 울린다. 이때 화자는 한없이 생생해지는 우주 속에서 "가슴 두근두근 팽창"한다. 그는 붉은 가슴 울새의 목소리를 "제 목소리에 굴려, 굴리고 굴려, 그 빛 속에, 그 맑음, 그 방울 속에, 또는 사랑 덩어리와도 같이" 느낀다. '빛', '맑음', '방울', '사랑 덩어리'로 표현되는 목소리에는 순수함과 명징함만이 있을 뿐, 먼지 한 알도 묻어 있지 않다. 속세의 때가 묻어 있지 않다는 의미다. 그러기에 그는 ③에서 까치를 일러

---

85) Claude Aziza & Claude Olivieri & Robert Sctrick, 장영수 역, 『문학의 상징·주제 사전』, 청하, 1997, 75쪽.

'한 식구'라고 말한다. 마치 앞에 불러 앉혀놓고 대화를 나누듯 격의 없다. 그에게 까치는 교감의 대상을 넘어 한 핏줄로 자리매김돼 있다. 이러한 상상력은 증폭되어 강물, 바람, 흙, 구름, 나무, 지평선, 꽃 등에 이르기까지 모든 자연 존재를 아우르는 생태적 상상력으로 이어지고 있다.

다음의 시에 이르면 추상의 개념까지 활유화하고 있어 흥미를 끈다. 이것은 앞에서 살펴본 맥락의 '새'의 상징적 의미를 도드라지게 하는 구실을 한다. 생태적 상상력이 물활론적 자연관에 뿌리를 두고 있음은 주지의 사실이다. 물활론적 자연관이라 할 때, 생물 · 비생물의 개념을 포함한다는 데는 이론의 여지가 없다. 그런데도 물활론적 자연관에 추상 개념이 포괄될 수 있다는 가능성에 대해서는 의외성으로 받아들여질 공산이 크다. 하지만 그러한 추상 개념 역시 인간이 만들어낸 세계를 대변하는 것이고, 물활론적 자연관이 인간과 자연의 조화로운 공존을 추구한다는 점에서 보면 인간에게서 배태된 추상 개념까지 포괄하는 것은 물활론적 자연관을 더욱 공고히 하는 데에 기여한다고 할 수 있다.

> 지금은 어디쯤 가고 있나, 어디만큼
> 그야 유사 이래 가네 세상 끝날 때까지—
> 가네 지평선과 외로움 두 날개로
> 새들이 날아가는 길,
> 가네 곤충들의 눈동자에 어리이는
> 어리이는 지평선 半暗 멀리
> 한 물건 우리 그림자 가네.
> —「지평선과 외로움 두 날개로」[86] 전문

날개 하나만으로는 날 수 없다. 아무리 새라고 하더라도 날기 위해서는 두 날개가 필요하다. 그러므로 두 날개가 없는 새는 새의 허울을 쓰고 있

---

86) 정현종, 『세상의 나무들』, 앞의 시집, 35쪽.

을지언정 새가 아니다. 그런데 시인은 새의 날개 중 하나는 '지평선'이고 나머지 하나는 '외로움'이라고 말한다. 여기서 우선 '지평선'과 '외로움'의 상징성을 짚어볼 필요가 있다. 지평선이 수학적 혹은 회화적 의미의 선을 의미하지 않는다는 것은 자명하다. 오히려 이것은 하늘을 날지만 결코 대지와 무관하지 않으며 대지에 접해 있을 수밖에 없는 새의 딜레마를 상정한다고 볼 수 있다. 이것은 다행스런 의미의 딜레마이다. 이로 인해 새는 인간을 하늘로 끌어올리는 상상력을 제공한다. 대지에 접해 있지만, 순수성과 영원성으로 상징되는 하늘을 꿈꾸게 하는 힘, 새의 메시지는 그런 것이다. 대지의 풍요로움, 그 물질적인 모태를 기반으로 인간은 성장한다.

그러나 물질적인 풍요만으로는 인간의 이상이 완전해질 수 없다. 인간은 물질적인 것 외에 정신적인 측면의 풍요를 필요로 한다. 비록 이것이 근대 과학의 이성 중심주의에 의해 지나치게 강조되었다고는 하나, 그것을 완전히 좌시할 수만도 없다. 인간은 굶주린 배를 채우는 것만으로는 행복해질 수 없기 때문이다. 대지 혹은 땅의 의미로서 '지평선', 그리고 순수와 영원의 하늘을 꿈꾸지만 이루기 힘든 인간의 절대적 '외로움'을 새의 두 날개를 빌어 표현하고 있다. 대지의 중력을 딛고 날아오르지만 허공에 둥지를 틀 수 없다는 것, 새의 날개에 드리워진 두 가지 상징성이 이를 잘 설명한다. 이처럼 정현종은 새를 통해 유년의 원초적 향수에서 생태계 전반으로 파급되는 생태적 상상력을 이끌어내고 있음을 알 수 있다. 그렇다면 이번에는 앞에서 언급한 바 있는 생명체들의 내면성에 따른 시인의 선호도는 어떻게 드러나고 있는지를 살펴보기로 한다.

> ① 내 일터에서 어정거리는
> 집 없는 검정 개.
> (……)
> 우리가 가는 방향으로 가고 있는
> 개가 가는 방향으로 우리도 가고 있다는 건

얼마나 기막힌 일이냐
                    ―「검정 개」[87] 부분

② 글쎄 그 동네 시내나 웅덩이에 사는
   물고기들은 그 바보한테는
   꼼짝도 못해서
   그 사람이 물가에 가면 모두
   그 앞으로 모여든대요
   (……)
   올 가을에는 거기 가서 만복이하고
   물가에서 하루종일 놀아볼까 합니다
   놀다가 나는 그냥 물고기가 되구요!
                    ―「바보 만복이」[88] 부분

③ 쑤시는 손가락을 나는
   주체할 길 없으면서도, 한편
   가을 사과나무처럼 마음이 넘쳤다.
   아픔도 만물과 내통하는 길,
   미량의 毒을 타고나는
   자연의 저 광활함 속에
   그 깊음 속에 몸을 섞었으니!
                    ―「벌에 쏘이고」[89] 부분

④ 세상의 나무들은
   무슨 일을 하지?
   그걸 바라보기 좋아하는 사람,
   허구한 날 봐도 나날이 좋아
   가슴이 고만 푸르게 푸르게 두근거리는

---

87) 정현종, 위의 시집, 62쪽.
88) 정현종, 『한꽃송이』, 문학과지성사, 1998, 24쪽.
89) 정현종, 위의 시집, 42쪽.

그런 사람 땅에 뿌리내려 마지않게 하고
몸에 온몸에 수액 오르게 하고
하늘로 높은 데로 오르게 하고
둥글고 둥글어 탄력의 샘!

하늘에도 땅에도 우리들 가슴에도
들리지 나무들아 날이면 날마다
첫 사랑 두근두근 팽창하는 기운을!
　　　　　　　　　　―「세상의 나무들」90) 전문

⑤ 쓰러진 나무를 보면
　나도 쓰러진다
　(……)
　산불이 난 걸 보면
　내 몸도 탄다

　지구를 살리고
　사람을 살리며
　모든 생물을 살리고
　만물 중에 제일 이쁘고 높은

　나무여
　생명의 원천이여
　　　　　　　　―「나무여」91) 전문

⑥ 늦겨울 눈 오는 날
　날은 푸근하고 눈은 부드러워
　새살인 듯 덮인 숲속으로

90) 정현종, 『세상의 나무들』, 앞의 시집, 34쪽.
91) 정현종, 『한꽃송이』, 앞의 시집, 48쪽.

남녀 발자국 한 쌍이 올라가더니
골짜기에 온통 입김을 풀어놓으며
밤나무에 기대서 그짓을 하는 바람에
예년보다 빨리 온 올봄 그 밤나무는
여러 날 피울 꽃을 얼떨결에
한나절에 다 피워놓고 서 있었습니다.
　　　　　　　　　　　—「좋은 풍경」92) 전문

　　임도한은 정현종의 생태주의 시에 대하여 "나뭇잎, 개, 프랑크톤으로
제시되는 시적 화자의 다양성과 친생태성은, 그의 미학과 밀접한 관계를
가지고 있는 것이다. 생명의 세계로 온몸을 맡기고 직관적으로 그 섭리를
느낀 다음 생명력이 자연스러운 분출, 충일 끝에 도달하는 만족감을 시로
형상화한 것이다. 시인의 작품이 분출하는 생기는 삼라만상이 내뿜는 생
명의 기운을 흡입한 시인의 자연스러운 반응으로 이해할 수 있다"93)고 말
하고 있다.

　　그런데 내면적 정체성이 증대된 생명체일수록 시인의 선호도가 낮아지는
경향을 이하석에게서 찾아볼 수 있었다. 이것은 정현종의 경우도 유사하다.

　　①의 시에서 "우리가 가는 방향으로 가고 있는/ 개가 가는 방향으로 우
리도 가고 있다는 건/ 얼마나 기막힌 일이냐"라는 탄식을 내뱉고 있듯, 시
인의 들짐승에 대한 의식은 긍정적이지 않다. 그는 집 없는 검정개에 앞
서 '새'에게 열어놓은 것과 같이 마음을 열어주지 못한다. 더욱이 화자는
"개가 가는 방향으로 우리도 가고 있다"는 사실에 대해 "얼마나 기막힌 일
이냐"는 자조 섞인 푸념을 털어놓는다. 곧, 개가 가는 방향으로 함께 간다
는 것이 그리 반갑지 않다는 것, 개가 가는 방향이 그리 내키지 않는 방향
이라는 것이다.

---

92) 정현종, 위의 시집, 43쪽.
93) 임도한, 앞의 논문, 99~100쪽.

이는 시인에게 개(들개)에게서 드러나기 쉬운 전투적이고 본능적 측면이, 개의 긍정적 이미지보다 우세하게 반영되었음을 말해주는 것이기도 하다. 대신 곤충류와 어류, 특히 식물에 대한 집착은 긍정적인 파장을 일으키며 시집 전반에 걸쳐 있다.

②의 시에서 "올 가을에는 거기 가서 만복이하고/ 물가에서 하루 종일 놀아볼까 합니다/ 놀다가 나는 그냥 물고기가 되구요!"라는 대목를 통해 느껴지는 '물고기 ~ 만복이 ~ 나'의 순수한 연결고리는 ③에서 생전 처음 사과를 따다 벌에 쏘여 "미량의 毒을 타고 나는/ 자연의 저 광활함 속에/ 그 깊음 속에 몸을 섞었으니!"라고 반색하는 순수함과 자연스럽게 이어진다. 더 나아가 ④의 시에서, 나무를 보며 그 수액을 자신의 몸으로 느끼고 첫사랑처럼 두근두근 팽창하는 화자의 모습은 ①의 그것과는 사뭇 대조적이다. ⑤의 시에 드러난 헌사는 이를 잘 뒷받침한다. "쓰러진 나무를 보면/ 나도 쓰러진다"거나 "산불이 난 걸 보면/ 내 몸도 탄다"는 교감은 시인의 정서 전반을 지배한다. 그러기에 "지구를 살리고/ 사람을 살리며/ 모든 생물을 살리고/ 만물 중에 제일 이쁘고 높은// 나무여/생명의 원천이여"라는 찬사가 이어지는 것이다. 시 ⑥에 이르면 아예 '밤나무'를 통해 인간의 감정 그대로 소통하는 단계에 이른다. 남녀 한쌍이 밤나무에 기대하는 '그짓'은 또다른 은유이다. 이것은 봄의 도래를 도발적으로 표현한 것이라고 볼 수 있으나, 이 점을 전제로 하고서라도 '그짓'을 보고 낯뜨거움과 황망함을 느끼는 밤나무를 그려낸 시인의 의도는 어렵지 않게 짐작해 볼 수 있다. 시인은 '새'에 대한 교감 못지 않게 혹은 그 이상으로 식물과 교감, 소통을 자신한다. 자신이 '밤나무' 혹은 식물들의 마음을 읽듯이, 그들 역시 인간의 갖은 애욕을 미루어 읽을 수 있는 인격적 생명체임을 표현하고 싶은 것이다. 그의 비유법은 그처럼 충분한 교감 위에서 진행되었기에 억지스럽지 않고 설득력 있다.

한편, 강은교의 경우는 어떠한가. 그의 시를 살펴보면서 전제로 해야 할 것은, 그가 생명체보다는 비생명체에 남다른 관심을 표하고 있다는 사실이다. 생명체를 소재로 하고 있는 경우라 할지라도 이것들은 대체로 비생명체와 결합된 심상 속에서 새로운 상징성을 창출하게 되는 예가 많다. 다음의 시에서 실례를 찾기로 하자.

> 고개를 드니 새들이 줄을 지어 날아가고 있었습니다
> 길이 우두커니 그러는 새들을 바라보고 있었습니다
> 구름이 떨어뜨리는, 허공의 눈썹 같은 새들
> 순간 발뒤꿈치를 들고 서 있던 벽이 잔기침을 하였습니다
>
> 모든 벽은 외롭지 않습니다
> 또 하나의 벽과 만나고 있는 한.
>   ─「길이 우두커니」[94] 전문

시 속에 등장하는 소재 중, 생명체라고는 '새' 밖에 없다. 그렇지만 살아 움직이는 소재 역시 새뿐이리라는 편견은 금세 깨진다. 하늘을 날아가고 있는 새들보다 더 역동적이고 인간적인 사색을 하는 비생명체들이 등장하기 때문이다. 어쩌면 '인간적'이라는 표현은, 인간 외 존재들의 입장에서 바라보면 어불성설에 지나지 않을지도 모른다. 인간만이 형이상학적인 사유를 할 수 있다는 우월감은 인간중심주의의 부산물이다. 뒤집어 생각한다면 이것은 인간 외 존재들과 비교되는 상이성일 따름이며, 과연 그것이 장점인지 단점인지를 단정할 수 있는 근거조차 없다. 여우에게 따뜻한 털과 긴 꼬리가 있으며, 개의 후각이 발달되어 있으며, 뱀의 다리가 없고, 은행나무가 고운 잎을 가지고 있다는 것을 인간들은 자신의 가치 기준에 의해 장점이라거나 단점으로 규정해왔다.

그러나 그것은 상이성일 뿐, 객관적으로 볼 때 개체간 우월성이나 열등

---

94) 강은교, 『등불 하나가 걸어오네』, 문학동네, 2000, 17쪽.

성을 평가하는 기준이 될 수는 없는 일이다. 더구나 인간의 사유 능력 역시 인간 외 존재들의 입장에서 바라보면, 그들과 다른 많은 상이성 중의 하나로 간주될 따름이다. 이와 같이 강은교가 비생명체에도 생명체와 같은 활동 능력과 사고 능력을 부여하는 것은, 세상의 모든 자연 존재들 나름의 가치를 제대로 평가하기 위한 장치이다. 이것이 물활론적 자연관에서 비롯되었음은 말할 필요도 없다.

위 시에 등장하는 소재는 '새', '길', '구름', '허공', '벽' 등이다. 이들은 모두 의인화되어 있지만 실제로 행동을 취하고 있는 것은 '새'뿐이다. 그런데도 이들은 서로 어울려 감정을 공유하면서 대등하게 존재한다. 흥미로운 사실은 '새'의 행위, 곧 하늘을 나는 행위에서 시상이 촉발되지만, 새또는 새의 행위가 주를 이루고 있지 않다는 점이다. 되레 새의 행위는 배면으로 한 채 새의 행위를 중심으로 벌어지는 길, 구름, 벽 등의 대응이 흥미진진하게 그려지고 있다. 생명체로서 '새'는 자연 속에서 혼자 생존 가능한 독립적인 존재가 아니다. 새의 존재는 수많은 비생명체와 교류를 통해서나 가능한 일이다.

시인은 이러한 점을 직시하여 시상을 전개해나가고 있다. 하늘을 날아가고 있는 새보다, 그것을 우두커니 바라보고 있는 길의 행위가 더 두드러져 보이는 까닭은 그 때문이다. 새들을 바라보는 길이 없다면 새의 행위는 무의미하다. 길이 바라보고 있기에 새들은 행위의 의미를 드러내 보일 수 있다. 그리고 새를 바라보는 '길'의 고적함에 대응이라도 하듯 벽의 잔기침이 이어진다. 이 시 속에서 '새'는 모든 생명체를 대변하는 상징성을 지닌다. 우아하게 하늘을 나는 자아도취적 성향의 생명체들, 그러나 그 뒤에는 묵묵히 바라보고 지켜주는 비생명체가 언제나 존재한다.

이와 같이 강은교의 시 속에서 생명체는 분명 시상을 촉발하는 시적 주제의 실마리가 되어주지만, 이것은 대부분 비생명체에서 이어지는 관계성을 바탕으로 이루어지고 있다. 다음의 시에서도 유사한 예를 찾을 수 있다.

① 풀잎 하나
　　입술을 달그락거린다
　　지나가던 바람이
　　그 곁에 주저앉아
　　풀잎의 말에 귀를 세우고 있다

　　구름에서부터 구름으로

　　지평선에서부터 지평선으로

　　아, 칠월

　　우리 모두 한눈을 팔고 있는 사이에.
　　　　　　　　　　　—「칠월」⁹⁵⁾ 전문

② 빗방울 하나가
　　소나무 끝에 매달려 있다
　　입을 꼬옥 다물고

　　장수풍뎅이 한 마리
　　기를 쓰며
　　빗방울의 가슴을 연다

　　그 속으로 포옥 빠진다

　　포옥 포옥 모두 빠진다
　　매달려, 소나무 끝
　　또는 바람 끝.
　　　　　　　　　—「빗방울 하나가·2」⁹⁶⁾ 전문

---

95) 강은교, 위의 시집, 25쪽.

위의 시 ①에서 역시 실제 행위의 주체는 '풀잎'으로 대변되는 생명체이다. 그러나 풀잎의 행위를 드러나게 하는 조력자로서 '바람'이 없다면 풀잎의 입술 달그락거리는 이야기는 한낱 일방적인 넋두리에 지나지 않을 것이다. 더구나 "곁에 주저앉아 풀잎의 말에 귀를 세우고" 있는 바람의 자세는 진지하기 그지없다. 풀잎의 이야기에 마음을 완전히 열고 있는 것이다. 이 이야기를 바람이 들어줌으로 해서 교감의 폭은 구름에서 지평선으로까지 "모두 한눈을 팔고 있는 사이"에 증폭되어 간다.

②의 시에서는 위와는 전도된 상황이 전개된다. '장수풍뎅이'가 소나무 끝에 매달린 빗방울의 가슴을 열고 있는 것이다. 빗방울의 가슴을 열고 그 속으로 포옥 빠지는 장수풍뎅이에게서 한 걸음 나아가 시인은 빗방울 속에 "포옥 포옥 모두 빠진다"라는 형이상학적 결론을 이끌어낸다. 곧, 빗방울은 하나의 거대한 자연을 형상화한다. 그 자연에 생명체들은 비생명체들과 더불어 '포옥 포옥 빠져'들고 있는 것이다.

"소나무 끝/ 또는 바람 끝"으로 비유되는 위태하고 고난한 삶(혹은 존재)의 여정은 자연 속에 어울려 살아가는 생명체와 비생명체 모두에게 똑같이 주어진 숙명이다. 그러나 강은교의 시에서 시적 소재로서 모든 생명체들이 비생명체와 연관되어 드러나는 것은 아니다. 드물기는 하지만 생명체 자신의 정체성을 독자적으로 발휘하고 있는 경우도 더러 있다.

> 화분에 물을 주다가 구석에 삐쭉 솟아 있는 잡초를 뽑았습니다.
> 안 뽑히는 것을 억지로 비틀어 뽑았습니다.
> 순간, 아야야─ 하는 잡초의 비명이 들려왔습니다.
>
> 아, 이걸 어째?
> 내 손에 피가 묻었습니다

---

96) 강은교, 위의 시집, 24쪽.

아, 이걸 어쩌?

—「아, 이걸 어쩌?」97) 전문

　　생명에 대한 연민은 생태주의의 기본이다. 화분에 삐쭉 솟아 있는 잡초를 뽑다가 비명을 들었다는 화자의 사유는 두말할 필요 없이 생태적 사유에서 비롯된 것이다. 잡초가 인간과 똑같이 아픔을 느끼고 비명을 질러 감정을 표현할 줄 안다는 생각은 잡초에 대한 연민을 넘어서 있다. 인간과 교감은 물론, 인간 생활방식에 대한 반성의 단초를 제공한다.

　　더구나 '잡초'라는 명명은 인간중심주의에서 비롯된 표현이라는 점을 환기할 필요가 있다. 인간에게 미쳐지는 유용성 등의 가치 기준에 따라 생명체에 대한 명칭이 달라진다는 점은 명백히 반생태적임을 주지해야 한다.98) 이는 언어생활이 너무 인간중심적으로 이루어지고 있기 때문인데, 문제는 이러한 관행에 너무 익숙해 있어서 이것이 일으키는 문제와 해악에 대해서는 전혀 관심을 기울이지 못했다는 데에 있다. 시인은 이것을 누구보다 잘 파악한다. 비틀어져 뽑힌 잡초의 진액이 '피'라는 인식은 이를 잘 말해준다. 우리가 눈감고 지내온 사이, 수많은 생명체들의 고통과 절망은 간과되어 왔다. 우리가 이들을 진정으로 끌어안는 일은 그들의 고통을 이해하고 그들의 절망을 인식하는 데서부터 시작되어야 한다. 특히 음성 표현을 할 수 없는 생명체에 대해서는 더욱더 고려해야 할 사안이다. 시 속에서 인간중심적 명명인 '잡초'를 그대로 사용하고 있는 것도, '잡초'에 각인된 인간중심적 편견과 대비하여서 잡초의 아픔을 역설적으로 강조하기 위한 의도일 것이다.

---

97) 강은교, 위의 시집, 51쪽.

98) 인간중심적인 명명은 인간을 위한 유용성의 가치를 반영한다. 그러므로 식물의 경우도 이와 같은 유용성의 가치 기준에 따라 '채소' 혹은 '잡초' 등과 같이 명칭이 달라진다.(Alwin Fill, 박육현 역, 『생태언어학』, 한국문화사, 1999, 182~183쪽 참고)

그렇다면 이번에는 '물고기'를 소재로 한 다음의 시에서는 생명체의 아픔을 어떻게 그려내고 있는지 살펴보기로 하자.

> 장날이었다, 반짝이는 것들이 가득했다, 알사탕이 오색의 무지개를
> 뻗치고 있는 리어카 옆에는, 빛나는 무, 눈부신 시금치, 한곳에 가니 물
> 고기들이 펄떡펄떡하고 있었다, 거기 깃발 같은 지느러미 윤기 일어서
> 는 살에선 바다가 줄달음치고 있었다, 허연 눈동자가 잔뜩 기대에 차서
> 장날을 내다보고 있었다.

> (……)

> 우리는 그 앞에 섰다, 두 마리를 2,000원에 샀다, 그것을 검은 비닐
> 봉지에 넣었다, 튀어오르지 않도록 입구를 단단히 묶어 가방 속에 넣었
> 다, 아마 그 녀석은 바다 속이라고 생각하였을 것이다, 바다 속의 정적
> 과 자유이리라고.
> 우리는 저물녘에 거기를 떠났다, 한밤중 가방을 열고 봉지를 풀었을
> 때 너는 거기 없었다, 얌전한 죽음 두 개가 비닐의 이불을 덮고 고요히,
> 누워 있었다.
>
> ─「장날」[99] 부분

온갖 신기한 잡동사니들과 동식물을 모두 만날 수 있다는 것, 이것은 팍팍한 문명 속에서 살아가는 사람들에게 장날을 기다리게 하는 까닭이다. 그러나 대부분의 사람들에게 그러한 것들은 한 차례 신기한 눈요기거리로만 인식되는 경우가 허다하다.

화자는 오색 무지개의 알사탕 리어카를 지나 펄떡펄떡거리는 물고기들 앞에 서 있다. 그리고 두 마리를 사들고 온다. 그러나 한밤중 봉지를 풀었을 때, 물고기 두 마리는 죽어 있다. 그때 비로소 그는 물고기 두 마리의

---

99) 강은교, 『어느 별에서의 하루』, 창작과비평사, 1996, 58쪽.

'죽음'을 인식한다. "봉지를 풀었을 때 너는 거기 없었다."는 것은, 식용 물고기의 제한적 상징을 상실했다는 의미다. 동시에 이것은 인간과 동등한 생명체로서 상징성을 회복했다는 의미이기도 하다.

저녁상에 올릴 반찬거리로서 '물고기'는 의당 죽음을 전제로 하여 거래되고 요리된다. 그러나 사람들 누구도 이것의 죽음을 인식하지 못한 채 반찬 재료로만 취급할 따름이다. 식생활 속에서 익숙해진 일이어서 미처 문제를 제기할 여지가 없었을 터이지만, 엄밀한 의미에서 보면 그것은 살상 행위이다. '도미'와 '우럭'과 '조기'를 '물고기'라 명명하는 것, 이는 언어의 횡포라 아니할 수 없다. 인간과 똑같이 자연의 일부로서 존재하는 어류의 내재적 가치는 인간들에 의해 상당부분 훼손돼 있다. 인간들은 이들을 식용이나 관상용으로 취급할 따름이지, 생태계에 공생하는 존재로서 인정하지 못해온 것이 사실이다. '물고기'를 생태계의 공존자로 인정하는 것, 시인은 그 첫 단계로서 '죽음에 대한 인식'의 중요성을 의인화를 통해 보여준다. 그 죽음을 인식하는 순간, 비닐봉지 속에는 '물고기'가 없다. '물고기' 대신 '너'가 있을 뿐이다. '너'라는 말은 물고기를 친구나 동료로 인정한 뒤의 명명법이다.

한편, 시인은 다음의 시에서 생명체에 대한 밀착된 교감을 '새'를 통해 보여주고 있다.

새들이 줄을 지어 날고 있었네
황혼이 하늘의 눈시울을 붉게 출렁이고 있을 때
나는 새들의 날개를 따라가고 있었네
그 발톱에 묻은 구름살이 되어 따라가고 있었네
새 한 마리가 눈을 동그랗게 뜨고 뒤를 돌아보며 물었네

길이 안 보이니?
그래.

나는 가만히 대답했네.

―「새」100) 전문

자연 대상과 커뮤니케이션을 이룰 때 가장 원초적인 단계는 일방적인 감정이입이다. 이러한 형식은 지극히 단조로워서 표층 의미 형성에 그칠 우려가 크다. 그러나 일방적으로 시인이 쏟아 붓는 감정이입에서 벗어나 자연 대상과 능동적이고 원활한 커뮤니케이션이 이루어지면, 생태적으로 한층 더 바람직하게 자연과 교류할 수 있다.

위 시 첫 행에서 화자는 하늘을 나는 새들을 바라보고 있다. 바라보는 데서 그치지 않고 새들의 날개를 따라간다. 그런 그에게 새 한 마리가 질문을 던져온다. 새가 그에게 가슴을 열 수 있었던 이유는, 그가 새의 발톱에 묻은 구름살이 되어 자연스럽게 새에게 육화되어 있기 때문이다. 그는 새와 유리되어 새를 바라보는 것이 아니라, 새의 발톱에 묻은 구름살이 되어 새에게 속해 있다. 새와 그는 완연한 일체인 것이다. 이러한 상태에서는 감정 교류가 원활할 수밖에 없다. 이른바, 바람직한 공생의 길을 추구하는 생태주의의 취지에 비춰본다면, 이것은 더할 나위 없이 진전된 생태적 이상이라 할 수 있다.

앞에서 이하석과 정현종의 경우, 내면적 정체성이 증대된 생명체일수록 시인의 선호도가 낮아지는 경향을 찾아볼 수 있었다. 강은교에게서도 이러한 경향은 예외가 아니다. 더욱이 시적 소재로서 식물을 동물보다 더 긍정적인 개념의 소재로 사용한다는 점은 특이할 만한 사실이다. 식물과 동물 모두 의인화되어 있는 예가 많으며, 이 외에 은유, 상징 등의 비유에서도 의인화를 전제로 하고 있다는 사실이 드러난다. 이것은 생명체에 대한 물활론적 자연관에서 비롯된 결과이다.

이때 다만, 동물의 경우 식물보다 다소 평가 절하되고 있는 점을 간과

---

100) 강은교, 『등불 하나가 걸어오네』, 앞의 시집, 63쪽.

할 수 없다. 특히 내면적 정체성이 증대된 생명체 곧, 야생의 상태에 가까운 동물(짐승)일수록 상대적으로 부정적인 가치 평가를 내포하고 있다는 점은 특이할만한 사실이다. 이것은 일반적으로 인간이 수렵시대 이후 야성을 갖고 있는 동물들에게서 느끼는 위협적 요소에 대한 불안이, 아직도 인간 심리의 내면에 깔려 있기 때문일 것이다. 이른바 '길들여지지 않은 동물'의 경우, 그들의 생존 본능으로 인해 인간에게 위협적인 존재로 각인될 소지가 있었던 것이 사실이다. 이 결과 인간은 그들을 동료로 인정하기보다는 제압해야 할 대상으로 인식하여 여러 문제를 야기해 왔다. 인간에 의해 수렵 도구들이 점점 발달해왔고, 생태계 내에서 야생 동물들의 입지는 더욱 좁아져온 것이다. 그러나 이것은 좀 더 그들의 입장을 그들의 편에 서서 이해하지 못한 인간에게 더 큰 과실이 있음을 인정해야만 한다.

다행인 것은 위에서 살펴본 작품을 비롯한 생태주의 시에서 동물에 대한 평가 절하가 단지 그들의 야만성에 대한 뿌리 깊은 반감을 배태하는 데 머무르진 않는다는 점이다. 오히려 적극적으로 이를 파괴하기 위한 바람직한 방향으로 전개되고 있다.

궁극적으로 생물과의 교감을 통한 시적 비유는, 전반적으로 자연에 대한 긍정적 화해의 방향으로 전개되고 있음을 알 수 있다. 곧, 이 연구에서 '상향적 체계의 비유화'라 규정하고 있는 생명체들에 대한 비유는 인간과 자연간 긍정적인 연대 모색의 과정이고, 상징적인 희망의 메시지를 직접 드러내는 방식을 취하고 있다. 생태주의 시에 드러난 의인화 등의 시적 비유는 자연 존재인 생명체들을 인간과 동등한, 혹은 그 이상의 형이상학적 사고를 하는 인격적 존재로 묘사하는 데 기여한다. 이로 인해 자연 존재에 대한 기존의 편견을 타파하고 경외심을 심어줌으로써, 인간과 교감하고 연대 가능한 존재로 탈바꿈시켜 준다.

논의를 통해 드러난 바에 따르면 가장 진전된 형태의 생태적 교류는 공존 · 공생을 넘어 동체화까지 이르는 것이다. 그 첫 단계로서 자연 존재들을 '인격적 존재화'하는 시도가 의인화를 비롯한 시적 비유를 통해 타전되고 있는 셈이다. 다만 이미 언어에 깊이 각인된 반생태적이고 인간중심주의적인 사고와 가치평가가 생태적 지향에 있어 큰 장애가 되는데, 이를 파괴하는 작업은 생태주의 작품들을 통해 앞으로 점차 확산되어 가리라 본다.

다음에는 인간과 비생명체의 교감을 통한 시적 비유의 양상은 어떻게 드러나고 있는지를 지금까지 살펴본 내용을 바탕으로 논의해 보기로 한다.

(2) 비생물과의 교감을 통한 시적 비유

앞에서 언급한 바와 같이, '창작 행위'란 단적으로 언어로 인해 자연에서 분리된 인간이 대자연의 일부로서 자신을 인식하고 거대한 자연 속에서 조화를 이루려는 노력으로 이해할 수 있다. 동시에 사물과 거리를 인식하고 이것을 극복하려는 노력이 시적 비유의 논리를 배태하였다고 볼 수 있다. 비유의 근본 정신이 비교 대상간의 동일성의 발견에 있다는 사실은 이를 뒷받침한다. 그렇다면 시작품 속에서 비생물들과의 교감은 어떻게 진행되며, 시적 비유를 통해 어떤 모습으로 드러나고 있을까. 참고로 미리 밝혀둘 것은, 이 연구에서 '비생물'의 개념은 앞서 주목했던 기계문명적 속성은 물론, 반생명성을 지닌 자연 존재 모두를 포괄한다는 사실이다.

생태주의 시의 대별된 두 가지 비유화 경향에서 이른바 상향적 체계의 비유화는 '생물과의 교감을 통한 시적 비유'를 통하여 살펴본 바와 같다. 지금부터는 하향적 체계의 비유화로 규정할 수 있는 또다른 경향의 시적 비유에 대한 논의가 이어질 것이다. 하향적 체계의 비유화는 인간과 자연의 단절, 파괴된 자연생태계와 문명 사회에서 드러난 문제 등 부정적인 현실 인식을 표출해냄으로써, 이러한 반성을 토대로 하여 역으로 강렬한 생태지향적인 효과를 불러일으키는 간접적인 방법에 의존한다.

우선 이하석의 작품들을 살펴보기로 한다.

① 홍수가 도시의 변두리를 깎아내며
　공해로 죽은 고기들을 당당히 스스로의 힘만으로
　인간이 알 수 없는 곳으로 데려간다.

　물은 지하실을 채우고 부엌과 방을 적시면서 차오른다.
　타협할 여지가 없다.

　무덤의 뚜껑은 열려 시체들이
　모든 더럽고 신성한 것들과 더불어
　거대한 물의 소용돌이 속에 함몰해 들어간다.

　　　　　　　　　　　　　　　　　　　—「태풍2」[101] 전문

② 폭우가 핥고 간 뒤 맑아진 강이
　내 얼굴을 씻는다.
　세수 후 문득 안개가 걷히고
　채소밭과 건너편 사람들의 동네가 빛나며 나타난다.

　(……)

　평창과 단양을 지나와
　폭우와 번개의 길을 굴러온
　돌들의 깊은 상처가
　이제 겨우 내게 이르러 아물며 무늬진다.

　　　　　　　　　　　　　　　　　—「목계 가는 길」[102] 부분

　생태주의 시에서 일군의 시인들은 자연친화적인 시각으로 자연과 교감
을 표방한다. 또다른 일군의 시인들은 생태계 질서의 파괴가 가져온 부정
적 결과 혹은 삭막하고 암울한 현대 문명의 정서를 적극 반영하여 보여줌

---

101) 이하석, 『측백나무 울타리』, 앞의 시집, 32쪽.
102) 이하석, 위의 시집, 33쪽.

으로써 간접적으로 생태적 문화의 필요성을 드러내는 방법을 택하기도 한다.[103] 이하석은 후자의 방법을 택한다. 간접적인 생태지향 경로를 택하는 이 방법에서는 삭막하게 물질화된 자연의 이미지가 왕왕 도출되곤 한다. 또, 그러한 시적 효과를 이끌어내는 데는 무엇보다 비생명의 자연 존재들의 역할이 크다.

다시 말해, 이하석은 비생명체를 대상으로 함에 있어 특히나 암울하고 삭막한 정서를 반영하기를 즐긴다. 이것은 현대 문명에 대한 은유이면서, 역으로 생명체의 의미를 생동감 있게 드러나게 하는 구실을 하기도한다. 그렇게 빛나지 않는 색이라 하더라도 무채색 사이에서는 도드라져 보이기 때문이다. 그의 비생명체에 대한 어두운 정서는 대략 두 가지로 나눠질 수 있다. 첫째, 비생명체(자연)의 힘을 과장하여 그 거대한(포악한) 힘 혹은 위용을 강조하는 것과, 둘째, 마치 금속성과도 같이 삭막하게 물질화된 자연의 이미지를 도출하는 것이다. 이 두 가지 정서는 등장하는 자연물들을 의인화되어 살아 움직이게 하며, 시인의 물활론적 의도를 십분 잘 발휘하도록 하는 징검다리가 되고 있다. 적어도 시에 드러나는 그의 의식구조는 비생명체에 대한 두 가지 대별된 입장과 같이 분명한 흑백의 논리로 드러난다.

위의 시 ①에서 "타협할 여지가 없다"라는 자조 섞인 탄언에도 그 흔적이 엿보인다. 이때, 시에서 표방하는 '태풍' 역시 단순히 자연현상만을 의미하는 것은 아니다. 이것은 산업 문명에 대한 강력한 반발로서 분출된 폭거의 한 형태이다. 곧, 태풍 그 자체가 거대한 힘과 위용을 지닌 존재로 의인화된 결과다. 나아가 그것은 시인에게 읽혀진 부정적 현실의 은유이기도 하다. 부정과 불의, 그리고 여타의 회유가 그에게는 용납될 수 없다. 이것을 바꾸어 말하면 '고결함'이라고 할 수 있는데, 그의 시들은 '고결함, 혹은 그

---

103) 김욱동, 『문학생태학을 위하여』, 앞의 책, 120쪽 참고.

고결한 이상'을 지향하기 위한 투지의 결과물이라 해도 과언이 아니다.

그런데 그에게 읽혀진 세상은 자못 부정적이다. 은유화된 비생명체 소재들이 '시체', '공해로 죽은 고기' 등과 같이 어둡고 암담한 의미로 그려지는 것은 그 때문이다. 그의 생태적 지향과는 전혀 다른 방향으로 현대 사회가 나아가고 있기에 그는 점점 더 미리 상정해 놓은 이상의 틀을 더욱 공고히 하게 되고, 그럴수록 그의 시들은 메마른 목소리 쪽으로 집착해 들어가게 될 뿐이다. 자연의 위용 앞에서 인간은 얼마나 나약한 존재인가를 일깨워주는 것, 나약한 인간 존재가 자연을 향해 타협을 청할 여지는 없다. 다만 인간 스스로 자신의 무모한 욕망이 빚어낸 반생태적 행위들에 대해 반성하고, 자연의 일부로서 참여하려는 마음 자세를 가질 때, 비로소 자연은 인간에게 화해의 손을 내밀어올 것임을 말하려 한 것이다. 모든 더럽고 신성한 것들을 거대한 소용돌이 속에 하나로 만들어버리는 자연의 힘은, 어찌 보면 인간에 대한 자연의 준엄한 심판과도 같은 것이다. 또한 그것은 더럽고 신성한 모든 것들을 공평하게 용납하고 받아들이는 대자연의 너그러움을 의미하기도 한다. 그러기에 시 ②에서 "폭우가 핥고 지나간 뒤 맑아진 강이/ 내 얼굴을 씻는다"는 표현은 가능해진다. 폭우가 지나간 뒤 강은 다시 평정심을 되찾는다. 아니 되레 더 맑아진 모습으로 자연물들을 비춘다. 한 차례 폭우가 있었기에 맑은 하늘과 강이 더욱 평화로워지고, 하나하나 가려졌던 사물들의 모습이 드러나기 시작한다. '채소밭'과 '건너편 사람들의 동네', '무같이 속 피어난 돌들', 이 모습들은 자연과 화해가 이루어진 뒤에 비로소 드러나는 것들이다.

특히 화자는 '돌'에 대해 깊이 있는 교감을 주고받음으로써 "돌들의 깊은 상처가/ 이제 겨우 내게 이르러 아물며 무늬진다"라고 토로한다. 그런데 돌들의 깊은 상처는 "평창과 단양을 지나와/ 폭우와 번개의 길을 굴러" 오는 사이 생긴 것이라 했다. 곧, 그가 애정을 갖고 교감하는 '돌'은 단지 물 속에서 굴러다니는 돌이 아니라, 이제 그 자신의 모습으로 변해 있다.

'폭우와 번개의 길'로 은유된, 다사다난한 세상사를 헤쳐온 자신의 과거를 돌의 깊은 상처에 비추어 반추하고 회한에 빠져들고 있는 것이다. 위 시는 돌의 의인화를 통해 돌에 투영된 자신을 둘러싼 자연의 파괴적 위용을 잘 드러내 보여주고 있다. 이와 같은 자연의 파괴적 위용 자체가 부정적 현실 인식에서 비롯된 무서운 결과임을 인지하고, 겸손히 교감하고 연대의 길로 나아가는 것만이 유일한 대안임을 시인은 지적한 것이다.

저녁을 먹고, 세일즈맨 김모돌씨는 텔레비전을
켠다. 광막한 우주 속으로 게으르게, 또는 비현실적으로
흰 쇳덩이가 유영하는 게 보인다. 고요하게
달 또는 지구를 배경으로 인공위성은 반짝이며
서서히 나아간다. 김모돌씨는 재채기를 참으며,
화면 속으로 비처럼 내리는 어둠을 또 그 밑의 빛이
떠받치는 것을 본다. 빛이 중요해, 그는
중얼거린다. 세상은 빛으로만 떠오르고, 우주 속으로
외롭고 암담한 빛깔이 흘러간다. 그의 장부 속
붉고 푸른 줄 위로 흐르던 볼펜의 끝이 반짝인다.
그는 볼펜 심을 바꾸어 끼면서 그 밑 어두운 손바닥 위로
흐르는 흐린 빛에 자신이 문득 휩싸임을 느낀다.

저 지구 속에도 나와 내 집이 있을까, 그는 자세히
텔레비전을 들여다본다. 그의 집은 후미진
빌딩 사이에 있어, 텔레비전 화면이 고르지 못해
우주 속의 지구가 잘 안 보인다. 그의 텔레비전 안테나 끝은
아슴프레히 녹슬어 하늘 높은 곳으로 녹들을 날리고,
젖은 날은 녹물이 그의 지붕에도 흘러내린다.
밤에는 이슬 속으로 녹물이 엉켜 별빛이 그 속에서
빛난다. 그가 낯선 집을 방문하여 새로운 상품을 소개하고
거짓말을 하고 야비하게 설득할 때도, 그의 집은 고요하고

외롭게 텔레비전 안테나 끝에서부터
삭아내린다.
(……)
담배를 피우는 김모돌씨의 게으른 연기 속으로
우주선도 안테나가 붉게 녹슬어 어둠 속으로
무엇인가가 어슴프레히 녹아내리는 게 보인다.
그리고 그 다음, 그 녹물 속으로 새로운 쇳덩이의 싹이
솟아오르는 것이 보인다. 저런, 저런, 김모돌씨는
마른침을 삼킨다. 그것은 무서운 광경이다.
　　　　　　　　　　　　　　―「우주선」104) 부분

　앞에서 이하석의 비생명체에 대한 정서가 두 가지로 나눠지고 있음을 살펴보았다. 그 하나는 비생물(자연)의 힘을 과장하여, 그 거대(포악)한 힘 혹은 위용을 강조하는 것이고, 다른 하나는 삭막하게 물질화된 자연의 이미지를 도출하는 것이다. 위 시의 경우는 후자의 방법을 사용한다.

　작품에 등장하는 '우주선'은 지구를 떠나 우주를 유영하기 위해 만들어진 현대 과학 문명의 결과물이다. 이것은 지구에도 속하지 않을 뿐더러 우주에서도 뿌리를 내리지 못한다. 지구와 우주 사이의 한시적 중간자일 뿐이다. 과학문명의 발달로 화려하게 탄생하긴 하였으나 그 어디에도 정착할 수 없는 사생아에 지나지 않는 것, 시인은 이러한 우주선의 의미에 초점을 맞추고 있는 듯하다. 세상을 살아가는 모든 존재들, 특히 인간에게 '우주선'의 그러한 의미는 각별할 수밖에 없다. 더구나 세일즈맨으로 대표되는 인간의 삶이란, 현실적인 문제로 인해 사람들 사이에서 크고 작은 마찰을 겪으며 부유하듯이 떠다니는 모습을 반영한다. 이것은 궁극적으로 모든 인간의 '뿌리 없음'을 대변한다. 정착할 수 없다는 것, 고요히 정착하여 자신의 정체성에 귀기울이고 주변 사물들과 조화를 도모할 여

---

104) 이하석,『金氏의 옆얼굴』, 앞의 시집, 28쪽.

유가 없다는 것, 이 모든 중첩된 의미들이 내포되어 드러난다. 이는 대자연에서 분리된 인간이 그로 인해 불안감을 느끼고 자연으로 회귀를 꿈꾸는 인간 본원의 지향점과도 일치한다.

그러나 문명이 발달할수록 이러한 꿈과 가능성은 점점 더 멀어져만 간다. 현대 문명의 발달로 인간은 사회적으로 중첩된 여러 이해관계 속에 얽혀갈 수밖에 없는 상황에 놓여지게되며, 인간 욕망이 이를 더욱 부채질한다. 실제로도 각종 교통수단과 정보통신의 발달은 인간의 '뿌리'를 점점더 위협한다. 더욱 심각한 것은 뿌리의 정체성이 위협받는 상황에서, 인간이 자연과 교류 대신 집안에 틀어 박혀 텔레비전이나 컴퓨터 등 기계들에 더욱 몰입해 간다는 사실이다. 현대 기계 문명은 인간들의 표면적 교류를 왕성하게 만들어 놓았지만, 이것은 현실적인 수단으로만 전용될 뿐, 심층적인 교류의 단계로 나아가는 데 오히려 악영향을 미치고 있다. 위의 시「우주선」에서도 김모돌씨가 텔레비전을 통해 우주 속으로 유영하는 우주선을 바라보며 자신의 현실을 반추하고 있는데, 그 현실은 그리 희망적이지 못하다. 그가 느끼는 "외롭고 암담한 빛깔"은 이를 뒷받침한다. 더군다나 '김모돌씨'라는 지극히 익명화된 호칭은 이러한 내용들을 전개하는 데 잘 어울린다. 시인은 3인칭 객관적 서술자의 입장에서 이야기를 진행해 나간다. 이것은 자칫 감정의 과잉 유발을 미연에 방지함은 물론, 그가 의도한바 '삭막한 현대 사회를 살아가는 익명의 현대인'을 표현하는 데 도움을 주고 있다.

그런데 전혀 없어 보이는 희망의 빛이 시의 뒷부분에 이르러 감지된다. 우주선 안테나의 붉은 녹물 속으로 "새로운 쇳덩이의 싹"이 솟아오르는 것이 보인다. 이것을 그는 "무서운 광경이다"라고 표현한다. 이는 굉장한 역설이다. '싹'은 그 자체로 희망이다. 삭막하기만 한 금속성 시세계 속에서 '싹'은 유일한 대안일 수밖에 없다. '식물성의 힘'은 뒤에서 재론하겠지만, 싹을 통해 오른 희망을 두고 "무서운 광경"이라 하는 것은 이해하기 힘들다. 하물며 녹물 속에서 쇳덩이를 뚫어 오르는 싹은 더할 나위 없다. 쇳덩이는 기계 문명을 상징한다. 이것은 자꾸 가공되고 불어나며 재생산된다. 기계문명의 힘은 가공할만한 것이다. 시인의 시적 상상력에 따르면, 이것을 제압하고 인간 세상의 삭막함을 치유할 힘은 오직 '싹'이라 명명된 식물성의 힘을 빌어야만 가능한 것이다. 이것은 폐허 위에서도 오롯이 홀로 씨를 퍼뜨려 싹을 틔우는 생명력이며, 평화의 메시지이다.

시인은 작품을 통해 문명의 이기로 인한 부정적인 단면을 담담히 그려내고 있다. 그러나 이는 여기서 그치는 것이 아니다. 이러한 모습들을 보여줌으로써 독자들로 하여금 생태적 지향에 대한 고무적인 상상력을 제공하려는 역설적 의도를 수행한다. 다음의 시를 보자

> 개새끼, 텅 비어 속엔 양주와 거짓말만
> 남았을 뿐인 놈, 그녀는 머리칼을 쓸어올리면서
> 빗질을 한다. 물컵에 꽂혀 창 밖을 내다보는 노오란
> 시든 개나리꽃, 그녀는 치마의 주름을 펴면서, 구름처럼,
> 그녀의 담배 연기가 도시의 하늘 위에 흩어지는 걸 본다. 쾌청의
> 어질머리 때문에 그녀는 루즈를 잘못 그린다. 다시 빨갛게
> 입술을 그리면서, 그녀는 휘파람을 분다. 입술을 오므리며
> 구름이 한 조각 창 밖을 날아간다. 그녀는 어젯밤 웬 남자와
> 둘이서 십일층의 이 방에 들어왔다. 그녀는 이제
> 혼자 남았다, 빈 술병처럼
>
> 엘리베이터는 올라온다. 그녀는 노란 불 앞에서
> 불 켜지는 숫자를 쳐다보며, 쇠의 강인한 질주 소리를
> 듣는다. 알루미늄 재떨이의 지저분한 모래 속에
> 그녀는 남은 담배꽁초를 꽂는다. 간밤 남자는 술병처럼
> 그녀를 안고 십일층을 올라와 노란 개나리꽃 밑에
> 그녀를 뉘었다. 지랄 같은 꿈의 봄밤.
> 그러나 남자가 가 버렸을 때 그녀는 치마만 조금

구겨졌을 뿐. 엘리베이터의 문이 열리고
그녀는 그 속으로 빨려든다. 하강의 노란 불이
켜졌다 꺼지면서 층마다 문이 열리고, 낯선 사람들이 들어와
그녀를 에워싼다. 그들은 침묵만으로 일층으로 내려가
나가 버린다. 그 뿐, 그녀는 거리로 나와
힐끗 십일층을 한 번 올려다봤을 뿐.
　　　　　　　　　　―「엘리베이터로 내려가다」[105] 전문

　　욕설과 퇴폐적인 행위가 난무한 시 내용 속에서 등장인물들은 한결 같이 저속적이고 익명성이 짙다. '웬 남자'와 잠을 자고 난 뒤, 낯선 방에 혼자 남겨진 '그'의 모습에서 이야기는 시작된다. 사무적으로 일을 마치고 가버린 남자에게 욕설을 퍼부으며 그는 빗질을 한다. 그런데 그 역시 사무적이다. 그는 사무적으로 빗질을 하고, 휘파람을 불며 루즈를 바른다. 감정이 배제된 두 남녀의 지극히 사무적인 행위로 인해, 그네들이 붙박이 가구나 액자와도 같이 느껴질 정도다. 이에 비하면 "물컵에 꽂혀 창 밖을 내다보는 노오란 시든 개나리꽃"이나 "입술을 오므리며 날아가는 구름 한 조각"이 훨씬 생동감 있게 다가온다. 풍경의 일부로 비생물처럼 처리된 두 남녀보다, 오히려 의인화된 개나리꽃이나 비생물 구름 한 조각이 능동적으로 살아 움직이는 이유는 그 때문이다.
　　인간을 비인간처럼, 비인간을 인간처럼 그려내는 예는 이하석의 시에서 흔히 드러난다. 이는 비인간화로 통칭되는 현대 문명 속의 인간상을 그려내는 데 한몫을 함은 물론, 궁극적으로 인간이 인간 외 존재들과 다르지 않다는 생태주의적 인식을 반영한다. 그래서 그는 '그'를 "혼자 남았다, 빈 술병처럼"이라고 표현한다. 정물처럼, 혹은 풍경화 속 하나의 소재처럼 그는 그렇게 놓여 있을 뿐이다. 사무적으로 처음 만난 남자와 잠을 자고 일어나 아무 일도 없던 듯 화장을 하는 그의 모습은, 삭막한 현대인의 삶을

---

105) 이하석, 위의 시집, 42쪽.

담담하게 드러내 보여준다. "쇠의 강인한 질주 소리"를 내며 올라오는 엘리베이터의 문이 열렸을 때, "그는 그 속으로 빨려든다". 빨려든다는 표현에서 짐작되듯이, 그는 이미 비생물로 변질돼 있다. 엘리베이터 문이 열릴 때마다 들어오는 낯선 사람들 역시 잠시 그를 에워싸지만, 침묵만으로 일관하다가 내려가 버린다. 그들도 빈인간화, 물질화로 진행 중이다. 간밤 아래층과 윗층에서 잠을 잤던 사람들이지만 그들은 서로를 궁금해하지도, 궁금해할 필요도 느끼지 않는다. 이미 간밤의 기억은 그들에게서 폐기돼 있다. 이것은 감정적인 교류를 원치 않는다는 의미이기도 하다. 한 번 채워진 식욕은 다시 허기가 찾아올 때까지 불필요하듯이, 일방적인 욕구에 따라 채우고 또 채워지면 그뿐인 일상사가 현대 사회에 팽배해 있다. 감정적, 심층적 교류는 일회성을 추구하는 현대인에겐 거추장스런 장식일 뿐이다. 그러기에 빈 방에 빈 술병처럼 남겨졌던 그는 아무런 감정의 앙금도 없이 거리로 나와 "힐끗 십일층을 한 번 올려다봤을 뿐"이다.

이른바 생태적 삶이란, 상대방의 아픔을 이해하고 감정적으로 교류가 가능해질 때 비로소 이루어질 수 있는 것이다. 삭막한 도시 변두리 현대인들의 삶을 통해, 시인은 날마다 점점 더 생태적 삶에서 멀어져 가는 인간들에게 경종을 울리고 싶어한다. 예를 들면 다음의 시가 그러하다.

> 실내의 사물들이 바깥의 어둠에 대해
> 뭘 느끼고 있다. 창 가에 세워둔 유리컵이
> 우주적으로 호젓하다. 하필 우주적일까,
> 우주와 컵이 무슨 상관 있다고, 서류에서 몸을 떼며
> 그는 커피에도 지친 얼굴을 한다. 삐걱하고
> 의자가 소리친다. 나사가 완전히 조이지 않았군,
> 그는 의자를 증오한다.
>
> —「개기월식」[106] 부분

[106) 이하석, 위의 시집, 46쪽.

"실내의 사물들이 바깥의 어둠에 대해 뭘 느끼고 있다"는 부분은 인간에게 많은 시사점을 던져준다. 내용에 비춰서 '실내의 사물'은 인간을 제외한 사물들을 지칭하고 있음을 알 수 있다. 당연히 동참해야 할 감정적 사고의 대열에 인간이 빠져있다는 것은, 인간이 인간 외 사물들보다 오히려더 비생명화, 물질화돼 있다는 반증이기도 하다. 또한 서류에서 몸을 떼며커피에도 지친 얼굴을 하는 남자, 그는 "나사가 완전히 조여지지 않았군"이라며 삐걱대는 의자에게 증오를 보낸다. 이쯤에 이르면 그 남자와 의자를 구별하는 일이란 쉽지 않다. 쉽게 말해 그와 의자는 이제 동격이다. 그리고, 나사가 조여지지 않았다고 외치는 의자와, 의자에게 신경질적인 반응을 보이는 남자의 거리를 지켜보는 화자의 나레이션이 삭막하게 이어진다. "우주와 컵이 무슨 상관있다고"라는 의미는 결국, 우주와 컵이 상관 있음을 역설적으로 표현한 것이다. 비인간화한 남자와 의유화로 인간화한의자, 이들의 관계를 통해 우리는 물질화해 가는 현대인의 삭막한 단면을엿볼 수 있다. 실내 사물의 하나로서 인간은 컵이나, 의자, 커피와 다를 게없다. 그러나 우주와 컵이 결국 맞물려 자연의 일부로서 존재하듯이, 인간역시 컵과 의자, 커피와 대등하게 얽혀 자연의 일부로서 존재한다. 다만,물질화된 사물들 사이의 교감이 깊이 있게 진행되지 못하고 일정한 거리를 유지하고 있다는 데서 메마른 현대 사회의 정서가 드러나며, 지금까지견지해온 반생태적 삶의 형태에 반성을 제기하게 된다.

현대과학은 자연이 생명을 갖지 않은 물질적 개념이라는 인식 하에 발전을 거듭해 왔다. 따라서 현대 사회를 살아가는 인간들은 생명체에 대한이해가 부족하게 되었고, 물질화된 삶의 방식에 젖어 삭막한 정서를 가지게 된 측면도 있다. 이러한 맥락에서 이하석의 3인칭 객관적 서술 방식과,비생명체 중에서도 금속성 혹은 광물성 소재에 대한 편집적 성향은 현대문명 사회의 각박함, 삭막함을 그려내려는 의도에 잘 맞아떨어지고 있다.이러한 서술방식과 소재적 특성으로 인해, 일견 생태주의 시에서 추구하는 생태적 지향과는 다소 거리가 있다고 느껴질 수도 있다. 그러나 시인은 비생명체의 의인화를 통해, 역으로 비생명체처럼 물질화해 가는 현대인의 부정적 현실을 그려내고 있다. 스스로 비생명체를 닮아가는 현대인의 삶, 거기에서 삭막하게 빚어진 현실 묘사는 독자들로 하여금 현대 문명사회의 반생태적 성향을 반성하게 함은 물론, 역설적으로 강한 생태주의적 사회 지향을 희구하게 하는 것이다. 이하석의 시들은 표면적으로 생태주의적 입장을 표방하지는 않지만, 어느 누구의 시보다 강한 생태적 지향을 배태하고 있다고 볼 수 있다.

한편, 정현종의 시에서는 어떻게 시적 비유가 전개되고 있는지 살펴보기로 하자.

> 흙길이었을 때 언덕길은
> 깊고 깊었다.
> 포장을 하고 난 뒤 그 길에서는
> 깊음이 사라졌다.
>
> 숲의 정령들도 사라졌다.
>
> 깊은 흙
> 얄팍한 아스팔트.
>
> 짐승스런 편리
> 사람다운 불편.
>
> 깊은 자연
> 얕은 문명.
> ─「깊은 흙」[107] 전문

---

107) 정현종, 『한꽃송이』, 앞의 시집, 75쪽.

'흙길이었을 때 언덕길'과 '포장을 하고 난 뒤 그 길'의 대비가 위 시의 화두이다. 이것은 결국 마지막 연에서 '깊은 자연'과 '얇은 문명'으로 비유된다. 화자가 인식하는 '흙길'은 깊고 깊다. 깊은 흙길이기에 숲의 정령들도 산다. 곧, 흙길 자체가 정령들이 생동하는 생명체로 의인화되어 있다. 물활론적 자연관에 따르면 '흙길'을 정령이 깃든 생명체로 인식하는 것은 당연한 일일 수도 있다. 그러나 문제는 '흙길'과 마찬가지로 비생명체인 '아스팔트'에 대해 이와는 다른 사유가 유입되고 있다는 점이다. 흙길을 뒤덮은 '얄팍한 아스팔트'는 '깊음'을 상실한다. 게다가 숲의 정령들마저 이것을 외면해버린다.

의인화 과정에서 '흙길'을 취하고 '아스팔트 길'을 배제한 시인의 의도는 그의 부정적 현실 인식을 반영하는 것이다. 문명의 결과로 아스팔트가 언덕길에 깔리면서 편리해지긴 했으나, 이것은 결코 그가 바라는 바가 아니다. '사람다운 불편'을 사라지게 한 '얇은 문명'이기 때문이다. 불편함은 분명히 편리함보다 인간에게 피로를 가중시켜 준다. 그러나 불편함이 사라지면 사라질수록, 그리하여 편리함이 극에 달할수록 인간이 수행해야 할 몫 또한 점점 적어지기 마련이다. 기계가 인간의 일을 대신 처리하는 것에서 나아가 인간의 인지 능력을 뛰어넘는 컴퓨터의 출현으로 인해 자연 생태계 내 인간의 입지가 더 좁아지고 있다. 따라서 이와 같은 이기를 가져다준 문명이 그에게 반가운 의미일 수만은 없다. 이것은 '짐승스런 편리'이며 '얇은 문명'일 따름이다.

앞서 생물과의 교감을 통한 시적 비유에서 시인의 동물 중 특히 들짐승에 대한 선호도가 낮음을 언급한 바 있다. 여기에서는 이와 유사한 맥락에서 편리함을 가져다 준 문명에 대한 반감이 '짐승스런'이라는 수식어로 표현되고 있다고 볼 수 있다. 곧, 짐승스런 편리를 극복하고 사람다운 불편을 되찾는 방법은, '흙길'로 상징되는 비문명의 원초적 아름다움의 중요성을 자각하고 그것을 지향하는 일이다. 그것만이 사라진 숲의 정령들을 다시 불러오는 유일한 대안이다. 자연을 원초의 모습 그대로 지켜내야만 비로소 그것과 함께 호흡하고 교류할 수 있음을 보여주고 있는 것이다. 이것은 자연 속에서 얼마간 인간의 역할이 필요하다는 시인의 견해를 반영한다. 이러한 견해는 이 연구의 입장과 상통한다. 이 연구는 기본적으로 비인간중심주의를 취하고 있지만, 자연 내 인간의 위치와 역할을 인지하고 그 필요성을 인정하고 있다는 점에서 약한 의미의 인간중심주의와도 연계되기 때문이다.

그런데 다음의 시에서는 문명의 이기 중에서도 가장 극렬한 전쟁 무기들을 소재로 하고 있어 흥미롭다.

> 다른 무기가 없습니다.
> 마음을 발사합니다.
>
> 토마호크 미사일은 떨어지면서 새가 되어 사뿐히 내려앉았습니다.
> 스커드 미사일은 날아가다가 크게 뉘우쳐 자폭했습니다.
> 재규어 미사일은 떨어지는 순간 꽃이 되었습니다.
> (……)
> 플레이보이 미사일은 어떤 아가씨 방으로 숨어들어가 에로스가 되었습니다.
> 머어니 미사일은 어느 가난한 집 안방에 들어가 금이 되었습니다.
> 우라누스 미사일은 땅에 꽂히는 순간 호미가 되었습니다.
> 제구덩이 미사일은 저를 만든 공장으로 날아가 그 공장을 날려버렸습니다.
> 머커리 미사일은 아주 작아져 어떤 아이 호주머니 속으로 들어가 속삭였습니다: 이걸로 엿이나 바꿔 먹어.
> ─「요격시」108) 부분

'요격시'라는 제목에서 짐작되듯이 이 작품 속에는 수많은 무기들이 등장한다. 무기 중에서도 '미사일'은 첨단 무기의 대명사와도 같은 것이다.

---

108) 정현종, 위의 시집, 69쪽.

이것은 대량 살상과 파괴를 목적으로 함은 물론, 원거리 목표물들을 공략한다는 점에서 가공할만한 능력을 과시한다. 과거의 전쟁에서는 전면전이 필수적이었기 때문에, 전장에서 상대방의 고통과 분노, 삶과 죽음까지를 육체의 감각을 통해 실제적으로 체득할 수 있었다. 그러나 현대로 접어들면서 무기들은 놀랄 만큼 발전해왔다. 버튼 하나로 미사일을 발사하고 나면 대량 인명 살상과 파괴 상황이 눈앞에서 벌어지지 않는 만큼, 전쟁의 결과에 대해 피부로 느껴지는 고통이나 죄책감도 덜하기 마련이다. 최첨단 무기가 속속 발명되고 인간에 의해 사용될수록 전쟁의 양상도 나날이 비정하게 변질되어 가는 셈이다. 또한 과거에는 대체로 '생존'에 직접 관련된 사안에서 비롯되던 전쟁의 동기 역시, 현대로 접어들수록 이기적인 욕망이 원인이 되는 경우가 허다하다. '정의'와 '평화' 등을 구호로 내걸지만 이 내막에는 자국의 이기주의가 반드시 숨어있기 마련이다.

시인이 '미사일'이라는 비생명체를 소재로 하여 전쟁을 바라본 이유도 그와 관련 있다. 그 목적과 결과에서 현대의 전쟁은 비정하기 짝이 없다. 더구나 산업 문명 이후 눈부시게 발전한 문명의 숱한 이기 중에서도 '전쟁'은 가장 부정적인 측면을 상징하는 것이라 할 수 있다. 부담스러울 수도 있는 무거운 소재를 희화화한 의도도 같은 맥락에서 살펴볼 만하다. 미사일들이 하나같이 희화화된 명칭으로 불려지고, 이 역할 또한 그러하다.

아이러니한 구조로 시의 주제를 이끌어가는 힘은 시인의 근현대 문명에 대한 부정적 인식과 분노가 그만큼 큰 데서 기인한 것이다. 무기 대신 마음을 발사한다는 발상은 '요격시'라는 제목의 파괴성을 상쇄하고도 남음이 있다. 내용에서 드러나는 미사일들의 면면을 살펴보면 이러한 의도는 더욱 짙어진다. '지이랄 미사일', '도라이 미사일', '자기악마 미사일', '플레이보이 미사일', '머어니 미사일', '제구덩이 미사일', '머터리 미사일' 등, 그 명칭들은 치밀한 의도 하에 명명된 감이 짙다. 우선 '지이랄―'과 '도라이―' 등의 명칭들은 일상생활에서 다소 비속적인 의미로 쓰이거나 금기시되는 측면마저 있다.

그런데 이 비속한 언어들은 미사일의 명칭으로 차용되면서 아이러니하게도 상승효과를 불러일으키는 데 기여한다. 지이랄 미사일과 도라이 미사일은 각각 바다와 사막에 떨어져서 물고기와 선인장이 되었다고 한다. 미사일의 본래 목적이 파괴와 요격에 있는 만큼, 이것이 그 임무를 수행 못하고 떨어졌다는 것은 이미 본래 목적에서 벗어났음을 의미하는 것이다. 그 결과 바다에 떨어진 지이랄 미사일은 물고기가 되고, 사막에 떨어진 도라이 미사일은 선인장이 된다. 물고기는 바다 생태에 반드시 필요한 존재이고, 선인장 역시 사막에서도 잘 견뎌내는 사막 생태의 파수꾼이다. 미사일이 그러한 것들이 되었다는 것은 무기로서 미사일의 본래 목적과는 거리가 있다. 되레 그것들은 생태 요소에 적절히 조화된 상징물로 다시 태어나고 있는 것이다. '플레이보이 미사일'이 어떤 아가씨 방에 숨어들어가 에로스가 되었다든지, 머어니 미사일이 어느 가난한 집 안방에 들어가 금이 되었다든지 하는 의미도 그와 다르지 않다. 표현 중 '어떤 아가씨 방', '어느 가난한 집 안방'이라고 하여 익명성을 드러낸 것도, 요격된 미사일의 승화된 효과가 제한된 대상에 머무르지 않고, 자연 생태계 전반에 걸쳐 파급되기를 바라는 의도를 반영한다. 이와 같이 현대 문명의 결과물 중에서도 가장 부도덕하고 파괴적 비생명체인 무기를 모티프로 한 시인의 의도는, 재론할 필요 없이 부정적 문명인식을 통한 역설적 생태지향인 것이다.

한편 다음의 시에서는 동일한 주제를 다루는 데 있어, 석탄과 석탄이 일으키는 해악을 소재로 하고 있다.

> 우리들은 살아가는 게 아닙니다.
> 우리들은 죽어왔습니다, 문자 그대로.
> 석탄을 캐내면서

우리는 묻힙니다.

우리를 캐내는 사람은 아무도 없습니다.

진폐증이라지요?

그건 여러 병 중의 하나가 아닙니다.

처음부터 기약된 죽음입니다.

우리는 죽기를 살기 시작하는 겁니다.

우리는 우리가 캐내는 석탄만도 못합니다.

우리의 마지막 부탁이 있습니다.

우리가 죽으면 우리를

막장에 묻어주세요.

거기서 석탄이 되겠습니다.

-「석탄이 되겠습니다」109) 전문

위 시에는 '죽어가는 광부들의 유언'이라는 부제가 붙어 있다. 내용이나 형식에서도 마치 유언을 그대로 글로 옮겨 놓은 듯, 담담히 이어진다. '진폐증'은 오랜 기간 석탄을 캐내는 일을 해온 광부들이 감수해야 하는 병이다. 이것은 단순히 일반적인 여러 질병과 같이 얘기되어질 성질의 것이 아니다. 화석연료 중에서도 석탄은 특히 근현대 산업화와 이 발전 과정에 커다란 영향을 미쳤다. 화학공업과 난방 연료 등으로 광범위하게 사용되는 석탄은 그 활용도 면에서도 산업 문명의 일등 공신이라 할 수 있다. 석탄 없이 산업화가 불가능했으리란 진단은 억지가 아니다. 그러나 석탄의 산업화에 대한 기여도가 높은 만큼, 이것이 자연 생태의 존재들에 미친 부정적인 영향도 간과할 수 없을 만큼 컸다. 석탄을 캐내는 일을 하는 광부들이 진폐증을 앓는다는 사실은, 산업화를 촉진시킨 화려한 외양 이면에 드리워진 어두운 그늘을 잘 보여준다. 산업 문명의 양면성을 가리키는 것이다.

---

109) 정현종, 위의 시집, 44쪽.

사람들은 그 화려한 외양, 곧 산업화의 결과에 취해 반대편의 그늘과 아픔을 돌아보지 못한다. 이처럼 한쪽만을 바라보고 살아가는 삶의 생활 방식에서 문제가 되는 것은, 맹목적으로 바라보는 그 한쪽 면의 방향성의 가치 때문이다. 누구나 '발전적'이라고 믿고 '미래지향적'이라고 믿어 의심치 않는 이 방향이, 결국은 사람들을 획일적 가치 개념쪽으로 밀어가고 있다. 더욱 심각한 것은 '발전적'이라거나 '미래지향적'이라는 판단의 가치 기준이 근대 이후 산업화의 결과물로 드러난 가치들과 인간의 욕망이 결합한 결과물이라는 데 있다. 따라서 그 '발전적' 혹은 '미래지향적' 가치 개념의 중심에는 '인간'이 아닌 '기계문명'이 자리잡는다. 인간이 중심에 놓여 있었던 인본주의에는 적어도 박애와 공존, 공영의 개념이 있었다. 그러나 인간이 문명의 변두리로 물러나면서, 인간이 간직하고 있던 최소한의 바리케이트와 같은 가치들은 존립이 위태로운 지경에 이르렀다. 인간의 욕망은 인간다움을 뒤로 한 채, 기계문명의 격류에 휘말리게 된 것이다. 사정이 이러하니, 인간이 생태계 자연 존재들에 대해 마음 쓸 여지는 더욱이 없었다.

　이러한 맥락에서 시인은 근현대문명에 대한 부정적 인식을 석탄이라는 소재에 실어 상징적으로 표현하고자 한다. 석탄을 캐내는 일을 수십 년씩 해온 광부들은 산업화의 역군이다. 그러나 오랜 노역 끝에 그들에게 남은 것은 진폐증이라는 병증뿐이다. 어찌 보면 광부라는 직업적 특성상 이것은 불가피한 결과인지도 모른다. 그래서 시인은 화자의 입을 빌어 "우리들은 살아가는 게 아닙니다. 우리들은 죽어왔습니다"라고 말한다. "처음부터 기약된 죽음입니다"라고 토로하는 대목에 이르면, 화자의 어조는 죽어가는 광부의 그것과 일치한다. 마치 삶을 포기하고 처음부터 기약된 죽음이니 선선히 받아들이겠다는 체념처럼 보인다. 그런데 죽음을 받아들이는 광부가 마지막으로 하는 말은 "우리가 죽으면 막장에 묻어"달라는 것이다. 그리하여 석탄이 되겠다고 한다. 이때의 석탄은 비생명체의 단순한 의미에 머무르는 것이 아니다. 석탄은 무구한 세월 동안 지질 속에 묻혀서 화석 연료로 거듭나게 된다. 여기서 주목해야 할 것은, 석탄이 연료나 산업자원으로서 그것만을 의미하진 않는다는 점이다. 오히려 자연생태계의 순환물로서 화석화된 상태를 의미한다. 자연생태계 순환물로서 석탄은 화석 연료가 될 수 있는 가능성 혹은 어느 유기물에 속하여 새롭게 생명으로 도약할 수 있는 가능성들을 내포한다. 그런데 여러 가능성이 있는데도 석탄이 자연 생태계 속에 긍정적으로 참여치 못한 채, 산업화의 미명 아래 막장 안 광부의 진폐증이나 키우는 부정적인 역할을 떠맡고 있음에 주목해야 한다. 이처럼 부정적인 석탄의 역할과 불우한 광부의 삶은, 시인의 부정적 현실 인식을 반영한다. 진폐증은 산업화 이후 극렬해진 인간의 욕망을 상징적으로 반영한 것이다. 나아가 산업문명이 야기한 사회 전반의 병증을 상징한다고 볼 수 있다. 곧 인간의 욕망과 결합한 황금만능주의, 물질중심주의 등 모든 사회의 병폐를 동시에 함축한 것이라 해도 과언이 아니다. 산업화 이후 물질 문명의 눈부신 성장 뒤에, 소중한 가치들이 도외시되어 온 데 대한 반성이 작품 전반에 묻어나고 있다.

살펴본 바와 같이 정현종은 부정적 현실 인식을 적절히 표현해 내기 위한 메커니즘으로, 의인화 등 비유법을 사용한다. 소재는 문명의 배면을 묘사하기 위한 비생명의 자연 존재들이 주로 차용되고 있으며, 이것들은 시인이 의도한 주제를 표현하는 데 있어 좋은 효과를 일으키고 있다.

이제, 강은교의 시에서 드러나는 비생명체의 의미와 그들과 교감을 통한 시적 비유에 대해 살펴보기로 하자.

> 은행잎 한 장
> 집으로 가는 나를 불러세웠어
>
> 은행잎 한 장
> 멈칫멈칫 내게 손을 내밀었어

은행잎 한 장
내 손을 꽈악 잡았어

은행잎 한 장
내 손안에서 파삭 부스러졌어

노오란 피, 노오란 연기

가을바람 한 올이 바삐 지나가다가
멈추어 섰어

집으로 가는 길.
　　　　　　　　　　　─「집으로 가는 길」[110] 전문

　강은교가 생명체보다는 비생명체에 대해 각별한 관심을 기울이고 있다
는 점은 앞에서 언급한 바와 같다. 반면, 시적 소재로서 생명체들은 간혹
비생명체의 사유나 행위 뒤에 밀려나 있기도 하고, 비생명체들을 드러내
기 위한 역할에 그치기도 한다. 그러나 결국 그것들은 모두 동등한 자격
으로 시적 주제를 형성하는 데 참여한다. 강은교에게 생명체와 비생명체
의 경계는 거의 없어 보인다. 이것은 물활론의 정신, 생태주의의 지향과
일치하는 것이라는 점에서 높이 평가할 만하다. 생명체에 비해 다소 팍팍
하고 무미건조한 자연환경 쯤으로 치부되기 십상인 비생명체들을 능동적
으로 존재하는 자연 존재자로서 인정한다는 것, 이러한 정황이 그의 시에
서는 자연스럽게 나타난다.
　위의 시에서 시인은 '은행잎 한 장'을 소재로 한다. 이때의 은행잎은 나
무에 붙어 자양분을 빨아먹는 살아 있는 나뭇잎이 아니다. 가을 바람을
맞아 허공에 날리는 낙엽, 나무를 떠나 흙으로 회귀하는 잎들이다. 화자

---

110) 강은교, 『등불 하나가 걸어오네』, 앞의 시집, 22쪽.

는 지고 있는 은행잎이 집으로 가는 자신을 불러 세웠다고 적고 있다. 그 은행잎은 그에게 "멈칫멈칫 손을 내밀고", "손을 꽈악 잡고"는 "손 안에서 파삭 부스러"진다. 은행잎이 그에게 다가선 과정은 단순해 보이지만 결코 단순히 지나칠 수 없는 의미를 포함한다. 다시 말해, 누군가를 만나고 교류하며 끝내는 명멸한다는 것, 이것을 사랑이라거나 우정 혹은 인연이라 해도 무방하다. 시인은 단순히 은행잎이 지는 모습에서도 연대감을 발견하고 그 상상력의 깊이를 증폭시켜 나가고 있다. 나무를 떠나 흙으로 나아가는 자연 생태의 순환과정을 인간사와 접맥하려 한 의도는 그러하다. 은행나무의 성장과 회귀는 인간 생애의 생로병사와 유사한 과정을 겪는다. 그러나 은행나무의 그것을 오직 인간사 속의 과정이라고만 치부하는 것은 미흡하다. 그것은 인간사이면서, 동시에 모든 자연 존재들에도 똑같이 벌어지는 '존재의 과정'에 다름 아닌 것이다. 이러한 사고가 물활론적 인식과 관계됨은 물론이다. 지는 은행잎에서 감정적 교감을 이끌어낸 시인은, 다음의 시에서 숯불 위에서 구워지는 청둥오리 살점에조차 깊은 교감을 통해 얻은 생태의식의 시선을 보낸다.

청둥오리가 가냘프게 말했다,
이리로 오세요, 우리가 그대의 입술을 향기롭게 할 거예요, 날 먹으세요, 날 씹으세요, 불쌍한 나를, 영혼도 없으며 날개도 없는 나의 이 붉은 살점들을.
불쌍한 나를 씹으세요, 나는 당신의 위장으로 들어가……자, 하나 두울 셋……숯불이 활활 타오르는군요, 당신은 맛이 있군요, 당신의 피는 아주 달군요, 당신의 살은 아주 나긋나긋해요.

청둥오리의 넓적한 부리가 내게로 다가온다, 부리를 쩍쩍 벌린다, 나는 달아난다, 당신의 살은 맛있군요, 당신의 피는 달콤해……나긋나긋해……타오르는 불……

오 청둥오리……너의 날개에 나를 얹어다오. 너의 날개가 숯불 위로
날아오르는구나……오 불쌍한 나, 날개도 없는 나,
　　흐린 하늘 아래.

―「청둥오리」111) 부분

●

　구워지는 청둥오리 살점을 씹는 동안, 화자는 전도된 현실을 경험한다.
청둥오리가 "날 먹으세요, 날 씹으세요"라고 가냘프게 말은 건네온 것이
다. 그러나 그것도 잠시, 이번에는 "당신은 맛이 있군요, 당신의 피는 아주
달군요, 당신의 살은 아주 나굿나굿해요"라고 말을 건네오는 청둥오리와
그 넓적한 부리를 피해 달아나는 자신의 환영을 본다. 이것은 무엇을 의
미하는가. 청둥오리의 살점은 분명 비생명체이다. 그러나 이것은 살아 있
는 청둥오리보다 더욱 분명히 살아 있는 모습을 내보인다. 급기야 자신의
몸을 인간에게 공여하면서 동시에 인간의 살점을 먹으려 달려드는 모순
된 행동을 취한다.

　생태 언어학적 측면에서 엄밀히 바라보면, 청둥오리 고기는 곧 '청둥오
리 시체의 조각'이다. 청둥오리가 식용으로 대량 번식·사육되고 마침내
도살되어 숯불 위로 올려지는 과정을, 소비자인 인간들은 누구도 그 소비
현장에서 떠올리지 않는다. 숯불 위에서 구워지는 살점이란 단지 '목숨과
는 무관한' 하나의 물체로 인식될 따름이다. 조리되는 음식 앞에서는 언어
적으로 감정의 영역이 제거되어야 하기 때문112)이다. 인간 중심적 가치관

---

111) 강은교,『어느 별에서의 하루』, 앞의 시집, 14쪽.
112) 다른 생명체를 식용으로 소비하는 데는 언어적으로 감정의 영역이 제거되어야만
　　한다. 그 생명체의 죽음이라는 현실을 의식하지 않음으로써 식욕과 맛을 잃지 않
　　기 위해서이다. 그와 같은 기계적인 과정을 통하여 동물 등의 신체 부분을 얻게
　　되는데, 사람에게 식용으로 소비되기 전에 동물은 다른 이름을 갖는다. '구운 고
　　기', '갈비', '족발', '날개고기'는 식용으로 잡힌 동물 각 부분의 특별한 명명으로서,
　　이 음식이 생기기까지의 상황을 잊게 해 준다.(Alwin Fill,『생태 언어학』, 앞의 책,
　　187쪽 참고)

에 의해 청둥오리의 살점을 단지 '고기'라고 명명함으로써, 소비자들이 이 것을 소비하기까지 과정의 불쾌한 연상에서 피할 수 있게 한다. 그러나 화자는 자신의 앞에서 숯불 위에 활활 타고 있는 고기를 통해 그것이 고 기이기 전에 청둥오리의 살점이며, 청둥오리의 목숨을 지탱하던 몸이었 음을 인식한다. 시인은 청둥오리를 의인화하여 인간의 모습으로 그려내 고, 더불어 인간 역시 청둥오리의 모습으로 역전하여 그려낸다. 그것이 아픔을 느끼고 인간과 똑같은 감정을 소유한 청둥오리의 살점임을 인식 한 순간, 자신 역시 청둥오리의 날개 위에 얹어져 있는 아픔을 공유하기 에 이른다. 청둥오리가 자신과 조금도 다르지 않음을 발견하고, 자신에게 먹히는 그 고통을 이해하며 급기야는 환영 속에서 청둥오리에게 먹히는 전도된 체험을 하게 되는 것이다. 이처럼 시인은 어떠한 생태적 경구보다 체험을 통해 생태의식의 한 단면을 보여주고 있다. 한 장면을 포착함으로 써 독자들 모두를 바로 그 생태적 체험 속으로 인도한다.

한편, 현대 문명의 비생물을 제재로 한 다음의 시에서는 그가 어떻게 생태적 인식을 표현하고 있는지 살펴보자.

어느 가을날 오후, 비닐봉지 하나가 길에 떨어져 있다가
나에게로 굴러왔다.
그 녀석은 헐떡헐떡거리면서 나에게 자기의 몸매를 보여주었다.
그 녀석이 한 바퀴 빙 돌았다, 마치 아름다운 패션모델처럼
그러자 그 녀석의 몸에선 바람이 일었다.
얄궂은 바람, 나를 한 대 세게 쳤다.
나는 나가떨어졌다. 한참 널브러져 있다가 내가 정신을 차렸을 때는
그 녀석, 비닐봉지는 바람에 춤추며 가는 중이었다.
나는 마구 달려갔다, 바람 속으로
비닐봉지는 나를 뒤돌아보면서도 자꾸 달아났다. 나는 그 녀석을 따
라갔다, 넘어지면서, 피 흘리면서
쓰레기들이 옹기종기 모여 있는 곳으로,

실개천이 쭈빗 쭈빗 흐르고,
흐늘흐늘 산소가 없어지고 있는 곳으로,
우리의 꿈이 너덜너덜 옷소매를 흔들고 있는 곳으로,
비닐 봉지는 나를 돌아보며 소리쳤다,
나는 위대해! 나는 영원해!
나는 몸을 떨었다. 귓속으로 그 녀석의 목소리가 쳐들어왔다.
─나는 영원히 썩지 않는다네, 썩지 않는 인간의 자식이라네.
비닐봉지는 바람 속에 노오란 꽃처럼 피어났다.

─「어떤 비닐 봉지에게」[113) 전문

    비닐봉지는 현대 산업화, 문명화의 결과로 얻어진 대표적인 물질이다. 그 편리성과 유용성의 측면과 함께, 쉽게 썩지 않는 성질 때문에 환경 오염의 주범이 된다는 점, 현대를 살아가는 인간의 일회성 문화를 대변한다는 점 등으로 인해 긍정적·부정적 평가를 한 몸에 받고 있기도 하다. 시인이 길에 나뒹구는 비닐봉지에서 발견한 모습도 그러한 것과 그리 다르지 않다. 한낱 비닐봉지 하나, 이것은 아주 흔한 뒷골목 풍경의 일부이기도 하다. 헐떡거리며 몸매를 보여주는 비닐봉지가 순간적으로 화자에게는 아름다운 패션모델처럼 보인다. 화자는 춤추며 달아나는 비닐봉지를 따라 자꾸 달려간다. 그곳은 '쓰레기들이 옹기종기 모여 있고, 실개천이 쭈빗쭈빗 흐르고, 흐늘흐늘 산소가 고갈되고, 우리의 꿈이 너덜너덜 옷소매를 흔들고 있는 곳'이다. 비닐봉지가 달려가는 그 곳은 패션모델의 모습과는 딴 판인 그런 곳이다. 패션모델의 모습을 한 비닐봉지가 마침내 쓰레기와 '쭈빗쭈빗한 실개천, 흐늘흐늘 산소가 없어지고 꿈이 너덜너덜해진 해진 곳에 가 닿는다'는 은유는 중첩된 의미를 내포한다. 패션모델과 같이 우아하고 매력적인 듯 보이는 현대 문명의 외양 속에 우리가 눈치채지 못한 반대 급부의 추한 면들이 감춰져 있는 것이다.

---

113) 강은교, 『어느 별에서의 하루』, 앞의 시집, 70쪽.

생태계의 순환 원리가 깨지고, 있어야 할 자리에 있지 못한 문명의 부산물들이 바로 쓰레기다. 시인은 그 대표적 물질인 비닐봉지에서 그러한 부정적인 측면을 함께 간파해야 한다는 의도를 전하려 한다. 그 문명의 이기, 편리함 등에 눈이 멀어서 우리의 자연 생태계를 그 자체로서 거대한 하나의 쓰레기장으로 만들어가고 있는 현실, 이것이야말로 참으로 아둔한 일이 아닐 수 없다. 바로 눈에 보이는 이기만 좇아 그보다 더욱 큰 폐해를 계속 조장해가는 인간의 삶을, 바로 그 "썩지 않는 인간의 자식"인 비닐봉지를 통해 역으로 보여주고 있다는 사실이 흥미롭다. 비닐봉지가 화자를 돌아보며 한 말은 다시 한 번 음미할 만하다. "나는 위대해!"라는 오만함은 문명의 부산물인 비닐봉지나, 그 문명을 계속 창출해내는 인간 모두에게 무관하지 않다. 어찌 보면 오만에 빠져 생태계를 회복 불가능한 경지로 밀어 넣고 있다는 점에서, 비닐봉지나 인간은 흡사하기까지 하다. 영원함과 편리함을 추구하는 인간의 오만이 비닐봉지라는 문명의 사생아를 낳았기에, 비닐봉지는 인간을 닮을 수밖에 없었을 터이다. 화자가 지적하고 있듯이 그것은 인간을 그대로 빼닮은 "인간의 자식"이다.

그러나 그것이 자연 생태를 거스르고 있을 뿐만 아니라, 자연 생태의 오염을 일으키는 원인 물질이라는 사실을 알게 되면서 부터 근본적인 자성의 목소리가 나타난다. 곧, 인간은 자연으로 돌아가 소멸되어야 할 한시적인 존재이기에, 자연생태계의 순환 원리를 겸허히 받아들여야 한다는 목소리가 그것이다. 이른바 '죽음'에 대한 그릇된 견해로 인해 속세의 당장의 이익을 갈구한다는 사실은 아이러니한 일임에 틀림없다. 죽음과 죽음의 공포에서 벗어나기 위해 한편으로는 영원을 추구하면서, 다른 한편으로는 일시적인 욕망에 싸여 속세적 이득을 추구한다는 상반된 사실은 인간이 좀처럼 헤어나기 힘든 딜레마이다. 이와 같은 형이상학적인 문제에 대해 인간들은 거시적으로 대처해나가야만 한다. 가령 불교에서는 모든 물질계가 끊임없이 변화한다고 본다. 이때 변화하는 각각의 실재는 별개가 아닌

데도, 인간들이 이것들을 별개라고 생각한 결과 생멸관生滅觀에 빠진다는 것이다. 그렇지만 실제 세계는 생겼다고 하지만 생긴 것이 아니고, 멸했다고 해서 멸한 것이 아닌 변화해 나가는 것이다. 결국 존재라는 것은 불교적으로 볼 때 연관되어 변화하는 것이다. 이것을 불생불멸이라고 한다.114) 에피쿠로스 철학자들도 "죽음은 우리에게 아무 것도 아니다"라고 생각하고 언젠가는 죽어야할 생을 즐거움의 대상으로 삼는다. 또한 되풀이되는 욕망을 극복하는 데는 '자족'만이 대안일 수 있음을 설파한다.115) 이러한 철학 사상들을 빌려와 현대인들의 생태적 사유의 실마리로 삼는다면, 인간은 '비닐봉지'와 같은 모순된 문명의 사생아들을 필요 이상 배출하지 않게 될 것이다. 재론하지 않더라도, 이 작품에서 시인은 현대 문명에 대해 곱지 않은 시선을 던지고 있음을 알 수 있다. "바람 속에 노오란 꽃처럼 피어나는" 비닐봉지를 바라보는 착찹함이 그와 궤도를 같이 한다.

그렇다면 강은교에게 현대문명은 앞에서 살펴본 논의의 맥락과 같이 부정적이기만 한 것일까, 다음의 시는 이례적으로 전개되고 있어서 주목된다.

> 빨간색의 벽돌과 회색의 시멘트로 나의 뼈는 발려졌습니다.
> 그런데 어느 날인가 몹시 바람 불던 날
> 내 몸은 깨지기 시작했습니다. 몇 사람이 와서 망치로 나를 마구 두들겨 팼던 것입니다.
> 나는 부서졌습니다. 부서진 뼈 사이로 바람이 불어갔습니다.
> 그런 뒤 누구인가가 오더니 내 살에 유리를 끼우기 시작했습니다. 그 사람들은 그것을 창이라고 불렀습니다.

---

114) 예를 들면, 얼음과 물은 별개의 것이 아니다. 얼음이 녹아 물이 되었다고 할 때, 얼음이 없어지거나 물이 생겨난 것은 아니다. 다만 얼음이 변해서 물이 된 것이다. 이처럼 변화하는 각각의 실재들을 별개의 것으로 단정 지어 인식함으로써 인간은 생멸관에 빠진다는 것이다.(법륜, 「불교사상에서의 생명문제와 세계관」, 『동양사상과 환경문제』, 앞의 책, 134~140쪽 참고)
115) 『인간과 욕망』, 앞의 책, 48~53쪽 참고.

햇빛이 황금빛으로 물드니 창은 황금빛으로 빛나며 주섬주섬 그림자를 꺼내기 시작했습니다.

나는 내 몸 속에 이런 것이 있는 줄 처음 알았습니다.

밤이 되니 창으로 별빛이 비치기 시작했습니다.

오 아름다운 별빛, 별의 입술이 파르르르 떨렸습니다.

나는 별의 입술을 안았습니다.

어둠 속에서 천 개의 별이 자라났습니다.

별은 당신입니다.

은하의 길을 들고 오는 당신.

—「그림자와 별」116) 전문

위 시는 빨간 벽돌과 회색 시멘트로 마감된 현대식 건물이 화자로 등장한다는 점만으로도 꽤 이채롭다. 대부분의 독자들은 위 시의 첫 행을 읽은 뒤, 시의 주제가 현대문명을 비판하고 생태의식을 고취하는 쪽으로 진행될 것이라 예상할 것이다. 그러나 시인은 이러한 대중의 상상력에 제동을 건다. 그의 상상력은 결코 상식적이거나 일반적이지 않다.

시의 주된 소재는 화자 자신, 곧 현대식 건물이며 이는 곧 현대 문명의 상징이기도 하다. 그러나 시의 강렬한 주제는 그 소재보다는 '별'이라는 다소 추상적인 개념에 의지한다. 곧, '건물'은 배면으로 밀려난 채 '별(별빛)'을 끌어들이기 위한 시인의 의도에 따라 봉사하고 있을 따름이다. 그런데도 현대문명을 상징하는 화자, 곧 현대식 건물이 시적 소재로서 이 시에서처럼 아름답게 읽혀지는 예는 흔치 않다. 사람들이 벽을 부수고 "살에 유리를 끼운" 뒤 이것이 '창'이라 불려지면서부터, 창에서 빛나는 햇빛의 그림자를 보고 "나는 내 몸 속에 이런 것이 있는 줄 처음 알았습니다"라며 반색하는 화자의 모습은 현대문명의 삭막함과는 거리가 멀다. 더

---

116) 강은교, 『등불 하나가 걸어오네』, 앞의 시집, 40쪽.

구나 창을 통해 비춰지는 별빛을 끌어들여 "어둠 속에서 천 개의 별이 자라나"게 하는 힘은 한층 더 삭막함 등에서 멀어져 있다. 이것은 희망의 힘이라 할 만하며, 혹은 사랑이라는 이름으로 불려져도 좋을 것이다. 시인은 현대 건물과 별의 관계를 적대적 관계로 그려내지 않았다. 창을 통해 들어오는 햇빛과 별빛을 무심히 넘기지 않고, 사랑스럽게 끌어안는 모습은 생태의식과도 관련 있다. 물론 건물을 의인화하는 것은 물활론적 자연관의 영향이라고 할 수 있다. 건물을 현대문명의 상징이란 점에서 인간과 부조화한 적대적 관계로 표현하기보다는, 오히려 인간과 화해하고 조화를 이룰 수 있는 상징적 존재로 그려냈다는 점은 평가할 만하다. 이 시는 나아가 인간과 문명, 문명과 자연, 자연과 인간으로 이어지는 조화로운 자연생태계의 가능성을 보여준다. '현대문명이란 단지 해악일 뿐인가'라는 질문에 대해 그 스스로 납득할만한 견해를 풀어놓음으로써 생태주의 논자들에게 신선한 시사점을 던져주고 있는 셈이다.

위에서 살펴본 바와 같이, 현대 문명에 대한 강은교의 입장은 대별된 두 가지 형태로 드러나고 있음을 알 수 있다. 곧 생태주의 시에서 일반적으로 드러나는 바와 같이 부정적인 측면이 있는 반면, 긍정적으로 이것마저도 끌어안는 마음의 자세 또한 갖추고 있는 것이다.

그러나 이러한 사실은 이성 중심주의와 기계화된 산업화로 표현되는 현대 문명이, 물활론적 자연관의 쇠퇴를 조장하거나 가중시켜왔다는 일반론을 뒤집으려는 의도는 아닌 듯하다. 다만, 이미 인간이 현실적으로 그것 없이는 살아가기 어려울 만큼 현대 문명 혹은 그로 인해 파생된 문화에 밀착되어 있는 만큼, 이에 대한 반감보다는 생태주의 지향에 위배되지 않는 한 절충적으로 수용 가능하다는 견해를 표방하고자 함이었을 것이다. 그리하여 궁극에는 문명의 부산물조차도 물활론적 자연관 속에 다른 모든 존재들과 마찬가지로 자연의 일부로서 존립케 할 수도 있음을 시사 한 것이라 하겠다.

지금까지 생태주의 시들에 나타나는 시적 비유의 문제를 살펴보았다. 특히 생태주의 시에는 의인화를 주된 시적 기재로 하는 비유법이 빈번히 등장하는데, 이는 물활론적 자연관을 수용한 결과라 할 수 있다. 물활론은 물질 그 자체에 생명과 활력이 있다고 보는 견해이다. 물활론적 자연관에서는 생물체와 비생물체를 망라한 모든 자연 존재들이 내재적 가치를 지닌 존재로서 영혼을 가지고 있다고 본다. 따라서 시적 소재로서 단순히 자연 존재들을 차용하기 이전에, 시인과 그것들 사이에는 깊은 교감을 바탕으로 한 유대감이 형성된다. 대자연의 일부가 되어 모든 사물들이 동등한 권리를 갖고 자연생태계에 참여하고 있다는 소박한 사실을, 거대한 이념이나 경구가 아닌 실제 그들과 밀착된 교감을 통해 보여주고 있는 것이다. 사람과 사람의 교류에 있어 상대방에 대한 존중과 배려가 전제되어야 하듯이, 물활론적 사고에 따라 자연물들을 대할 때 또한 이들을 존중하고 배려하는 마음을 갖는 것은 자연스러운 현상이다.

　그런데 진정한 존중과 배려를 통해 자유로운 교감을 나누기 위해서는 서로 몸과 마음의 키를 맞추는 게 바람직하다. 시 작품 속에서 등장하는 소재들이 대부분 의인화되고 있는 것은 이러한 맥락에서 이해해야 할 것이다. 비유의 근본정신이 비교되는 두 대상 사이의 동일성의 발견에 있는 만큼, 상대적으로 평가 절하되었던 인간 외 존재들을 인간과 대등하게 끌어올려 표현함으로써 이들을 존중하는 마음을 갖게 함은 물론 그들과 나란히 공존자로서 살아가야 할 생태주의적 지향을 내포하게 되는 것이다.

　생명체의 경우는 의유화 되는 경향이 짙은데, 상향적 체계의 비유화로 나타난다. 이 경우 인간과 자연간 긍정적인 연대의 모습을 통해, 생태적 회구를 직접 드러내는 방식을 취하고 있다. 비생명체는 하향적 체계의 비유화로 인간과 자연의 부조화와 부정적 현실 인식을 반영한다. 이와 같이 부정적 측면이 강조되는 것은 역으로 더욱 강한 생태적 지향을 불러일으킨다. 따라서 이 경우는 인간과 자연 사이의 연대 모색 과정에서 간접적인 방식을 통해 생태적 지향을 시도하고 있다는 사실을 알 수 있다.

한편, 이미 인간중심적으로 형성된 언어의 경우, 그 자체로써 생태주의에 반하는 예가 많이 드러난다. 이것을 생태적인 어법으로 바꾸기 위한 노력의 대표적인 일환으로도 시적 비유는 주목할 만한 것이라 할 수 있다. 시는 문학 분야 중에서도 독자들에 대한 메시지 전달의 효과 면에서 가장 바람직한 분야로 지목되고 있기 때문이다. 다만, 메시지에 경도된 직설적 표현과 작품성 등의 문제는 극복해야 할 관건이라 생각한다.

지금까지, 작품 내적 측면 중 물활론적 자연관에서 비롯된 시적 비유의 문제가 논의되었다. 다음 장에서는 이와 연계하여 '모성성 · 식물성 · 광물성 이미지에 투영된 자연'에 대한 논의를 계속하고자 한다. 물활론적 자연관에 의한 생태적 상상력이 각각의 이미지 속에 어떻게 투영되고 있는지 살펴봄으로써, 자연스럽게 생태주의적 의의와도 맥을 잇게 될 것이다.

3) 모성성 · 식물성 · 광물성 이미지에 투영된 자연

생태주의 시의 관심사는 생태 · 환경적으로 위기에 처한 현실에 있다. 시인의 감수성과 상상력이 자연의 변화에 민감하며 이에 의존하고 있다고 할 때, 생태계 파괴가 시인의 상상력을 변용시킨다는 것은 명백하다.[117] 이것은 생태주의 시 주제의 공통된 출발점이기도 한데, 변용된 상상력은 작품 속에서 다양한 이미지들을 형성한다. 여기에서는 이것들을 크게 모성성 이미지, 식물성 이미지, 광물성 이미지로 나누어 분석하고자 한다.

그런데 이와 같이 생태주의 시의 주제를 뒷받침하기 위해 차용된 이미지들은 다시 에로스의 축과 타나토스 축[118]의 의미망으로 나뉘어 진다.

---

117) 장정렬, 『생태주의 시학』, 앞의 책, 130쪽.

118) 허버트 마르쿠제는 프로이트의 가설을 토대로 하여 이론을 개진하고 있다. 즉, 프로이트의 가설에서 살아 있는 유기체는 두 가지의 일차 충동 곧 본능에 따라 형성된다. 이 중 하나는 에로스, 곧 성적인 충동으로 생명체의 본능을 가리킨다. 이 개

생태주의 시는 생태 · 환경적 위기에서 촉발된 관심사를 다루고 있다. 따라서 파괴된 생태 · 환경을 치유하고 정화하고자 하는 긍정적인 현실 극복 의지, 그리고 생태 · 환경적 위기 현실에 대한 파괴적 · 부정적 인식이라는 서로 다른 개념은 이미 생태주의 시 취지에 배태되어 있기 마련이다. 이러한 개념은 에로스와 타나토스 의식을 형성하여 각각의 의미망으로 자연스럽게 이어진다.

에로스 축의 모성성 이미지와 식물성 이미지들은 훼손된 자연환경 치유와 생태계 회복 희구 그리고 건강한 자연의 생명성 등을 상징한다. 그러나 이와는 반대로 타나토스 축의 광물성 이미지는 파괴된 자연환경과 생태계 위기, 현대 문명 사회 속에서 부조화한 인간과 자연의 관계 등 부정적인 현실을 반영한다.

우선, 모성성 이미지에 투영된 자연과 다른 자연 존재들 간의 상호 조응, 그리고 새로운 이미지 창출에 대해 살펴보기로 한다.

(1) 모성성 이미지에 투영된 자연

생태주의 시에서 드러나는 이미지들을 이 연구에서는 크게 모성성 이미지, 식물성 이미지, 광물성 이미지로 구분하였다. 이들은 에로스와 타나토스 축의 의미망을 형성하게 되는데, 모성성 이미지와 식물성 이미지들은 에로스 축을 이루고 있다. 그 중 모성성 이미지의 측면을 먼저 살펴

념에는 생명의 개념과 동의어적인 특징이 있다. 다른 하나는 타나토스, 곧 파괴적인 에너지로서 생명을 파괴하거나 근절하고 싶은 욕망의 에너지다. 마르쿠제는 앞에서 살펴본 기본 개념을 전제로 해서 오늘날 자행되고 있는 자연 파괴가 우리 사회를 특징지을 수 있는 보편적인 파괴성이라는 맥락에서 이해될 수 있으며, 이 사회적인 파괴성은 또한 개인 내부의 파괴성에서 그 근원을 찾을 수 있다고 진단한다. 나아가 그는 생태 운동이 성공하기 위해선 개인 내부의 파괴적인 에너지를 에로스에 굴복시켜야 한다고 주장한다.(Herbert Marcuse, 「정신분석학적 생태학」, 문순홍 편, 『생태학의 담론』, 솔출판사, 1999, 50~65쪽 참고)

보기로 한다.

모든 존재들이 공존하고 있는 지구에 대해, 이분법적이고 기계론적인 기존의 관점에서 벗어난 하나의 유기체적 인식이 나타나기 시작한 것은 주지의 사실이다. 이처럼 살아 있는 생명체로서 지구의 이미지는 가이아 Gaia로 그려지게 되는데,[119] 이것은 자연과 여성의 특별한 관계를 드러내는 중심 상징이 되어 왔다. 실제로 가이아라는 말은 지구나 대지를 뜻하는 그리스어이고, 지구나 대지는 동양에서나 서양에서 모두 여성의 속성을 지닌 것으로 보는 것이 보통이다. 본래 가이아는 고대 농경사회에서 스스로 비옥하게 하는 여성적인 원리로서 대지의 여신으로 신격화되었다. 희랍신화에서도 가이아는 대지의 여신으로 그려진다. 하늘과 지상에 있는 인간 그리고 모든 존재의 어머니이다.[120] 모든 존재들이 지향하는

---

119) '가이아'는 "물리적·화학적 환경을 조절할 수 있기 때문에 이 지구를 건강하게 유지하는 능력을 갖는 자가 규제적인 실체로서 생물권(biosphere)을 대표"하는 의미를 지닌다. J. E. 러브록이 제시한 가이아의 중요한 속성 세 가지는 다음과 같다. 첫째, 가이아는 모든 지상의 생물들에게 적합하도록 주변 환경 조건을 끊임없이 변화시킨다. 둘째, 가이아는 생물조직체와 같이 인간의 오장육부에 해당하는 핵심기관을 가지며, 또 인간의 사지와 같이 부수적 기관을 갖는다. 이러한 부수기관들은 필요에 따라서 신축과 생성·소멸이 가능하며, 장소에 따라서 역할이 달라질 수 있다. 셋째, 주변 환경이 바람직하지 않은 방향으로 변화될 때 가이아가 취할 수 있는 반응 메커니즘은 반드시 사이버네틱스의 원리를 따르는데, 여기에서는 시간 상수(time constant)와 루프 이득(loop gain)이 중요한 인자로 간주된다.(J. E. Lovelock, 홍욱희 역, 『가이아』, 범양사, 1990, 17쪽과 202~223쪽 참고)

120) 김욱동은 남성이나 자연에 대하여 어떤 태도를 취하느냐에 따라 에코페미닌의 입장을 크게 세 갈래로 나누고 있다. 첫째, 에코페미닌 이론은 여성이 남성과는 근본적으로 다르다고 보는 태도이다. 이 주장에 따르면 여성은 남성보다 자연에 좀 더 가깝다. 둘째, 여성이나 여성성을 긍정적 원칙으로 찬양하려는 태도이다. 여성 원리는 출산·양육 등 주로 생식력과 관련된다. 또한 보살핌·동정·연민·비폭력의 관점에서 여성 원리를 규정짓기도 한다. 이 이론에 따르면 여성 원리를 되찾을 때 비로소 생태계는 균형과 조화를 이룰 수 있다. 셋째, 에코페미닌 이론은 여신 숭배와 깊이 연관되어 있다. 몇몇 학자들은 대지의 신이나 대모신(大母神) 같은 여신에게서 환경 문제의 해결책을 찾는다. 생태·환경의 조화와 균형이 깨진 것은 남성신이 여성신의 자리를 대신 차지하면서부터라고 말한다. 그러나 이

바는 결국 모성성에 뿌리를 두고 있다고 해도 과언이 아니다. 이런 점에서 볼 때, 생태주의 시들이 모성성을 주목하고 있는 것은 조금도 이상한 일이 아니다.

가을이 오기 전
뽀뿔라로 갈까
돌마다 태양의 얼굴을 새겨놓고
햇살에도 피가 도는 마야의 여자가 되어
검은 머리 길게 땋아내리고
생긴 대로 끝없이 아이를 낳아볼까
풍성한 다산의 여자들이
초록의 밀림 속에서 죄없이 천년의 대지가 되는
뽀뿔라에 가서
야자잎에 돌을 얹어 둥지 하나 틀고
나도 밤마다 쑥쑥 아이를 배고
해마다 쑥쑥 아이를 낳아야지

검은 하수구를 타고
콘돔과, 감별당한 태아들과
드러내 버린 자궁들이 떼지어 떠내려가는
뒤숭숭한 도시
저마다 불길한 무기를 숨기고 흔들리는
이 거대한 노예선을 떠나

가을이 오기 전
뽀뿔라로 갈까

세 이론은 정도의 차이는 있지만 한결 같이 생물학적 본질주의에 빠져 있다는 비난을 받기도 한다. 곧, 여성과 남성 사이에 어떤 차이가 있다면 이것은 어디까지나 생물학적 특성보다는 문화적·사회적 특성에서 비롯되기 때문이라는 것이다.(김욱동, 『문학생태학을 위하여』, 앞의 책, 358~367쪽 참고)

맨 먼저 말구유에 빗물을 받아
오래오래 머리를 감고
젖은 머리 그대로
천년 푸르른 자연이 될까
　　　　　　　　　　ー「머리 감는 여자」[121] 전문

　중앙아메리카의 멕시코 열대 밀림에 있는 원시적 마을 '뽀뽈라'가 위 시의 소재이다. 원시 자연의 풍요와 여유, 그 섭리에 몸을 맡겨 살아가는 마을이다. 시인이 가고자 하는 이곳의 여자들은 "풍성한 다산의 여자들이 초록의 밀림 속에서 죄없이 천년의 대지가 되는" 삶을 영위한다. 아이가 생기는 대로 자연의 섭리로 받아들여 끝없이 낳는 여자들의 모습은 풍요와 다산의 상징인 대지대모의 이미지와 흡사하다. "햇살에도 피가 도는 마야의 여자"가 "검은 머리 길게 땋아 내린" 모습에서 느껴지는 왕성한 생명력 혹은 생산력이란, 대자연에서 주어지는 것들을 가감 없이 그대로 수용하는 이들만의 양식에서 배태된 것이다.

　그들이 자연에서 얻는 풍요로움이란 물론 물질적 풍요를 뜻하진 않는다. 만일 물질적 풍요가 인간을 완전하게 하고 충만하게 할 수 있다면, 마야의 여자들의 삶이란 한낱 이해하기 힘든 원시 습속을 지닌 사람들의 모습으로만 비춰질 수도 있다. 그러나 점차 물질적 가치를 풍요의 기준으로 삼을 수 없다는 자각이 문명사회를 살아가는 사람들의 공감대를 이끌어 내고 있다. 이들에게 마야 여자들의 삶은 풍요롭고 아름다우며 대지대모의 모성성을 지닌 숭고함으로 비춰진다. 마야 여인들은 장식 없이 야자잎에 돌을 얹은 둥지 속에서 "밤마다 쑥쑥 아이를 배고 해마다 쑥쑥 아이를 낳"는다. 원시 자연의 삶에서 바라보면, 현대인의 장식적인 삶이란 인간의 욕망과 쾌락에 치우쳐 있어서 자연의 순리와는 거리가 멀다. 마야

---

121) 문정희, 「머리감는 여자」, 『현대시학』, 1997. 9, 83~84쪽.

여자들은 이것을 배제한 자연의 풍요로움 속에서 순수하고 장식 없는 생활 방식을 유지한다. 밤마다 쑥쑥 아이를 배고 해마다 낳는, 반대편의 문명사회에서는 납득하기 힘든 이러한 생산력은 자연의 풍요로움과 여유를 배우고 닮았기에 가능한 일이다. 그런데 이와는 다른 양상이 2연을 통해 이어진다. 앞에서 살펴본 1연의 풍요로움과 생산성, 그 여유 등은 그들이 처한 자연 환경의 순환에 따른 순수한 양식 그대로를 수용하는 데서 비롯된 것이다.

그렇다면 그 반대편 문명사회의 삶은 어떠한가. 여기에서는 자연의 순환에 따른 삶을 거부하고 자연환경을 훼손하여 인위적인 형태로 변형시켜나가는 삶의 단면을 그대로 보여준다. 인간은 그들의 욕망에 따라 자연환경을 변형하고, 심지어는 출산 양육의 신비로운 생산과정마저도 과학기술의 힘을 빌어 조작한다. "검은 하수구를 타고 콘돔과 감별당한 태아들과 드러내버린 자궁들이 때 지어 떠내려가는 뒤숭숭한 도시"의 모습은 그 예이다. 성행위가 숭고한 생명 탄생의 과정으로 인식되기보다는 쾌락의 도구로 인식되어지고, 심지어는 태아를 감별하여 선택 출산하고 자궁을 드러내는 일까지 서슴지 않는다. 자연의 대섭리에 순종하고 자연 순환에 몸을 그대로 내맡기는 마야 여자의 삶과는 영 다른 모습이다. 이 모습이야말로 시인이 염증과 두려움을 느끼고 있는 현 문명사회의 단면이다. 그러기에 뽀뽈라로 가서 마야 여인처럼 살고 싶어 하게 된 것이다.

2연의 상황은 현재 시인이 처한 삶의 비극성을 단적으로 잘 설명한다. 잉태하고 출산하는 과정이 풍요와 다산의 상징에 기반을 둔 자연스러움으로 읽히지 않고, 인간 이해에 얽힌 선택의 문제로 받아들여진다는 사실은 자연 순환의 흐름을 거스르는 가장 대표적인 경우로 설명할 수 있다. 성행위가 생명 잉태를 위한 것이라기보다 쾌락을 위한 도구로 전락했음을 콘돔의 은유를 통해 잘 대변한다. 더 이상 숭고한 생명 잉태 행위가 아니기에 과학 기술은 점점 더 기형적으로 변질되어 태중의 태아를 감별하는 행위를 자행하고, 급기야 아예 자궁을 드러내버리는 결과를 초래하기에 이른다. "저마다 불길한 무기를 숨기고 흔들리는 이 거대한 노예선"은 인간 스스로 쳐놓은 욕망의 덫에 묶여 노예화되어버린 현대 문명사회 인간의 비극을 의미한다. 밤마다 쑥쑥 아이를 배고 해마다 쑥쑥 아이를 낳는 풍요로움을 욕망이 팽배한 현대 문명사회에서는 이루어지기 힘들다. 대자연의 품에서 대자연이 허락한 만큼의 양식을 얻고 그 안에서 자족할 수 있는 삶이란, 물질적인 풍요와는 거리가 있다해도 진정한 의미의 원초적 풍요로움을 의미한다고 볼 수 있다.

3연에서 "맨 먼저 말구유에 빗물을 받아 오래오래 머리를 감고 젖은 머리 그대로 천 년 푸르는 자연이 될까"라고 독백하는 시인의 의도는 2연의 현실과 대비되어 한층 절실한 희구를 동반하고 있다. 말구유에 머리를 감는 정화 의식을 통해 문명사회의 때를 벗어버리고 싶은 것이 이것이고, 젖은 머리 그대로 천 년 푸르른 자연이 되고 싶음이 종래의 바람이다. 자연 속에 묻혀 자연의 흐름 그대로 따르기에 자연을 닮아 있는 마야 여인들, 그녀들이 시인에게 '천 년 푸르는 자연'으로 읽히는 이유는 아직 그들이 원시 그대로 모성성을 간직하고 있기 때문이고, '생명'을 잉태하고 출산하는 모성성의 섭리가 그들에게 고스란히 남아 있기 때문이다. 모성성이란 생명을 잉태하고 출산하는 기본 역할에서 배태된 의미이고, 자연의 존재들을 자식처럼 끌어안는 가장 기본적인 소양임을 시인은 강조한다. 그는 다음의 시에서 이를 '약속'이라고 표현한다.

> 약속도 없이 태어난 우리
> 약속 하나 지키며 가는 것
> 그것은 참으로 외롭지 않은 일입니다.
>
> 어머니 울지 마셔요
> 어머니는 좋은 낙엽이었습니다.
>
> ─「편지」122) 부분

시인이 말하는 바, "약속 하나 지키며 가는 것"이란 모성성을 포기하지 않고 간직한다는 의미이다. 모성성으로 자연 존재를 바라본다면 어느 것 하나 살뜰하지 않은 것이 없다. 이것은 어떠한 윤리나 가치관보다도 원초적인 사랑이며 희생이기 때문이다. 모성성을 버린다면 인간 사회는 물론, 모든 생태계의 근간이 뿌리째 흔들리게 된다. 모성성을 지키는 일이야말로 생태계의 공존을 위해서 반드시 필요한 것이다. 모성이라는 '좋은 낙엽'으로 거름이 되어, 뭇생명을 보듬고 생태계 순환의 원천이 되어야 한다는 점을 시인은 여성의 시각에서 간파해낸다. 다음의 시를 보자.

　　사랑으로 나는 죽어가는 세계의 모든 생명들과 이제 막 태어나는 어린 생명들과 하나가 되고 싶다, 될 것이라고 믿는다, 될 것이다. 사랑으로 나는 나이며 너이며 그들이다. 사랑으로 나는 중심이며 주변이다. 사랑으로 나는 나의 상처의 노예이며 주인이다. 사랑으로 나는 나의 상처를 세계의 상처 위에 겸손하게 포개놓는다. 세계, 나의 아들이며 나의 지아비인 세계의 상처 위에. 나처럼 아프고 불행한 세계의 상처 위에, 가만히, 다만 가만히.
　　　　　　　　　　　　　　　　　　　　　　　―「사랑으로 나는」[123] 부분

　모성은 모든 사랑의 전제이다. 인간은 태어남과 동시에 받아들이게 되는 어머니의 사랑으로 인해 사랑할 줄 아는 인간, 사랑할 자격을 갖춘 인간으로서 성장한다. 이것은 인성의 토대이며, 평화로운 생태계 구성 요소이기도 하다. 위 시에서 시인이 말하는 '사랑'은 이러한 맥락에서 이해해야 옳다. "죽어가는 세계의 모든 생명들과 이제 막 태어나는 어린 생명들"과 하나가 되고 싶다는 바람은 그러한 사랑이 있기에 가능한 것이다. 이는 또한 어머니에게서 받은 사랑의 힘, 곧 모성의 힘이며 결과이다. 어머

---

122) 문정희, 『어린 사랑에게』, 미래사, 2000, 62쪽.
123) 김정란, 『용연향』, 나남, 2001, 162쪽.

니에게서 받은 사랑을 충분히 습득하여 자신 또한 그 사랑을 모든 자연 존재들에게 돌려줄 마음을 갖춘다는 것, 그러므로 세계의 상처는 곧 나의 상처이다. 사랑이 있기에 세계의 상처를 나의 것으로 육화할 수 있고, 그것을 진정으로 이해하고 아파하게 된다는 의미다. 궁극적으로 세계의 상처는 모성성의 힘으로 극복해야 할 상처이기에 "나의 아들이며 나의 지아비인 세계의 상처"라 표현하고 있는 셈이다. 여기에서 세계의 의미는 자연 생태계를 망라한 것을 가리키며, 그 세계의 상처를 바라보는 마음의 근저에는 모성이 자리해야 함을 시인은 강조한다.

이제 또다른 여성 시인의 감각으로 빚어낸 모성성의 회구를 살펴보자.

> 어디서 나왔을까 깊은 산길
> 갓 태어난 듯한 다람쥐새끼
> 물끄러미 나를 바라보고 있다
> 그 맑은 눈빛 앞에서
> 나는 아무 것도 고집할 수가 없다
> 세상의 모든 어린것들은
> 내 앞에 꼬리를 쳐들고
> 나를 어미라 부른다
> 괜히 가슴이 저릿저릿한 게
> 핑그르르 굳었던 젖이 돈다
> 젖이 차올라 겨드랑이까지 찡해오면
> 지금쯤 내 어린것은
> 얼마나 젖이 그리울까
> 울면서 젖을 짜버리던 생각이 문득 난다
> 도망할 생각조차 하지 않는
> 난만한 그 눈동자,
> 너를 떠나서는 아무데도 갈 수 없다고
> 갈 수도 없다고

나는 오르던 산길을 내려오고 만다
하, 물웅덩이에는 무사한 송사리떼
―「어린 것」124) 전문

위 시에서 '어미'는, 이미 세상 모든 어린것들을 예사로이 보아 넘기지
못하는 존재임을 알 수 있다. 산길에서 우연히 만난 다람쥐 새끼 앞에서
"괜히 가슴이 저릿저릿한 게 핑그르르 굳었던 젖이 돈다"는 표현을 보자.
비단 자신의 태를 빌어 직접 세상에 내놓은 자식이 아닐지언정 세상 모든
어린것들을 모두 다 자신의 자식인양 귀히 여긴다는 것, 그 모성성이 얼
마나 큰 사랑을 내포하는지를 짐작하게 한다. 곧, 시인이 적고 있는 바 "세
상의 모든 어린 것들은 내 앞에 꼬리를 쳐들고 나를 어미라 부른다"는 것
은, 인간이 모성성을 가지게 되면서, 한 아이의 어미에 그치지 않고 세상
모든 어린것들의 어미로 존재한다는 것의 은유이다. 모성성을 갖고 대할
때 '내 앞에 꼬리를 쳐들고 어미라 부르'는 어린 것의 마음을 읽고, 비로소
'도망갈 생각조차 하지 않는 난만한 그 눈동자'를 똑바로 바라볼 수 있게
된다. 이쯤에 이르면 '지금쯤 젖을 그리워하고 있을 내 어린것'과 '꼬리를
쳐들고 어미라 부르는 다람쥐새끼'는 모성성의 이름으로 대할 때 조금도
다르지 않다.

생태 위기가 문제되고 있는 것은 자연 존재에 대한 깊은 이해가 없기
때문이다. 자연 존재에 대한 이해에 있어 가장 효과적인 방법은 모성성을
전제로 한 교감이다. 모성성이란 무엇인가. 이것은 세상의 무엇보다도 큰
사랑이며 본능적인 배려이다. 제 자식을 위기에서 보호하려는 마음에는
거의 맹목적이라 할 만한 본능이 깔려 있다. 여기에는 어떠한 이해타산이
나 사욕도 있을 리 만무하다. 어미의 마음으로 바라보면 세상 모든 어린
것들은 하나같이 애틋하기 마련이고, 나아가 모든 자연 존재들까지도 더

---

124) 나희덕, 『그 말이 잎을 물들였다』, 창작과비평사, 1994, 22~23쪽.

불어 포용하고 싶어진다. 생태 위기란 인간중심적인 욕망을 좇아, 생태계 기타 존재들을 배척하고 착취의 대상으로만 여겨온 데서 비롯된 결과이다. 그러나 모성성이 있는 한 인간중심주의의 경계는 허물어지고 별 의미가 없어진다. 세상 모든 어린것은 곧 '내 어린것'이기 때문이다. 세상 모든 어린 것들을 '내 어린 것'으로 이해하고 바라보는 마음이 충분했다면 오늘날의 생태 위기는 도래하지 않았을 것이다. 그래서 오늘날의 생태 위기를 극복하는 데 모성성의 회복은 최선의 방안이라고 말할 수 있을 것이다.

한편 다음의 시는 앞의 시들과 달리 남성 시인의 시각에서 '생명'에 초점 기울여지는 모성성의 의미를 모든 자연 존재들에까지 확대하고 있어서 차이점을 드러낸다.

> 포릇포릇 움트는
> 저 새싹들
> 산기슭을 온통 불그레 칠해오는
> 살구꽃 복사꽃이 이 어미다
> 네 가슴 속의 말
> 네 아들딸들의 해맑은 눈빛
> 흰구름 둥실 떠가는 저 높푸른 하늘
> 쉬임없이 흘러가는 강물
> 네가 딛고 있는 발 밑의 흙덩이가
> 바로 이 어미다
> 아, 그 말씀 듣고 새겨보니
> 이 세상에 나를 둘러싸고 있는 모든 것이
> 내 어머니 아닌 것이 없어라
> 진작 어머니 품에 안겨서도
> 그걸 몰랐으니
> 나는 얼마나 바보 천치인가
> ―「어머니의 품」125) 전문

아이를 잉태하고 출산하는 어머니의 역할은 모성성의 근저를 이룬다. 아이를 잉태하고 자신의 태를 빌어 하나의 생명체를 완성해나가는 그 과정을 통해 모성성은 극대화된다. 바꾸어 말하면, 모든 어머니는 태중에 아이를 잉태하면서부터 모성애를 형성해나가기 시작한다.

그런데 위 시에서 시인이 의도하는 모성성은 胎를 통해 형성된 그 의미가 확산되어 이른바 자연계 전체를 아울러 포괄하는 의미로 비유되고 있다. 곧, 태중에 생명을 잉태하고 완성해내는 과정에서 우러난 모성성이나, 우리네 삶 전반에 펼쳐져 있는 모든 자연의 섭리가 다를 바 없다는 진술이다. 이것은 결국 우리가 탯줄을 빌어 양분을 받아먹고 몸을 얻었듯이, 자연 또한 우리네 삶에 다양한 형식으로 탯줄을 걸어놓고 있음을 일컫는 말이다. "포릇 포릇 움트는 저 새싹들", "산기슭을 온통 불그레 칠해오는 살구꽃 복사꽃", 그리고 "흰구름 둥실 떠가는 저 높푸른 하늘", "쉬임 없이 흘러가는 강물", "네가 딛고 있는 발밑의 흙덩이"로 대표되는 자연계가 모두 '어미'임을 시인은 간파하고 있다. 포릇 포릇 움트는 새싹이 자라 더위를 식히는 나뭇가지가 되어주거나, 좋은 목재로써 우리가 거처할 집이 되기도 한다. 또는 살구꽃 복숭아꽃이 열매를 맺어 먹을거리를 제공하기도 한다. 하늘과 강물과 흙덩이는 어떠한가. 이들 모두 인간뿐만 아니라 모든 생명체들이 살아갈 수 있도록 세상을 구성하는 기본 재료들이 되고 있다.

얼핏보면 나 자신, 혹은 나 외의 모든 존재들과도 별개의 것으로 존재하고 있는 것 같지만, 실상 모든 존재는 자연계를 근간으로 잘 맞물린 톱니바퀴처럼 연결되어 있는 것이다. 자연계의 모성성이 있었기에 가능한 일이다. 물론 '자연계의 모성성'이란 자연계의 모든 현상을 일컬어 통칭하는 은유이다. 마치 어미가 자식을 정성으로 잉태·출산하고 희생하며 길러내 듯이, 자연의 역할 또한 모든 존재들에게 그러하니 어미에 다름 아닌 것이

---

125) 이동순,『봄의 설법』, 창작과비평사, 1995, 31쪽.

다. "이 세상에 나를 둘러싸고 있는 모든 것이 내 어머니 아닌 것이 없어라"라는 시인의 헌사에 담긴 의미도 그러하다. 자연을 '어머니 품'으로 인식한다는 것은 '모성성'의 연장선상에서 적극적으로 의미를 확대시킨 결과이다. 이러한 사고야말로 자연에 존재하는 나 외의 모든 존재들을 형제처럼 여기는 생태주의적 사고와 직결되며, 결국 '어머니 자연'을 함부로 훼손하거나 함부로 할 수 없다는 생태주의적 지향과 맥을 같이하는 것이다.

한편 다음의 시에서 드러나는 모성성의 비유는, 창세기 생명에서 모든 존재의 탄생까지 이어지고 있어 흥미롭다.

> 눈물이야말로 알 중의 알이라고 비로소 내가 말한다 눈물은 젖은 슬픔의 몸이 아니다 무너지는 몸이 아니다 가장 슬플 때 사람의 몸은 가장 둥글게 열린다 가장 처음의 자리로 돌아간다 알로 돌아간다 젖은 핵은 가장 둥글다 눈물은
>
> 새들도 마찬가지다 새들은 모두 알에서 나왔기에 더욱 그러하다 그들의 노래를 울고 있다고 새들이 울고 있다고 말한 우리말은 아주 뛰어난 나의 母國語다 노래는 울음이다 눈물이다 최초의 말이다 둥근 알이다 사람들도 마찬가지다 처음 태어났을 때 우리는 누구나 울었다 최초
> ─「눈물 ─ 알 16」[126] 전문

위 시에서 모성성은 둥글다는 '圓의 이미지', 눈물로 대변되는 '물水의 이미지'와 복합적으로 연결되어 있다. 시인은 '원圓'과 '물水'의 이미지를 복합적으로 수용하여 '알卵'이라는 새로운 이미지를 만들어낸다. 『알詩』라는 시집 제목과 '알 16'이라는 부제에서 드러나듯이, 그는 '알'이라는 개념에 대해 강한 집착을 보이고 있다. 더군다나 그가 파악하고 있는 '알'은 '圓'과 '水'의 개념이 혼용된 복합적 이미지이다. 따라서 위 시를 이해하기 위해서는

---

126) 정진규, 『알詩』, 세계사, 1997, 28쪽.

'원圓'과 '물水'의 이미지를 캐들어가는 데서 그 실마리를 찾아야 한다.

'원'은 다면적인 마음의 전체성을 나타내고 있으며, 거기에는 인간과 자연 전체의 관계까지 포함한다. 원은 생명의 유일 · 지상의 중요한 측면, 말하자면 생명의 궁극적인 전체성을 가리킨다.[127] 게다가 '물'은 잠재성의 보편적 총체를 상징한다. 물은 근원이자 원천으로서 모든 존재 가능성의 저장소이다. 또 물은 모든 형태에 선행하며 모든 창조를 받쳐준다.[128]

이쯤에서 시인이 상정한 '알'의 의미를 살펴보자. '알'은 앞에서 살펴본 '원'과 '물'의 복합적 상징 의미를 내포한다. 생명의 궁극적인 전체성을 가리키는 원과 모든 존재 가능성의 저장소인 물의 상징을 동시에 포괄하는 의미로서 '알'이 선택된 것이다. 따라서 '알'은 생명 탄생의 전제이며 나아가 모든 존재의 창조 혹은 형성을 상징하게 된다. 그러기에 '알'은 시인이 비유하는 바 '젖은 핵'이고, '가장 둥근 눈물'과 등가를 이루는 것이다.

심지어 2연에서 시인은 '노래'마저 "울음이다 눈물이다 최초의 말이다 둥근 알이다"라고 진술하고 있다. 이른바 '둥근 알'이 자연 창조의 과정을 은유하는 것이라면, 그 둥근 알 속에 포함되지 않을 자연 존재란 있을 수 없다. 울음마저 존재물에게서 비롯되는 것임은 물론이다. 더구나 울음은 부수적으로 '눈물'을 수반하는 것이므로, 이것은 자연 정화 재생 기능의 물의 상징으로서 모든 자연 존재 탄생의 순간에 가담하게 된다. 존재 이전의 미분화된 상태가 '알' 혹은 '알 속에 갇혀 있음'으로 표현된다고 할 때, 미분화된 상태에서 벗어나 존재 완성과 탄생으로 이어지는 순간에 그 존재들은 각각 눈물을 통한 정화의 통과의례를 거치게 되는 셈이다. 위시 속의 '알'이 다만 산란을 거치는 난생 생물들만을 가리키지 않음은 자명하다. 위 1연에서 '둥글게 열리는 사람의 몸'으로 비유된 물질생성론 곧 인류가 물에서 태어났다는 연상은 2연에 이르러 '탄생 울음'의 동질성에

---

127) J. Jacobi 외, 권오석 역, 『C.G.융 심리학 해설』, 홍신문화사, 1990, 154쪽.
128) Mircea Eliade, 이재실 역, 『이미지와 상징』, 까치, 2000, 165쪽.

의해 사람과 난생동물 그리고 그 너머 모두에게 확산되고 있다. 따라서 '알을 깨고 나오는 행위' 또한 자연계 모든 존재들의 창조 행위를 포괄하게 된다. 이것은 미분화된 천지창조 이전 상태를 벗어나기 위한 탈출이며 새로운 한 세계의 시작이다.

그런데 앞에서 살펴본 바와 같이 '알'이 생명 탄생 혹은 존재 형성을 내포한다고 할 때, 주목해야 할 것은 이것이 '모태'의 상징성에서 이어진다는 점이다. 이는 모성성으로 이어지는 것이기도 하다. 곧 1연에서 "가장 슬플 때 사람의 몸은 가장 둥글게 열린다 가장 처음의 자리로 돌아간다 알로 돌아간다"고 할 때, '둥글게 열리는 사람의 몸'이 생명의 전체성을 내포하는 것으로서 '알'로 변환되는 점을 눈여겨볼 필요가 있다. 또한 시인은 '알'의 자리를 가리켜 '처음의 자리'라고 말한다. 이는 마지막 연 "거기에 있거라 둥글다를 이 최초를 들고 오늘 내가 너에게 간다"라는 의미와도 상통한다. '알'이란 앞에서 살펴본 바와 같이 한 세상을 포괄하는 의미다. 모든 생명·존재의 시작이다. 시인은 이러한 알의 의미를 '둥글게 열리는 사람의 몸'을 통해 비유하고 있음을 짐작할 수 있다. 생명을 출산한다는 의미에서 모태는 알의 의미에 잘 부합된다. 그리고 이것은 모성성을 지닌 모태로서 '처음의 자리'이다. 다시 말해 시인이 파악하고 있는 모성성의 근본은 생명의 출산이라는 고귀한 역할에서 비롯되는 사실을 알 수 있다.

결국 모성성은 '둥글다'는 상징 의미를 통해 '알'과 결합되면서 모든 생명·존재의 창조 과정과 동일시되고 있다. 모성성이란 자연계에 두루 연계되는 상징 의미인 까닭에, 비록 모태를 직접 빌어 나오지 않았다고 해도 모든 존재는 사람과 흡사한 탄생 과정의 연대감 속에 묶이게 된다. 그들은 모두 '알'에서 나왔으며, 모태 역시 '알'인 것이다.

이와 같이 모성성 이미지가 투영된 작품 분석을 통해, 우리는 인간 외 자연존재들에 대한 또다른 연대감을 확인할 수 있다. 생태주의적 사고란 인간이 인간 외 자연존재들을 형제처럼 여기는 데서부터 출발한다. 위 시에서 모든 존재의 탄생과 창조 과정을 '알'로써 통합하고 있다는 점은 의미 있다. 그 정점에 '모성성'이 자리잡고 있기 때문이다. 모성성이야말로 훼손되고 상처 입은 자연을 사랑으로 치유할 수 있는 힘이다. 모성성의 큰 테두리 안에서는 모든 존재가 동격으로 자리매김 된다는 사실을 인식함으로써, 생태 위기 극복을 위한 평화로운 공생의 실마리로 삼을 수 있을 것이다.

지금까지 생태주의적 세계관에 잘 부합되고 있는 모성성 이미지에 대해서 살펴보았다. 그런데 살펴본 바와 같이 여성 시인과 남성 시인들이 그려내는 모성성 이미지는 서로 차이를 드러낸다. 곧, 여성 시인들이 그려내는 모성성이 실질적이고 구체적인 데 비해 남성 시인들의 모성성 이미지는 전반적이고 보편적인 성격을 띠고 있는 것이다.

이제, 모성성 이미지와 더불어 에로스 축의 의미망을 함께 형성하고 있는 식물성 이미지에 대해서 살펴보기로 한다.

(2) 식물성 이미지에 투영된 자연

식물은 자연 생태계에서 유일한 생산자로서 먹이사슬의 첫 단계를 형성한다. 식물이 존재하지 않는 자연 생태계를 상상할 수 없을 만큼 그 역할은 지대한 것이다. 광합성 작용을 통해 태양빛의 에너지에서 탄수화물을 생성하는 식물의 생명력은 모든 생명체들의 생장에서 필수 요건으로 작용한다. 동물들이 호흡하며 내뱉는 이산화탄소를 받아 호흡하고 산소를 내뱉는 역할 역시 식물이 맡고 있는 점을 생각하면 식물 없는 자연 생태란 존재 불가능한 것이라는 결론에 쉽게 도달할 수 있다. 남송우 역시 "비생명적 이미지로 작용하는 근대화 이후의 도시적 삶의 상징처럼 여기는 광물적·기계적 이미지와 맞서는 자리에 놓이는 식물적 이미지를 추구하고 있는 시들을 통해서도 생명시학은 수립될 수 있다"[129]고 언급한

---

129) 남송우, 『생명과 정신의 시학』, 앞의 책, 90쪽.

다. 일본 히로시마에 원자폭탄이 투하된 뒤 그 폐허 속에서도 가장 먼저 질긴 생명력으로 솟아난 것은 식물이었다. 식물은 그 자신만을 위해 존재하지 않는다. 그 자신의 몸을 희생하여 생태계 먹이사슬을 완성하고, 또한 미생물에 의해 분해된 생물의 사체에서 양분을 흡수하여 다시 이 에너지를 자연으로 되돌려놓기도 한다. 여기에서는 자연 생태계의 순환을 위하여 반드시 필요한 식물의 역할은 물론, 이것에 부여된 상징성을 통해 생태주의 시에서 식물 이미지를 살펴보기로 한다. 논의의 초점은 식물성 이미지가 유사성을 토대로 해서 모성성 이미지와 함께 에로스 축의 의미망을 형성하고 있는 데 놓여 질 것이다.

> ① 헤게모니는 꽃이
> 　잡아야 하는 거 아니에요?
> 　　　　　　　　　—「헤게모니」[130] 부분
> ② 나무 한 그루
> 　사람 한 그루
>
> 　지구를 살리고
> 　사람을 살리며
> 　모든 만물을 살리고
> 　만물 중에 제일 이쁘고 높은
>
> 　나무여
> 　생명의 원천이여
> 　　　　　　　—「나무여」[131] 부분

①에서 헤게모니는 꽃이 잡아야 하는 게 아니냐는 의문형 문장은 꽃이 헤게모니를 쥐어야 마땅하다는 생각을 강조한 것이다. 이는 시인의 꽃 혹

---

130) 정현종, 『세상의 나무들』, 앞의 시집, 77쪽.
131) 정현종, 『한꽃송이』, 앞의 시집, 48쪽.

은 식물에 대한 인식을 반영한다. 아름다움과 순결함, 새로움의 상징이 되는 꽃은 또한 여성적이기도 하다.[132] 꽃을 일러 여성의 비유로 쓰이는 예를 흔히 찾을 수 있지만, 비단 이런 맥락이 아니더라도 꽃은 여성성, 혹은 모성성과 쉽게 연결된다.

그런데 이처럼 여성적이고 아름다움과 향기를 지닌 '꽃'을 헤게모니의 주체로 삼는 것은 그만큼 시인의 세계관이 평화적이기 때문이다. 흔히 헤게모니는 강하고 위협적이고 카리스마 넘치는 남성 상징의 전유물처럼 그려져 왔고, 또 그렇게 인식되어 있다. 강력한 힘을 가져야만 헤게모니를 쟁취할 수도, 유지할 수도 있다는 선입견에 대해 누구도 이의를 제기한 적 없다. 따라서 헤게모니 쟁취의 역사는 피비린내 나는 투쟁의 역사를 만들어온 셈이다. 그 역사는 타자를 헤게모니에 따른 욕망을 위해 착취와 피해의 대상으로만 인식하는 인간중심주의의 역사와 궤도를 같이 한다.

헤게모니의 역사가 이러하니 이를 극복하고자 하는 반성의 움직임이 없을 리 없다. 헤게모니의 역사를 다시 쓰기 위해선 헤게모니에 대한 인식의 재정립이 반드시 필요하다. 시인이 헤게모니의 주체로 '꽃'을 언급하는 것은, 이러한 맥락에서 이해되어야만 한다. 특히 '초목'의 상징은 그 치료와 재생의 힘에 무게를 싣고 있다.[133] 인도, 이집트, 메소포타미아, 에게해를 잇는 전지역에서도 '생명 나무'에 대한 모티프가 발견되곤 하는데, 이 역시 초목의 불사의 생명과 재생의 원천으로 묘사되고 있다.[134] 이는 한해살이, 여러해살이식물의 경우 지상에서 사라졌다가도 질긴 생명력으로 땅 속의 뿌리를 통해 끊임없이 되살아나는 특성에서 비롯된 것일 수도 있다. 위와 같은 초목의 상징성은 '꽃의 헤게모니'에서 드러나는 생태적 세계관 외에, 상처 입고 훼손된 자연 생태계를 치유하고 재생하며 때

---

132) Claude Aziza 외, 『문학의 상징·주제 사전』, 앞의 책, 183~188쪽 참고.
133) Mircea Eliade, 이은봉 역, 『종교형태론』, 한길사, 1997, 370쪽.
134) 위의 책, 371쪽.

로는 생명을 불어넣는 능동적인 식물 이미지를 형성하게 된다.

게다가 ②의 시에서 나무 한 그루, 사람 한 그루 사람을 나무에 빗대어 표현한 것은 자연 생태계 속의 긍정적인 나무의 역할을 인정한 뒤, 사람 또한 그처럼 자연 생태계에 유용한 역할을 담당하기를 바라는 시인의 의도를 반영한 것이라 할 수 있다. 시인이 이해하고 있는 나무의 역할은 대단한 것이다. 곧 "지구를 살리고 사람을 살리며 모든 생물을 살리"는 역할이 바로 나무의 몫이다. 그러기에 "만물 중에 제일 이쁘고 높은 생명의 원천"이 되는 것이다.

그런데 다음의 시에서는 식물의 강인한 생명력과 치유의 힘을 뛰어넘은 신성한 이미지가 나타나고 있다.

> 버스에 부딪혀
> 소형차는 길 밖으로 튕겨
> 가로수를 들이받아 쓰러뜨리고 뒤집혀져,
> 쏟아져내리는 사람들.
>
> 그러나, 다아,
> 살았다.
> 죽음의 냄새 같은
> 향기가 주위에 가득할 뿐.
> 측백나무 향기.
>
> 살펴보니 측백나무 울타리를
> 들이받고 멈춘 것이었다.
> 측백나무 울타리가 우릴 막아주었다,
> 죽음으로 가는 길을.
> 측백나무 너머 캄캄한
> 죽음의 세계가 보인다.

신성한 향기로운 나무라고
모든 길마다 측백나무를 심자고
그것이 죽음을 막아준다고,
측백나무를 찬양한다.

그러나 나는 결국 한쪽만을 찬양한 것이다.
측백나무가 어찌 죽음에 개의하랴.
측백나무 울타리 저 너머에는
한 어머니가 어린 아들더러 측백나무 울타리 너머로 달려나가지 못
하게 타이른다,
이쪽 편에
도리어 위험한 세계가 있다고.

—「측백나무 울타리」135) 전문

시인이 측백나무에 부여하고 있는 신성성은 '우주나무'의 모티프처럼
나무를 통해 지상과 우주, 인간계, 선계를 연결하고, 나무 자체를 신의 현
현으로 보는 시각과도 일맥상통한다. 그러나 이때의 신성성은 인간의 삶
과 유리된 단어적 의미 그대로 성스러움만은 아니다. 시인이 측백나무를
신성한 나무로 인식하는 표면적인 이유는, 측백나무가 인간의 목숨을 구
했다는 데서 비롯된 것이다. 길 밖으로 튕겨나간 소형차를 온몸으로 막아
낸 측백나무 울타리의 수훈, 이것은 생사를 넘나드는 긴박한 상황 속의
성스러운 희생이라 할 수 있다. 그러나 시인은 화자의 입을 빌려 "측백나
무가 어찌 죽음에 개의하랴"라고 말한다. 비록 소형차에 몸을 의탁하고
있던 사람들의 목숨을 구하기는 했으나, 이것이 죽음에 개의하려는 측백
나무의 의도는 아니라는 생각이다. 시인은 이러한 생각을 뒷받침하기 위
해, 측백나무 울타리 저 너머에서 볼 때는 도리어 이쪽 편에 위험한 세계
가 있다고 하는 한 어머니의 타이름을 인용하기도 한다. 여기에서 우리는

---

135) 이하석, 『측백나무 울타리』, 앞의 시집, 38쪽.

측백나무로 표상된 식물의 신성성을 상징적으로 이해할 필요가 있다. 먼저 측백나무 울타리가 사람의 목숨을 구하는 희생 혹은 구원의 이미지를 보자. 이것은 자연 생태 전반에서 식물이 맡고 있는 역할과 그리 다르지 않다. 비록 과장되게 사람의 목숨을 온몸으로 구해낸 의로운 생명체로 그려지고 있긴 하지만, 실제로 식물이 자연 생태 전반에 베푸는 수혜도 그에 못지 않다. 자애로운 어머니와 같은 식물의 역할은 생태계의 모든 자연 존재의 생존 근거가 되고 있다. 측백나무가 직접 죽음에 개의하지는 않기에, 측백나무의 이쪽 켠과 저쪽 켠의 구별은 그리 중요한 것이 아닐 수도 있다. 다만 측백나무가 존재함으로써 우리는 현재 딛고 있는 위험한 세계, 측백나무 울타리의 상징적인 경계선 너머에 펼쳐진 환경·생태 위기 현실에 대한 각성의 단계에 이르게 된다. "측백나무 울타리 저 너머, 혹은 이쪽 켠에" 생존을 위협할 만큼 파괴적인 자연환경이 우리를 가로막고 있는 것이다. 뿐만 아니라 우리는 측백나무로 대표되는 식물성의 구원과 치유의 상징으로 인해 위기 현실에서 벗어나 안식을 얻는다. 식물에게 부여한 신성성은, 사람들의 뇌리에 압축된 식물의 이로움이 무의식적으로 표출되는 일면이라 해도 그리 틀리지 않을 것이다.

다음의 시에서도 그 일면을 확인해 보자. 특히 식물에 대한 긍정적 인식이 모성성과 결합하여 복합적 이미지를 형성하고 있는 데 주목해 보자.

바람소리 왁자지껄 우이령을 넘는다. 바람보다 먼저 넘는 세월이, 어깨를 반쯤 골짜기에 묻고 있다. 벼랑 아래 손목도 놓아버리고 산자락도 놓아버려, 나무들의 귀때기가 파래진다. 무슨 일이 일어난 것일까. 이 오월에, 일제히 일어서는 초록의 고요. 잎사귀마다 생생한 바람소릴 달고 있다. 산길을 따라왔던 마음이 능선 아래 멈춘다. 산자락 찢어 덮을 것이 있다. 잡목숲에 내려앉은 어둠의 속. 비탈길 올라가는 숨찬 生의 속. 덤불 속 풀여치 눈도 뜨기 전에, 멀리 도봉이 몸을 불쑥 밀어올린다.

놀란 내 발이 길을 바꾼다. 바뀐 길 끝에 버티고 선 늙은 불이암. 不二, 不二 하며 나를 향해 두 눈을 부라린다. 이제야 너와 내가 無等임을 알겠다. 무소새 한 마리 문득, 숲에서 달려나온다. 이 시간에, 나는 왜 어머니 생각이 날까. 초록 세상이 이렇게 좋다. 숲을 지나며 나는 말끝을 흐린다. 더 갈 곳이 없다!

—「숲을 지나다」[136] 전문

위 시에서 화자의 발걸음을 따라가다 보면 숲의 싱그러움, 그 생명력이 생생하게 전달되어 오는 것을 느낄 수 있다. 삶에 찌든 현대인들이 삼림욕을 즐기며 생명의 활력을 되찾듯이, '숲'이라는 말은 그 어감만으로도 충분히 사람들에게 휴식과 활력을 제공한다. '숲'은 이른바 나무, 풀, 꽃들과 같은 식물의 집합체이다. 따라서 이것은 나무라거나 풀, 꽃과 같이 별개의 개체에서 느낄 수 있는 식물 이미지보다 훨씬 더 강렬하다. 숲에는 식물들이 호흡하고 뿜어내는 산소의 청량함이 넘쳐난다. 자연히 그 속에 생동하는 생명체들이 존재한다. '덤불 속 풀여치', '무소새'는 물론 기타 다른 생명체와 비생명체들도 의인화되거나 활유화되어 숲의 활력 속에 끼여든다. 곧, '귀때기가 파래진 나무들', '생생한 바람소릴 달고 있는 잎사귀들', '능선 아래 멈추는 마음', '잡목숲에 내려앉은 어둠', '비탈길 올라가는 숨찬 生', '몸을 불쑥 밀어올리는 도봉', '놀라 길을 바꾸는 내 발', '不二 不二하며 눈을 부라리는 늙은 불이암' 등, 생명체와 비생명체는 물론 추상 개념까지 아우르는 존재들을 향해 화자는 "이제야 너와 내가 無等임을 알겠다"라고 토로한다. 숲 속에서 일체가 된 연대감 때문이다. 숲의 넉넉한 품, 그 정체에 대해 화자는 "이 시간에, 나는 왜 어머니 생각이 날까"라고 우회적으로 말한다. 시인이 느끼는 숲의 정체는 모든 허물과 상처가 치유되고 용납되는 어머니, 고단한 삶의 무게를 벗기고 자식들을 소생시키는 어머니의 품과도 같은 자애로움이며 뭇 존재들을

---

136) 천양희, 『마음의 수수밭』, 창작과비평사, 1994, 25쪽.

끌어안아 생동감을 제공하는 거대한 생명력이다. '숲=어머니'로 동체화하는 시인의 의식 저변에는 식물적 특성과 모성이미지를 연계하려는 의도가 엿보인다.

한편 다음의 시에서는 식물 이미지가 지금까지와는 다른 양상으로 나타나고 있다.

> 대추나무를
> 전지하면서 살펴보니
> 나무의 가지와 가지들은
> 결코 서로 다툼이 없다는 것이었다
> 한 가지가 위로
> 혹은 옆으로 내뻗어가다가
> 다른 가지와 마주칠 때
> 반드시 제 몸을 휘어서 감돌아 간다는 것이었다
> 그리고 나서 다른 나무들을 보니
> 나무란 나무는 모두 그러하다는 것이었다
> 이런 나무의 이치를 알고서 세상을 둘러보니
> 사람들은 다른 사람을 끌어내리고
> 차고 꺾고 심지어는
> 제 살기 위해서 남까지 죽이려고
> 칼을 갈고 있는 것이었다
> 사람들 중에서도
> 풀과 나무를 만지고 살거나
> 마음 속에 풀과 나무를 가꾸고 사는 사람들은
> 그래도 나무의 겸양과
> 조화로움을 조금은 닮아 있는 것이었다
> —「나무에 대하여」[137] 전문

---

137) 이동순, 『봄의 설법』, 앞의 시집, 18~19쪽.

대추나무를 통하여 인간의 삶을 반추케 하는 시이다. 화자가 전지하다가 발견해낸 대추나무의 이치는 "나무의 가지와 가지들이 결코 다툼이 없다는 것"이다. 다시 말해 "가지가 뻗어나가다가 다른 가지와 마주칠 때 반드시 제 몸을 휘어서 감돌아 간다는 사실"인데, 그 뒤 다른 나무들을 보니 나무란 나무는 모두 그러하더라는 것이다. 대추나무를 계기로 알게 된 식물의 습성은 자신의 이로움을 위해 남에게 해를 끼치지 않는다는 것, 따라서 결코 다툼이 없다는 사실이다. 이러한 습성이 놀라움으로 화자에게 받아들여진 것은 이것이 인간들 삶의 행태와 많이 다르기 때문이다. "사람들은 다른 사람을 끌어내리고 차고 꺾고 심지어는 제 살기 위해서 남까지 죽이려고 칼을 갈고 있는 것"이 화자의 눈에 비친 인간사의 단면이다. 인간의 부도덕한 습성은 대추나무의 그것에 대비되어 더욱 부정하게 느껴진다. 그러나 시인은 대추나무로 대표되는 앞에서 살펴본 식물적 습성을 직설적으로 권하기보다는, "그래도 나무의 겸양과 조화로움을 조금은 닮아 있는" 사람들의 예시를 통해 '나무의 겸양과 조화로움을 닮은 삶의 아름다움'을 그려내려 한다. 현재 부도덕한 인간 삶의 행태가 반식물적인 습성에서 비롯된 것이라면, 이 해결책 역시 식물적 습성을 올바로 이해하고 실천하는 데서부터 찾을 수 있다는 믿음을 드러내는 것이다. 이것은 모든 자연 생태계 존재들에 대한 배려이다. 이 작은 배려에서 자연 생태의 평화가 꽃피게 되는 것이다. 대추나무를 통해 식물과 식물 사이의 이치를 깨닫고, 이것을 인간의 유용한 덕목으로 표현해낸 의도는 그러한 것이다.

살펴본 바와 같이 '한낱 가지를 뻗어나갈 때도 다툼이 없이 제 몸을 휘어 뻗어나가는 것'처럼, 식물의 타 존재에 대한 배려는 다음의 시에서 더욱 희생적인 모습으로 드러난다. 그런데 위의 시 「나무에 대하여」와는 달리, 식물이 인간중심적 가치에 따라 수동적으로 그려지고 있어서 대조적이다.

새마을 회관 앞마당에서
자연보호를 받고 있는
늙은 소나무
시원한 그림자 드리우고
바람의 몸짓 보여 주며
백여 년을 변함없이 너는
그 자리에 서 있었다
송진마저 말라 버린 몸통을 보면
뿌리가 아플 때도 되었는데
너의 고달픔 짐작도 못하고 회원들은
시멘트로 밑둥을 싸바르고
주사까지 놓으면서
그냥 서 있으라고 한다
아무리 바람직하지 못하다 해도
늙음은 가장 자연스러운 일
오래간만에 털썩 주저앉아 너도
한번 쉬고 싶을 것이다
쉬었다가 다시 일어나기에
몇 백년이 걸릴지 모르겠지만
너의 졸음을 누가 막을 수 있으랴
백여 년 동안 뜨고 있던
푸른 눈을 감으며
끝내 서서 잠드는구나
가지마다 붉게 시드는
늙은 소나무

ㅡ「늙은 소나무」[138] 전문

한적한 농가를 생각하면 함께 떠오르는 풍경이 있다. 어느 동네건 늙은
나무 한 그루쯤 없는 경우는 드문데, 그럴 때 마을의 원로처럼 구심점 역

---

138) 김광규, 『크낙산의 마음』, 문학과 지성사, 1991, 110~111쪽.

할을 하는 예를 볼 수 있다. 이 시에서 화자가 바라보고 있는 늙은 소나무도 그와 흡사하다. 이 나무는 새마을회관 앞마당에서 자연보호를 받고 있을 만큼 늙은 소나무다. 백여 년을 변함없이 서 있는 동안 소나무는 마을 사람들에게 많은 도움을 주었을 것이다. 여름 날 더위에 지친 사람들에게는 그늘과 휴식을 제공하고, 겨울에는 그 변함없는 푸른빛으로 희망의 메시지를 전하기도 하면서 동네 사람들과 친밀한 교류를 이어왔을 것이다. 그러나 이제 소나무는 "송진마저 말라버린 몸통"으로 고달프게 노구를 지탱하고 있을 따름이다. 이러한 풍경을 지켜보면서 화자는 "너의 고달픔 짐작도 못하"는 회원들에 대한 염려를 털어놓는다. 소나무의 고달픔은 "시멘트로 밑둥을 싸바르고 주사까지 놓으면서 그냥 서 있으라고"하는 회원들의 행위에서 비롯된 것이다.

여기서 주목할 것은, 그러한 회원들의 행위에는 늙은 소나무에 대한 배려보다 자신들에게 베풀어지는 소나무의 수혜를 더 지속하고자 하는 편협한 이기주의적 측면이 강하다는 점이다. 화자는 "오래간만에 털썩 주저앉아 한 번 쉬고 싶을"지도 모를 늙은 소나무를 붙들고, 시멘트를 바르고 주사를 놓으면서까지 그대로 서 있기를 바라는 인간의 이기가 진정 늙은 소나무를 위한 것인가 라는 의문을 품고 있다. 더구나 '시멘트'와 '주사'는 근대 문명의 파생물로서 자연적인 생로병사의 이치와는 거리가 멀다. 자연 이치에 몸을 맡기고 살아온 늙은 소나무로서는 인위적인 회원들의 행위가 부담스러울 수밖에 없다. 털썩 주저앉아 쉬고 싶지만, 이것도 허락되지 않아 "백여 년 동안 뜨고 있던 푸른 눈을 감으며 끝내 서서 잠든"다는 대목에 이르면 "가지마다 붉게 시드는 늙은 소나무"에 대한 애처로움은 극에 달한다. 백여 년 동안이나 인간에게 수혜를 베풀어온 늙은 소나무이지만, 인간에게는 아직도 소나무의 입장에서 적극적으로 이해하려는 노력을 찾아볼 수 없다. 대신에 시멘트를 바르고 주사를 놓으면서, 자신들을 위해 앞으로도 더 그 자리에 서 있기를 바라는 인간의 이기적인 욕망이 그려진다. 이 욕망의 결과 소나무의 생로병사마저 인위적으로 조작하는 지경에 이르렀다. 인간중심적인 가치와 인간의 이기적 욕망에 따라 자연생태계를 조작하거나 이용하는 현 자연계의 단면을 그대로 보여주고 있는 것이다. 여기에는 소나무로 표상되는 자연존재들의 입장에 대한 배려가 배제되어 있다. 다만 인간중심적인 가치관마저 묵묵히 수동적으로 감수하는 식물의 희생이 그려지고 있을 따름이다.

한편 다음의 시는 여성의 시각으로 식물 이미지를 새롭게 그려내고 있어 흥미롭다. 시인은 무성하게 뻗은 수목에서 남성상을 찾아내고 있다.

> 왜 나는
> 저 쭉 쭉 뻗은
> 수목들을
> 서방삼을 생각을 못했을까
>
> 손가락을 쫙 펴고
> 뜻도 없이 어깨에 힘을 주고 서 있는
> 아이들의 그림만 쳐다보았을까
>
> 시간은 레먼 같은 것
> 처음엔 향긋한 냄새도 풍기지만
> 찔금찔금 눈물도 나게 하지만
> 그러나 벗기고 나면 아무것도 안 남느니,
>
> 하늘을 찌를 듯한
> 검초록을 두르고
>
> 쉽게 흔들리지 않는
> 수목이나 서방삼아
> 크낙새 같은 새끼들이나
> 주르르 낳았어도 좋았을 것을

크낙새같이 귀한 자식들
퍼덕퍼덕 길러봐도 좋았을 것을.
— 「수목 사이로」[139] 전문

식물이미지를 여성성에 비유하는 경우는 많이 있다. 그런데 특이하게도 시인은 식물 중에서도 잘 자라난 수목들에게서 남성상을 발견한다. 그리고 시인은 "왜 나는 저 쭉 쭉 뻗은 수목들을 서방삼을 생각을 못했을까"라고 반문한다.

생태주의 시인들이 식물이미지를 통해 건강한 자연의 생명력을 표현하는 데는 주로 두 가지의 방법을 사용한다. 첫째는 여성성이요, 둘째는 남성성의 차용이다. 여성성의 경우는 다시 세분하여 수동적 의미의 여성성과 능동적이고 생산적 의미의 여성성(모성성)으로 나눌 수 있다. 전자의 경우는 여성의 수동적인 이미지로서, 시에서 자연계의 생태 기반을 이루는 말없는 수혜자授惠者로 그려낸다. 또한 후자의 경우는 여성의 출산, 혹은 생산의 번식력을 통해 자연의 생명력을 표현한다.

한편, 남성성의 경우는 그 왕성한 활력에서 건강한 자연의 생명력에 이르는 비유를 이끌어내는데, 위 시에 드러난 남성적 이미지 역시 그러하다. 화자는 '쭉 쭉 뻗은 수목들'에서 '서방'의 남성 이미지 대신 "손가락을 쫙 펴고 뜻도 없이 어깨에 힘을 주고 서 있는 아이들의 그림"만 연상하였던 과거를 반추하고 후회한다. 이때 '손가락을 쫙 펴고 뜻도 없이 어깨에 힘을 주고 서 있는'이란 표현에서도 짐작할 수 있지만, 지금껏 화자가 연상해왔던 '아이들의 그림'은 남성적인 것과는 거리가 멀다.

그런데 화자는 자신의 앞에 쭉쭉 뻗은 수목들을 새롭게 바라보며, 지금까지와는 확연하게 다른 새로운 이미지를 떠올린다. 이것은 남성성으로 대변되는 힘과 활력, 이른바 역동적인 삶의 형태를 가리키는 상징적

139) 문정희, 『어린 사랑에게』, 앞의 시집, 132쪽.

인 이미지이다. 이 이미지는 화자에게 "하늘을 찌를 듯한 검초록을 두르고 쉽게 흔들리지 않는 수목"의 모습으로 그려진다. 결코 "손가락 쫙 펴고 뜻도 없이 어깨에 힘을 주고 서 있는" 아이들 그림 속의 나약한 이미지는 연상되지 않는다. 화자는 새롭게 읽어낸 수목들의 상징적인 남성적 이미지를 통해 "서방삼아 크낙새 같은 새끼들이나 주르르 낳"고 싶음을 피력한다.

이는 단순히 수목들의 남성적 이미지를 통한 여성성의 획득 차원에서 그치지 않는다. 여성성을 획득하고 그로 인해 화자 자신이 새끼를 낳을 수 있는 생산적 주체임을 확인하게 되었다는 사실이 더욱 중요하다. 곧, "크낙새 같은 새끼들을 주르르 낳"거나 "크낙새 같이 귀한 자식들 퍼덕퍼덕 길러" 보고 싶다는 것은, 화자 자신이 여성성 혹은 모성성의 획득과 함께 좀 더 능동적이고 역동적인 자연의 지기地氣를 받아 자신 또한 그렇게 심적 변화를 일으키고 있음을 표현한 것이다. 따라서 이 작품에서 그려지는 식물(수목)은 그 어떤 작품의 경우보다 활력이 넘치는 자연의 모습을 대변한다.

이상에서 살펴본 대로 생태주의 시에 드러나는 식물성 이미지들은 한결같이 건강하고 생명력 넘치며 신성한 의미로 그려지고 있음을 알 수 있다. 이것들은 앞에서 살펴본 모성성 이미지와 더불어 에로스 축을 형성한다. 그리하여 파괴·훼손된 자연 생태계의 현실을 극복하고 자연 치유와 정화의 지향점을 추구한다. 방법적 측면에서는 자연 치유와 정화의 의미에 걸맞는 이미지로 모성성, 식물성 이미지가 채택되고 있는데, 이는 모성성과 식물성에 대한 인간의 뿌리깊은 유대와 그 긍정적인 상징성에서 기인한 것이기도 하다. 앞서 진행된 시적 비유 논의에서 식물적 소재들이 한결같이 상향적 체계의 비유화에 기여하고 있었음도 같은 맥락의 결과이다. 지금까지의 논의에서 식물성 이미지가 모성성 이미지와 함께 그 유사성을 기저로 하여 복합적 이미지를 창출하고 있는 예도 쉽게 눈에 띈다. 모성성과 식물성의 이미지에서 배태된 치유, 정화, 화해, 상생과 공존의 길은 비인간중심주의에 맞닿아 있으며, 이것이야말로 생태주의의 지향과 일치하는 것이다.

(3) 광물성 이미지에 투영된 자연

광물 혹은 광물질의 사전적 의미는 '천연의 무기물 중에서 질이 균일하고 일정한 분자식으로 표시되는 화학 성분을 가진 물질'이다. 그런데 여기에서는 이처럼 제한된 정의에서 벗어나 '인간을 위해 대지에서 파내와 인공적인 손질을 가한 것들'[140]을 광물의 좀더 포괄적 의미 속에 포함하고자 한다. 이렇게 함으로써 산업 문명의 발전 이후 새롭게 등장하는 자연물들과 그 속성까지 모두 광물성이라는 의미망에 끌어들일 수 있게 된다. 또한 그로 인해 그것들이 문명사회에서 어떤 상징적 이미지를 형성해왔는지도 검토해볼 수 있다. 자연 존재들에게 생태 위기는 강한 존재 불안으로 느껴질 수 있다. 나아가 이것은 현존재의 불안, 죽음에 대한 불안으로 해석될 수도 있다.[141] 광물성 이미지에 투영된 자연이 타나토스 축의 파괴적이고 부정적 현실 인식을 반영한다는 사실은 그러한 맥락과 연계된다.

---

140) 김현은 광물질에 대하여 산업혁명 이후 인간들에게 친숙해진 무기물이라고 부연 설명한다. "그 무기물들은 인간의 가짜 욕망을 자극시키는 소비 물자의 형태를 띠우거나(껌·알미늄·합성 세제·치약 껍질·타이어·타이프라이터·핀·나사·은종이·비닐 등), 인간의 평화를 유지하기 위해 만들어진 전쟁 무기의 형태를 띠고 있다(철조망·활주로·철모·수통·기름 등). 그것들은 인간이 인간을 위해 만든 인간의 것들이다"라고 주장한다. 그는 이하석의 경우를 들어, "그의 광물질이 인간이나 자연과 맺고 있는 부정적 관계를 조직적으로 드러내고 있다"라는 견해를 전제로 하고, 그것은 현대 문명의 산물로서 드러난 부정적인 광물질이라고 주장한다. 그의 이러한 견해는 김주연의 '금속성'에 대한 견해와도 일맥상통한다.(김현, 「녹슴과 끌어 당김─광물질의 상상력」, 이하석, 『투명한 속』, 앞의 책, 76~77쪽; 김주연, 「쇠붙이 시대의 단절된 삶」, 이하석, 『金氏의 옆 얼굴』, 앞의 책, 1987, 114~115쪽 참고)

141) 김성진, 「철학적 인간학의 생태적 과제」, 『생태문제와 인문학적 상상력』, 앞의 책, 77쪽.

다음의 시에서 광물성 이미지의 한 예를 보자.

① 무뇌아를 낳고 보니 산모는
　　몸 안에 공장지대가 들어선 느낌이다.
　　젖을 짜면 흘러내리는 허연 폐수와
　　아이 배꼽에 매달린 비닐끈들.
　　저 굴뚝들과 나는 간통한 게 분명해!
　　자궁 속에 고무인형 키워온 듯
　　무뇌아를 낳고 산모는
　　머릿속에 뇌가 있는지 의심스러워
　　정수리 털들을 하루종일 뽑아댄다.
　　　　　　　　　　　—「공장지대」[142] 전문

② 우리 내부에 맨홀이 있다
　　우리는 하수구와 하수구로 연결된다
　　우리는 오물,
　　오물의 공유로 한 통속이다

　　비판은 청정한 거울을 잃어버렸다
　　우리 내부의 거대한 시궁창에서
　　물렁한 개흙들이 부풀어오른다

　　내면의 中世,
　　악취와 부패의 수렁에서 태어난 쥐들은
　　제 똥 속에 영성을 파묻을 것이다

　　참담한 어느 누가 고개를 숙이고
　　똥범벅인 영성의 울음소리를 듣고 있는지

---

142) 최승호, 『세속도시의 즐거움』, 세계사, 1990, 14쪽.

사방에서 쏟아져내리는 오물들이
그 울음을 뒤덮는다
───「맨홀」[143] 전문

③ 관광객들이 잔잔한 호수를 건너갈 때
　水夫는 시체를 건지려
　호수 밑바닥으로 내려가
　호수 밑바닥에 소리 없이 점점 불어나는
　배때기가 뚱뚱해진 쓰레기들의 엄청난 무덤을,
　버려진 태아와 애벌레와
　더러는 고양이도 개도 반죽된
　개흙투성이 흙탕물 속에
　신발짝, 깨진 플라스틱통, 비닐 조각 따위를 먹고 배때기가
　뚱뚱해진 쓰레기들의 엄청난 무덤을,
　갈수록 시체처럼 몸집이 불어나는 무덤을
　본다 폐수의 毒에 중독된 채
　창자가 곪아가는 우울한 쇠우렁이를
　물가에 방생했던 文明이
　처리되지 않은 뒷구멍의 온갖 배설물과 함께
　곪아가는 증거를

　호수를 둘러싼 호텔과 산들의 경관에
　취하면서 유원지를 향해
　관광객들이 잔잔한 호수를 건너갈 때
───「물 위에 물 아래」[144] 전문

　위 시들과 같이 그로테스크한 분위기가 깔려 있는 작품들에서는 분열
되고 황폐한 생태위기의 현실이 적나라하게 드러난다. 그로테스크 리얼

---

143) 최승호, 『눈사람』, 세계사, 1997, 89쪽.
144) 최승호, 『대설주의보』, 민음사, 1983, 29쪽.

리즘이라고 할 수 있는 이러한 기법은 물질적인 것들, 특히 육체적인 것의 표출을 강조[145]한다. 이것은 생태 · 환경 위기 현실을 존재의 위기, 곧 '몸'의 위기로 인식했기 때문이다. 따라서 생태 · 환경의 파괴는 곧 우리 몸의 파괴, 뒤틀린 이미지로 드러난다. 그로테스크 리얼리즘의 흔적이다.

①의 시에서 '몸 안'을 '공장지대'로 비유하고, 모체의 '젖'을 '허연 폐수'에, '자궁 속의 태아'를 '고무 인형'에 비유하는 이러한 상상력은 그로테스크 리얼리즘에 바탕을 둔 것이라 할 수 있다. 괴기의 상상력은 더 나아가 공장지대의 굴뚝들을 간통의 대상으로까지 설정하기에 이른다. 이렇게 비정상적이고 괴기한 간통의 결과로 산모는 무뇌아를 낳게 되는 것이다. 이것은 시인의 "오염의 피해자 수준을 넘어서 오염원 자체와 교합하는 인간에 대한 의식"[146]을 반영한다.

기존의 인간중심적 세계관에서 부풀려지고 발전되어온 산업 문명으로 인해 현재의 생태적 위기와 환경 문제에 도달했다면, 그로테스크 혹은 그로테스크의 기법은 이러한 위기 상황에서 탈출하고자 하는 의욕에서 비롯되었다고 볼 수 있다.[147] 다시 말해, 기존의 인간중심적 사고로 인해 끝없이 부풀려진 욕망이 산업 문명과 연대를 이루면서 저지른, 갖가지 반생태적 행태에 대해 경종을 울리기 위한 것이라 할 수 있다. 오늘의 생태 ·

---

145) 장정렬에 따르면, 생태주의 시에서 그로테스크의 양상은 대상들의 성격에 있어 좀 다른 점이 있다. 섞이는 세계의 대상들이 문명의 부산물이거나 문명의 이기에 의해 훼손된 것들이라는 점이다. 그는 생태주의 시의 그로테스크 양식이 기존의 것과 차별되는 것은 이 때문이라고 주장하고 있다.(장정렬, 『생태주의 시학』, 앞의 책, 147쪽)

146) 임도한, 앞의 논문, 102쪽.

147) 카이저는 그로테스크의 본질을 다음과 같이 규정한다.
"그로테스크는 낯설어진, 혹은 소외된 세계의 표현이다. 곧, 새로운 관점에서 봄으로써 친숙한 세계가 갑작스레 낯설어진다. 그로테스크를 추구하는 예술가는 존재의 깊은 부조리들과 반쯤은 겁에 질려 장난을 한다. 그로테스크는 세상의 악마적 요소를 통제해서 쫓아내려는 시도이다."(Philip Thomson, 김영무 역, 『그로테스크』, 서울대출판부, 1986, 24쪽)

환경문제는 이상적 생태사회가 이루어져야만 해결될 수 있다는 데 결론을 모으고, 한 방편으로 우선 그로테스크한 현실을 사실적으로 보여주고 있는 것이다. 이는 독자로 하여금 괴기적 현실의 상황을 간접 체험하게 함으로써 생태적으로 어긋나 있는 현실을 절감하게 할 뿐만 아니라, 현실 전복을 통한 이상적 생태사회로 도약을 꿈꾸게 하는 역할을 한다. 따라서 작품에 표현되는 괴기성, 곧 그로테스크한 표현은 반생태적 현실에 대한 반발 혹은 전복의 의지를 상징적으로 내포하는 것이다. 현실 전복 의지는 자연스럽게 파괴적인 에너지로서 타나토스 축을 형성해 나간다.

②의 시에서도 그로테스크 리얼리즘의 흔적이 곳곳에 산재해 있다. '우리 내부'라는 것은 우리 몸 속의 장기들을 일컫는 말이다. 우리 내부는 '맨홀'로, 다시 '오물이 흐르는 하수구와 하수구의 연결'로 표현하고 있다. 다시 말해 우리 몸 속은 2연의 표현처럼 "거대한 시궁창"이 되어버렸다. 게다가 '악취와 부패의 수렁 속에서 태어난 쥐'들은 바로 우리들 자신의 비유이기도 하다. 여기에는 "제 똥 속에 영성을 파묻을" 쥐의 모습으로 몰락한 우리들이 자신의 모습을 올바로 바라보고 있지 못함을 안타까워하는 화자의 메시지가 들어 있다. 그 이유는 화자 스스로 2연에서 밝히고 있듯이, "비판이 청정한 거울을 잃어 버렸"기 때문이다. 말하자면 화자의 그로테스크한 육체의 묘사와 비유는, 이 거울을 대신하여 몰락한 우리의 모습을 그려내 보고자 하는 데 목적을 둔다. 이른바 그로테스크 리얼리즘을 통해 그려지는 그것은 한결 같이 부정적인 근대 문명 이후의 상황을 반영한다.

앞에서 살펴본 바와 같이 그로테스크 리얼리즘이라고 할 수 있는 이러한 기법은 물질적인 것들, 특히 육체적인 것의 표출을 강조한다. 이때, 그로테스크한 육체는 성욕을 포함한 뒤틀린 육체성, 임신, 분만, 낙태, 태아 그리고 시체, 땀과 침을 포함한 배설물 등의 분비물 등을 수반한다. 이것들은 모두 정상적인 출산과정이나 생리과정의 그것과는 거리가 있으며, 한결같이 섬뜩하고 뒤틀린 이미지를 형성한다. ①의 시에서 무뇌아를 낳은 산모의 "머릿속에 뇌가 있는지 의심스러워 정수리 털들을 하루종일 뽑아"대는 자폐적 행위나, ③의 시에서 잔잔한 호수 밑바닥에서 水夫들이 쓰레기와 각종 주검들을 건져올리는 행위는 이를 단적으로 보여준다.

먼저 시 ①을 살펴보기로 한다. 위 시에서 산모의 출산 행위는 성스러운 한 생명의 탄생과는 터무니없는 차이를 드러내고 있다. 오히려 산모가 "저 굴뚝들과 나는 간통한 게 분명해"라고 단언하듯이, 공장 내 물건의 생산 과정과 동등하게 처리하여 비유를 이끌어내고 있다. 그러므로 '무뇌아'라는 기괴성의 내막에는, 젖을 짜면 흘러내리는 허연 폐수와 아이 배꼽에 매달린 비닐끈들이 자리잡는다. 이와 같은 그로테스크한 육체는 제 정수리의 털들을 하루종일 뽑아대는 자폐성, 정신의 황폐화를 동반한다. 육체의 기괴성, 뒤틀린 육체의 이미지들이 문명사회 속의 피폐한 정신적 공황 상태를 표현하고 있는 것이다.

③의 시에서도 이러한 기괴성은 잘 드러난다. 하나의 호수를 배경으로 하고 있지만, 관광객과 水夫의 행위·역할 설정은 상반되게 드러난다. 관광객들이 호수의 표면을 중심으로 한 경관을 취하고 있는 반면, 수부들은 호수의 밑바닥으로 시체를 건지려 내려가 쓰레기, 흙탕물, 각종 오염물질과 곪아가는 쇠우렁이, 배설물들을 목격한다.

이 시에서는 하나의 호수를 배경으로 극한적으로 대비된 상황이 그려진다. 드러난 관광객과 수부의 행위 설정은 물론 그 내용 또한 기괴하기 그지없다. 관광객들이 호수를 찾은 이유는 호수를 둘러싼 풍경을 감상하는 관광에 목적을 두고 있다. 따라서 이들의 눈에 비친 호수의 표면은 잔잔하고 아름답다. 그러나 수부가 시체를 건지기 위해 훑고 있는 호수의 밑바닥에는 "배때기가 뚱뚱해진 쓰레기들의 엄청난 무덤, 버려진 태아와 애벌레, 더러는 고양이도 개도 반죽된 개흙투성이 흙탕물, 신발짝, 깨진 플라스틱통, 폐수의 독에 중독된 채 창자가 곪아가는 우울한 쇠우렁이" 등 "文明이 처리되지 않은 뒷구멍의 온갖 배설물과 함께 곪아가는 증거"

들이 널부러져 있다. 관광객들의 눈에 비친 호수와는 거리가 멀다.

호수 밑바닥에서 수부의 눈을 통해 드러나는 것들의 묘사는 그로테스크 리얼리즘의 형식을 띤다. 시인은 이른바 '버려진 태아, 시체, 갈수록 시체처럼 몸집이 불어나는 무덤, 창자가 곪아가는 쇠우렁이, 온갖 배설물' 등 육체적이고 물질적인 것들을 통해 메시지를 전달하려 한다. 본 궤도에 놓여 있을 때 이것들은 한 생명의 건강한 출산과 생장 사멸의 과정을 의미하게 되지만, 앞에서 살펴본 바와 같이 뒤틀리고 기괴하게 변형된 이미지로 그려질 때 그와는 사뭇 다른 상징 의미를 갖게 된다. 산업 문명의 과정에서 인간 욕망과 결탁하여 파생된 가치관의 전도, 도덕적 불감증, 저질 대중문화와 사회질서의 교란, 현세 지향적이고 즉흥적인 괴기적 현실성이 적나라하게 드러나는 것이다. 이것은 호수 표면의 아름다움 혹은 잔잔함으로 비유되는 현대 산업문명의 외향적 측면 그리고 호수 밑바닥의 온갖 썩고 곪은 무덤의 비유로 드러나는 문명 속 부정적 현실의 적극적인 대비를 통해 더욱 섬뜩하게 다가온다.

덧붙여 생각해 볼 것은, 위 시들에서 산모의 출산과 갓 태어난 생명이 각각 공장의 생산 공정과 고무인형으로 비유되며, 또한 그로테스크하게 변형된 인체가 문명의 어두운 배면을 비유하는 데 동원되고 있다는 점이다. 이것은 앞서 논의된 '생물·비생물과의 교감을 통한 시적 비유'의 측면과도 무관하지 않다. 하향적 체계의 비유화를 통해 부정적 현실 인식을 담고 있다는 점에서 맥락을 같이 하는 것이다. 이와 같은 부정적 현실 인식은 파괴적 타나토스의 축을 중심으로, 때로 시 ①에서와 같이 무뇌아를 낳은 산모가 자신의 정수리 털들을 하루종일 뽑아대는 등장 인물의 직접적 파괴 행위로 드러나거나, 시 ③에서와 같이 비극적인 산업문명의 결과를 사실적으로 그려냄으로써 메시지를 독자들의 몫으로 넘겨주는 간접 행위로 묘사되기도 한다.

그러나 전자의 경우는 물론 후자의 경우 역시 생태·환경 위기에서 비롯된 부정적이고 비극적 현실을 비유하고, 나아가 강력한 극복 의지를 내포한다는 점에서 모두 타나토스의 파괴적인 응전력을 갖는다고 할 수 있다. 공장, 비닐끈, 굴뚝, 고무인형, 신발짝, 깨진 플라스틱통, 비닐 조각 등으로 대표되는 파괴적이고 물질적이며 강한(부드러움과는 거리가 먼) 광물성 이미지를 통해 현실 세계를 겨냥하는 타나토스의 銃身인 셈이다. 이때 광물성 이미지에 빈번하게 연대되는 그로테스크한 표현들은 작품에서 의도하는 바를 전달하는 역할을 수행하고 있다.

한편, 다음의 시들에서 드러나는 광물성 이미지는 어떠한가. 이 이미지를 통하여 구사되는 시인의 세계인식은 부정적이고 비극적이다. 또한 자연과 대립적이고 단절된 양상을 보이고 있다.

> ① 방독면 부서져 활주로변 풀덤불 속에
>   누워 있다. 쥐들 그 속 들락거리고
>   개스처럼 이따금 먼지 덮인다. 완강한 철조망에 싸여
>   부서진 총기와 방독면은 부패되어 간다.
>   풀뿌리가 그것들 더듬고 흙 속으로 당기며.
>   타임지와 팔말 담배갑과 은종이들은 바래어
>   바람에 날아가기도 하고, 철조망에 걸려
>   찢어지기도 한다, 구름처럼
>   우울한 얼굴을 한 채.
> ─「부서진 활주로」148) 부분

> ② 민들레와 제비꽃의 물가는 허물어져
>   연탄재와 고철들과 비닐 조각들로 어지럽다.
>   능수버들 허리 꺾인 곳 몇 개의 술집들 철거되고
>   술집들 더욱 변두리로 작부들 데리고 떠나가고
>   저 물에 빌딩과 거대한 타이프라이터와 시장이 비쳐온다.
> ─「깊은 침묵」149) 부분

---

148) 이하석, 『투명한 속』, 앞의 시집, 13쪽.

③ 찬비 내려 눈 녹는 오월, 묻혀 있던 쇠들 솟아나

　골짜기마다 죽인다 죽인다는 말들만 짙어진다.

　병사들이 심심풀이로 잡다 놓친 노루, 쇠들에 걸려

　넘어지고, 골짜기 음지에 수줍게 남은 잔설이

　노루가 밟은 지뢰에 놀라 흩어진다.

　산 아래는 죽인다는 말로만 덮어 오는 신록,

　바람도 산등성이를 넘자 살기등등해진다.

　　　　　　　　　　　　　　　　　―「원통리 · 1」150) 부분

극단적으로 말하자면, 위의 시들에는 인물이 없다. 설령 드물게 등장한다 하더라도 배경의 일부로 미미하게 처리되기 일쑤다. 이들은 하나같이 익명성을 띤다. 마치 바다 한 가운데 고립된 섬처럼 세계에서 단절되어 있다. 메마른 목소리의 나레이션을 따라 가면 작품 내 행위 주체들의 행동은 삭막한 반경 속에 갇혀 있다.「부서진 활주로」를 위시한 위 작품들에서 풍겨오는 이미지도 몸서리쳐질 만큼 삭막하다. 이 삭막함의 근저에 광물성 이미지를 수반하는 소재들이 포진해 있다.

시 ①에 등장하는 소재들을 보자. 거의 대부분의 것들이 광물성을 띠고 있다. '방독면', '활주로', '개스', '철조망', '총기', '방독면', '타임지', '팔말 담배갑', '은종이' 등 산업 문명의 발달 과정에서 자연을 변형하여 이용해 온 것들이다. 이것들이 인간의 삶을 편리하고 풍요롭게 한 측면도 있음을 부정할 순 없다. 그러나 표층적인 의미의 편리이며 풍요로움일 뿐, 역으로 인간의 정서는 한층 메마르고 고갈되어 온 것 또한 사실이다. 시인은 이것을 지적하기 위해 부정적인 문명의 이면을 그려내고 있다.

그의 시에서는 관형사, 형용사 등 수식을 통해 좀더 명료하게 시인의 의식이 드러나곤 한다. '완강한 철조망', '부서진 총기와 방독면', '부서진

149) 이하석, 위의 시집, 24쪽.
150) 이하석, 위의 시집, 27쪽.

총기와 방독면의 부패', '빛 바래거나 날아가고 철조망에 걸려 찢어지기도 하는 은종이'와 같이, 부패와 찢김, 빛바램 등의 변형된 형태로 수식된다. 철조망, 방독면, 총기 등의 소재 취향도 삭막하지만 게다가 이것을 묘사하는 수식어에 반영된 의식은 한층 더 그 삭막함을 고착시키는 역할을 한다. 곧, 산업 문명의 발달로 인해 '얻은 것' 보다는 '잃은 것'에 대한 아쉬움과 절망, 문명의 새로운 전개 방향에 대한 회구 등이 이러한 부정적 의식을 형성, 작품에 반영되고 있다고 볼 수 있다.

시 ②도 광물성 이미지를 통한 부정적 현실 인식 표방이란 점에서는 동일하다. 광물성 이미지의 소재는 '연탄재', '고철', '비닐 조각', '빌딩', '타이프라이터' 등이다. 물론 광물성 이미지와는 거리가 먼 '민들레', '제비꽃', '능수버들' 등이 드러나기는 하지만, 이들은 광물성 이미지의 소재들을 도드라져 보이게 하는 구실을 하고 있을 따름이다. 결국에는 그것들 역시 광물성 이미지에 포괄되어 버린다. 먼저, '민들레와 제비꽃의 물가'는 '연탄재와 고철들과 비닐 조각들'로 인해 허물어져 점령당해 있다. 연탄재와 고철과 비닐 조각들에 뒤덮인 민들레와 제비꽃은 이미 그 본연의 민들레와 제비꽃의 이미지를 상실한다. 이와 마찬가지로 '능수버들' 역시 '몇 개의 술집'으로 인해 허리가 꺾인 채, 본연의 모습과는 멀어져 있다. 비록 술집들이 철거되어 더욱 변두리로 밀려난다 해도, 허리 꺾인 능수버들은 다시 싹을 틔우고 자라지 못한다. 그곳에 다시 '빌딩과 거대한 타이프라이터와 시장'이 들어설 예정이기 때문이다. 이처럼 시인은 지극히 자연스러운 자연의 소재들을 점령하고 들어선 광물성 이미지의 소재를 통해 부정적으로 문명 현실을 드러내 보여주고 있다. 이것들은 비단 소재적 이미지에서 그치는 것이 아니라 종래에는 작품 전체의 분위기를 광물성 이미지로 몰아가고, 그로 인해 황폐하고 삭막한 현실을 표현하는 데 적절히 이용되고 있다.

③의 시에서 우리는 '쇠' 혹은 '쇠의 솟아남'이라는 상징성에 관심을 기울여볼 필요가 있다. 시인은 이것의 의미를 '죽인다'는 말로써 대변한다.

눈이 녹아 내리는 산골짜기에서 일반적으로 느낄 수 있는 것은 해빙을 맞는 물소리, 물소리를 배경으로 솟는 새싹들이다. 그런데 시인은 골짜기에서 눈이 녹자 "묻혀 있던 쇠들 솟아나 골짜기마다 죽인다 죽인다는 말들만 짙어진다"고 표현한다. 해빙기 골짜기에서 새싹이나 그 외 숱한 새생명의 도약을 바라보는 대신 쇠가 솟는 것을 포착해낸 시인의 의식은 대단히 부정적이다. 더구나 그 쇠는 '묻혀 있던' 것들이다. 곧, 묻혀서 분해되거나 잊혀지지 않고, 이미 여러 해를 두고 해빙과 동결을 거치면서 끊임없이 되살아난다는 의미를 지니고 있다. 물론 원통리라는 지역에 남아 있는 전쟁의 역사적 상흔을 배경으로 한 것이어서 그 비극성이 잘 살아나는 것이 사실이다.

그러나 그 의미만으로 한정되지는 않는다. 전쟁이 이미 수십 년 전의 종료된 사건인데도 그 흔적인 '쇠'를 찾아내고 거기에다 '솟아남'이라는 식물적 이미지를 복합적으로 덧칠하여 구성해낸 중의적 비극성은 섬뜩하도록 당혹스럽다. 그 쇠는 '죽인다'는 파괴력을 지닌 것이며, 그 파괴력은 광물성 이미지에서 힘을 얻고 있다. 생태계 내 생산적인 위력을 발휘하는 식물성의 속성조차 원통리에서는 수십 년 동안이나 묻힌 채 재현되는 광물성 이미지들에 차단 당할 따름이다. 본래 '쇠'는 칼과 방패, 총, 대포 등무기를 만드는 주원료가 되는 재료이다. 이 시에서는 특히 여기에서 연상되는 바 크다. 총기의 흔적, 곧 전쟁의 상흔이 봄마다 골짜기에서 악령처럼 되살아난다. 이것은 단지 옛 전쟁의 악령만이 아니다. 이것은 현재 환경 파괴와 생태 위기로 대변되는 자연의 상흔을 은유하는 것이다. 이러한 비극적 인식에서 배태된 골짜기의 자연은 '죽인다'는 '쇠의 마법'에 걸려있다. 따라서 바람마저 산등성이를 넘자 살기등등해지는 것이다.

우리가 처해 있는 생태 · 환경 파괴 현실은 광물성 이미지들에 싸여 있다. '쇠', '칼', '전쟁의 악령' 등 파괴적이고 암울한 속성들은 바로 광물성으로 이어진다. 이 속에는 노루와 신록을 다치게 하거나 광물성으로 변질시키는 파괴적 힘이 내포되어 있다. 파괴된 현실보다 더 두려운 것은 자연 존재들이 점점 광물성의 속성을 닮아간다는 사실이다. 시인은 이처럼 파괴적인 광물성 이미지의 위력을 작품을 통해 경고하고 있는 것이다.

> ① 그 무렵의 보리밭
> 이라고, 중얼거려 보면 마음 한 켠 언뜻 환해진다
> 여기에는 푸름 전혀 없는 탓
> 내 속에 푸르름이 없는 까닭이다
>
> 푸른 것들 그곳에선 살의 품은 듯
> 있는 힘 다해 햇빛 빨아들인다
> 살아서 푸르른 것이다 내 어려 살던 곳
> 보리밭 이랑이랑 푸른 것들의
> 무더기들 더운 흙속을 쑤셔대고 있었거니
>
> 비닐우산 들고 여기, 아침으로 나오는데
> 그 여린 보리들처럼 너는 이 비를
> 빨아들이지 않는다 이 비 나는 비켜간다
>
> 너도 그러할 터, 비닐 한 겹으로 하늘과
> 나는 막혀 있구나, 갈라져 있구나
> 이러한 투명은 절망일 터, 너와 나도
> 빤히 보임으로써 갈라져 있다
>
> 썩어져 없어지지 않는 것이
> 가장 큰 죄, 죄악이다
> 비닐 같은 문명들 겹겹으로
> 오늘을 뒤덮고 있다 이 봄 날 지나면
> 우선 내가 먼저
> 너로부터 썩어져 나가리니
> ─「비닐우산」151) 전문

② 그들은 날 버렸네 허투로
　뒷골목 하수도 시궁창 속
　쓰레기더미와 음식 찌꺼기
　시궁쥐들만이 내 친구였네
　때론 몇몇 비닐조각들
　어울려 함께 살기도 했네

　언제부턴가 내 몸에선
　석유기름 냄새가 났네 카드뮴・납 냄새가
　주린 도둑괭이들마저
　들이대던 혀 끝, 고갤 돌리는데
　얼마나 버거운 일인가 난 이렇게
　봉두난발로 밀려다녔네

　한 알 밀알은 썩어
　무수한 새 생명 낳는다는데
　나도 구절양장 내 창자가 썩어
　무수한 새 생명 낳고 싶네
　일러 내 이름 라면봉지여
　너는 왜 영영 썩지도 못하는가.
　　　　　　　　　　　　　―「라면봉지의 노래」[152] 전문

　위의 시 ①과 ②는 모두 문명 이기의 대표적 물질인 광물성의 '비닐'을
다루고 있다는 점에서 공통적이다. 더불어 시상과 주제 의식도 공통된 일
면을 지니고 있다.

　시 ①의 화자는 1연에서 자신에게 푸르름이 없다고 진단한다. 화자가
생각하는 푸르름의 이면, 기억 안쪽에는 푸르른 보리밭이 있다. 이 보리

151) 이문재, 『산책시편』, 민음사, 1993, 80~81쪽.
152) 이은봉, 『좋은 세상』, 실천문학사, 1986, 25~26쪽.

밭의 푸른 보리들은 햇빛을 마음껏 빨아들일 수 있는 존재들이다. 또한 햇빛을 듬뿍 받은 흙의 자양분을 섭취하고 자라났기에 푸르게 자라날 수 있었다. 그러나 그처럼 푸른 보리밭과 대비를 이루고 있는 화자 자신의 처지는 햇빛은 물론 비마저 받아들이지 못한다. 곧, "그 여린 보리들처럼 너는 이 비를 빨아들이지 않는다 이 비 나는 비켜간다"는 표현에는 비닐우산으로 차단된 자연의 생명력, 그리고 이 생명력을 받아들이지 못했기에 푸르지 못한 자신의 모습이 대조적으로 그려진다. "너는 이 비를 빨아들이지 않는다"는 문맥에서 좀더 살펴보면, 보리밭과 대조를 이루는 것은 화자 자신이라기 보다는 '비닐우산' 그 자체라고 볼 수도 있다. 보리밭은 '햇빛'과 '비'로 비유된 자연환경을 온몸으로 빨아들이는 존재이며, 반대로 비닐우산은 그것들을 빨아들이지 않는 반자연적인 존재이다. 곧, 화자 자신이 햇빛과 비를 받아들이지 못하고 비켜갈 수밖에 없는 것은 자연에서 자신을 차단하는 비닐우산 때문이다. 문명 이기인 비닐우산을 들고 있기에 화자는 그 어느 것에서도 충만한 생명력을 받아들일 수 없는 것이다. 결국, 자연의 생명력을 받아들이지 못하는 반자연적인 존재라는 점에서 비닐우산과 화자는 등가를 이룬다. 비록 비닐우산이 투명하다고는 하나 "이러한 투명은 절망일 터, 너와 나도 빤히 보임으로써 갈라져 있다"는 탄식처럼, '투명'으로 장식된 문명의 모순 속에 자연에서 점점 유리되어 간다는 절망감이 묻어난다. 그 죄악은 마침내 "썩어져 없어지지 않는 것"이라는 근원적인 문제 제기로 이어진다. 인간은 "비닐 같은 문명들" 속에서 자기 자신이 자연에 충분히 감응하고 연대하고 있는 것처럼 오인하고 있다. 그러나 실제로 문명은 교묘하게 인간을 자연에서 차단하고 점점 격리시켜가고 있음을 설파하고자 하는 것이다.

그렇다면 시인이 지향하는 자연생태계 존재들과 자연의 교류, 그 합일점은 무엇인가. 그 대안은 마지막 연에 드러난다. 화자가 "썩어져 없어지지 않는 것이 가장 큰 죄"라고 표현하고 있음에 주의를 기울일 필요가 있다. '비닐'의 특성은 여러 가지로 설명될 수 있다. 일회성, 간편성, 방수성 등, 그 중에서도 이 작품에서 가장 비중 있게 다뤄지는 성질은 '썩지 않는다는 것'이다. 이것은 문명의 양면성을 잘 대변한다. 바로 그 점으로 인해 일상생활에서 편리하게 사용되고는 있지만, 다른 한편으로는 환경과 생태파괴의 주범으로 지목되고 있기 때문이다. 이미 비닐의 편리함에 중독된 문명 사회의 현대인들은 이것 없는 생활을 생각조차 할 수 없는 처지에 놓여 있다. 그러나 그것이 일으키는 해악은 그 편리함을 감쇄하고도 남을 만큼 큰 것이다. 어쩌면 사람들은 그 해악을 애써 잊기 위해, 문명의 대표적 물질인 비닐에 대하여 실제 이상의 가치 평가를 해온 것인지도 모른다. 이런 맥락에서 시인은 화자를 통해 그 해악을 지적한다. 더불어 '비닐'에서 얻은 교훈에 따라, 우리 자신들도 썩어 순환하는 자연 생태의 일부로 돌아가야 함을 역설한다.

②의 시 역시 광물성 물질 '비닐'을 바라보는 시각에서 앞에서 살펴본 의미와 맥을 같이 한다. 이 작품에서 비닐은 광물성 물질들인 '석유기름', '카드뮴', '납' 등과 연대되어 그로테스크한 분위기를 자아낸다. 그로테스크 리얼리즘 작품에서 자주 볼 수 있는 배경으로 '뒷골목 하수도', '시궁창', '쓰레기더미', '음식찌꺼기', '시궁쥐' 등의 등장은 그 분위기를 한층 고조시킨다.

라면봉지는 이 작품의 화자이다. 그 자신을 의인화하여 불우한 제 처지를 비관적으로 서술한다. 물활론적 자연관에 따르면 라면봉지 또한 인간과 다름없는 영적 존재이기도 하다. 그러나 이것은 기술문명에서 파급된 새로운 물질이다. 문명 이기로 태어났으나 자연생태에 자연스럽게 융화되지 못하고 사생아와 같이 떠도는 비닐봉지의 운명, 시인은 이러한 라면봉지의 불우성을 그려내고 있다. "내 이름 라면봉지여 너는 왜 영영 썩지도 못하는가"라는 비탄에서, '썩는다는 것'은 자연생태에 융화되어 이 순환구조에 맞물린다는 의미이다. 이것은 한 존재의 단편적인 죽음만을 의미하지는 않는다. 썩는다는 것은 바로 자연 생태계 존재의 자격이기도 하기 때문이다.

살펴본 바와 같이 위의 두 작품은 광물성 이미지를 빌어 자연을 그로테스크하게 그려내고 있다. 비닐은 문명 이기의 결과이다. 한편 이것은 자연 생태계에서 바라볼 때, 인간중심주의에서 비롯된 정체 불명의 존재이기도 하다. 시인이 라면봉지의 의인화를 통해 "너는 왜 영영 썩지도 못하는가"라고 절망하는 이유를 이해해야 한다. 썩지 못해 순환하는 생태계 존재가 되지 못한다는 것은 곧, 쓰레기가 되었다는 의미다. 인간중심주의와 결탁한 인간 욕망이 끝없이 자연 생태계를 파괴하고 있음을 기억해야만 할 것이다.

무릇 생태 위기란 감정적으로는 존재 불안으로 느껴진다. 곧 이것은 현존재의 불안, 죽음에 대한 불안으로 해석할 수 있다. 이 점에 비추어서 앞에서 살펴본 논의 내용을 되새겨 볼 필요가 있다. 대다수 생태주의 시들에서 광물성 이미지들은, 생태 위기에서 비롯된 존재 불안 혹은 정서적 불안으로 인해 파괴적 타나토스의 축을 형성한다. 작품 속에서 그려지는 그로테스크한 영상들은 파괴된 자연생태와 황폐화된 인간을 상징적으로 대변하기도 한다. 곧, 타나토스 축의 광물성 이미지들은 파괴적이고 이기적인 욕망에 근거를 둔 인간중심주의적 자연관을 상징하는 것으로서, 표현법 상에서 괴기적 그로테스크로 드러난다. 자연과 평화로운 공존 · 연대 대신, 인간의 이기를 우위에 둔 인간중심주의는 극복되어야만 한다. 광물성 이미지들에 실린 시인의 부정적 현실 인식은 이러한 맥락에서 이해할 수 있다.

한편, 모성성 이미지와 식물성 이미지는 모두 에로스 축의 의미망을 형성한다는 점에서 '광물성 이미지에 투영된 자연'의 타나토스 축과 대립된다. 또한 전자와 후자 각각 독립된 이미지로서 에로스 축의 의미망을 형성하기도 하지만, 서로 유사성에 근거를 두고 쉽게 연대함으로써 복합적 이미지를 형성하기도 한다는 점에서 특징적인 면모를 보여준다.

1—4. 한국 현대 생태주의 시의 시사적 의의와 과제

생태주의 시는 환경이나 생태 위기 상황에 대한 자각에서 비롯된 생태 의식을 기저로 하여 새롭게 형성된 시의 한 갈래이다. 따라서 생태주의 시는 환경과 생태 위기 현실을 반영하고 인간과 자연간의 교류와 밀착된 연대감 형성을 모색하는 데 초점을 맞추었다. 여기에서는 앞에서 논의된 내용을 토대로 하여 생태주의 시의 시사적 의의와 과제를 살펴보기로 한다.

1) 시사적 의의

생태주의 시는 산업화 이후 발생한 현대 사회의 문제에 깊은 관심을 기울이고 있다. 환경 파괴 · 생태 위기의 상황이 대표적인 문제로 부각되고 있으나, 이는 수많은 사회 문제 중 표면적인 현상에 불과하다. 더욱더 심각한 것은 자연과 인간의 교류 단절, 부조화, 연대감 훼손, 인간의 끝없는 욕망, 황금만능의 물질주의 등 드러나지 않는 측면에서 노정된 문제들이다. 생태주의 시는 이처럼 수많은 문제들을 진단하고, 자연계의 일부로서 현재를 살아가는 인간에게 경종을 울리고자 하는 문학적 대응을 시도하고 있다. 작품 주제에 반영된 생태 의식이 자연 존재의 존립과 연관되기 때문에 여기에서 파생되는 생태주의 시의 시사적 의의 또한 클 수밖에 없다.

앞에서 논의한 내용을 근거로 해서 생태주의 시의 시사적 의의를 살펴보면 다음과 같다.

첫째, 생태주의 시는 환경 파괴 · 생태 위기의 문제를 심도있게 탐색하고 이를 토대로 한 시적 모티프를 취한다. 생물학적 차원에서 논의되기 시작한 생태적 관심이 폭발적으로 증폭되어 문학 사상과 시의 새로운 한 갈래 형성에 영향을 미쳤다는 사실을 부인할 수는 없다. 이것은 문학과 비문학으로 구분된 분야들과 성공적인 결합 가능성을 점치게 한다는 점에서도 주의를 끌기에 충분하다. 이른바 이분법적 패러다임, 곧 과학과 시의 양분된 시각 차를 생태주의 시를 통해 극복할 수 있게 되었다는 점에서 다른 분야간의 교류, 탈장르화의 물꼬가 트였다고 해도 과언이 아니다. 이는 서정시를 통해 과학적 이상을 노래할 수 있으며, 과학적 제재나 이상을 통해 서정적 지향을 구현할 수도 있다는 것을 가리킨다. 이런 시도가 생태주의 시를 통해서 구현되고 있다는 사실은 분명히 새로운 가능성을 보여주는 것이다.

둘째, 생태주의 시는 생태·환경 위기의 현실을 중점적으로 다루는 만큼, 뿌리깊은 현실 인식을 드러낸다. 그런데 시의 특성상 추상적인 감성이나 기교적 표현이 중요하게 부각되는 것을 볼 수 있다. 포스트모더니즘 이후 이러한 현상은 두드러졌다. 반면에 생태주의 시는 주제의 현실적인 심각성 때문에 과도한 추상성과 기교주의를 자연스럽게 배제하고 있다. 그러나 이러한 내용은 일부 환경시에서와 같이 오히려 자유로운 상상력의 증폭을 저해한다는 점에서 생태주의 시의 약점이 되기도 한다.

셋째, 생태주의 시는 생태·환경의 현실 인식을 기저로 하고 있어서 시인이 현실 문제를 신중하게 받아들인 결과 시적 성과 면에서 리얼리티를 획득한다. 자연에 대한 즉흥적 감상이나 추상적인 관조도 그 어느 때보다 줄어들었다. 이것은 전원시 등 생태의식이 반영되지 않은 자연문학 작품들과 비교해 보아도 확인할 수 있다. 또한 자연 현상이나 환경·생태 문제에 대한 접근에서 더 진전된 연구 자세를 보여주고 있다. 모순된 논리와 지식으로는 자연에 대해 깊이 있는 이해를 유도해낼 수 없다. 생태주의 시가 궁극적으로 지향하는 바와 같이 자연과 교류 모색을 위해서는, 자연에 대한 추상적 지식이나 편견을 버려야하기 때문이다.

넷째, 자연생태계는 관계론적 연쇄 고리에 의해 얽혀 있다. 우주의 모든 존재가 유관하게 얽혀 있다는 관계론적 사유는 생태주의의 근간이기도 하다. 정효구는 이를 "자연적 자아를 확립하는 문제는 자아해체(소멸)

의 문제와 이어진다."[153]고 설명한다. '독립적 개체로서 나'가 아닌, '전체론적인 자연생태계의 일부로서 존재하는 나'를 직시해야 한다는 의미다. 독립적으로는 살아갈 수 없는 데도 자연을 공존의 대상이 아닌 지배와 이용의 대상으로만 폄하해온 인간의 오만함이 생태주의 시를 통하여 진단되고 있는 것이다. 이것은 이 연구의 '물활론적 자연관과 시적 비유'의 논의 내용에도 잘 드러난다. 곧 생태주의 시에서는 생물과 비생물을 모두 동등하게 의인화함으로써 자연생태계 내 내재적 가치를 지닌 공존자로 재평가하고 있다. 그래서 생태주의 시는 존재에 대해 넓은 시야를 가질 것을 주문한다. 개별적 개체의 자아와 타자들만을 바라보아 온 기존의 세계인식을 뒤엎는 발상인 셈이다. 이렇게 폭넓은 시야를 확보한다면, 생태주의 시는 생태주의 시뿐만 아니라 자연의 일부로서 인류가 나아갈 방향을 제시하게 될 것이란 점에서도 중요한 의의를 갖는다.

다섯째, 생태주의 시에서 궁극적으로 지향하는 바는 자연과 인간간의 새로운 관계 정립이다. '생태적 상상력 체현 양상'에서 살펴본 바와 같이, 생태주의 시는 광물성 이미지에 투영된 생태 위기와 환경 파괴상을 보여줌으로써 인간에 대해 반성적 사유의 계기를 제공한다. 또한 모성성 이미지와 식물성 이미지에 투영된 고무적인 상징 의미를 통하여 미래 자연생태계를 향한 에코토피아의 지향점을 제시한다는 점에서 무엇보다 새로운 시사적 의의를 내포한다. 이것은 지금까지 견지해 온 인간중심주의적 태도를 버리고, 나아가 자연과 인간간 상생의 길을 모색하는 데 초점을 맞춘 것이다. 인간은 자연 속에서 홀로 존재할 수 없다. 인간 외 자연 존재들과 상생적인 존재 방법을 터득해야만 한다. 인간은 다른 자연 존재와는 달리 적극적으로 자연을 지배하고 이용하는 동인으로서 욕망을 가지고 있다. 이것은 인간중심주의적 세계관에서 조장된 복합적 작용에 의해 생태 · 환

---

153) 정효구, 「도시에서 쓴 자연시의 의미와 한계」, 『초록 생명의 길 Ⅱ』, 앞의 책, 269쪽.

경 위기라는 결과로 이어진다. 다시 말해 현재 벌어지고 있는 환경·생태 위기는 인간의 이기적인 욕망으로 대표되는 인간중심주의에서 비롯된 것이다. 이를 극복하고 인간과 자연의 새로운 관계를 정립할 때 비로소 평화로운 공존의 길을 열어나갈 수 있다. 생태주의 시의 지향점은 현재보다는 미래를 향해 열려 있다. 이것은 인간과 자연 간의 새로운 관계 정립이며, 총체적이고 유기적인 연대를 통한 상생의 길이 시를 통해 모색될 수도 있음을 시사하는 것이다.

2) 문제점과 과제

앞에서 생태주의 시의 시사적 의의에 관해 살펴보았다. 그것들 대부분이 긍정적인 가치를 지니지만 몇 가지 문제점과 과제도 내포하고 있다. 생태주의 시의 문제점과 과제를 살펴보기로 한다.

첫째, 생물학적 차원에서 처음 시작된 생태적 지향을 생태주의 시에서 다루고 있음은 주지의 사실이다. 그런데 이런 논의와 관심을 문학에 수용하는 과정에서 다소 거친 면을 발견할 수 있다. 생태주의 시 중에서 특히 환경시는 '비생물에 대한 물활론적 자연관'에서 논의된 작품들의 경우처럼, 육화되지 못한 과학적 용어나 생태주의적 주제 지향에 치우친 직설적 표현들이 눈에 띈다. 과학 체계 속의 논의들과 생태주의적 지향점을 시에 수용하기 위해서는 그것들을 육화시킬 수 있는 시인의 절실한 체험과 각고의 노력이 선행되어야 할 것이다.

둘째, 생태주의 시에서 환경 파괴와 생태 위기 현실을 사실적으로 반영코자 하는 의도에 따라 상상력의 증폭이 얼마간 제한되고 있는 점은 일부 생태주의 시가 지니고 있는 하나의 약점이다. 가령 '비생물에 대한 물활론적 자연관'에서 인용된 이형기의 작품들과 '광물성 이미지와 자연'에서 인용된 이문재의 작품의 경우, 섬세하고 아름다운 이들의 서정적 특징이 경직되어 있는 것을 볼 수 있다. 어찌 보면 이것은 생태주의적 주제를 강조하기 위한 결과일 수도 있다. 그러나 서정시에서 자유로운 상상력의 제약이란 결코 있을 수 없다. 생태주의적 주제를 이끌어내는 데, 자유로운 상상력의 원용으로 생태주의 시의 다양한 변모를 모색할 필요가 있다.

셋째, 생태주의 시에서 지적할 수 있는 큰 문제 중의 하나는 주제의 천편일률적인 지향성에 있다. 이는 생태주의 시의 이데올로기화에 대한 일각의 우려와도 일맥상통한다. 특히 일부 환경시는 과거에 계몽과 선도를 위해 쓰여지던 시들의 목적지향성에서 완전히 자유롭지 못한 것이 사실이다. 그러나 주제에 대한 감응은 전적으로 독자의 몫으로 넘겨져야 하며, 시인은 다만 다양성의 시대에 걸맞은 이미지로 독자들에게 생태적 인식을 불러 일으켜야 한다. 지금까지 지나치게 큰 주제의식에 압도되어 도식성의 경향을 띤 작품들이 창작되었음을 부인할 수 없다. 주제의 특성상 전체론적인 측면에서만 제재가 다뤄지는 점도 우려가 된다. 전체론적인 측면이 생태적으로 반드시 필요한 관점인 것은 틀림없으나 그 전체를 이루는 것은 개별적 개체들이다. 개별적 개체들에 대한 자각이 선행되어야 개체의 해체를 통한 전체론적인 주제를 다룰 수 있다. 다행히 전반적으로 거대담론화해 가는 경향에 대해 반성을 촉구하는 목소리들이 높아져가고 있다. 점차 주제에 대한 접근에서 다양한 경로가 모색되고 있다는 점은 긍정적이다.

넷째, 주제의식에 지나치게 얽매임에 따라 상상력이 위축되고 세련된 기교의 계발에 소극적인 것은 또 하나의 단점이라 본다. 비록 생태주의 시의 주제가 무거운 현실 인식을 바탕으로 하고 있다고는 하나 이것을 작품 속에서 잘 승화하기 위해서는 도식성과 세련되지 못한 언어 표현을 지양해야 한다. 크고 무거운 주제 못지 않게 미학적 가치가 동시에 획득되어야만 독자들에게서 외면당하지 않을 것이다. '물활론적 자연관과 시적 비유'에서 논의된 시들에 드러난 것과 같이 고차원적인 비유와 기교적인 변화 등은 반드시 차후 생태주의 시의 성숙된 흐름을 주도할 것이라 본다. 이를 위해서는 표현 기법에 대한 숙고와 계발이 계속 이어져야 한다.

다섯째, 생태주의 시에서 자연에 대한 시각이 너무 극단적으로 양분화되어 있다. 자연은 결코 신비하고 초월적이거나, 환경·생태 위기에 직면한 비극적 존재로 양분되어 있는 것이 아니다. 전자는 종교적 측면의 초월적이고 형이상학적 힘을 강조하거나 과거 전원시·자연시에서 이어져온 한적한 분위기로 그려진다. 이에 반해 후자는 생태주의 시에서 관심을 갖는 산업화 이후 피폐화된 존재로서 비극적으로 묘사되고 있다. 그런데 자연은 앞에서 살펴본 두 가지 양면성을 동시에 내포한다. 자연은 신비한 존재이면서 동시에 현재 문명의 뒷켠으로 밀려나 신음하고 있기도 하다. 자연을 탐색하는 데 무엇보다 필요한 것은 진정성이다. 일시적인 호기심이나 관심의 대상이 되어선 안 될 것이다. 따라서 고답적인 태도로 지나치게 자연을 찬양만 하고 자연 회귀를 부르짖는 것이나, 자연에 투영된 비극적 현실 인식을 소리 높여 토로하는 것은 바람직하지 않다. 자연을 이용의 대상으로만 바라보아 온 과거의 시각을 바꿔, 살아 있는 자연의 참모습을 탐색·체험하고 교류하고자 하는 자세가 필요하다. 그리하여 인간은 자연 존재들의 공존자이며, 자연의 일부로서 살아가고 있다는 점을 깊이 인식해야 한다.

비생명적 요소들이 점령한 현 시대의 생태계는 이분법적 패러다임이 난무하고 있다. 자연관에서조차 이러한 현상은 두드러진다. 그러나 자연은 찬양이나 비극적 현실 인식의 토로 대상 그 어느 것도 아니다. 시인은 이 둘을 객관적으로 수용하면서도 보다 긍정적인 미래상을 제시할 수 있는 새로운 이미지의 변신을 꾀해야 한다. 이분법적 패러다임을 극복하고 주제에 대한 강박증을 넘어서서 유연하게 대처할 필요가 있다. 일각에서는 주제의 거대 담론화 경향 때문에 이데올로기화에 대한 우려도 제기되고 있다. 이를 극복하기 위해 생태주의 시 주제에 걸맞은 표현 기법들을 계발함으로써 미학적 가치 또한 확보해야 할 것이다. 즉흥적 감상이나 직관을 벗어나기 위해서는 자연에 대한 시인들의 탐구와 교류가 이어져야 한다. 이것만이 육화된 표현을 이끌어내고 진정성을 드러내기 위한 첫 걸음이 될 수 있다. 또한 과거 자연시들과 연계하여 생태주의 시의 맥을 이어보는 것도 의미 있는 일이다. 한국 문학사에서 자연을 소재로 한 시들은 시대별로 조금씩 다른 양상을 드러내긴 하나, 면면히 일관된 맥을 형성하고 있다고 본다. 또한 여기서 다루지 못한 복합적 이미지의 문제도 흥미로운 과제로 남겨 두고자 한다.

1-5. 결론

본 연구는 '생태주의 시'를 상위 개념으로 하고 '생태시'와 '환경시'를 하위 개념으로 설정하여 비인간중심주의적 입장에서 논의를 전개하였다. 이 입장은 현실적 측면에서 인간과 자연이 이미 이원화되어 있다는 점, 정도의 차이는 있을지언정 생존하기 위해 인간이 자연을 착취할 수밖에 없으며 궁극적으로 인간이 자연 내에서 수행해야 할 역할을 간과하거나 포기해서도 안 된다는 점 등을 근거로 할 때 '약한 인간중심주의'와 유사한 맥락에 놓이게 된다. 이러한 전제 하에 본론에서 논의된 내용을 요약하면 다음과 같다.

1-1. '한국 현대 생태주의 시의 특성'에서는 '생물·비생물에 대한 물활론적 자연관', '생물·비생물과의 교감을 통한 시적 비유', '모성성·식물성·광물성 이미지에 투영된 자연'으로 구분하여 논의하였다.

1) '생물·비생물에 대한 물활론적 자연관'은 다시 (1) '생물에 대한 물활론적 자연관'과 (2) '비생물에 대한 물활론적 자연관'으로 세분할 수 있다. 이때 생물·비생물의 구분은 양자간의 상이성에 대한 인식을 전제로 한 것이 아니라 양자간 조화로운 공생을 모색하는 데 초점을 두었다. (1)

은 주로 생동감 있는 생명체들을 통하여 이들이 상징하는 건강한 자연을 강조하고, 인간과 자연의 연대를 희구하는 경향을 드러낸다. 반면 (2)는 순환하는 생태계 원리를 거스르는 기계 문명적 속성의 비생명체들을 통하여 파괴된 생태·환경을 보여줌으로써 역설적으로 생동감 넘치는 자연에의 회구를 불러일으키고 있다.

2) '생물·비생물과의 교감을 통한 시적 비유'는 (1) '생물과의 교감을 통한 시적 비유', (2) '비생물과의 교감을 통한 시적 비유'로 세분할 수 있다. 시적 비유의 문제에 관심을 기울이게 된 것은, 생태주의 시에 유독 '의인화'가 빈번히 등장하며, 이 외에 '은유', '직유', '상징'들에서도 같은 맥락의 비유적 발상이 드러난다는 데 주목했기 때문이다. 물론 이것은 물활론적 사고의 결과이다. 생태주의 시에 드러나는 시적 비유(특히 의인화)는 인간과 인간 외 자연 존재 사이의 동질성 연대를 위한 모색의 한 방법이라 할 수 있다. 생태주의 시를 통해서 인간중심주의적 세계관에 의해 인간보다 상대적으로 평가 절하되었던 자연 존재에 대해 새롭게 조명을 하기 시작한 것이다.

이와 같은 의인화를 비롯한 시적 비유의 경향은 두 가지 대별된 방법으로 드러나며 각각 대별된 효과를 초래한다. (1) '생물과의 교감을 통한 시적 비유'의 경우, 인간과 자연 존재들의 비교적 밝고 희망적인 측면을 강조함으로써 상호간의 원활한 연대를 모색하고 자연생태계에 대한 긍정적 인식을 그려낸다는 점에서 상향적 체계의 비유화라 할 수 있다. (2) '비생물과의 교감을 통한 시적 비유'는 인간과 자연 존재들의 어두운 측면을 강조함으로써 단절된 인간과 자연의 관계, 현대 문명사회에 대한 부정적 인식을 그려낸다는 점에서 하향적 체계의 비유화라 할 수 있다.

특이할 만한 사실은, '생물과의 교감을 통한 시적 비유'에서 식물에 비해 동물이 다소 평가절하되고 있는 점이다. 생태주의 시에서 내면적 정체성이 증대된 생명체 곧 야생의 상태에 가까운 동물(짐승)일수록 상대적으로 부정적인 가치 평가를 내포하고 있는 것을 볼 수 있다. 이것은 수렵시대 이후 야성을 갖고 있는 동물들에게서 일반적으로 인간이 느끼는 위협적 요소에 대한 불안이 아직도 인간 심리의 내면에 깔려 있기 때문일 것이다.

3) '모성성 · 식물성 · 광물성 이미지에 투영된 자연'에서는 '모성성 이미지에 투영된 자연', '식물성 이미지에 투영된 자연', '광물성 이미지에 투영된 자연'에 대해 논의하였다. 생태주의 시의 관심사가 생태 · 환경의 위기적 현실임은 재론의 여지가 없다. 이것은 생태주의 시 주제의 공통된 출발점이기도 한데, 여러 이미지들을 통해 형상화되고 있다. 이 연구에서는 크게 모성성 이미지, 식물성 이미지, 광물성 이미지로 나누어 분석했다. 그런데 이와 같이 생태주의 시의 주제를 뒷받침하기 위해 차용된 이미지들은 '에로스' 축과 '타나토스' 축의 의미망으로 나누어진다.

(1) '모성성 이미지에 투영된 자연'과 '식물성 이미지에 투영된 자연'은 모두 에로스의 축을 형성한다. 이들은 훼손된 자연환경 치유와 생태계 회복 희구 그리고 건강한 자연의 생명성을 상징한다. 표현법에서는 인간의 뿌리깊은 선호와 신뢰에 바탕을 둔 모성성과 식물성을 강조한다. 또한 양자 각각 독립된 이미지로서 에로스 축의 의미망을 형성하기도 하지만, 서로 유사성에 근거를 두고 쉽게 연대함으로써 복합적 이미지를 형성하기도 한다는 점에서 특징적인 면모를 보여준다.

(2) '광물성 이미지에 투영된 자연'은 타나토스의 축을 형성한다. 생태 위기는 감정적으로 매우 강하게 존재의 불안을 야기한다. 그것은 현존재의 불안 혹은 죽음에 대한 불안으로 해석되기도 한다. 이와 같은 극렬한 불안심리가 자연생태계 파괴 현실에서 비롯된다는 사실은 시사하는 바가 크다. 광물성 이미지들은 타나토스의 축을 형성함으로써 자연생태계 파괴와 훼손된 자연환경을 보여준다. 표현법에서는 괴기적 그로테스크로 드러나는 예를 쉽게 찾을 수 있다. 이것은 과도한 인간 욕망인 동시에 파괴된 현실을 반영하는 것이다. 그것은 결국 인간중심주의적 사고에서 배

태된 모든 것들을 반성하게 한다.

1−2. '한국 현대 생태주의 시의 시사적 의의와 과제'에서 논의된 내용은 다음과 같다. 1) '시사적 의의'는 (1) 생태주의 시를 계기로 해서 이른바 비문학적인 것으로 인식되어 온 분야들과 점차 새로운 형태로 결합 · 연대 가능성을 점치게 한다. (2) 생태주의 시는 주제의 심각성으로 인해 과도한 추상성과 기교주의를 배제한다. (3) 생태의식에 근거를 둔 시인들의 신중한 주제 접근 덕택에 자연에 대한 즉흥적 감상이나 추상적 관조는 그 어느 때보다 줄어들었다. 아울러 자연 현상이나 생태 · 환경 문제에 대해서도 더 진전된 연구 자세를 보여준다. (4) 자연생태계는 관계론적 연쇄고리에 의해 얽혀 있다. 따라서 생태주의 시는 개별적 개체의 자아와 타자들만을 바라보아 온 기존의 세계 인식을 뒤집고 존재에 대해 넓은 시야를 가지라고 주문한다. (5) 생태주의 시에서 궁극적으로 지향하는 바는 자연과 인간 사이의 올바른 관계 정립이다. 그로 인해 총체적이고 유기적인 연대를 통한 상생의 길이 시를 통해 모색될 수도 있다는 사실을 보여준다.

2) '문제점과 과제'는 다음과 같다. (1) 초기 환경시의 경우, 육화되지 못한 과학적 용어나 생태적 주제 지향에 치우친 직설적 표현들이 눈에 띄는데, 그것들을 육화시킬 수 있는 시인의 체험과 노력이 선행되어야 할 것이다. (2) 생태주의 시에서 상상력의 증폭이 얼마간 저해되고 있는 점을 감안한다면, 원활하고 자유로운 상상력의 원용으로 생태주의 시의 변모를 모색할 필요가 있다. (3) 생태주의 시 주제의 천편일률적인 지향성과 도식성을 극복하기 위한 다양한 경로를 모색해야 한다. (4) 미학적 측면에서 생태주의 시의 주제를 작품 속에 잘 승화해내기 위해서 도식성과 세련되지 못한 언어 표현을 지양하기 위한 노력을 지속해야 한다. (5) 생태주의 시에서 자연에 대해 갖고 있는 극단적으로 양분된 기존의 시각을 극복해야 한다. 그리하여 인간은 자연 존재들의 공존자이며, 자연의 일부로 살아가고 있다는 점을 깊이 인식해야 할 것이다.

고려해 봐야 할 것은 생태주의 시의 주제 지향성 혹은 목적성에 관한 문제이다. 생태주의 시는 생태 위기 상황에서 살아가는 현대인의 생태적 이상을 담고 있다. 하지만 목적성에 경도되어 자칫 생태주의 이데올로기화의 수단이 되어서는 안 된다. 궁극적으로 생태적 상상력의 추구는 바로 서정의 회복과 맞물려 있는 만큼, 생태주의 시는 서정시 본연의 미학적 측면을 제일의 가치로 삼아야 한다. '감동이 곧 각성을 불러일으킨다'라는 평범한 진리가 생태주의 시에도 마땅히 적용되어야 한다.

참고 문헌

계명대철학연구소 편, 『인간과 자연』, 서광사, 1995.

고익진, 『한국의 불교사상』, 동국대출판부, 1997.

교양교재편찬위원회 편, 『불교와 인간』, 동국대출판부, 1998.

권택영, 『자크라캉 욕망이론』, 문예출판사, 1994.

구승회, 『에코 필로소피』, 새길, 1995.

김경복, 『한국 아나키즘시와 생태학적 유토피아』, 다운샘, 1999.

김병택, 『바벨탑의 언어』, 문학예술사, 1986.

_____, 『한국근대시론연구』, 민지사, 1988.

_____, 『한국현대시인론』, 국학자료원, 1995.

_____, 『한국현대시론의 탐색과 비평』, 제주대출판부, 1999.

김상태, 『언어와 문학세계』, 이우출판사, 1989.

김성진 외, 『생태문제와 인문학적 상상력』, 나남, 1999.

김욱동, 『문학생태학을 위하여』, 민음사, 1998.

_____, 『한국의 녹색문화』. 문예출판사, 2000.

김준오, 『시론』, 삼지원, 1991.

남송우, 『생명과 정신의 시학』, 전망, 1996.

도 법, 『화엄의 길. 생명의 길』, 선우도량, 1999.

문순홍 편, 『생태학의 담론』, 솔출판사, 1999.

박이문, 『철학전후』, 문학과지성사, 1993.

_____, 『문명의 위기와 문화의 전환』, 민음사, 1996.

_____, 『문명의 미래와 생태학적 상상력』, 당대, 1998.

_____, 『환경철학』, 미다스북스, 2002.

방지형, 『교회와 환경 윤리』, 쿰란출판사, 1994.

법 륜, 『불교와 환경』, 정토출판, 1998.

송상용 외,『생태문제와 인문학적 상상력』, 나남, 1999.

송용구,『생태시와 저항의식』, 다운샘, 2001.

송희복,『생명문학과 존재의 심연』, 좋은날, 1998.

신덕룡 편,『초록생명의 길』, 시와사람사, 1997.

_____,『초록생명의 길 II』, 시와사람사, 2001.

신덕룡,『환경 위기와 생태학적 상상력』, 실천문학사, 2000.

_____,『생명시학의 전제』, 소명출판, 2002.

이남호,『녹색을 위한 문학』, 민음사, 1998.

이진우,『녹색사유와 에코토피아』, 문예출판사, 1998.

장정렬,『생태주의 시학』, 한국문화사, 2000.

장회익,『과학과 메타과학』, 지식산업사, 1999.

_____,『삶과 온생명』, 솔출판사, 1999.

정현종 · 김주연 · 유평근 편,『시의 이해』, 민음사, 1987.

정화열, 박현모 역,『몸의 현상학』, 민음사, 1999.

정효구,『한국현대시와 자연 탐구』, 새미, 1998.

제주작가회의,『제주작가』, 2000년 하반기, 실천문학사, 1998.

주광렬,『과학과 환경』, 서울대출판부, 1986.

최동호,『디지털문화와 생태시학』, 문학동네, 2000.

한국불교환경교육원,『동양사상과 환경문제』, 모색, 1997.

한국여성철학회 편,『여성의 몸에 관한 철학적 성찰』, 철학과현실사, 2000.

한국철학사상연구회,『삶과 철학』, 동녘, 1994.

한면희,『환경윤리』, 철학과현실사, 1997.

Aquinas, Thomas. 김진 · 정달용 역,『존재자와 본질에 대하여』, 서광사, 1995.

Aziza, Claude 외. 장영수 역,『문학의 상징, 주제 사전』, 청하, 1997.

Bachelard, Gaston. 김현 역,『몽상의 시학』, 홍성사, 1986.

_____. 이가림 역,『물과 꿈』, 문예출판사, 1996.

Bookchin, Murray. 문순홍 역,『사회생태론의 철학』, 솔, 1999.

Brett, R. L. 심명호 역,『공상과 상상력』, 서울대출판부, 1987.

Capra, F. 김성범 · 김용정 역,『현대물리학과 동양사상』, 범양사, 1985.

Collin, Martine. 박윤영 역,『인간과 욕망』, 예하, 1996.

Diemond, Irene 외. 정현경·황혜숙 역,『다시 꾸며보는 세상』, 이화여대출판부, 1996.

Eliade, Mircea. 박규태 역,『상징. 신성. 예술』, 서광사, 1991.

_____. 이윤기 역,『샤마니즘』, 까치, 1994.

_____. 이은봉 역,『종교형태론』, 한길사, 1997.

_____. 이은봉 역,『성과 속』, 한길사, 1998.

_____. 이재실 역,『이미지와 상징』, 까치, 2000.

Fill, Alwin. 박육현 역,『생태언어학』, 한국문화사, 1999.

Frye, Northrop. 임철규 역,『비평의 해부』, 한길사, 1982.

Grant, Damian. 김종운 역,『리얼리즘』, 서울대출판부, 1982.

Hall, Calvin S. 백상창 역,『프로이트 심리학』, 문예출판사, 1992.

Hawkes, Terence. 심명호 역,『메타포』, 서울대출판부, 1986.

Hinchliffe, Arnold P. 황동규 역,『부조리문학』, 서울대출판부, 1986.

Jung, C. G. 설영환 역,『무의식분석』, 선영사, 1988.

Lacan, Jacques. 권택영 편,『욕망이론』, 문예출판사, 1994.

Lovelock, J. E. 홍욱희 역,『가이아』, 범양사, 1990.

Margulis, Lynn & Dorion Sagan. 황현숙 역,『What is Life』, 지호, 1999.

Mies, Maria & Vandana Shiva. 손덕수 · 이난아 역,『에코페미니즘』, 창작과비평사, 2000.

Mills, C. Wright. 강희경 · 이해찬 역,『사회학적 상상력』, 홍성사, 1983.

Muecke, D. C. 문상득 역,『아이러니』, 서울대출판부, 1986.

Peursen, C. A. van. 손봉호 · 강영안 역,『몸. 영혼. 정신』, 서광사, 1985.

Rifkin, Jeremy. 최현 역,『엔트로피』, 범우사, 1998.

Ruthven, K. K. 김명렬 역,『신화』, 서울대출판부, 1986.

Schrodinger, Erwin. 서인석 · 황상익 역, 『What is Life』, 한울, 1992.

Shiva, Vandana. 강수영 역, 『살아남기: 여성 · 생태학 · 개발』, 솔출판사, 1998.

Skrine, Peter N. & L. R. Furst. 천승걸 역, 『내츄럴리즘』, 서울대출판부, 1986.

Thomson, Philip. 김영무 역, 『그로테스크』, 서울대출판부, 1986.

Buell, Lawrence. *The Environmental Imagination: Thoreau, Nature Writing, and the Formation of American Culture*, Harvard University Press, 1995.

Commoner, Barry. *The Closing Circle: Nature, Man and Technology*, New York: Alfred A. Knopf, 1971.

Dixon, Melvin. *Ride Out the Wilderness: Geography and Identity in Afro-American Literature*, University of Illinois Press, 1987.

Gaard, Greta Claire. & Patrick D. Murphy. *Ecofeminist Literary Criticism: Theory, Interpretation, Pedagogy*, University of Illinois Press, 1998.

Herndle, Carl G. & Stuart C. Brown. *Green Culture: Environmental Rhetoric in Contemporary America*, University of Wisconsin Press, 1996.

Kroeber, Karl. *Ecological Literary Criticism: Romantic Imagining and the Biology of Mind*, Columbia University Press, 1994.

Wellek, R. Concepts of Criticism, Yale Univ. press, 1978.

◆ 2. 생태여성론의 대두

2—1. 에코페미니즘 시 화자의 심리적 거리

1) 머리말

환경과 생태 위기에서 촉발된 생태학적 관심은 자연스럽게 문학 전반의 창작과 이론으로 이어졌다. 그리고 이러한 움직임은 페미니즘과의 연계를 통하여 상호보완적이고 심층적인 일련의 논의를 이끌어내게 된다. 에코페미니즘이라는 용어는 생태학 ecology에서 비롯된 접두사 eco와 fenimism의 파생어로서, 생태학과 페미니즘의 가치를 포괄하는 의미이다. 이것은 1974년 프랑소아 도본느의 저서 『페미니즘 또는 파멸』에서 처음으로 등장했다.[1]

워렌 Karen J. Warren은 에코페미니즘의 중심 가설들을 한층 더 구체화하여 다음과 같은 주장을 펼쳤다. "첫째, 여성 억압과 자연 억압 사이에 중요한 연관성이 있다. 둘째, 이 연관들의 본질을 이해하는 것이 여성 억압과 자연 억압을 제대로 이해하는 데 필수적이다. 셋째, 페미니즘 이론과 실천에 생태학적 관점이 포함되어야 한다. 넷째, 생태학적 문제들에 대한 해결책에는 페미니스트 관점이 포함되어야 한다."[2]

워렌의 지적처럼 에코페미니스트들은 페미니즘과 생태학의 연관성을 인식하고 있으며, 이를 바탕으로 에코페미니즘의 이론과 실천적 방향을 제시한다. 에코페미니즘은 기본적으로 심층생태학과 유사하다. 그러나 대부분의 심층생태학자들은 우리가 직면한 지구의 환경과 자연, 여성 문제의 원인이 인간중심주의에 있다고 보는 데 반해 에코페미니즘은 그 원인이 남성중심주의에 있다고 보는 상이한 입장을 취하고 있다. 에코페미니즘은 기본적으로 남성중심주의의 가부장적인 사회제도에 대해 비판하

---

1) Rosemarie Putnam Tong, 이소영 역, 『페미니즘 사상』, 한신문화사, 2006, 478쪽.
2) 위의 책, 478쪽.

는 태도를 견지하고 있지만, 단순히 남성중심주의를 지양하거나 배격하는 데 그치지 않는다. 에코페미니스트들은 서구에서 남성중심주의의 근거가 되어준 이분법적인 사고체계에 대해 숙고하고 이를 극복할 방안을 다방면으로 모색하고 있다. 에코페미니즘은 남성중심주의를 단순히 성별의 차이에서 오는 권력의 불균형으로 이해하지 않고, 이를 확대함으로써 세상에 존재하는 모든 억압과 착취 구조의 형태로 파악한다. 이 토대 위에 에코페미니즘은 자연의 치유와 여성성의 회복을 통하여 조화로운 세계 질서를 지향하고 있다.

본질적으로 시는 시어와 행과 연 그리고 작품 전체의 전후맥락에 의해 의미가 생성되고 파악될 뿐만 아니라, 그것들이 밀접한 상호 연관관계에 놓인다는 구조적인 측면에서 에코페미니즘의 성격을 내포한다고 볼 수 있다.[3] 특히 에코페미니즘 시에서 화자가 제재를 대하는 태도는 여타 시들과 차별화된 측면이 드러나는데, 이것은 자연스럽게 대상과의 심리적 거리를 규정짓는 조건이 된다.

이 글에서는 전술한 에코페미니즘의 성격을 바탕으로 하여 강은교, 문정희, 천양희 등 여성시인들의 에코페미니즘 시에 드러나는 화자와 거리에 관해 검토하고자 한다. 우선 화자가 제재를 대하는 태도에 따라 주관적 화자 · 객관적 화자 · 복합적 화자 등 세 가지 유형으로 구분한 뒤, 각각의 어조에 따라 시적 대상에 대한 화자의 심리적 거리가 서로 상이하게 드러난다는 데 주목하여 논의를 이어갈 것이다. 이렇게 화자와 거리의 상관관계를 밝히는 일은, 에코페미니즘의 성격을 이해하고 에코페미니즘 시의 지향성을 분명히 하는 데 기여하리라 본다.

---

3) 머레이 북친 역시 여성에 대한 남성의 가부장적 지배가 모든 위계적 지배들의 원형을 이룬다는 에코페미니즘의 입장에 동의한 뒤, 인간과 자연의 상호연관성을 강조한다. 그런데 이때의 상호연관성은 자연과 인간의 변증법적 관계를 전제로 한 것으로서 생명중심주의의 신비주의와는 구별되는 것이다.(이진우, 『녹색사유와 에코토피아』, 문예출판사, 1998, 171~187쪽 참고)

2) 에코페미니즘 시 화자의 구분

논의를 진행하기에 앞서, 시적 화자가 작품 속에서 어떤 미적 기능을 수행하는지에 대한 검토가 이루어져야 할 것이다. 장도준은 화자가 어조 형성에 관여한다고 전제하고, 여기서 어조란 '화자의 목소리 혹은 태도'라고 요약 정의하였다. 그는 기존의 화자 연구물들에서 노정된 두 가지 문제점을 제시한다. 첫째, 화자와 어조의 관련성에 대해 인정하면서도 연구에서는 정작 그 미적 긴밀성과는 무관해 보이는 방향으로 전개된 점. 둘째, 어조 형성에 기여하는 화자의 분류 기준에 화자와 더불어 청자도 포함시켜야 할 것인가의 문제에 대해 공통된 합의를 이끌어내지 못하고 있다는 점 등이 그것이다.[4]

장도준이 언급한 문제들 중 전자와 같은 오류에서 벗어나기 위해서는 무엇보다 화자를 논의 대상으로 삼은 이유가 분명히 제시되어야 할 것이다. 화자 논의의 목적을 밝히지 않은 채 화자에 대한 규격화된 구분 따위 도식적인 논의에 그친다면, 화자의 기능에 대한 심층적인 연구는 고사하고 코끼리 다리 만지기에 지나지 않는 결과를 초래할 수도 있기 때문이다.

두 가지 문제 중 후자의 논의들에서는 화자 구분의 기준으로 청자를 포함시키는 경우와 포함시키지 않는 상반된 견해들이 존재한다. 김준오는 담화에서 화자와 청자의 관계가 성립하듯이 시에서도 청자가 존재한다고 보았다. 그는 야콥슨의 수평설을 원용함으로써 시를 담화의 일종으로 보고 이러한 점에서 시적 담화의 3요소인 화자 · 청자 · 화제의 관계를 설명하였다.[5]

---

4) 그는 화자의 태도에 따라 시의 어조가 결정되거나 그 변별성을 드러내는 것은 당연하며, 화자 이외에도 문체(시어, 시의 구조적 패턴, 행과 연의 길이, 시의 음성적 효과), 비유적 장치, 아이러니 등이 시의 어조를 결정하는 데 관계된다고 첨언하였다. (장도준, 『현대시론』, 태학사, 1999, 186~187쪽 참고)

5) 김준오, 『시론』, 삼지원, 1991, 204쪽.
윤석산 역시 야콥슨이 말한 담화의 구조를 토대로 하여 세분화된 문학적 담화구조를 도출해낸다.(윤석산, 『현대시학』, 새미, 1996, 105~108쪽 참고)

그런데 '세계의 자아화'라는 그 특성에서 드러나듯 시는 주관적인 장르이다. 서정시는 전달이 아니라 표현이므로, 주관적 경험과 내적 세계의 '표현'을 추구한다. 그러므로 흔히 '엿들어지는 독백', 경험의 '독백적 표현'이라고 불린다.[6] 시에서의 의미와 분위기는 화자의 태도에 의해 지배된다. 설령 청자가 존재한다고 해도 그는 화자에게 '정신적으로 종속될 뿐' 화자의 목소리가 더욱 중요하며 그것을 청자(독자)는 '엿들을 뿐'이다. 극劇과 달리 시의 청자는 언제나 듣는 입장이며, 화자는 발언하는 입장이다. 청자의 입장이나 태도 또한 화자의 말하는 방법에 의해 알려지며 결정된다.[7]

따라서 이 글에서는 화자 구분의 요소로서 청자를 배제한다. 이때 화자를 논의의 대상으로 삼은 이유는 앞에서 언급한 바와 같이 그것이 시 작품의 어조 형성에 긴밀하게 작용하고 있기 때문이다. 더욱이 에코페미니즘 시의 경우 화자의 유형에 따라 형성되는 어조가 달라질 뿐만 아니라, 각각의 어조를 통해 드러나는 에코페미니즘적 성향이 차별화되는 특징이 있다.

이글에서 논의를 위해 제시하는 화자의 유형은 주관적 화자, 객관적 화자, 복합적 화자 등인데 다음과 같이 간략히 설명할 수 있다. 우선, 주관적 화자는 작품 속에서 화자가 주체적이며 능동적으로 드러나는 경우이다.

> 싱싱한 고래 한 마리 내 허리에 살았네
> 그때 스무 살 나는 푸른 고래였지
> 서른 살 나는 첼로였다네
> 적당히 다리를 벌리고 앉아
> 잘 길든 사내의 등어리를 긁듯이
> 그렇게 나를 긁으면 안개라고 할까
> 매캐한 담배 냄새 같은 첼로였다네
> — 문정희 「생일 파티」에서

---

6) 김준오, 앞의 책, 37쪽.
7) 장도준, 앞의 책, 190쪽.

위 작품 속에서 화자는 주인공의 목소리를 생생하게 들려준다. 지나간 생일조차 오늘 벌어지는 일처럼 선명하게 느껴지는 것은 주관적 화자에게서 형성된 어조에 기대고 있기 때문이다. 이 유형의 화자는 시인 혹은 작중 주인공과 가까운 거리에 놓여 있거나 일체화되는 경우가 많으며, 능동적이어서 시적 대상에 대한 개입이 극대화되는 경향이 있다.

> 바람이 얼룩진 접시 위, 물고기 한 마리 누워 있다, 그것의 살은 잘게 잘게 저며져 있었고, 이런 시간이 오기를 기다려온 그것의 눈은 한껏 크게 벌어져 창밖의 어둠을 빨아들이고 있었다, … 중략 … 시간이 얼마쯤 지나자 주방 아주머니가 들어와 그것의 너덜거리는 뼈를 꺼내어 흔들며 바람 속으로 사라진다, … 중략 … 아주머니의 손에 떠메어 나가는 물고기의 뼈와 둥글고 울퉁불퉁한 대가리에 쓰러져 누워 질질 끌려 나가는 지느러미, 물고기의 눈이 뒤를 돌아본다, 바람벽 같은 상 위에 지느러미가 검은 돛폭처럼 휘돈다, 놀란 이들이 뼈만 남은 팔목의 시계를 바라본다.
>
> — 강은교 「흐린 날의 몇 사람」에서

객관적 화자는 위 시처럼 수동적이고 관조적인 자세를 취한다. 시가 태생적으로 주관적인 장르라는 전제를 부정할 수는 없지만, 그럼에도 불구하고 객관적 화자는 가능한 한 객관적으로 대상을 바라보려는 태도를 견지한다. 주관적 화자와는 달리 시적 대상에 대한 개입도 자제하는 경향이 있다.

한편, 복합적 화자는 전술한 두 유형의 화자가 한 작품 속에 모두 등장하는 경우를 가리킨다. 따라서 아래 시처럼 두 화자의 특성이 적절히 어울리면서 시적 효과를 살리는 데 기여하게 된다.

> 비 갠 하늘에서 땡볕이 내려온다. 촘촘한 나뭇잎이 화들짝 잠을 깬다. 공터가 물끄러미 길을 엿보는데, 두 살배기 아기가 뒤뚱뒤뚱 걸어간다.

생생한 生! 우주가 저렇게 뭉클하다
고통만이 내 선생이 아니란 걸
깨닫는다. 몸 한쪽이 조금 기우뚱한다
　　　　　　　　　　－ 천양희 「여름 한때」에서

비 갠 여름날의 풍경을 제3자의 시선으로 관찰한 뒤, 화자가 그 풍경을
주관적인 관점에서 다시 진단함으로써 관찰과 개입이 함께 이루어지고
있는 작품이다. 1연에서 비 갠 뒤 풍경을 그려내고 있으며, 2연에서는 그
풍경에 대한 화자의 서정적 감응을 토로하고 있다. 술렁술렁 객관적 화자
의 렌즈를 통해 늘어진 1연, 주관적 감상을 단정하게 정리한 2연이 나란
히 놓이면서 시속에 팽팽한 긴장이 당겨진다.

전술한 바와 같이 이글에서는 화자의 유형을 주관적 화자, 객관적 화
자, 복합적 화자 등 세 가지로 나누어 이들 화자가 작품 속에서 어조를 형
성해나가는 과정을 살펴볼 것이다. 특히 화자가 형성하는 어조에 따라 다
르게 드러나는 심리적 거리에 초점을 맞추고, 그 의미를 검토한다.

3) 대상에 대한 교감과 화자의 심리적 거리

에코페미니즘은 자연과 여성성을 회복하고 이를 통해 조화로운 질서를
수립하고자 한다. 이러한 지향성은 작품 속에서 화자와 자연 대상 사이의
동화 또는 교감의 형태로 표현된다. 시의 어조가 서로 다르다 해도, 에코
페미니즘 시들은 공통적으로 따뜻하고 연민에 찬 교감을 바탕으로 하여
원시 자연의 건강성을 찬미하거나 상처받은 자연을 위로하고 있다.

그런데 시에서 어떤 어조가 드러나는가 하는 것은 무엇보다 제재에 대
한 화자의 태도와 관련되는 문제이다. 시인이 선택한 화자의 태도에 따라
부드럽거나 딱딱하고 차갑거나 따뜻하며 때로는 여성적이거나 남성적인
어조가 결정된다. 시인은 무의미하게 제재를 차용하지 않는다. 그는 표현

하고자 하는 정서에 알맞은 이미지를 고려한 뒤 화자를 통하여 제재를 신중히 끌어와 다룬다. 이 과정에서 그 제재는 '거리'를 내포하게 된다. 이것을 가리켜 '미적 거리'[8]라고도 하는데 이것은 시간적 · 공간적 거리가 아니라 어디까지나 내면적 거리다.

거리의 유형은 <짧은 거리>, <비교적 짧은 거리>, <비교적 먼 거리>, <먼 거리> 등으로 나누어 논의하는 예가 일반적이다.[9] 그러나 연구자들의 각기 다른 관점에 따라 이와 같은 구분이 보다 간략해지거나 때로는 세분화될 수 있다. 이렇게 유형 구분에서 견해 차이가 있다는 것을 전제하더라도 그것들은 결국 '짧은 거리'와 '먼 거리'를 중심으로 거리 간격을 세분화하여 벌여놓은 것에 지나지 않는다.

이글에서는 선행 연구자들이 제시한 '짧은 거리'와 '비교적 짧은 거리'에 해당하는 '주관적 화자의 심리적 거리', '비교적 먼 거리'와 '먼 거리'에 해당하는 '객관적 화자의 심리적 거리'를 논의의 축으로 삼고 전개하되, 거리의 이동이 드러나는 '복합적 화자의 심리적 거리'를 추가하여 세 가지

---

8) 미적 거리(혹은 심리적 거리)란 공간적 개념이나 시간적 개념이라기보다 오히려 본질상 심리학적이다. 한 개인이 자신에 대한 어떤 사적이고 실제적인 관심으로부터 분리되어 한 대상을 관조할 때 그 대상을 향한 그의 태도나 페스펙티브를 기술한 것이 미적 거리다……미적 감수성에서 '거리'는 비평가나 예술가가 예술 대상을 관조하는 데 필수적이고 불가결한 것이다.
Allex Preminger, Princeton Encyclopedia of Poetry and Poetics, 5쪽.(김준오, 앞의 책, 248쪽에서 재인용)

9) 오르테가는 어느 유명인사의 죽음을 지켜보는 네 사람의 관점을 예시하면서 각기 다른 '거리'를 설명한다. 첫째, 대상의 죽음을 바라보는 것으로만 그 사건에 참여하는 것이 아니라 그 안에서 자기의 몸으로 느끼는 '일치'의 상태인 부인의 거리. 둘째, 마음속으로부터 우러나는 것이 아닌 직업적인 감정일지라도 이 사건을 체험하고 있는 '개입'의 상태인 의사의 태도. 셋째, 개입하지는 않고 보는 것으로 그치는, 체험하지 않지만 체험하는 척하는 '관찰'의 상태인 신문기자의 태도. 넷째, 감정의 개입 없이 죽은 이의 외형적 모습이나 빛, 그림자, 색감에만 관심을 두는 '비인간화'의 상태인 화가의 태도 등이 그것이다.(José Ortega y Gasset, 안영옥 역, 『예술의 비인간화』, 고려대출판부, 2004, 20~26쪽 참고)

화자의 유형에 따른 심리적 거리를 논의 대상으로 삼고 있다. 이때 '심리적 거리'란 앞에서 언급한 바와 같이 시간적 · 공간적인 거리가 아니라 내면적인 거리임을 밝혀둔다.

(1) 주관적 화자의 욕망과 거리

앞에서 언급한 바와 같이, 주관적 화자는 주체적이고 능동적인 태도를 취하며, 제재에 대해서도 적극적인 입장을 드러낸다. 그러므로 주관적 화자와 시적 대상은 심리적으로 가까운 거리를 형성할 수밖에 없다. 작품 속에서 육감적이고 생동감 넘치는 포즈로써 극대화된 개입을 드러내며, 이 결과 시적 대상과 동일시되는 경우도 있다. 다음의 시를 보자.

> 왜 나는
> 저 쭉 쭉 뻗은
> 수목들을
> 서방삼을 생각을 못했을까
>
> 손가락을 쫙 펴고
> 뜻도 없이 어깨에 힘을 주고 서 있는
> 아이들의 그림만 쳐다보았을까
> …중략…
> 쉽게 흔들리지 않는
> 수목이나 서방삼아
> 크낙새 같은 새끼들이나
> 주르르 낳았어도 좋았을 것을
> ― 문정희 「수목 사이로」에서

자연물이 시적 대상이 되는 것은 그리 새삼스러울 것 없는 일이다. 특히 생태주의와 에코페미니즘의 문학은 '자연과의 조화'를 추구한다는 공통점으로 인해 더욱 자연스럽고 빈번하게 자연물이 시적 대상으로 등장한다. 에코페미니즘 시에서 자연을 제재로 삼는 경우 일반적으로 자연과 여성의 속성을 동일시하는 측면이 강하다.[10] 이때 제재로서의 자연은 지극한 모성의 현현이거나 남성성과 대비되는 여성성이 내포된 상징성을 띠는 경우가 많다.[11]

그런데 위의 시는 그러한 공식을 일시에 무너뜨리고 있다. 이 시의 제재가 된 '수목'은 여성성이 아니라 남성성을 대변한다. 이와 같은 사고의 전복은 제1연에서 거침없이 내뱉는 화자의 목소리를 통해 즉각적으로 제시된다. "왜 나는/ 저 쭉 쭉 뻗은/ 수목들을/ 서방 삼을 생각을 못했을까"라는 화자의 발언이 다소 생소하면서도 도발적으로 들리는 것은, 비단 자연 대상을 남성성으로 인식했다는 이유 하나 때문이 아니다. 그는 수목을 향해 '서방삼을 생각'을 못했던 자신을 한탄하고 있다. 즉 화자가 수목에게 부여한 의미는 남성 중에서도 구체적으로 '성적 대상으로서의 존재'라는 상징성을 띤다. 그러므로 5연에 이르러 "쉽게 흔들리지 않는/ 수목이나 서방삼아/ 크낙새 같은 새끼들이나/ 주르르 낳았어도 좋았을 것을"이라고 토로하는 것이다.

---

10) 구명숙은 에코페미니즘 시의 양상을 세 가지 유형으로 나누었다. 첫째, 자연과 여성을 동일시하는 작품. 둘째, 생명을 창조하는 모성이 자연에 있음을 보여주는 작품. 셋째, 훼손된 자연을 치유하고 여성성을 회복하여 함께 살아가는 세상을 만들어야 함을 강조하는 작품 등이 그것이다.(구명숙, 「생태페미니즘 문학의 양상과 전망」, 『한국사상과 문화』 제22집, 한국사상문화학회, 169쪽)

11) 김지연은 생태주의 시에서 식물이미지를 통해 자연의 생명력을 표현하는 데 두 가지 방법을 사용한다고 주장한다. 첫째는 여성성이요, 둘째는 남성성의 차용이다. 이때 여성성의 식물이미지는 '수동적 의미의 여성성'과 '능동적이고 생산적 의미의 여성성(모성성)'으로 나누어 설명하고 있다.(김지연, 「한국 현대 생태주의 시 연구」, 제주대 박사논문, 2002, 125쪽)
논자는 이 작품에 드러난 식물 이미지의 경우, 위 논문의 생태주의 관점에서 '생산적 의미의 여성성'이라고 보고 있다. 반면, 본고의 에코페미니즘 관점에서는 여성성과 대비되는 '남성성을 띤 성적 대상으로서의 존재'라고 해석하고 있다. 따라서 이 식물이미지는 작품 속에서 화자 자신의 여성성을 일깨우는 매개 역할을 한다.

'쭉 쭉 뻗은 수목들'을 남성성으로 강렬하게 인식하게 되자, 과거에 알던 수목들은 '손가락을 쫙 펴고/ 뜻도 없이 어깨에 힘을 주고 서 있는/ 아이들의 그림' 같은 의미 없는 존재로 전락하고 만다. 그것은 무기력한 그림이며, 아무런 감흥도 불러일으키지 않는 감상의 대상에 지나지 않는 것이다. 그러나 지금, 눈앞에 펼쳐진 쭉 쭉 뻗은 수목들이 욕망을 불러일으키는 성적 대상으로 치환되었을 때 그들은 화자에게 오롯한 '서방'의 역할을 하게 된다. 비로소 화자는 잠재되어 있던 자신의 여성성과 성적 가치를 지각할 뿐만 아니라 능동적으로 욕망하며 생산하는 모성성을 가진 존재로 변화하는 것이다. '애인'이나 '연인'이 아닌 '서방'이라는 단어는 절묘하게도 화자의 욕망을 질펀하게 농익은 정서로 잇는 연결고리 역할을 한다.

'아이들의 그림' 같았던 과거의 수목들은 멀리 떨어진 관찰의 대상이었다. 그러나 지금 눈앞의 수목들은 육욕을 투사할 수 있는 '서방' 같은 근거리의 존재이다. 이러한 존재들로 인해 비로소 자신의 여성성을 스스로 일화자는 깨우고 자신에게 내재된 생산성을 이해하게 된다. 이렇게 건강한 욕망을 불러일으키는 건 건강한 자연 즉 '쭉쭉 뻗은 수목들'이 있었기에 가능한 것이다. 건강한 자연과 인간의 교합과 조화, 이것은 작품 속에서 넘치는 욕망과 생산하는 모성성으로 비유되고 있다. 훼손되지 않은 건강한 자연이 억제되지 않은 본능적인 여성의 욕망과 연결되면서 생동감 넘치는 이미지를 이끌어내는 것이다.

> 가을이 오기 전
> 뽀뽈라로 갈까
> 돌마다 태양의 얼굴을 새겨놓고
> 햇살에도 피가 도는 마야의 여자가 되어
> 검은 머리 길게 땋아내리고
> 생긴 대로 끝없이 아이를 낳아볼까
> 풍성한 다산의 여자들이

초록의 밀림 속에서 죄 없이 천년의 대지가 되는
뽀뽈라로 가서
야자잎에 돌을 얹어 둥지 하나 틀고
나도 밤마다 쑥쑥 아이를 배고
해마다 쑥쑥 아이를 낳아야지
…중략…
검은 하수구를 타고
콘돔과 감별당한 태아들과
들어내버린 자궁들이 떼지어 떠내려 가는
뒤숭숭한 도시
저마다 불길한 무기를 숨기고 흔들리는
이 거대한 노예선을 떠나
가을이 오기 전
뽀뽈라로 갈까
맨 먼저 말구유에 빗물을 받아
오래오래 머리를 감고
젖은 머리 그대로
천년 푸르른 자연이 될까
　　　　　　　　　　－ 문정희 「머리 감는 여자」에서

　「머리 감는 여자」의 화자는 대지대모의 신 '가이아'를 닮아 있다. 여신은 삼신할머니고 흙이고 자연이고 인간의 근원이다. 그리고 우리 인간 안에는 물질과 생명과 영혼, 우주의 모든 요소가 다 들어 있다. 그 작용이 모두 여신의 활동이다.[12) 밀림 속 작은 마을 뽀뽈라는 문명의 때가 묻지 않은 원시의 삶이 이루어지는 장소이다. 화자가 이곳으로 눈을 돌린 이유는 '검은 하수구를 타고/ 콘돔과 감별당한 태아들과/ 들어내 버린 자궁들이 떼지어 떠내려 가는/ 뒤숭숭한 도시'에 더이상 머물 수 없기 때문이다. 이 도시는 '저마다 불길한 무기를 숨기고' 있으므로 뒤숭숭하다. 무기란 타인

---

12) 김재희 편, 『깨어나는 여신』, 정신세계사, 2000, 48쪽.

을 상해하고 살육하는 도구로써 인간이 만들어낸 최악의 이기이다. 이것은 문명의 부정적인 측면을 가장 잘 드러내는 상징물이기도 하다. 이러한 무기를 저마다 숨기고 있으므로 도시는 서로 경계하고 두려워하며 다치고 해를 끼치는 위태로운 곳이 되었다. 생명의 잉태가 아니라 짧은 환락을 위해서 콘돔을 사용하고 인위적인 목적에 의해 감별당한 태아들이 버려지는 하수구, 이곳은 생산성을 상실한 장소이므로 '들어내 버린 자궁'이 떠내려갈 뿐이다. 화자가 도시를 떠나야 하는 이유는 여기에서 분명해진다. 화자는 밀림의 작은 마을 뽀뿔라에서 '햇살에도 피가 도는 마야의 여자'가 되고자 한다. 그녀들은 '풍성한 다산의 여자들'이다. 그녀들을 통해 건강한 원시 생명력을 얻은 화자는 '밤마다 쑥쑥 아이를 배고 해마다 쑥쑥 아이를 낳을 듯'이 분출하는 자신의 생산력을 인식하게 된다. 바로 '밀림 속에서 천년의 대지가 되는' 대지대모의 모습 그 자체이다.

상해하고 살육하는 문명의 건너편에서 생명을 생산하고 살려내는 여신의 원초적 모습들, 이것이 화자의 몸을 통해 육화되어 드러난다. 인간이 땅으로부터 뿌리 뽑혔다는 생태 위기는 '고향상실(homelessness)'을 나타내는 신호이다. 따라서 우리는 인간의 세계와 비인간의 세계 모두에 닻을 내리게 하고, 또 우리 자신을 연결시키는 탯줄로서의 몸을 강조하지 않을 수 없다.13) 몸과 땅이 한 몸뚱아리가 될 때 이 둘은 서로에게 각인된다.14) 이 작품의 화자 역시 원시마을의 생생한 생명력에서 가이아의 탯줄을 발견하고 '천년 푸르는 자연'으로 회귀하고자 한다. 여신은 생명을 원초적으로 품어내는 흙이고 자연이기 때문이다.

살펴본 바와 같이, 에코페미니즘 시 속에서 제재에 대한 주관적 화자의 태도는 능동적이며 적극적인 개입을 보여주고 있다. 자연히 화자의 심리적 거리는 가까울 수밖에 없으며 때로는 시적 대상과 동일시되는 경우도

---

13) 정화열,『몸의 정치와 예술, 그리고 생태학』, 아카넷, 2005, 176쪽.
14) 앞의 책, 180쪽.

있다. 무엇보다 '몸'을 통한 자연 인식이 이루어지고 있다는 점은 특이할 만한 사실이다. 이것은 몸과 정신의 이분법적 사고체계 중 정신적 측면을 중시하는 서구 문명의 모순을 극복하고자 하는 에코페미니즘의 지향성에서 비롯된 시도라고도 볼 수 있다. 제재들에서 여성적 이미지가 빈번하게 등장하고 '몸'에 대한 탐색이 이루어지는 것은 이러한 측면에서 이해해야 한다. 몸은 욕망을 일으키는 기본적인 처소이다. 에코페미니즘 시에서 주관적 화자는 능동적인 여성의 욕망을 드러내며, 때로 여성을 뛰어넘어 생산하는 몸으로서 모성성을 획득하기도 한다. 비로소 어머니 자연의 몸, 대지대모의 현신이 되는 것이다. 이때 대지대모 여신의 상징성과 여성성을 부각시키는 것은, 환경과 여성 문제의 원인으로 지목된 남성중심주의로 부터 벗어나 조화를 지향하는 에코페미니즘의 구현에 있어서 아주 주효한 과정이다. 육화의 대상으로 삼은 제재들의 이미지가 물질성을 띠는 것도 주관적 화자의 욕망을 보다 생생하게 표현하기 위한 의도에서 비롯된 결과라고 볼 수 있다.

에코페미니즘이 구현하고자 하는 것은 자연과 인간이 건강하게 조화를 이루는 모습이다. 작품 속에서 '생명력 넘치는 자연'이 '억제되지 않은 본능적인 여성의 욕망'과 연결됨으로써, 서로의 유사성을 바탕으로 하여 살아있는 조화를 이끌어내는 것이다.

(2) 객관적 화자의 관조적 태도와 거리

객관적 화자는 수동적이고 소극적이며, 제재에 대해서 가능한 한 개입을 자제하는 태도를 드러낸다. 제재와 가까운 거리를 유지했던 주관적 화자와 달리, 객관적 화자는 제재로부터 비교적 먼 심리적 거리를 형성하게 된다. 개입을 지양하고 관조적 입장을 견지할 뿐 아니라 다분히 관념적인 메시지를 제시하는 측면이 있다.

아파트 그늘 아래
떨어져 누운 나비를 본다
…중략…
얼마나 발버둥쳤던가
행여 금빛 날개가 썩을까봐
너와 나의 사랑이 썩을까봐
얼마나 괴로워했던가

그러나 사랑하는 나비야
썩는다는 것은 참으로 아름다운 일이다
잘 썩어 흙이 된다는 것은 눈부신 일이다

저 차가운 비닐조각처럼
슬프고 섬뜩한 플라스틱처럼
영원히 썩지 않는 마술에 걸려
독 묻은 폐기물로 지상을 나뒹구는 것
너무도 두려운 일이 아니냐

따스한 햇살 아래
언젠가는 썩을 수 있는 것으로
생겨난 것은
아무래도 잘한 일이다
…하략…

　　　　　　　　　　－ 문정희 「잘 가거라 나비야」에서

　　위 작품 속에서 화자가 나비를 바라보는 시선은 따뜻하고 섬세하다. 그
러나 나비의 죽음을 자신의 것인양 끌어와 체화하지는 않는다. 대상으로
부터 분리되어 객관화된 자세를 취하고 있을 따름이다. 애잔한 심정으로
'너와 나의 사랑이 썩을까봐/ 얼마나 괴로워했던가'라고 안타까워하지만,
곧이어 '썩는다는 것은 참으로 아름다운 일이다'라고 나비의 죽음에 대해

객관적인 판단을 내린다. 제재에 대한 감정의 유입을 경계하고 이성적인 관조의 태도를 견지하려는 의도가 엿보이는 대목이다.

작품을 통해 화자가 여러 차례 반복하여 강조하는 내용은 '썩는다는 것'의 의미이다. 화자는 죽은 나비를 바라보며 측은해하고 애처로워하는 대신, 그 죽음에 대해 새로운 가치를 부여하는 쪽을 택한다. 죽은 몸이 분해되어 식물의 먹이가 되는 과정, 나비가 자신의 몸을 자연 생태계에 내려놓는 순간 그는 '영원한 순환'의 리듬 속으로 빠져든다. 그리고 이러한 순환은 생명체의 주검이 비옥한 대지의 유기물로, 식물의 자양분으로, 초식동물과 육식동물에게로 이어지면서 탄생 · 변화 · 죽음의 사이클과 함께 놓이게 된다. 그러므로 순환의 리듬 속에서 서로 맞닿은 지점에 놓여 있는 탄생과 죽음은 서로 다른 사건이 아니라 동일한 속성의 과정일 따름이다. 이 과정을 건너기 위해서는 반드시 '썩는다는 변화'를 거쳐야만 한다. 화자가 '썩는다'는 의미에 주목한 것은 이 때문이다. '썩는다'는 변화 없이는 죽음도 탄생도 일어나지 않는다. 순환이 멈추게 되는 것이다.

이러한 과정을 잘 직시하고 있기에 화자는 "저 차가운 비닐조각처럼/ 슬프고 섬뜩한 플라스틱처럼/ 영원히 썩지 않는 마술에 걸려/ 독 묻은 폐기물로 지상을 나뒹구는 것/ 너무도 두려운 일 아니냐"라고 항변한다. 자연의 순환 속에서 가장 두려운 일은 '썩지 않는 몸'이 된다는 사실이다. 그것은 순환의 리듬 속으로 맞물려 들어갈 수 없다는 의미이며, 나아가 순환의 리듬을 깨뜨리고 저해하는 존재로 전락한다는 의미이다. 이것을 가리켜 화자는 '독 묻은 폐기물'이라고 명시하였다. 가냘픈 나비 한 마리의 죽음을 한 생명체의 죽음으로만 바라보지 않고 자연 리듬의 과정으로 인식하는 이성적이고 냉철한 어머니. 뭇 생명의 죽음을 받아들여 새로운 생명들을 탄생시키는 어머니 자연의 모습이다. 따라서 화자는 죽은 나비를 향해 흔들림 없이 '아무래도 잘한 일이다'라고 의미를 부여하고 있다.

장날이었다, 반짝이는 것들이 가득했다, 알사탕이 오색의 무지개를
뻗치고 있는 리어카 옆에는, 빛나는 무, 눈부신 시금치, 한곳에 가니 물
고기들이 펄떡펄떡하고 있었다, 거기 깃발 같은 지느러미 윤기 일어서
는 살에선 바다가 줄달음치고 있었다, 허연 눈동자가 잔뜩 기대에 차서
장날을 내다보고 있었다.

　…중략…

우리는 그 앞에 섰다, 두 마리를 2,000원에 샀다, 그것을 검은 비닐
봉지에 넣었다, 튀어오르지 않도록 입구를 단단히 묶어 가방 속에 넣었
다, 아마 그 녀석은 바다 속이라고 생각하였을 것이다, 바다 속의 정적
과 자유이리라고.

　…중략…

우리는 저물녘에 거기를 떠났다, 한밤중 가방을 열고 봉지를 풀었을
때 너는 거기 없었다, 얌전한 죽음 두 개가 비닐의 이불을 덮고 고요히,
누워 있었다.

　…하략…

　　　　　　　　　　　　　　　　　　　　－ 강은교 「장날」에서

장날, '반짝이는 것들이 가득'한 풍경들 속에서도 특히 화자의 관심을
끄는 것은 '펄떡펄떡' 날뛰고 있는 물고기들이다. 그런데 화자는 이 펄떡
거리는 물고기를 통해 바다를 직시한다. 바다는 모든 생명의 어머니이다.
뿐만 아니라 '죽음과 재생'을 상징하는 제재이기도 하다.[15] 이런 맥락에
서 본다면, 화자가 직시하는 '물고기 위의 바다'가 의미심장해지지 않을
수 없다. 더구나 바다는 '물고기의 지느러미 윤기 일어나는 살'에서 줄달
음질치고 있다. 이 장면의 활유화된 비유를 걷어낸다면, '물고기 몸에 묻
어 있던 바닷물이 점점 말라붙고 있다'고 고쳐 적을 수 있을 것이다. 바다
의 물기와 기억, 바다 속 자유는 점점 줄어들고 희미해져간다. 영문 모른

---

15) 이승훈, 『시론』, 고려원, 1990, 256쪽; Claude Aziza & Claude Olivieri & Robert
　　Sctrick, 장영수 역, 『문학의 상징 · 주제 사전』, 청하, 1997, 147~158쪽 참고.

채 장터 좌판에 진열된 물고기의 휘둥그레한 허연 눈동자가 잦아들어가는 생명과 대비되면서 절박함이 강조되고 있다. 모든 생명의 근원이며 어머니인 바다로부터 분리된 순간, 물고기는 시한부의 짧은 생을 연명하게 되는 것이다.

이러한 물고기의 비극은 그 다음에 이어지는 화자의 행위와 오버랩되면서 더욱 분위기가 고조된다. 물고기 두 마리를 사서 검은 비닐봉지에 넣고, 튀어오르지 않도록 단단히 입구를 묶는 화자의 행위는 공포의 어머니(Terrible mother)[16]를 연상시킨다. 생명을 주고 보호하지만 때로 새끼를 벌 주거나 방치하여 죽음으로 몰아가기도 하는 또 다른 어머니의 모습이다.

그런데 이렇게 전개된 장면은 반어적 상황으로 이해하는 것이 옳다. 모태와 같은 바다로부터 떨어져 나온 물고기가 서서히 죽어가는 모습, 이것은 뿌리 뽑힌 현대인들의 생태위기를 떠올리게 한다. 자신을 지탱하던 생존의 기반에서 탈락했다는 것. 그런데 양자간에 다른 점이 있다면 물고기는 타의에 의해 자신의 기반을 잃었지만, 인간은 그들 스스로 그것을 파괴하고 있다는 사실이다. 차가운 어머니의 원형은 이와 같은 인간에 대한 경고의 의미로 끌어들인 것이다.

결국, 한밤중이 되어서야 가방을 열고 봉지를 풀었을 때 화자는 '얌전한 죽음 두 개'를 발견한다. 화자는 주검을 향해 '물고기'가 아니라 '너'라고 명명한다. '너'라는 것은 대상을 공존하는 동반자로서 인정했을 때 사용하는 명칭이다. 물고기를 한낱 먹거리가 아닌 내재적 가치를 지닌 존재로 인식했으므로, 그 '죽음'을 비로소 묵도하게 된 것이다.

이 작품에서 '물고기의 죽음'을 멀리서 바라보는 화자의 목소리에는 안

---

16) 칼 구스타프 융의 Great Mother Archtype에서 비롯됨. 융에 의하면 인간은 유아기에 어머니를 신성하고 초자연적인 존재로 느끼게 되는데, 이때의 Great는 'Good'와 'Terrible'의 양면성을 갖는다고 한다.(Erich Neumann, 박선화 역, 『위대한 어머니 여신』, 살림, 2009, 61~82쪽 참고; Shahrukh Husain, 김선중 역, 『여신』, 창해, 2005, 18~19쪽 참고)

타까움이 절제되어 있다. 객관적 화자의 절제된 태도가 비극성을 최고조로 끌어올리고, 감정에 치우치지 않는 판단을 할 수 있도록 유도한다.

살펴본 바와 같이 제재에 대한 객관적 화자의 태도는 관조적이며, 소극적인 개입이 제한적으로 이루어지고 있다. 이때 화자는 시적 대상과 분리되어 심리적으로 먼 거리를 유지한다. 또한 주관적 화자에게서 활성화되어 표출되었던 욕망이 객관적 화자의 거리에서는 비교적 자제되거나 비유로써 은닉되기도 한다. 이것은 객관적 화자의 특성에서 비롯된 것으로, 시적 대상에 대해 가급적 주관적 판단을 지양하고 객관적으로 바라보려 하기 때문이다. 간혹 욕망을 드러내는 경우일지라도 이것이 역동적으로 표현되지 않을 뿐 아니라, 나아가 관념적인 모성 이미지로 연결되는 등 상투성을 띠기도 한다. 앞서 주관적 화자가 능동적이고 관능적인 모습을 보여주었다면, 객관적 화자는 시적 대상을 보다 객관적으로 바라보면서 그 생태적 의의를 가늠하려 한다는 점에서 합리적이고 이성적인 면모를 보여준다. 자연히 제재를 육화의 대상으로 삼는 주관적 화자와 달리, 객관적 화자에게서는 제재들이 관념적으로 표현되는 경향이 있다. 서정시의 특성상 완전한 객관성을 확보하기는 어렵다. 그런데도 시적 대상에 대해 보다 객관적이고 이성적인 태도를 견지함으로써 에코페미니즘의 교훈적인 메시지를 표방하게 되는 것이다.

(3) 복합적 화자의 심리적 거리 이동

복합적 화자는 주관적 화자와 객관적 화자가 한 작품 속에 모두 등장하는 경우를 가리킨다. 두 유형의 화자가 모두 등장하기 때문에 작품 속에서 제재를 대하는 태도의 변화가 드러난다. 작품 속에서 심리적으로 원거리와 근거리 사이의 거리 이동이 포착되는 것이다. 자연히 복합적 화자는 전술한 두 유형의 화자들에게서 드러나는 특징적인 측면을 고루 보여준다.

저 넓은 보리밭을 갈아엎어
해마다 튼튼한 보리를 기르고
산돼지 같은 남자와 씨름하듯 사랑을 하여
알토란 아이를 낳아 젖을 물리는
탐스런 여자의 허리 속에 살아 있는 불
저울과 줄자의 눈금이 잴 수 있을까
참기름 비벼 맘껏 입 벌려 상추쌈을 먹는
야성의 핏줄 선명한
뱃가죽 속의 고향 노래를
젖가슴에 뽀얗게 솟아나는 젖샘을
어느 눈금으로 잴 수 있을까
…중략…
몸을 자신을 태우고 다니는 말로 전락시킨
상인의 술책 속에
짧은 수명의 유행상품이 된 시대의 미인들이
둔부의 규격과 매끄러운 다리를 채찍질하며
뜻없이 시들어가는 이 거리에
나는 한 마리 산돼지를 방목하고 싶다
몸이 큰 천연 밀림이 되고 싶다
　　　　　　　　　　　－ 문정희 「몸이 큰 여자」에서

　위 시의 경우, 작품에 사용된 소재를 눈여겨보는 것만으로도 시점과 거리 이동을 손쉽게 포착할 수 있다. 전반부에서 화자의 시선이 머문 곳은 '넓은 보리밭'이다. 먼 들녘에 넓디넓게 펼쳐진 보리밭, 이곳에서 촉발된 상상력이기에 보리밭의 화두는 '산돼지 같은 남자'와 '야성의 핏줄 선명한 뱃가죽 속의 고향 노래'로 멀리 이어진다. 반면, 후반부에 이르면 화자의 시선이 '짧은 수명의 유행 상품이 된 시대의 미인들이 뜻 없이 시들어가는 이 거리'로 옮겨진다. '이 거리'라는 표현에서도 짐작할 수 있듯이 화자의 시선은 먼 보리밭으로부터 가까운 거리로 좁혀져 있다.

화자가 보리밭을 바라보면서 떠올리는 것은 산돼지 같은 남자와의 사랑이며, 알토란 아이를 낳아 젖을 물리는 여자의 '허리 속에 살아 있는 불', 즉 끓는 욕망이다. 그리고 이것은 '야성의 핏줄 선명한 고향 노래'이기도 하다. 즉 '넓은 보리밭'이라는 객관적인 실체를 관조하며 얻어낸 시적 상상력이 보리밭을 넘어 오래 전 대륙을 지배하던 옛 조상들의 혈기 넘치는 야성을 이끌어내기에 이른다. 객관적인 관조와 주관적인 상상력이 적절히 어우러진 결과이다.

후반부의 화자는 가까운 거리로 시선을 돌린다. '짧은 수명의 유행상품이 된 시대의 미인들', '둔부의 규격'과 '매끄러운 다리'는 실제 거리에서 흔히 접할 수 있는 풍경들이다. 전반부에 비해 좀 더 가까워진 거리이지만 여전히 시적 대상과 분리된 채 관조하는 자세를 취하고 있다. 그러나 여기에서 문득 그 풍경들을 뒤집는 화자의 목소리가 담연하게 울려 퍼진다. '유행상품이 된 시대의 미인'이라거나 '매끄러운 다리를 채찍질하며'에서 암시되듯, 화자는 눈앞에 펼쳐진 풍경에 대해 심한 이질감을 느끼고 있다. 그런데 그는 이질감을 느끼며 풍경의 변두리에 마냥 머물러 있지 않는다. 마침내 자신을 밀어냈던 바로 그 거리 속으로 뛰어들겠다는 의지를 표현한다. '나는 한 마리 산돼지를 방목하고 싶다/ 몸이 큰 천연 밀림이 되고 싶다'라고 토로하는 것, 주관적 화자의 능동적 개입이다.

다음의 시에서는 단지 객관적 화자가 시적 대상에 대해 개입하는 데 그치지 않고, 점차 대상과 동화되어 가는 모습이 그려진다.

바람소리 왁자지껄 우이령을 넘는다. …중략… 일제히 일어서는 초록의 고요, 잎사귀마다 생생한 바람소릴 달고 있다. 산길을 따라왔던 마음이 능선 아래 멈춘다. 산자락 찢어 덮을 것이 있다. 잡목 숲에 내려앉은 어둠의 속. 비탈길 올라가는 숨찬 生의 속. 덤불속 풀여치 눈도 뜨기 전에, 멀리 도봉이 몸을 불쑥 밀어 올린다. 놀란 내 발이 길을 바꾼다. 바뀐 길 끝에 버티고 선 늙은 불이암. 不二, 不二 하며 나를 향해 두 눈을

부라린다. 이제야 너와 내가 無等임을 알겠다. 무소새 한 마리 문득, 숲
에서 달려나온다. 이 시간에, 나는 왜 어머니 생각이 날까. 초록세상이
이렇게 좋다. 숲을 지나며 나는 말끝을 흐린다. 더 갈 곳이 없다!
　　　　　　　　　　　　　　　　　　 - 천양희 「숲을 지나다」 전문

「숲을 지나다」에서 화자는 우이령을 넘고 있다. 왁자지껄한 바람소리
와 함께 넘는 산자락, 골짜기를 바라보며 오르는 사이 '나무들의 귀때기가
파래진다'. 나무들에 대한 의인화가 이루어진 것은, 그것들을 화자 자신과
동등한 존재로서 교감이 가능한 대상으로 인식하기 시작한 결과라고 보
아야 할 것이다. 이러한 시선은 '덤불속 풀여치'와 '도봉산', '불이암'에게
도 똑같이 이어진다. 더욱이 '나무들의 귀때기가 파래진다'라는 관찰의 단
계를 지나 산을 오를수록 한층 더 역동적인 상호교류의 단계로 접어든다.
불쑥 몸을 밀어올리는 도봉산의 행위는, 지나온 산길에 조용히 서서 관조
의 대상으로서 역할 매김을 하던 나무들과 사뭇 다르다. '늙은 불이암' 역
시 '두 눈을 부리리며' 화자 앞에 버티고 선다. 놀래키듯 불쑥 몸을 들이밀
거나 눈을 부라리며 버티는 도봉산과 불이암의 모습에는 지극히 인간적
인 정감이 묻어난다. 대개의 작품 속에서 자연은 이분법적인 양상을 띠는
경우가 많이 있었다. 그것은 때로 신성하고 그 자체로 완전한 긍정적인
이미지로 드러나지만 때로는 타락하고 훼손된 부정적인 이미지로 드러나
기도 한다. 반면, 이 작품에 그려진 자연의 모습은 지극히 인간적으로 허
물없이 교감하고 조화를 이루는 새로운 자연의 모습을 보여주고 있다. 인
간과 자연이 교류하는 새로운 형태의 가능성이 제시되고 있는 셈이다. '너
와 내가 無等임을 알겠다'라고 고백하는 이 단계에 이르면 화자와 산속 풍
경, 인간과 자연의 경계가 자연스럽게 허물어진다. 화자와 대상 간의 거
리가 지워지고 너와 나의 구분이 무의미해지는 것이다.
　앞에서 살펴보았듯이 복합적 화자는 주관적 화자와 객관적 화자가 한

작품 속에 모두 등장하는 경우를 가리킨다. 제재를 대하는 데 있어서 두 유형 화자의 태도가 한 작품 속에 드러나므로, 심리적으로 원거리와 근거리의 거리 이동이 드러난다. 일반적으로는 원거리로부터 근거리로 진행되는 경우가 많다. 작품 속 화자가 대상에 대한 관찰과 관조의 과정을 거쳐 그 시적 대상과 교감하고 동화되는 수순을 밟기 때문이다. 두 가지 유형의 화자가 모두 등장하는 특성으로 인해 작품 속에는 각각 이 두 화자의 유형에 따른 특성이 고루 드러난다. 객관적 화자처럼 먼 거리에서 바라보고 관찰하며, 주관적 화자처럼 가까운 거리에서 교감하는 모습이 포착되는 것이다.

4) 맺음말

이글에서는 에코페미니즘 시에 드러난 화자와 시적 대상 간의 심리적 거리에 관해 살펴보았다. 화자의 유형을 주관적 화자, 객관적 화자, 복합적 화자 등 세 가지로 나누어, 화자에 따라 다르게 형성되는 거리의 문제에 초점을 맞추었다.

에코페미니즘 시의 화자와 심리적 거리에 관한 내용을 정리할 때 흥미로운 것은 작품 속에서 제재에 대한 화자의 욕망이 심리적 거리와는 반비례하게 드러난다는 사실이다. 즉, 심리적 거리가 가까울수록 욕망이 크고 심리적 거리가 멀수록 욕망은 작아지거나 비유 등으로 은닉되는 경향이 있다.

화자의 세 가지 유형에 따른 심리적 거리에 대해 요약하면 다음과 같다.

첫째, 에코페미니즘 시 속에서 제재에 대한 주관적 화자의 태도는 능동적이며 적극적인 개입을 보여주고 있다. 화자의 심리적 거리가 가까우며 때로는 시적 대상과 동일시되어 드러난다. 이 적극적인 교감의 결과 주관적 화자는 능동적으로 여성의 욕망을 표출하고, 때로 여성을 뛰어넘어 생산하는 몸으로서 모성성을 획득하기도 한다. 이와 같이 '몸'을 통한 자연 인식이 이루어지고 있다는 점은 특이할만한 사실이다. 작품 속에서 '생명력 넘치는 자연'이 '억제되지 않은 본능적인 여성의 욕망'과 연결됨으로써 서로의 유사성을 바탕으로 하여 인간과 자연의 생동감 있는 조화를 이끌어내고 있는 것이다.

둘째, 제재에 대한 객관적 화자의 태도는 관조적이며, 소극적인 개입이 제한적으로 이루어지고 있다. 이때 화자는 시적 대상과 분리되어 심리적으로 먼 거리를 유지한다. 객관적 화자는 제재들을 보다 객관적으로 바라보면서 그 생태적 의의를 가늠하려 한다는 점에서 합리적이고 이성적인 면모를 보여준다. 자연히 제재를 육화의 대상으로 삼는 주관적 화자와 달리, 객관적 화자에게서는 제재들이 관념적으로 표현되는 경향이 있다.

셋째, 복합적 화자는 제재를 대하는 데 있어서 주관적 화자와 객관적 화자 두 유형의 태도를 모두 보여준다. 그러므로 작품 속에서 원거리와 근거리 사이 거리 이동이 드러난다. 일반적으로는 원거리에서 근거리로 진행되는데, 화자가 대상에 대한 관찰과 관조의 과정을 거쳐 그 시적 대상과 교감하고 동화되는 수순을 밟기 때문이다.

에코페미니즘은 자연과 여성성을 회복하고 이를 통해 조화로운 질서를 수립하고자 한다. 살펴본 바와 같이 에코페미니즘 시에 등장하는 화자들의 어조는 서로 다르지만, 공통적으로 따뜻하고 연민에 찬 교감을 바탕으로 하여 원시자연의 건강성을 찬미하거나 상처받은 자연을 위로하고 있다. 이때 대지대모 여신의 상징성과 여성성을 부각시키는 것은, 환경과 여성 문제의 원인으로 지목된 남성중심주의로부터 벗어나 조화를 지향하는 에코페미니즘의 구현에 있어서 아주 주효한 과정이다. 제재들에서 여성적 이미지가 빈번하게 등장하고 '몸'에 대한 탐색이 이루어지는 것 역시 이러한 측면에서 이해해야 한다. 나아가 이것은 몸과 정신의 이분법적 사고체계 중 정신적 측면을 중시하는 서구 문명의 모순을 극복하고자 하는 시도라고도 볼 수 있다.

에코페미니즘은 궁극적으로 '인간과 자연의 조화로운 세계'를 지향한다. 이것은 작품 속에서 화자와 자연 대상 사이의 동화 또는 교감의 형태로 표현된다. 대상에 대한 대립이나 차별화 등 모든 편견으로부터 벗어나 인간과 자연이 조화를 이루는 에코페미니즘 시편들의 세계는 사뭇 그 의의가 크다고 할 수 있다.

참고문헌

고갑희, 「에코페미니즘 : 페미니즘의 생태학과 생태학의 페미니즘」, 『외국문학』 제43호, 열음사, 1995.

구명숙, 「생태페미니즘 문학의 양상과 전망」, 『한국사상과 문화』 제22집, 한국사상문화학회, 2002.

권택영 엮음, 민승기 · 이미선 · 권택영 역, 『자크 라캉 욕망 이론』, 문예출판사, 2000.

김재희 편, 『깨어나는 여신』, 정신세계사, 2000.

김준오, 『시론』, 삼지원, 1991.

엄경희, 「상처받은 '가이아'의 복귀」, 『한국근대문학연구』 제4권 제1호, 한국근대문학회, 2003.

윤석산, 『현대시학』, 새미, 1996.

이승훈, 『시론』, 고려원, 1990.

이진우, 『녹색 사유와 에코토피아』, 문예출판사, 1998.

장도준, 『현대시론』, 태학사, 1999.

정화열 · 박현모 역, 『몸의 정치』, 민음사, 1999.

정화열, 이동수 · 김주환 · 박현모 · 이병택 옮김, 『몸의 정치와 예술, 그리고 생태학』, 아카넷, 2006.

Aziza, Claude & Claude Olivieri & Robert Sctrick. 장영수 역, 『문학의 상징 · 주제 사전』, 청하, 1997.

Husain, Shahrukh. 김선중 역, 『여신』, 창해, 2005.

Neumann, Erich. 박선화 역, 『위대한 어머니 여신』, 살림출판사, 2009.

Ortega y Gasset, José. 안영옥 역, 『예술의 비인간화』, 고려대출판부, 2004.

Putnam Tong, Rosemarie. 이소영 역, 『페미니즘 사상』, 한신문화사, 2006.

2—2. 백석 시의 에코페미니즘

1) 머리말

백석만큼 독자들로부터 사랑을 받고 있는 시인은 흔치 않다. 그는 분명 축복받은 시인이다. 독자뿐만 아니라 수많은 연구자들로부터도 연구의 대상이 되고 있기 때문이다. 그의 시에 대해서는 표현, 언어, 이미지 등 다방면의 연구 성과물이 고루 축적돼 있으며 현재도 꾸준히 연구가 진행되고 있다. 대개의 논문들에서 공통적으로 지적하고 있는 내용은 첫째, 그의 시가 향토적 정서를 바탕으로 하고 있다는 점. 둘째, 시인이 시각 · 미각 · 후각 · 청각 등을 위시한 감각적 정서에 남다르게 주목하고 있다는 점. 셋째, 언어와 어휘 사용에 있어서 미학적이고 박물학적인 특성을 드러낸다는 점 등이다.

백석의 시는 독자로 하여금 가슴 깊은 곳으로부터 우러나는 따뜻한 여운을 품게 한다. 질박하고도 따뜻한 이 정서는 여타 시인들의 작품에서 찾기 어려운 특성으로 백석의 세계를 잘 대변하는 것이기도 하다. 그 독특한 여운의 실체가 어디에서 기인한 것인지 더듬어가다 보면 에코페미니즘의 세계관 속으로 자연스럽게 천착하게 된다.

에코페미니즘(Ecofeminism)이라는 용어는 1974년 프랑소아 도본느의 저서 『페미니즘 또는 파멸』에서 처음 등장하였다. 이성 중심의 계몽주의 철학을 기반으로 한 근대 이후, 자연과 여성은 타자의 위치로 전락하여 착취와 억압의 대상이 되어왔다. 주지하듯이 에코페미니스트들은 우리가 직면한 자연 파괴 · 생태 위기 문제의 근본 원인이 남성중심주의에 있다고 본다. 이러한 인식의 연장선상에서 그들은 남성중심주의야말로 여성과 자연 공동의 적이라고 인식한다. 여기서 리언 아이슬러Riane Eisler의 견해를 참고할 필요가 있다. 리언 아이슬러는 자연과 여성이 서로 동반자적 모델을 지향하는 사회들에서 동시에 영성에 참여할 수 있다고 주장한다. 그런 사회에서는 '남성적인' 영성과 '여성적인' 자연이라는 이원론이 필요 없게 된다는 것이다.[1]

일련의 주장들에 대해 통-Rosemarie Putnam Tong은 '에코페미니즘, 새로운 철학인가 아니면 고대의 지혜인가?'라는 화두를 던지고 있다.[2] 이 화두는 커다란 시사점을 제시한다. 사실, 에코페미니즘은 20세기 이후에 갑자기 대두된 철학이나 사상이라고 보기보다는 까마득히 먼 고대로부터 인류의 형성과 함께 밀접하게 연결되어 있던 생활방식이라고 보는 편이 훨씬 자연스럽다. 우리는 서구 전통 속에서 종교란 영적인 영역이고 영성은 자연으로부터 분리되어 자연보다 우월한 위치에 있다고 배워왔다. 그러나 적어도 부신을 숭배하는 유목민의 청동기문화가 확립되기 이전, 여신 숭배의 우리 조상들에게는 영성과 자연이 하나였다. 그리고 여신 자신은 모든 생명체와 자연의 원천이 될 뿐만 아니라 영성과 자비, 지혜, 정의의 원천이었다.[3]

현재 우리가 직면한 생태·환경 문제의 원인을 명확히 규명하고 문제점을 지적하는 것은 분명 일리 있는 일이다. 그러나 그 원인으로 지목되어 자주 도마에 오르는 서구 근대문명의 이분법적 세계관이나 남성중심주의 따위를 피력하는 데 그치는 것은 지엽적이고 소극적인 해결책에 지나지 않는다. 보다 근본적이고도 중요한 것은 우리가 오래 전에 잃어버렸던 에코페미니즘의 세계, 그 조화롭고 능동적인 자연이 스스로 살아 있는 세계의 원리를 되찾아 구축해나가는 일이다. 혹자는 물질 자본주의와 첨

1) Riane Eisler, 「지구의 여신전통과 미래의 동반자적 관계 : 생태여성주의 선언」, Irene Diamond & Gloria Fernan Orenstein 편저, 정현경·황혜숙 역, 『다시 꾸며보는 세상』, 이화여자대학교출판부, 1999, 66쪽.
2) Roremarie Putnam Tong, 이소영 역, 『페미니즘사상』, 한신문화사, 2006, 478~479쪽.
3) 『다시 꾸며보는 세상』, 앞의 책, 65쪽.

단과학 문명이 지배하는 현대사회란 이미 인위적인 세계이므로, 고대 자연의 원리를 그대로 끌어와 적용할 수는 없다고 반론할 수도 있을 것이다. 그러나 물질 자본주의와 첨단 과학문명 역시 넓은 의미에서는 자연이라는 큰 틀의 일부에 지나지 않는다. 인간의 손때가 묻지 않은 순수 원시자연의 원리가 아니라 현 시점에서 가급적 인위적인 조작이 첨삭되지 않은 절충적 타협안을 찾아나가는 것, 이 근거를 에코페미니즘의 지혜에서 찾아야 할 것이다. 이러한 이해 뒤에 에코페미니스트들이 추구하는 궁극적 목표는 성별간의 대립이 아니라 인간과 인간, 나아가 인간과 자연 사이의 조화이다. 그들은 여성성의 회복을 꾀함으로써 조화로운 질서 수립에 기여하고자 한다.

본고는 『정본 백석시집』[4]을 텍스트로 하여 에코페미니즘의 관점에서 백석의 시세계를 탐색하고자 한다. 근대문명의 이분법적 세계관이나 남성중심주의를 뛰어넘은 그의 시에는 에코페미니즘에서 지향하는 세계가 잘 구현되어 있다. 먼저, '생명력과 치유의 여성적 세계'라는 주제 하에 그가 제시한 이상적 세계의 등장인물들과 그 역할에 내포된 에코페미니즘의 의미를 살펴볼 것이다. 이어서 '조화로운 감각과 몸의 언어', '자연 대상에 대한 동일시와 교감' 등에 대해서도 논의를 이어가려 한다.

2) 생명력과 치유의 여성적 원리

백석은 1936년 1월 시집 『사슴』을 발표하면서 본격적으로 창작 활동을 시작하였다. 그의 초기 시에는 근대 문명 이전 우리의 친족공동체 문화를 담고 있는 향토적 서정의 작품들이 많이 있다. 이미 연구물들에서 지적하고 있는 것처럼, 그의 작품에 드러나는 '고향'은 공동체적 동일화의 세계로 귀환하는 장소[5]라고 볼 수 있다. 이렇게 백석이 귀환한 세계가 '고

---

4) 백석, 고형진 편, 『정본 백석시집』, 문학동네, 2012.

향' 메타포 속의 여성적 인물들을 통하여 구현되고 있는 것은 에코페미니니즘의 측면에서 중요한 의미를 갖는다. 급진주의 생태여성론자들은 가부장제가 모든 인간 억압과 착취에 단초를 제공한다고 보았는데, 이들은 입장 차에 따라 두 가지 흐름을 보인다. 첫째, 문화적 여성론자(radical cultural feminists)들은 자연과 여성의 동일화, 자연과 동일시하는 관점으로 이 입장은 여성과 자연의 깊은 유대를 찬양한다. 둘째, 이성적 여성론자(radical rationalist feminists)들은 여성과 자연을 동일시하는 의도는 성역할의 고정관념을 강화시키기 위한 것이라고 주장하며 여성과 자연의 긴밀한 연대를 거부한다.[6] 에코페미니즘의 측면에서 백석의 작품 세계를 살펴볼 때 특히 관심을 가져야 할 것은 문화적 여성론자의 입장이다. 이들은 자연과 여성의 창조적인 힘과 보살핌의 역할을 가이아의 메타포에서 찾고 있으며, 더 나아가 새로운 문명 창조자로서 여성의 역할을 이 대지의 여신, 가이아를 통해 탐색하고 있다.[7]

백석이 활동했던 시기는 일제의 강압적인 식민 지배하에 놓여 있었다. 나라를 빼앗긴 백성들의 고통과 절망이 최고조에 도달했던 극한 상황 속에서 시인은 여성적 세계를 형상화함으로써 폭력적인 현실 극복과 치유의 방법을 모색한다. 그리고 그가 구체적으로 주목하게 된 것이 바로 여성적 원리[8]이며, 여신의 순환적 생명력이었다. 시인이 속해 있던 일제 치

---

5) 최동호 외,『백석 시 읽기의 즐거움』, 서정시학, 2006, 26쪽.
6)『다시 꾸며보는 세상』, 앞의 책, 163~165쪽, 174~178쪽 참고.
7) 신두호,「남성과 에코페미니즘」,『영미문학 페미니즘』제9권1호, 한국영미문학페미니즘학회, 2001, 56쪽.
8) 여성적 원리(feminine principle)는 '어머니 지구'가 지닌 특성에서 도출된 원리로서, 지구생태적 원리 또는 특성을 지칭한다. 일부에서는 영성이 여신으로 정의되기도 하고, 어떤 이는 이것을 만물에 스며들어 있는 여성원리라 부르기도 한다. 이것은 여성의 가장 소중한 생명력과 같은 것이며, 사실상 연결원리로서 여성을 다른 생명체와 생명요소들에 이어주어 여성으로 하여금 생명을 사랑하게 하는 에너지가 된다. 정신과 물질 사이의 대립을 제거하는 영성은 생명보존과 생명력의 여성적 원리로서 서구과학의 패러다임에 의해 훼손된 '어머니 대지'를 치유하고자 노력한다

하는 '가부장제에 기초한 현대문명의 치유를 위해 여신의 순환적 생명력을 그 어느 때보다 절실히 필요'로[9] 하는 시기였다. 가부장적 질서는 이분법적 사유체계를 바탕으로 하여 자연과 여성을 착취의 대상으로 삼는다. 일제의 군국주의와 식민지배는 가부장적 문명의 폐해를 극단적으로 드러내는 상황이며, '생태여성주의는 이러한 가부장적 문화의 총체적 개혁을 소망하는 사조'[10]이기 때문이다.

백석은 이 암담한 상황에 대해 직접적으로 명시하고 고발하는 대신, 자신이 지향하는 세계를 회상하듯 제시하는 간접적인 방법을 취한다. 그곳은 여신의 순환적 생명력과 여성적 원리가 잘 구현됨으로써 조화로운 에코페미니즘의 질서가 살아 있는 이상적 공간이다. 이러한 정황 속에서 '고향' 메타포가 등장하였다고 볼 수 있다. 그런데 이와 같이 고향 메타포 속의 유년 시절을 다룬 작품들은 유난히 여성적 대상을 축으로 한 내용 전개가 두드러진다. 백석 시의 고향 메타포는 이상향으로 설정된 여성적 세계라고 볼 수 있다.[11]

> 아배는 타관 가서 오지 않고 산비탈 외따른 집에 엄매와 나와 단둘이
> 서 누가 죽이는 듯이 무서운 밤 집 뒤로는 어느 산골짜기에서 소를 잡어
> 먹는 노나리꾼들이 도적놈들같이 쿵쿵거리며 다닌다
> ―「고야(古夜)」부분

(Maria Mies & Vandana Shiva, 손덕수·이난아 역, 『에코페미니즘』, 창작과비평사, 2000, 29~33쪽 참고)

9) 박정오, 「여신 신화와 새로운 상징질서 찾기」, 『영미문학페미니즘』 제17권 1호, 한국영미문학페미니즘학회, 2009, 46쪽.

10) 하정남, 「생태적 삶, 에코페미니즘, 새로운 문명」, 『환경과 생명』 27호, 환경과 생명, 2001. 3, 58쪽.

11) 이리가라이는 새로운 상징질서의 대안으로써 여성 계보의 확립이 이루어져야 한다고 보았으며, 더불어 여성 상상계 속에서 그 가능성을 찾았다.(박정오, 앞의 논문, 45~46쪽)

나는 돌나물김치에 백설기를 먹으며
넷말의 구신집에 있는 듯이
가즈랑집 할머니
내가 날 때 죽은 누이도 날 때
무명필에 이름을 써서 백지 달어서 구신간시렁의 당즈깨에 넣어 대
감님께 수영을 들였다는 가즈랑집 할머니
　　　　　　　　　　　　　　　　　　ー「가즈랑집」 부분

명절날 나는 엄매 아배 따라 우리집 개는 나를 따라 진할머니 진할아
버지가 있는 큰집으로 가면

얼굴에 별자국이 솜솜 난 말수와 같이 눈도 껌벅거리는 하로에 베 한
필을 짠다는 벌 하나 건너 집엔 복숭아나무가 많은 신리 고무 고무의 딸
이녀 작은 이녀
열여섯에 사십이 넘은 홀아비의 후처가 된 포족족하니 성이 잘 나는
살빛이 매감탕 같은 입술과 젖꼭지는 더 까만 예수쟁이 마을 가까이 사
는 토산 고무 고무의 딸 승녀 아들 승동이
　　　　　　　　　　　　　　　　　　ー「여우난골족」 부분

위 작품들에 등장하는 중심인물들은 모두 여성이다. 덧붙여 눈여겨 볼
것은, 위 작품들의 화자가 위치해 있는 공간이다. 바슐라르의 견해를 빌
린다면 '어린 시절'이란 인간의 이상향이자 인간의 상상력이 지향하는 원
형이므로12) 위 작품 속의 어린 화자는 원형적 이상향 속에 놓여 있는 셈
이다. 「고야」의 물리적 배경은 '산비탈 외따른 집'이다. 이 외따른 집에는
평화와 더불어 외부의 위협으로 인한 두려움이 상존한다. 무서운 밤 산비
탈 외따른 집에서 듣는 노나리꾼들의 쿵쿵거리는 소리는 어린 화자에게
공포스러운 느낌으로 다가온다. 집에는 아배가 없고, 오직 화자를 보호하

---

12) Gaston Bachelard, 곽광수 역, 『공간의 시학』, 동문선, 2003, 79쪽.

고 두려움을 달래줄 유일한 대상은 '엄매'뿐이다. '아배 없는 집'이 암시하는 중의적 시대 상황 속에서 화자는 '엄매'의 보살핌에 의해 현실의 공포와 위협을 무사히 극복해낸다. 여성을 통한 이러한 '보살핌'의 역할은 다른 작품들에서도 드러난다.

「가즈랑집」에 등장하는 가즈랑집 할머니 또한 화자를 위험으로부터 보호하는 역할을 하고 있다. 다소 상이한 것은 가즈랑집 할머니는 무속적 의미의 출생과 치유를 관장한다는 점에서 여신의 상징성을 띤다는 사실이다. 출생은 물론 생로병사에 따른 중요한 열쇠를 쥔 인물로서 가즈랑집 할머니의 존재는 어린 화자에게 큰 영향력을 미치게 된다. 마치 가이아를 연상시키는 여신의 이미지는 가즈랑집 할머니에게 신적 의미를 부여함으로써 그 행위에 대해 창조와 치유의 신성성을 부여한다. '가즈랑집에 마을을 가서 당세 먹은 강아지같이 좋아라고 집오래를 설레다가였다'는 대목에서 드러나듯이 화자는 그 가즈랑집 할머니에 대한 끈끈한 그리움도 갖고 있다. 가즈랑집 할머니는 화자가 자신의 안위를 맡기고 기대는 대상이며, 추억을 견지하는 견고한 축이기도 한 것이다.

살펴본 바와 같이 백석의 시에는 여성적 인물들이 삶의 주축을 이루고 있다. 가부장제의 흔적이 역력한 근대사회를 배경으로 한 작품 속에서 가계 구성과 행동 방식이 여성적 인물을 중심으로 하여 전개된다는 것은 특이할만한 점이다. 물론 이러한 여성 중심의 전개는 시인의 세계관에서 비롯된 것임을 짐작할 수 있다. 전술한 바와 같이 생태여성론자들은 가부장제와 같은 남성중심주의가 인간 억압과 착취의 기초가 된다고 주장한다. 이와 같은 인간 억압과 착취의 사례를 극단적으로 보여주는 일제 식민지 지배의 상황 속에서, 시인은 이것을 극복하고 치유할 방법론을 여성적 원리에서 찾고 있는 것이다.

자연히, 화자의 추억 속에 커다란 인상으로 남아 있는 대상은 여성적 인물들이다. 그들로부터 큰 영향을 받은 화자 역시 여성적 세계의 일원으로 성장하게 된다. 이 여성적 인물들은 화자에게 두 가지 측면에서 사랑의 상징을 띤다. 첫째, 작품 속에 등장하는 여성적 인물들은 어린 화자, 즉 무력한 자아를 위협적인 환경이나 대상으로부터 보호할 뿐만 아니라 그 현실의 공포와 두려움을 덜어주고 치유하는 역할을 하고 있다. 여기에는 가즈랑집 할머니처럼 세속을 뛰어넘어 생사를 주관하는 여신 메타포의 초월적 의미와 역할도 포함돼 있다. 둘째, 여성적 인물들의 실재적 역할이다. 그들은 '음식'을 만들어 제공해줌으로써 '나를 길러주는 대상'이 된다. 이것은 현실적인 의미에서 화자를 세상에 이어주고 생명을 유지하게 하는 세상의 탯줄과도 같은 역할이다. 위 작품들뿐만 아니라 대부분의 작품들에서 음식에 대한 천착을 보여주고 있는 화자의 심리 기저에는 이러한 세속적 의미의 여성 인식이 숨어 있다고 볼 수 있다. 나아가 이것은 현실에 안주하지 못한 채, 고향메타포를 통해 유년의 추억 속으로만 이탈하는 시인의 뿌리를 단단히 지상에 붙들어 놓는 중요한 역할도 하게 된다.

결국 백석의 남다른 음식 천착은 표면적으로는 미각에 관한 탐미적 취향인 듯 보이지만, 그 심층에는 여성적 세계에 대한 갈망이 자리잡고 있는 셈이다. 그에게 있어서 음식은 단순히 육신을 살찌우고 물리적으로 성장하게 하는 의미를 뛰어넘는 가치를 내포한다. 단적으로 그것은 특정 음식물 자체에 대한 지시적 의미에 그치지 않고, 그 음식의 문화를 환기함으로써 그가 작품 속에서 표상하고자 하는 이미지와 정서를 실감나게 끌어올리는 데 기여하고 있다. 결국, 백석 시에 드러나는 여성적 세계의 표상인 '어머니'는 음식의 대리자이며, 두 대상은 화자의 존재론적 측면에서 볼 때 대등한 가치를 갖는다. 화자를 세상에 내어놓고 애정으로 양육하는 어머니의 실제 역할이 작품 속에서는 '음식'으로 변환된다고 볼 수 있기 때문이다.

그러므로 「고방」에서 어린 화자가 "넷말이 사는 컴컴한 고방의 쌀독 뒤에서 나는 저녁 끼때에 부르는 소리를 듣고도 못 들은 척하였다"는 행위의 심층적 의미는, 그러한 어머니를 향한 회귀 염원의 강력한 표출이라고 볼 수 있다. 즉, '컴컴한 고방의 쌀독 뒤'에 웅크려 있는 어린 화자의 모습은 영락없는 모태회귀의 재현이다. 모태를 연상시키는 으슥하고 아늑한 고방, 더구나 화자가 숨어든 곳은 음식의 근원지인 쌀독 뒤이다. 방해받고 싶지 않은 공간 속으로 안온하게 잠기고 싶어 하는 심리, 백석이 구현한 이상향인 셈이다. 그곳은 그의 작품 속에서 여성적 인물들이 축이 되어 공동체의 질서를 세우고 그 구성원을 보호해주는 평화로운 공간으로 설정되어 있다. 이 궁극적 세계는 영성과 자연이 하나였던 사회, 여신 자신이 모든 생명체와 자연의 원천이 될뿐 아니라 영성과 자비·지혜·정의의 원천이기도 했던 세계를 가리킨다. 여신의 순환적 생명력과 여성적 원리가 잘 구현됨으로써 가부장적 압제의 상황을 극복하고 현실의 고통을 치유할 수 있는 현실 너머의 대안인 것이다.

3) 조화로운 감각과 몸의 언어

백석의 시는 한국 근대시사에서 중요한 의의를 내포하고 있다. 그는 시각적인 반응에 치중했던 과거와는 달리, 시각 외에도 거의 모든 감각을 포괄하여 우리 시의 지평을 넓혀놓았다. 그의 시에 다양한 감각들이 공존하고 있다는 사실은 연구자들의 공통된 견해이다. 특히 몸의 감각에 주목하는 에코페미니즘의 측면에서[13] 그의 시는 잘 차려진 성찬과도 같은 텍스트임에 틀림없다. 에코페미니즘은 인간이 육체를 통하여 자연과 연결되어 있다는 인식을 기반으로 한다. 따라서 에코페미니즘은 여성들이 자

---

13) 이리가라이의 몸의 '해석학'은 데카르트적 혹은 남성주류적 관조주의나 시각중심주의를 배척하는 것에서부터 출발한다. 그것은 배제된 감각으로 남아 있던 촉각에 기반을 두고 있다. 촉감은 여성적인 것 속에 있는 사물들의 기원이다.(정화열, 이동수·김주환·박현모·이병택 역, 『몸의 정치와 예술, 그리고 생태학』, 아카넷, 2006년, 27쪽)

연세계에서 얻은 독특한 체험을 통하여 얻어진 감각에서 시작되어야 하며, 자연과의 합일된 감각은 구체적으로 표현된 사랑의 행동과 연관이 있어야 한다고 본다.14) 반면 데카르트 인식론적 철학의 특징은 탈육체화, 시각 중심적이다.15) 그러므로 시각적 형이상학은 <나는 본다. 그러므로 나는 존재한다>라는 코기토의 자아중심주의를 수반한다. 왜냐하면 시각은 고립감과 거리감을 조성할 뿐 아니라 다른 감각들의 친교성을 부인한다는 점에서 몰감각적이기 때문이다.16)

백석은 감각적 표현의 측면에서 몸의 감각 중, 이성적·남성중심주의적인 '시각' 그리고 밀착된 생활 체험을 통하여 얻게 되는 여성화된 감각으로서 '미각·후각·촉각' 등에 대해 섬세하게 관심을 기울인다. 이 결과 그는 구별되는 감각적 특성들을 적확하게 인지하여 작품 속에 구사하고 있다. 에코페미니즘의 관점에서 볼 때, 시각에 치중한 그의 작품들은 대개 관조적이며 이성적인 메시지가 포착된다. 그런데 시각뿐만 아니라 미각·후각·촉각 등 생활의 구체 감각들이 서로 융화된 경우, 그것들은 참여하는 감각으로 전환함으로써 시작 대상들의 어우러진 조화를 보여준다.

결과적으로 백석 시의 보다 중요한 특징은 감각적 특성들을 적확하게 인지하고 구사하는 데 머무르는 것이 아니라, 이것을 바탕으로 하여 궁극적으로 총체적인 감각의 조화를 이끌어내는 데 있다. 그는 감각의 구별이나 나열에 그치기보다는, 감각적 특성들을 조화롭게 융화하는 방법을 모색하고자 하였다. 이러한 내용과 관련하여 우선 그의 작품에 드러나는 감각의 특성에 따른 쓰임새를 살펴보기로 하자.

---

14) 『다시 꾸며보는 세상』, 앞의 책, 216쪽.
15) 이 인식론적 철학에 의하면 정신은 몸속에 내재화되는 것이 아니라 몸을 초월한다.(정화열, 박현모 역, 『몸의 정치』, 민음사, 1999, 241쪽)
16) 위의 책, 242쪽.

山뽕닢에 빗방울이 친다
멧비들기가 난다
나무등걸에서 자벌기가 고개를 들었다 멧비들기켠을 본다
       —「山비」전문

흙꽃 니는 이른 봄의 무연한 벌을
경편철도 輕便鐵道가 노새의 맘을 먹고 지나간다

멀리 바다가 뵈이는
가정차장 假停車場도 없는 벌판에서
차 車는 머물고
젊은 새악시 둘이 나린다
       —「광원 (曠原)」전문

어두워오는 성문 밖의 거리
도야지를 몰고 가는 사람이 있다

엿방 옆에 엿퀘가 없다

양철통을 쩔렁거리며 달구지는 거리 끝에서 강원도로 간다는 길로 든다

술집 문창에 그느슥한 그림자는 머리를 얹었다
       —「성외 (城外)」전문

  「山비」는 마치 산수화의 한 장면 같은 고적함을 느끼게 한다. 사람이 배제된 자연의 한켠, 등장하는 대상들의 움직임이 재미있는 동선을 형성하고 있다. 언뜻 보기에 이들의 움직임은 무관해 보이지만, 가만히 들여다보면 그 움직임 하나하나가 연쇄적인 관계에 놓여 있다. '빗방울 — 산뽕닢 — 멧비들기 — 나무등걸 — 자벌기 — 멧비들기'로 이어지는 연쇄반응은 지극히

자연스러울 뿐만 아니라, 자연 생태계의 순환구조를 축소해놓은 듯 닮아 있다. 시인이 발견한 세계가 이러하다. 그는 보잘 것 없는 작은 존재들에게서조차 발현되는 자연의 섭리를 조용히 포착하여 우리에게 제시한다. 그러므로 그가 응시한 자연은 거울처럼 우리를 되비춰 스스로를 돌아보게 한다.

「山비」와 달리 「광원」과 「성외 城外」에는 사람이 등장한다. 하지만 사람의 흔적은 느껴지지 않는다. 그들은 여타 대상물들과 똑같이 장면을 채우고 있는 배경으로서 존재할 따름이다. 「광원」과 「성외 城外」라는 제목 자체에서 전해지는 분위기 또한 그것을 말해준다. 「광원」은 황량하고 너른 벌판을 뜻한다. 이 '흙꽃 니는 이른 봄의 무연한 벌'을 지나는 경편철도는 '노새의 맘'을 먹고 지나간다. 비록 기계이지만 정확하고 속도감 있는 기계로서의 본분보다는, 유유자적하고 불규칙한 노새의 호흡이 느껴지는 따뜻한 장면이다. 그 허허벌판의 표지판조차 없는 어느 정류장에서 차는 머물고 젊은 새악시 둘이 내린다. 그런데 이 젊은 새악시 둘은 어떤 의지가 담긴 행동이나 태도를 보여주지 않는다는 점에서 경편철도 · 차 · 노새와 다를 것 없는 존재이며, 배경의 일부에 그치고 만다. 「성외 城外」의 경우도 유사하다. '성문 밖의 거리', '도야지를 몰고 가는 사람', '엿궤', '양철통을 쩔렁거리는 달구지', '술집 문창', '그느슥한 그림자' 등은 작품 속에서 한 장면을 소소하게 채우는 대상물이자 그들 스스로가 배경이 되고 있다.

그런데 이때 주의 깊게 살펴봐야 할 것은, 그 대상물들이 어우러진 화면이 능동적으로 보이기보다는 다분히 정지된 화면이거나 정물처럼 느껴진다는 사실이다. 장면 속의 움직임조차 굵직한 스토리라인을 형성하는 캐릭터들의 움직임이 아니라, 배경으로서의 그것에 머무르고 있다는 인상을 갖게 한다. 단적으로 말하자면 이들에게서는 '사람 사는 세상의 냄새'가 묻어나지 않는다. 백석은 그와 같은 대상들을 매개로 하여 세상을 응시하고 있다. 즉, 분별과 이성의 시각을 통해 대상들을 시각이미지화하고 있는 것이다. 시인은 이를 통해 '우리가 본성적으로 선하지도 악하지도

않은 자연의 일부이며, 비인간계 자연으로부터 출현하였다'[17]라는 에코
페미니즘의 관점을 이성적으로 인식하고 재구성한다. 따라서 시각에 치
중한 그의 시는 관조적이며 대체로 이성적인 메시지를 제시하는 데 치중
하게 된다.

　반면 시각 외에도 그 밖의 몸의 감각들 즉, 미각·후각·촉각 등이 어
우러진 작품의 분위기는 앞의 경우와는 사뭇 다른 양상을 보여주고 있다.

　　　흙담벽에 볕이 따스하니
　　　아이들은 물코를 흘리며 무감자를 먹었다

　　　돌덜구에 천상수 天上水가 차게
　　　복숭아나무에 시라리타래가 말러갔다
　　　　　　　　　　　　　　　　　—「초동일 (初冬日)」 전문

　　　넷적본의 휘장마차에
　　　어느메 촌중의 새 새악시와도 함께 타고
　　　먼 바닷가의 거리로 간다는데
　　　금귤이 눌한 마을마을을 지나가며
　　　싱싱한 금귤을 먹는 것은 얼마나 즐거운 일인가
　　　　　　　　　　　　　　　　—「이두국주가도 (伊豆國湊街道)」 전문

　　　캄캄한 비 속에
　　　새빨간 달이 뜨고
　　　하이얀 꽃이 퓌고
　　　먼바루 개가 짖는 밤은
　　　어데서 물외 내음새 나는 밤이다
　　　　　　　　　　　　　　　　—「야우소회 (夜雨小懷)」에서

---

17) 『다시 꾸며보는 세상』, 앞의 책, 191쪽.

닭이 두 홰나 울었는데
안방 큰방은 홰즛하니 당등을 하고
인간들은 모두 웅성웅성 깨여 있어서들
오가리며 석박디를 썰고
생강에 파에 청각에 마눌을 다지고

시래기를 삶은 훈훈한 방안에는
양염 내음새가 싱싱도 하다

밖에는 어데서 물새가 우는데
토방에선 햇콩두부가 고요히 숨이 들어갔다
—「추야일경 (秋夜一景)」 전문

「초동일 (初冬日)」의 차가운 날씨, 아이들은 볕이 따스한 흙담벽에 모여
들어 물코를 흘리며 무감자를 먹는다. 초겨울 양지녘의 흙담벽은 거칠지
만 따순 감촉을 머금고 있다. 이 토속적인 풍경 속에서 물코를 흘리는 아
이들은 무감자를 먹으며 정겨운 이미지를 완성시킨다. 아이들은 풍경과
동화되어 가지만, 그들이 만들어낸 그것은 정지된 배경이 아니라 능동적
인 삶의 한 장면이다. 촉각과 미각에 근거하고 있는 그들의 행위가 생활의
구체적 감각으로 전환되었기 때문이다. 이렇게 시각적인 풍경 속에 내재
된 구체 감각들의 감수성은 토속적이면서도 친근한 분위기를 형성하고 있
다. 시각이 거리감을 나타내는 지각이고 보는 것을 강조하는 남성중심의
논리라고 한다면, 친밀감을 강조하는 미각·후각·촉각 등의 감각은 여성
화된 감각으로서 친밀감과 근접감의 공통감각을 가져다줄 수 있다.[18] 시
인은 '흙담벽에 기대 서 있는' 아이들을 바라본 것이 아니라, '흙담벽에 스
며든 볕 아래서 무감자를 먹는' 아이들을 바라본 것이다. 따라서 2연에서
'말러가는 시라리타래'는 복숭아나무에 무의미하게 내걸린 사물이 아니

---

18) 『몸의 정치』, 앞의 책, 196쪽 참고.

라, 겨우내 아이들에게 뜨신 국거리가 되어줄 긴요한 존재감을 갖게 된다.

「이두국주가도 (伊豆國湊街道)」에는 '넷적본의 휘장마차'를 타고 항구의 도로를 지나는 '새 새악시'의 모습이 그려진다. 이것은 꽤 화려한 시각이미지다. 그런데 잘 꾸며진 휘장마차를 타고 길을 나선 새색시의 표정이나 행동에 대한 묘사는 드러나지 않는다. 그 직접적 묘사 대신 시인이 표현하고 있는 것은 다소 엉뚱하게도 '싱싱한 금귤을 먹는 즐거움'이다. 백석시에서 후각과 미각에 대한 즐거움은 종종 삶의 의미와 애착을 동반하곤 한다.19) 이 작품의 경우에도 '싱싱한 금귤을 먹는 즐거움'은 갓 새로운 삶으로 접어든 새색시의 가벼운 흥분과 희망의 비유로써 대체되어 있다. '싱싱한 금귤'의 싱싱하고도 새콤달콤한 미감과 후각, 그 감촉은 새색시의 이미지를 절묘하게 비춘다. 이 여성적 근접감의 감각은 새색시의 새로운 출발에 대한 설렘을 적확하게 포착하여 '전신적 기쁨'20)을 담아내고 있다.

「야우소회」에 드러나는 감각은 무엇보다 감성적이고 섬세하다. 마치인간의 오감을 다채롭게 풀어낸 협주곡처럼 그 어울림 속에는 예민한 감각이 살아 숨쉰다. 1연의 '캄캄한 비', '새빨간 달', '하이얀 꽃' 들에서 어울린 색조합은 더할 수 없이 강렬하다. '캄캄한 비'라는 공감적 표현도 뛰어나지만, 그 속에 담긴 우울한 정서가 검정·빨강·흰색의 선명한 색상 조합에 기대어 꿈틀거리는 감정의 복선으로 전환되고 있다. 그러기에 3연에이르러 화자는 한없는 그리움을 토로하게 되는 것이다. 더욱이 '캄캄한비'와 '새빨간 달', '하이얀 꽃', '먼바루 개 짖는 소리'가 모두 '물외 내음새나는 밤'이라는 후각적 시간을 전제조건으로 하고 있다는 사실은 그의 시간관에 대한 하나의 단서를 제공한다. 제시된 비유들은 백석의 주관적인

---

19) 백석의 감각적 표현 중에서도 미각, 후각의 측면에 대한 논의는 이혜원, 「백석 시의 에코페미니즘 적 고찰」, 『한국 문학이론과 비평』 제28집, 한국문학이론과 비평학회, 2005. 9; 소래섭, 『백석의 맛』, 프로네시스, 2011 등에서도 이루어졌다.
20) 『몸의 정치』, 앞의 책, 256~257쪽 참고.

시간 표현이다. 객관적이고 수치화된 시간 대신 감각적으로 포착해낸 시간 표현은 몸의 감각을 중시하는 여성적 사유의 흔적이라고 볼 수 있다.

「추야일경 (秋夜一景)」은 가을밤, 김장을 담그는 집안 풍경이다. '웅성웅성 깨여 있는 인간들'의 친밀감 넘치는 장면 속에는 전통적 공동체 문화의 한 장면이 그대로 드러난다. 김장을 담그는 일이 단순한 음식 장만에 그치지 않고, 밤새도록 등불을 켜놓은 채 홍성거리는 공동체의 한마당이 되고 있는 것이다. 그러기에 '인간들은 모두 웅성웅성 깨여' 너도나도 함께 참여하게 된다. 여기서 묘사된 미각과 후각 이미지는 감각 그 자체가 축이 아니라, 전통적 공동체를 환기시키는 적절한 기제로써 역할을 한다. 즉, 정감 넘치고 활력 있는 옛모습 그대로의 고향을 떠올리게 하는 가장 명징한 이미지의 제재인 셈이다. 후각과 관련된 기억이 잘 떠오른다는 이른바 푸르스트 현상은 백석 시의 고향 모티프 속에서 지속적으로 생생하게 표현되고 있다. 그는 기억 속의 '특별한 맛'을 체득된 몸의 감각으로써 재현하는 예민한 감수성을 지녔다. 백석은 미각과 후각, 촉각 등 여성화된 구체 감각을 통하여 외부의 대상을 육화시키고 있다. 이 감각들은 참여하는 감각이므로 작품세계를 능동적으로 살아 숨쉬게 한다. 그러므로 '먹는 행위'는 그의 시에서 생활인으로서 삶의 애착을 강렬하게 끌어올리는 매개가 된다. 앞에서 논의한 일부 시들이 시각에 의존한 채 이성적으로 외부 대상을 관조하고 그 관찰에서 얻은 메시지를 다소 무미건조하게 늘어놓는 것과는 상이한 면을 드러내는 것이다.

백석은 '시각 중심의 이미지를 통해 구현되는 세계'와 '생활의 구체 감각인 미각 · 후각 · 촉각 등을 통해 구현되는 세계'에 대해서 누구보다 정확히 간파하고 있었다. 그는 이성적이고 남성 중심적인 시각이미지뿐만 아니라 미각·후각·촉각 등 생활의 구체감각들을 통해 보다 융성한 감각을 도출해낼 수 있다는 것을 인식하였다. 따라서 과감히 이전 시대의 전유물이라고 할만 한 시각이미지의 한계에서 탈피하여, 모든 몸의 감각을 총체

적으로 적확한 쓰임새에 따라 활용할 뿐 아니라 서로 융화시키는 작업을
할 수 있었던 것이다.

　이성 중심의 서구 근대문명은 몸의 문제를 평가 절하하였다. 그런데 정
신은 오직 몸과 연결되어 있을 뿐, 다른 사람의 정신이나 몸과 직접 연결
할 수 없다. 결국 이성이 의사소통적 행위로 규정되기 위해서는 기본적으
로 몸을 필요로 하기 때문이다.[21] 에코페미니즘은 몸과 정신이라는 이분
법의 한계를 극복하고자 한다. 에코페미니즘 시에서 구현되고 논의되어야
할 것은 이성적·남성 중심적 세계관의 문제점 또는 여성적인 감각이나 특
성 자체가 아니다. 소홀히 다뤄졌던 생활의 구체 감각을 조명하고 복원시
킴으로써 이성과 감성의 조화로운 구현을 생동감 있게 그려내는 것이다.
이것이 곧 에코페미니즘이 궁극적으로 추구하는 세계이기도 하다. 백석이
그가 그토록 갈망했던 '고향'의 이미지를 작품 속에서 완성시키기 위해 몸
속으로부터 모든 감각의 '전신적인 기쁨'을 이끌어냈던 것처럼.

4) 자연 대상의 동일시와 교감

　심층생태론과 에코페미니즘은 '몸을 통한 자연 인식'이라는 공통된 입
장을 갖고 있지만, 현 생태계 위기의 원인에 대해 좁힐 수 없는 견해차를
드러낸다. 심층생태론자들은 그 원인이 '인간'에게 있다고 보는 반면, 에
코페미니스트들은 가부장적 남성중심주의에 있다고 본다. 백석은 자신이
가진 남성적 세계의 기득권을 내려놓고, 자연 대상들과 소통하고 교감하
며 작품을 써나갔다. 자신이 남성인데도 불구하고 '동일시'의 전제를 통해
'보살핌'과 같이 일반적으로는 여성성의 특징으로 논의되어온 측면까지
아우름으로써, 자연 대상과 교감하는 데 지극히 자연스러운 경지를 보여
준 것이다.

---

21) 『몸의 정치』, 앞의 책, 22~23쪽 참고.

전일적 세계관을 견지하는 에코페미니즘은 도덕적 통찰의 핵심을 '인간과 자연의 관계성'에 대한 인식에서 찾고 있다. 즉 에코페미니즘의 윤리는 권리·법·원칙의 문제가 아니며, 이보다 '돌봄·사랑·우정·믿음·상호협력의 가치'를 중요하게 여긴다는 것이다.[22] 이러한 가치들은 작품을 통해 구현될 때 '동일시의 원리'를 내포하게 된다. 네스Arne Naess의 '동일시' 개념은 에코페미니즘처럼 세상의 존재들이 연관되어 있다는 전일적 존재론을 바탕으로 하고 있다. 그것은 다른 모든 존재를 자신으로 여겨 보살피고 존중하게 됨으로써 비폭력이나 생명 존중과 같은 '미적 행위'를 유발시키는 중심적 실천 개념이 된다.[23] 이 견해를 참조하여, 먼저 에코페미니즘의 이 윤리적 태도로써 자연 대상과 교감하고 반응하는 작품들을 살펴보기로 하자.

> 거미새끼 하나 방바닥에 나린 것을 나는 아모 생각 없이 문밖으로 쓸어버린다
> 차디찬 밤이다
>
> 어니젠가 새끼거미 쓸려나간 곳에 큰거미가 왔다
> 나는 가슴이 짜릿한다
> 나는 또 큰거미를 쓸어 문밖으로 버리며
> 찬 밖이라도 새끼 있는 데로 가라고 하며 서러워한다
>
> ─「수라 (修羅)」부분

「수라 修羅」1연에서 화자는 방안에 들어와 있는 새끼거미 한 마리를 발견하고 그것을 '아모 생각 없이' 문밖으로 쓸어내 버린다. 그런데 2연에서 또 새끼거미가 있던 자리에 와 있는 큰거미를 발견한다. 이 큰거미에

---

22) 신두호, 앞의 논문, 53쪽 참고.
23) 안옥선, 「생태적 삶의 태도로서 '동일시'와 '동체자비'」, 『동아시아불교문화』1권, 동아시아불교학회, 2007, 225~232쪽 참고.

게 '찬 밖이라도 새끼 있는 데로 가라'고 다시 문밖으로 버리며 화자는 비로소 '서럽다'는 감정을 드러낸다. 똑같은 행위이지만 1연의 그것이 기계적이고 무미건조하다면 2연의 그것은 인간적이고 감정이 이입돼 있다. 거미가 단지 방바닥에 흩어진 먼지와 다를 바 없었을 때, 화자의 감정 또한 먼지처럼 무의미하고 건조했다. 큰거미를 손으로 쓸어내며 '가슴이 짜릿한' 관계성의 시선으로 바라본 순간, 화자는 '서럽다'는 몸의 육성을 듣게 된다. 서럽다는 몸의 육성을 듣게 된 것은 화자가 거미를 자신과 무관한 타자가 아닌, 관계성을 지닌 대상으로 인식하고 자신을 투사하고 있기 때문이다. 이로 인해 이 깨달음의 순간, 1연에서 방바닥의 먼지를 쓸어내듯 아무 생각 없이 거미를 쓸어낸 자신의 행위가 '수라'의 그것으로 인식됨으로써 '가슴 짜릿한' 상련의 근원을 자극하는 것이다.

근접의 신체적 윤리로서 '보살핌'은 언제나 부드러운 마음에 기초한 것으로 여성적 특징을 가진 윤리적 태도이다. 이렇게 보살핌을 중시하는 여성적 도덕 개념은 책임감과 인간관계에 초점을 둔다.[24] 이 작품에서 역시 거미에 대한 측은지심은 '나와 거미'의 관계로부터 출발하여 '나와 내 가족'의 관계로 파급되어 나간다. 거미는 단순히 가족을 잃은 거미에 그치는 것이 아니라, 가족을 잃은 이웃의 모습으로, 나아가 혈혈단신 외로움이 투사된 존재로서 화자를 되비춘다. 화자가 거미에 대해 짜릿한 서러움을 느끼는 것은 거미를 타자화하여 측은지심을 내었기 때문이 아니다. 작품 속에서 화자는 거미에게 투사된 또 하나의 자신을 발견하고, 스스로에 대한 몸 속 깊은 연민을 끄집어 올리고 있다. 따라서 이 작품에 구현된 동일시는 타자를 향하는 것이 아니며, 의도적이거나 강제적이지도 않다. 타자를 통해 나에게로 연결되는 상호적이고 물 흐르듯 자연스러운 마음의 움직임이다.

---

24) 『몸의 정치』, 앞의 책, 260~261쪽 참고.

한편, 다음의 작품은 시인이 인식한 동일시의 원리가 몸을 통해 체화되는 과정을 보여주고 있다.

> 낡은 나조반에 흰밥도 가재미도 나도 나와 앉아서
> 쓸쓸한 저녁을 맞는다
>
> 흰밥과 가재미와 나는
> 우리들은 그 무슨 이야기라도 다 할 것 같다
> 우리들은 서로 미덥고 정답고 그리고 서로 좋구나
>
> 우리들은 맑은 물밑 해정한 모래톱에서 하구 긴 날을 모래알만 헤이
> 며 잔뼈가 굵은 탓이다
> 바람 좋은 한 벌판에서 물닭이 소리를 들으며 단이슬 먹고 나이 들은
> 탓이다
> 외따른 산골에서 소리개 소리 배우며 다람쥐 동무하고 자라난 탓이다
>
> 우리들은 모두 욕심이 없어 희여졌다
> 착하디착해서 세괁은 가시 하나 손아귀 하나 없다
> 너무나 정갈해서 이렇게 파리했다
>
> ─「선우사 膳友辭」부분

제목에서 이미 드러나듯이 「선우사 膳友辭」는 밥상머리의 반찬에 대한 내용을 담고 있는 시이다. 그런데 이때, 화자가 친구라고 가리키는 대상은 흰밥과 가재미다. '낡은 나조반'에 올려진 그것들은 이미 음식으로 조리된 비생명체들이다. 화자는 친구에게 말하듯이 그들에게 이야기를 건네고 있다. 비생명체들 역시 우리와 다를 것 없이 존재하는 자연 대상이라는 인식은 화자로 하여금 그들에게 새로운 의미를 부여하고 그들을 친구라 명명하기에 이른다. 화자가 흰밥과 가재미로부터 찾아낸 동질성은 '희여졌다', '세괁은 가시 하나 손아귀 하나 없다', '파리하다'는 것 등이

다. 그런데 이 외형적인 동질성은 3연의 근거들을 통해 구체성을 띠게 된다. 여기서 제시된 근거 즉 '맑은 물밑 해정한 모래톱에서 모래알만 헤아리며 잔뼈가 굵'거나 '바람 좋은 한 벌판에서 물닭이 소리 들으며 단이슬 먹고 나이 들'거나 '외따른 산골에서 다람쥐 동무하고 자라'났다는 것은 상상력의 결과물이라고 볼 수도 있다. 그런데도 이 상상력이 근거 있게 받아들여지는 것은, 그것들에 대한 시인의 체험과 체험에서 비롯된 직관에 의해 씌어졌기 때문이다 이러한 체험과 직관에 따른 동일시를 통해 흰밥과 가재미는 '체화된 주체'로 거듭나게 된다.25) 비로소 능동적인 자연 주체로서 화자와 동등한 존재대상이 되는 것이다.

에코페미니스트들의 심층생태론자들에 대한 비판의 핵심은 남성들이 성 차이에 근거한 지배와 착취의 역사적 · 사회적 사실에 대해 진지한 반성이나 의식과 태도의 변화 없이 단지 자연의 문제만을 다룬다거나 혹은 페미니즘을 자신들에게 필요한 또 하나의 이론으로만 사용하고 있다는 점에 있다.26) 백석은 반인간중심주의적 태도와 관계성을 지닌 상호의존적 세계관을 이론적으로 설파하거나 강조하는 데 그치지 않는다. 그는 스스로 '몸으로 코드화된 남성'27)으로서 행동하고 말하기를 실천하고 있다. 전통적으로 여성의 영역이라고 인식되어온 부엌 문화 속의 대상들을 하나하나 친구라고 명명하고 있다는 사실이 그것을 단적으로 대변한다. 남성에게 남성자신의 몸에 대해 주시하라는 요구는, 남성의 몸을 지님으로써 습관적으로 나타날 수 있는 가부장적 영향을 항상 경계해야 함을 의미

---

25) 일반적으로 남성과는 달리 여성이 자연과 특별하고 밀접한 관계를 맺고 있다고 인식하는 에코페미니스트들은 자연이 살아 있을 뿐만 아니라 능동적 주체라는 인식을 강조하기 위해 지모신(Mother Eatth or Gaia)이미지를 자주 사용하고 있다. 나아가 일부 에코페미니스트 작가들은 자연을 의식의 주체뿐만 아니라 말하는 주체로까지 그리고 있다.(신두호, 앞의 논문, 52쪽)
26) 신두호, 앞의 논문, 63쪽.
27) Alice Jardin은 '몸으로 코드화된 남성'을 가리켜 '새로운 형태의 남성'이라고 부연한다.(Alice Jardin & Paul Smith, *Men in Feminism,* New York : Routledge, 1989, p.60)

한다.28) 이 모든 것을 인식하고 내려놓은 시인은 '낡은 나조반에 흰밥도 가재미도 나도 나와 앉아서' 어깨를 나란히 할 수 있었다. 배려나 보살핌의 윤리적 측면이 아닌, 스스로의 몸으로 코드화한 남성으로서 그들과 스스럼없는 동무가 되고 있는 것이다. 대상에 대한 동일시가 이루어짐으로써 가능한 일이다.

「수라(修羅)」는 에코페미니즘의 생물 중심 평등으로부터 한 계단 뛰어넘어 비생명체에까지 이르는 평등사상을 보여준다. 또한 '욕심이 없다'·'착하디착하다'·'너무나 정갈하다' 등, 화자와 친구들의 동질성으로 제시된 특성들이 에코페미니즘의 이상적 세계를 견인하는 자질이라는 점도 되새겨볼 만하다.

> 한 십리 더 가면 절간이 있을 듯한 마을이다 낮 기울은 볕이 장글장글하니 따사하다 흙은 젖이 커서 살같이 깨서 아지랑이 낀 속이 안타까운가보다 뒤울안에 복사꽃 핀 집엔 아무도 없나보다 뷔인 집에 꿩이 날어와 다니나보다 울밖 늙은 들매나무에 튀튀새 한불 앉었다 흰구름 따러가며 딱장벌레 잡다가 연둣빛 닢새가 좋아 올라왔나보다 밭머리에도 복사꽃 피였다 새악시도 피였다 새악시 복사꽃이다 복사꽃 새악시다 어데서 송아지 매—하고 운다 골갯논드렁에서 미나리 밟고 서서 운다 복사나무 아래 가 흙장난하며 놀지 왜 우노 자개밭둑에 엄지 어데 안 가고 누웠다 아릇동리선가 말 웃는 소리 무서운가 아릇동리 망아지 네 소리 무서울라 담모도리 바윗잔등에 다람쥐 해바라기하다 조은다 토끼잠 한잠 자고 나서 세수한다 흰구름 건넌산으로 가는 길에 복사꽃 바라노라 섰다 다람쥐 건넌산 보고 부르는 푸념이 간지럽다
>
> —「황일(黃日)」 부분

「황일」은 시인의 체험과 직관에 의해 '체화된 주체'로 거듭나는 자연 대상들이 서로 능동적으로 조화를 이루고 상호 조응하는 모습을 열어 보인

---

28) 신두호, 앞의 논문, 64쪽.

다. 시인이 자신의 의식 속에 존재하는 가부장적 문화의 영향력을 깨닫게 될 때, 「수라」에서와 같이 이해·공감의 태도로써 자연 대상을 관조하게 된다. 이것은 보살핌의 윤리를 담고 있는 것이다. 「선우사」는 이 보살핌의 윤리를 체화된 몸의 감각으로써 끌어와 자연대상과 교감하는 모습을 보여주었다. 「황일」에 드러나는 교감의 단계는, 화자와 자연 대상의 관계에서 벗어나 그 자연 대상과의 교감이 더 확대되는 양상을 드러낸다. 체화된 주체로서 자연 대상들이 능동적인 상호교감을 이루고 있기 때문이다.

작품에 그려진 장면은 화사한 봄 따스한 볕 아래 피어난 만물들의 풍경이다. '복사꽃', '꿩', '들매나무', '튀튀새', '송아지', '골갯논두렁', '망아지', '담모도리 바윗잔등', '다람쥐', '자개밭둑', '흰구름' 등 등장하는 대상들은 하나같이 활력이 넘치고 조화롭게 어우러져 있다. 볕을 머금은 흙무더기에서 피어오르는 아지랑이를 '흙은 젖이 커서 살같이 아지랑이 낀 속이 안타까운가보다'라고 의인화하고 있는 것도 흥미롭다. 그런데 피어오르는 아지랑이의 모습이 형상화된 이 표현을 단순히 의인화 작업으로만 파악해서는 안 된다. 그것은 독자들로 하여금, 체기 가득 들어찬 사람이 그 체기를 자연스럽게 배출해내는 실제적인 몸의 비유를 통해 흙의 몸이 화자 자신의 몸과 다르지 않다는 동일시의 의미를 이해하게 한다. 시인은 감각을 바탕으로 한 감성의 미학적 체험을 통해 자연과 만나고 그들에 대한 교감을 표현한다.[29] '복사꽃이 피었다 새악시도 피었다 새악시 복사꽃이다 복사꽃 새악시다'라는 대상의 오버랩 역시 단순한 자연 동화가 아닌 동일시의 경지를 열어준다. 관찰자적 시선으로 바라보고는 있지만, 화자는 이미 눈앞에서 펼쳐지는 자연 대상들의 심리를 조응하며 한바탕 벌어진 그들의 잔치에 동참하고 있는 것이다. 이 자리에서는 '말 웃는 소리'와 '다

---

29) "미학적 체험 없이, 또는 이것을 제외하고서는 자연과의 만남과 관계맺음도 인간에게는 불가능하다."(김성진, 「철학적 인간학의 생태학적 과제」, 송상용 외 『생태문제와 인문학적 상상력』, 나남출판, 1999, 72쪽)

람쥐 건넌산 보고 부르는 푸념'을 타전할 수 있게 된다. 서로의 몸이 서로를 향해 환하게 열려 있는 까닭이다.

5) 맺음말

백석의 시에 대해서는 이미 다방면의 연구물들이 축적돼 있으며, 계속해서 꾸준히 연구가 진행되고 있다. 그러나 에코페미니즘 관점에서의 논의는 다소 미진하다고 할 수 있다. 이 연구는 오래 전에 우리가 잃어버린 에코페미니즘의 세계로부터 현재 직면한 생태·환경 문제의 보다 근본적인 해결책을 찾고자 하는 의도에서 진행되었다. 따라서 본고는 백석의 시를 통해 조화롭고 능동적인 에코페미니즘 세계의 원리들을 탐색하였다. 논의된 내용을 정리하면 다음과 같다.

첫째, 시인이 속해 있던 일제 치하는 가부장제에 기초한 현대문명의 치유를 위해 여신의 순환적 생명력을 어느 때보다 필요로 하는 시기였다. 백석이 작품을 통하여 구현한 이상향은 여성적 인물들이 주축이 되어 그 구성원을 보호하고 치유의 상징적 역할을 하는 평화로운 세계이다. 이곳은 여신의 순환적 생명력과 여성적 원리가 잘 구현됨으로써 조화로운 에코페미니즘의 질서가 살아 있는 이상적 공간인 셈이다.

둘째, 백석은 이렇게 구별되는 그 감각적 특성들을 적확하게 파악하여 구사하고 있다. 시각에 치중한 작품들의 경우, 대개 이성적으로 에코페미니즘적인 메시지를 제시하는 데 그치지만, 미각·후각·촉각 등 구체 감각들과 융화되면서 비로소 시적 대상들의 어우러진 조화를 보여주게 된다. 그는 감각적 특성들에 대한 적확한 인지와 구사에 머무르지 않고, 나아가 전 시대의 전유물이라고 할 만한 시각이미지의 한계를 탈피하여 모든 몸의 감각을 총체적으로 융화시키는 작업을 하였다. 에코페미니즘 시에서 구현되고 논의되어야 할 것은 이성적·남성 중심적 세계관의 문제점 또는 여성적인 특성이나 감각 자체가 아니다. 소홀히 다뤄졌던 생활의 구체 감각을 조명하고 복원시킴으로써 이성과 감성의 조화로운 구현을 생동감 있게 그려내는 것이다. 이것이 곧 에코페미니즘이 궁극적으로 추구하는 세계이기도 하다.

셋째, 에코페미니즘은 도덕적 통찰의 핵심을 '인간과 자연의 관계성'에 대한 인식에서 찾고 있다. 즉, 에코페미니즘의 윤리는 권리·법·원칙의 문제가 아니며, 이보다 '돌봄·사랑·우정·믿음·상호협력의 가치'를 중요하게 여긴다는 것이다. 이러한 가치들은 작품을 통해 구현될 때 '동일시의 원리'를 내포하게 된다. 백석은 자신이 가진 남성적 세계의 기득권을 내려놓고 자연 대상들과 소통하고 교감하며 작품을 써나갔다. 백석은 '동일시'를 바탕으로 하여 '보살핌'과 같이 일반적으로는 여성성의 특징으로 논의되어온 측면까지 아우름으로써, 자연 대상과 교감하는 데 지극히 자연스러운 경지를 보여주었다.

그동안 연구를 통해 모든 인간 억압과 착취, 그리고 현 생태계 위기의 주요 원인으로써 서구 근대 문명의 이분법적 세계관이나 가부장적 남성 중심주의에 대한 공감대를 이끌어낼 수 있었던 것은 의미 있는 일이라고 생각한다. 하지만 지목된 원인을 거듭 논의하는 데 그친다면 더 이상 바람직한 진전을 이끌어낼 수 없다. 지금 우리에게 필요한 것은 더욱 큰 공감대를 형성할만한 대안으로써 해결책 제시이다. 미흡하게나마 본고에서 진행된 백석 시의 논의를 통해 에코페미니즘의 지혜를 읽을 수 있었다. 우리가 잃어버렸던 에코페미니즘의 조화로운 세계 원리를 되찾아 나가는 일이 이 연구의 의의이며 백석 시가 이 시대에 전해주는 중요한 메시지일 것이다.

참 고 문 헌

고형진, 「백석의 시세계와 시사적 의의」, 백석, 고형진 편, 『정본 백석시집』, 문학동네, 2012.

문순홍, 「생태여성론의 이론적 분화과정과 한국사회에의 적용」, 『여성과 사회』제7호, 한국여성연구소, 1996.

박정오, 「여성 신화의 새로운 상징질서 찾기」, 『영미문학 페미니즘』제17권 1호, 한국영미문학페미니즘학회, 2009.

신두호, 「남성과 에코페미니즘」, 『영미문학 페미니즘』제9권 1호, 한국영미문학페미니즘학회, 2001.

안옥선, 「생태적 삶의 태도로서 '동일시'와 '동체자비'」, 동아시아불교학회, 『동아시아불교문화』1권 0호, 동아시아불교문화학회, 2007.

정화열 · 박현모 역, 『몸의 정치』, 민음사, 1999.

정화열 · 이동수 · 김주환 · 박현모 · 이병택 역, 『몸의 정치와 예술, 그리고 생태학』, 아카넷, 2006.

최동호 외, 『백석 시 읽기의 즐거움』, 서정시학, 2006.

하정남, 「생태적 삶, 에코페미니즘, 새로운 문명」, 『환경과생명』27호, 환경과생명, 2001. 3.

Bachelard, Gaston. 곽광수 역, 『공간의 시학』, 동문선, 2003.

Diamond, Irene & Gloria Fernan Orenstein. 정현경 · 황혜숙 역, 『다시 꾸며보는 세상』, 이화여대출판부, 1999.

Jardin, Alice & Paul Smith. *Men in Feminism,* New York: Routledge, 1989.

Mies, Maria & Vandana Shiva. 손덕수 · 이난아 역, 『에코페미니즘』, 창작과비평사, 2000.

Putnam Tong, Rosemarie. 이소영 역, 『페미니즘 사상』, 한신문화사, 2006.

2-3. '여성성'의 재조명과 이시영 시의 의의

1) 머리말

기존의 에코페미니즘 연구에서 드러나는 여성성의 모습은 대개의 경우 착취당하고 차별받는 대상으로, 혹은 상처입고 훼손된 자연을 치유하는 주체이거나 생명을 잉태·생산하는 모성으로 그려지고 있다. 그런데 그 일련의 연구들에서 논의되는 여성성은 서구 이분법적 세계관의 범주를 크게 벗어나지 못하는 것이다. 바로 이러한 한계야말로 페미니즘과 생태주의를 뛰어넘어 에코페미니즘으로 나아가려는 동인 중의 하나로 작용했다고 볼 수 있다. 그러므로 이 글에서 먼저 관심을 갖고 살펴볼 것은 에코페미니즘 연구물들이 한결같이 언급하는 '여성성'의 의미에 대한 검토이다. 여기에서 여성성이란 기본적으로 '남성과 여성' 또는 '남성성과 여성성'으로 규정되어 지칭될 때 획득되는 — 즉, '남성'의 반대편에 놓이는 — 생물학적인 절반의 성을 바탕으로 하고 있다. 물론 이러한 여성성은 나아가 신화적 의미의 원형, 즉 자연의 원리로서의 가이아를 표방하기도 한다. 하지만 여러 에코페미니즘 논의들을 통해 거기에 덧입혀진 '여신이미지'는 결국 여성성을 근간으로 하고 있다는 사실을 부인하기 어렵다.

'여성성'에 대한 견해들을 정리하면서 다음과 같은 의문을 갖게 되었다. 융Carl Gustav Jung의 논의를 통해서 잘 알려진 '여성 속의 남성성'과 '남성 속의 여성성'을 어떻게 설정해야 하는가? 모성을 통해 구현되는 여성성이 있다면, 부성을 통해 구현되는 여성성도 존재할 수 있지 않을까? 만일 그렇다면 이때의 여성성은 생물학적인 성을 뛰어넘어서 남성과 여성에게 공통적으로 내재된 개념이라고 보는 게 타당할 것이다. 더구나 지금까지 에코페미니즘에서 주목받지 못했던 부성 역시 모성 못지않은 특장을 지니고 있음을 부인할 수 없다. 이러한 남성성을 포용함으로써, 여성 혹은 모성에 바탕을 둔 절반의 성을 뛰어넘어 보다 풍요로운 에코페미니즘의 여성성을 구현하는 데 중요한 단서를 제공할 수도 있다.

열거한 문제들에 대한 고민 끝에 이 연구의 텍스트로 삼은 것은 이시영의 『은빛 호각』이다. 에코페미니즘 논의에서 여성성에 가려져 상대적으로 평가받지 못했던 남성성의 측면을 적실하게 표현해냈다고 여겨지기 때문이다. 그의 시는 '남성적인 영성' 또는 '여성적인 자연'이라는 이원론을 뛰어넘는 상징적인 시사점을 제시한다. 이글에서는 기존의 에코페미니즘 논의에서 제기되어온 '여성성'의 제한적 의미를 벗어나 '보살핌의 원리'라는 개념 속에 남성성(부성)까지 아우르는 시도를 하고자 한다. 이러한 점 외에도 '수평적 의인관과 상생의 사유', '화자의 태도와 시적 대상에 대한 교감' 등 에코페미니즘의 관점에서 이시영의 시에 대한 다각적인 접근을 시도할 것이다.

2) '보살핌의 원리'와 부성의 발견

에코페미니즘에서 화두로 삼는 것은, 여성성의 긍정적인 가치와 그것이 생태계에 미치는 효과에 대한 논의들이다. 대개 이러한 논의들은 억압·착취 당하는 여성의 문제를 지적하고 낱낱이 들추어내는 일에는 익숙하지만, 그 실질적인 대안을 제시하지 못한 채 여성성이라는 추상적인 개념의 맥락에서 미온적으로 안주해버리는 경향이 있다.

에코페미니즘은 여러 면에서 심층생태학을 닮았지만, 에코페미니스트들은 심층생태학자들이 한 가지 중요한 점을 놓치고 있다고 지적한다. 에코페미니스트들에 의하면 생태계와 환경 따위 현 지구의 문제의 원인은 인간중심성이 아니라 서구 세계의 남성중심성인데, 심층생태학자들은 전반적으로 인간중심주의를 반대하는 잘못을 저지르고 있다는 것이다.[1] 남

---

1) Rosemarie putnam Tong, 이소영 역, 『페미니즘 사상』, 한신문화사, 2006, 479쪽.

성이 여성을 지배하거나 억압하는 행위는 인간이 자연을 정복과 착취의 대상으로 삼는 것과 다르지 않다. 그런데 이와 같이 여성을 지배하고 자연을 착취하는 행위는 이분법적 세계관에서 비롯되는 것이다. 이분법적 세계관에서는 남성/여성, 인간/자연, 정신/육체, 이성/감성 등과 같이 모든 현상을 서로 대립적이고 배타적인 것으로 파악한다. 문제는 이 두 대립적인 것 중에서 유독 어느 한쪽에만 가치를 부여한다는 데 있다.[2] 이러한 이분법적 사고로 인해 남성과 여성의 역할과 성차는 한층 이질화되거나 회복하기 어려운 거리를 갖게 되었다. 이것은 성차별을 극복하고 조화로운 세계로 나아가고자 하는 에코페미니즘의 지향과도 괴리감을 드러내는 것이다. 이 때문에 애리얼 케이 샐레는 남성들이 그들 내부에 있는 여성을 재발견하고 그것을 사랑할 수 있을 정도로 충분히 용감해질 때 이르러서야 비로소 진정한 심층생태학 운동이 일어날 것이라고 주장하였다.[3]

그런데 에코페미니즘이 자연과 인간의 조화를 지향한다는 것은 역설적으로 현재 우리가 살고 있는 세계가 이원화된 구조 속에 놓여 있다는 반증이기도 하다. 이러한 맥락에서 볼 때, 부성애를 통하여 인간에게 공통적으로 내재된 '보살핌의 원리'를 이끌어내는 것은 이원화된 세계를 극복하고 새로운 방향을 열어나갈 에코페미니즘적 시도가 될 수 있다.

여기, 이시영의 시를 통해 에코페미니즘의 연구물들에서 다루어 온 '여성성'의 한계를 넘어서서 이것을 확장시킬 수 있는 가능성을 열어보기로 하자. 지금까지 긍정적으로 평가해온 여성성의 가치를 '보살핌의 원리'라는 보다 확장된 관점에서 바라봄으로써, 이 원리 속에 남성성을 포용해나가는 작업이 될 것이다.

---

2) 구명숙, 「생태페미니즘 문학의 양상과 전망」, 『한국사상과 문화』 제22집, 한국사상 문화학회, 2002, 174쪽.
3) Ariel Kay Salleh, "Deeper Than Deep Ecology : The Ecofeminist Connection." Environmental Ethics 6, no.1(1984): p.339.
　이 글에서는 Rosemarie putnam Tong, 앞의 책, 479쪽에서 재인용.

알집을 열고 나오자마자 가시고기는 제 애비의 시신을 파먹고 바다
로 나아간다. 과거를 기억하지 못하는 저 가시고기떼의 늠름한 입이여!
— 이시영 「탄생」 전문

가이아설에 따르면 우리가 살고 있는 지구는 그 자체로도 온갖 생명현
상을 나타내는 커다란 생명체이다. 제임스 러브록은 살아 있는 지구의 성
격이 부드럽고 애육愛育하는 품성을 가진 희랍 대지의 여신 가이아와 닮
았다 하여, 지구를 가리켜 가이아라고 불렀다. 일부 에코페미니스트들은
자연과 여성의 창조적인 힘과 돌봄의 역할을 이 가이아에 투영된 메타포
에서 찾고 있다. 나아가 그들은 에코페미니즘이 지향하는 새로운 문명의
창조자의 역할을 이 대지의 여신을 통해 탐색하고 있다.

그런데 이때 '가이아'라는 메타포에 부여된 근거, 즉 '부드럽고 애육하
는 품성'을 성 또는 성별의 근거로 삼는 것은 너무 자의적이다. 그것은 오
히려 성과 성별을 포괄하는 특성일 수도 있으며, 나아가 생태계 전반의
원리로 가름할만한 것이다.[4] 따라서 그것은 자식에게 젖을 물리고 보듬
어 키우는 모성의 한 측면에 대한 메타포로서만 인식해야 한다. 궁극적으
로 '부드럽고 애육하는 품성의 가이아'에서 찾은 역할과 의미는 '보살핌의
원리'에 비견되는 것이다.

에코페미니즘은 현재 우리가 맞고 있는 생태계 위기 상황의 원인이 남
성중심주의를 비롯한 모든 형태의 불평등·억압·착취에서 비롯된다고
본다, 그런데 에코페미니즘이 지적하는 여러 불평등 사례들에 대한 논의
에만 치중하게 된다면 되레 그 상처와 흔적을 부각시키는 오류에 빠지게

---

4) 급진적 - 자유의지론적 페미니스트들은 무엇보다도 한 인간의 성(남성 또는 여성)
과 그 사람의 성별(남성적 또는 여성적) 사이에 필수적인 연관성이 있고 또 있어야
한다는 가설을 거부한다. 그대신 그들은 성별이 성과 분리될 수 있다고 보았으며, 가
부장적 사회는 여성들을 계속 수동적인 사람으로 그리고 남성들을 계속 적극적인
사람으로 유지시키기 위해 엄격한 성별 역할들을 이용한다고 주장한다.(위의 책, 90
쪽 참고)

된다. 이 상처를 치유하기 위해서는 남성을 적대시하고 가해자로 인식하던 관습에서 벗어나 서로 원만한 합의와 새로운 질서를 찾아 포용하는 것이 무엇보다 전제되어야 한다.

이러한 면에서 위의 시는 우리에게 의미심장한 문제를 던져준다. 이시영은 에코페미니즘의 기존 논의들이 여성과 자연을 동일시하는 동안, 이 강력한 연대로부터 비껴나 있을 수밖에 없었던 남성성을 끌어안기 위한 새로운 조명을 시도하고 있다.

작품 속에서 그가 제시하는 부성은 모성과 다르지 않으며, 「탄생」에서는 단순한 사랑을 넘어 숙연한 희생으로까지 표현된다. 자식을 낳고 품어서 기르며 이들에게 헌신적인 사랑을 바치는 것은 여성 혼자만의 몫이 아니다. 단적으로 말하자면, 그 어느 것 하나 남성의 도움 없이 할 수 있는 일은 없다. 자식에 대한 사랑과 희생을 여성성의 고유 영역인양 상찬하는 동안, 그것이 마치 남성성과는 거리가 있는 것인 양 인식되어온 측면이 있음을 부인하기 어렵다. 그래서 이시영은 우리에게 조용히 제 몸을 자식의 먹이로 내주는 가시고기의 부성을 들려준다. 자신의 살점을 먹이로 내주는 행위, 이것은 애비가 자신의 몸을 통해 선택한 교감의 극단이자 종교적 차원의 숭엄함이다.

> 문경 봉암사 여름 숲을 태풍 루사가 강력히 훑고 지나간 뒤에 요사채 안마당으로 어린 떡두꺼비 한 마리가 엉금엉금 기어들고 있었습니다. 밥 짓다 말고 역시 나어린 공양주 스님이 나아가 맞이했더니 어미인 양 따뜻한 스님 팔에 척 안기는 것이었습니다.
>
> — 이시영「새벽」 전문

> 중학교 일학년 때였다. 차부(車部)에서였다. 책상 위의 잉크병을 엎질러 머리를 짧게 올려친 젊은 매표원한테 거친 큰소리로 야단을 맞고 있었는데 누가 곰 같은 큰손으로 다가와 가만히 어깨를 짚었다. 아버지였다.
>
> — 이시영「차부에서」 전문

나이 어린 스님으로서는 절식구들에게 공양하는 것만큼이나 떡두꺼비를 챙기는 일이 중요하다. 밥 짓다 말고 배고픈 떡두꺼비를 발견하고 맞이하는 마음은 제 자식을 품에 안는 모성과 다름없다. 그러기에 야생의 생명체라 할지라도 공양주스님에 대한 경계를 풀고 어미를 찾는 새끼처럼 안기는 것이다. 공양주스님을 빌어서 묘사되는 모성, 이 작품은 남성을 통해서도 모성을 구현할 수 있다는 가능성을 제시한다. 이때의 모성은 모든 생명체를 보듬어 안고 보호하는 '보살핌'의 가치를 담고 있는 것이다.

따라서 우리는 위의 시 「새벽」을 통하여, '자연과 교감하고 연대하는 여성성'이란 반드시 생물학적 여성이라는 절반의 성별을 충분조건으로 요구하는 것이 아니라는 점을 짚어볼 필요가 있다. 즉 여성과 자연이 연대하는 것은 그들 본래의 유사성에서 비롯된 결과가 아니라, 오히려 마음 깊이 우러난 교감의 결과라는 사실이다. 그러므로 이 연대는 여성만이 가진 특별한 힘의 결과라는 편견을 뒤집고, 남녀 모두에게 똑같이 부여된 교감의 몫으로 넘겨지게 된다. 결국, '자연과의 연대'에서 남성은 여성에 비해 상대적으로 불리하거나 부적합하다는 식의 논의는 편견일 수 있다. 교감의 요체는 생물학적 성별의 차이가 아니라 그 자연 대상을 대하는 진정성의 정도에 있을 뿐이다.

「차부에서」에 드러나는 부성은 무뚝뚝하다. 그러나 이 무뚝뚝한 부성은 한없이 깊다. 매표원에게서 거친 큰소리로 야단맞고 있는 아들의 어깨에 조용히 얹는 손, 말없는 이 손은 전통적 관념 속의 아버지상을 대변한다. 때로는 장황한 대화보다도 잠자코 취한 행동 하나가 훨씬 감동적인 법. 매표원으로부터 야단맞는 까까머리 중학생과 그 어깨에 손을 얹는 아버지는 이심전심의 연계에 놓여 있다. 가장은 아버지의 이름으로 수백마디 말 대신 가만히 손을 얹어 위로하고 용기를 준다.

이 장면의 부성을 느낌 그대로 대체할 수 있는 게 과연 있을까? 대상과 교감하는 데 있어서 바탕이 되는 사랑이란 고요하거나 야단스럽고, 평화롭거나 절박하기도 하다. 그 사랑의 모습들이 모두 여성성에 치우쳐져 있다고 보기는 어렵다. 오히려 위의 시처럼 부성애를 통해 표현되는 사랑의 힘이 더 무게감 있고 깊이 있게 다가오기도 한다. 결국 사랑은 '보살핌의 원리' 속에 여성성뿐만 아니라 남성성을 포괄하는 성격일 때 비로소 풍요로운 에코페미니즘의 지향점에 닿을 수 있다는 사실을 시인은 과장되지 않은 한 장면을 통해 보여준다. 그가 제시하는 남성적 보살핌의 가치에 주목하게 되는 대목이다.

한편 다음의 시에서는 '남성과 여성'이라는 이분법적 구조로부터 벗어난 '인간'이 자연과 일체화되어가는 모습을 볼 수 있다.

> 라다크에서 어느 할아버지는 다람쥐처럼 조르르 지붕에 올라가 비새는 곳을 수선하고는 눈 깜짝할 사이에 사다리를 타고 내려와 집 앞 흔들의자에 앉아 소년처럼 잠시 붉은 얼굴로 타는 노을을 바라보다 그만 저세상으로 가시었다. 사람의 삶이 아직 광활한 자연의 일부였을 때.
>
> — 이시영 「히말라야」 전문

작품 속에서 흔들의자에 앉은 채 졸듯이 세상과 작별하는 할아버지의 죽음은 조금도 비극적이지 않다. 심금을 울리는 조사나 청승맞게 울려 퍼지는 비탄의 통곡소리도 없다. 마치 일궈놓았던 돌을 제자리에 다시 끼워 맞추듯, 할아버지의 죽음은 지극히 자연스러울 뿐만 아니라 그 풍경에 조화롭게 잘 들어맞는다.

생노병사는 모든 생명체의 공통된 통과의례이다. 이것은 커다란 생태계 원리에 비춰볼 때 물 흐르듯 자연스러운 현상이다. 나무와 풀, 야생 동식물이 수명을 다해 스러져가는 것처럼 인간의 죽음 역시 이러한 맥락에서는 자연스러운 현상에 지나지 않는다. 만일 인간의 죽음에 대해 특별한 의미를 부여한다면, 이것은 여타 자연존재들에 대한 역차별은 물론 스스로 그들과 다르다는 인식의 한계를 노정하는 우를 범하게 된다.

시인은 '사람의 삶이 광활한 자연의 일부'였던 때를 가리켜 인간의 대표적인 통과의례인 죽음에 대해 이야기하고 있다. 인간의 죽음을 낙엽이 지는 것과 다르지 않은 자연 현상으로 거리낌 없이 자리매김할 수 있는 지점, 이 지점은 인간과 자연의 구분이 없어지는 동일화의 지점이기도 하다. 따라서 이 지점에서는 남성과 여성 혹은 여성과 남성의 구별이 무의미하게 된다. 작품 속의 '할아버지'는 남성과 여성의 구별이 없어진 인간 자신을 상징하지만, 궁극에는 이것을 지나 '자연'으로 연결된다. 성(性)을 지워버린 인간이 죽음을 통해 다시 자연의 일부로 회귀하는 것이다. 인간과 자연의 궁극적 조화인 셈이다.

살펴본 바와 같이 남성성과 여성성 모두에 내재하고 있는 '보살핌의 원리'를 발견하고 일깨우려는 노력이 뒷받침된다면, 기존 에코페미니즘 연구에서 논의되어온 여성성의 외연을 보다 확장시키는 데 기여할 수 있을 것이다. 에코페미니즘의 지향점은 남성성을 구별하는 것이 아니라, 그것을 끌어안아 포용하고 조화로운 새 질서를 수립하는 데 있기 때문이다. '보살핌의 원리' 속에 남성성을 포용함으로써 이것이 여성성과 연대하여 보다 풍요로운 가치를 생성해 나갈 수 있으리라 본다.

3) 수평적 의인관과 상생의 사유

에코페미니즘에서 추구하는 것은 인간과 자연의 조화로운 세계이다. 그런데 이러한 인간과 자연의 조화를 해치는 인간중심주의는 의인관적 태도에서 비롯된다고 할 수 있다.[5] 의인관적 태도는 대상을 타자화한 뒤 그 존재나 행위의 의미에 대해 인간의 관점에서 해석하는 것이다. 이때

---

5) 이진우는 "자연을 고독하고 슬픈 존재로 바라보는 의인관적 태도가 결국 자연을 구할 수 있는 책임의 주체가 인간뿐이라는 인간중심주의로 빠지고 있는 것처럼 보인다"고 적고 있다.(이진우, 『녹색사유와 에코토피아』, 문예출판사, 1998. 137쪽)

주체와 대상 사이에는 일반적으로 인간중심적인 수직적 관계가 자리잡게 된다. 이와 같은 측면에서 본다면 이시영의 시들에 드러나는 의인화 현상은 수평적 의인관의 가능성을 보여주는 사례로써 논의될 필요가 있다.

비유의 근본정신은 비교되는 두 대상 사이의 동일성의 발견에 있다. 특히 의인화(의유, 활유)의 경우, 이러한 비유의 근본정신에 비춰볼 때 시사하는 바가 크다. 인간중심주의적 세계관에 의해 상대적으로 인간보다 평가절하되었던 인간 외 존재들에 대한 새로운 조명이 이루어지고 있는 반증인 셈이다.[6] 이와 같은 특이성은 인간중심적 가치관을 버리고, 모든 생명의 존재 가치가 존엄하고 평등하다는 점을 강조하는 에코페미니즘의 생명사상을 내포하는 가치라고도 할 수 있다. 예를 들면 다음의 시.

> 송아지가 볼이 미어져라 상큼한 햇짚을 넣고 씹는다
> 어미소가 이윽히 보다가
> 저도 모르게 한번 헤벌쭉 웃는다
> — 이시영 「가을」 전문

> 바다가 가까워지자 어린 강물은 엄마 손을 더욱 꼭 그러쥔 채 놓지 않았습니다. 그러다가 그만 거대한 파도의 뱃속으로 뛰어드는 꿈을 꾸다 엄마 손을 놓치고 말았습니다. 그래 잘 가거라 내 아들아. 이제부터는 크고 다른 삶을 살아야 된단다. 엄마 강물은 새벽 강에 시린 몸을 한번 뒤채고는 오리처럼 곧 순한 머리를 돌려 반짝이는 은어들의 길을 따라 산골로 조용히 돌아왔습니다.
> — 「성장」 전문

「가을」에 드러나는 수평적 의인관은 시적 자아와 타자화된 대상 사이의 관계가 아니라, 시적 대상끼리의 관계를 노정시키는 데 기여하고 있다. 근본적으로 말하자면 타자화되지 않은 시적 대상이란 있을 수 없

---

6) 김지연, 「한국 현대 생태주의 시 연구」, 제주대 박사학위 논문, 2002, 48쪽.

지만, 시인은 가급적 개입을 최소화하고 가능한 한 관찰자의 시각으로 기술하는 입장을 취함으로써 대상끼리의 행위와 교감을 가감 없이 전달하고자 한다. 따라서 시인은 송아지와 어미소를 본격적인 시적 대상으로 타자화하지 않는다. 다만 그들의 행위를 보여주면서 그들이 주고받는 애정이 인간의 그것과 다르지 않다는 점을 말하려 한다. 어미소와 송아지는 이미 작품 속에서 여느 인간의 부모자식과 다르지 않은 교감을 보여준다. 이 수평적 의인관에 의한 교감은, 간결하고 수사를 배제한 문체로 인해 현장의 느낌을 날것 그대로 독자들에게 전달하는 효과를 발휘한다.

「성장」에서 강물에 투사된 시인의 시선은 더없이 따뜻하다. 이 작품 역시 '어린 강물'과 '엄마 강물'이라는 표현처럼 의인관적인 사고로 인해 동화적인 분위기가 연출되고 있다. 인간과 조금도 다를 것 없는 시적 대상들 사이의 교감이 언뜻 보기에는 다소 가벼운 동화의 세계처럼 느껴질 수도 있지만, 그 속에는 결코 가볍지 않은 세계 인식이 들어 있다. 에코페미니즘은 인간이 서로서로, 그리고 비인간세계(동물, 식물 및 무생물)와 연결되어 있다고 믿는다.[7] 인간과 자연을 이원론적으로 분리하지 않는 이러한 인식은, 이시영의 작품 속에서 시적 대상을 동등한 인간의 시선으로 의인화하는 태도와 상통하는 것이다. "우리는 자연을 바라보는 자연이며 자연의 개념을 가진 자연이기도 하고 자연에게서 자연을 말하는 자연"[8]이기 때문이다.

> 막내야 네가 제일이다
> 꺼칠한 턱수염의 아버지가 일어나 조용히 나를 맞는다
> ―「성묘」 전문

---

7) Rosemarie putnam Tong, 앞의 책, 525쪽.
8) 위의 책, 490쪽.

아직 이른 봄 상여 한 채가 조용한 미소로 고향 산천을 찾아드니
어여 오게 어여 와 제일 먼저 반색을 하고 달려나오는
외로운 무덤이 있다
—「상봉」 전문

위의 시 「성묘」를 보자. '막내야 네가 제일이다'라고 조용히 일어나 맞
는 아버지. 이 장면에서 이질감은 전혀 묻어나지 않는다. 일상적으로 부딪
히는 부자들처럼, 이들의 만남은 지극히 자연스럽다. 번지르르한 인사말
이나 과한 포즈로써 애정을 표현하지도 않는다. 그저 평소와 다름없는 모
습, 아버지는 봉분이 아니라 옛 모습 그대로의 능동적인 주체가 되어 아들
을 맞는다. 시적 자아가 작품 속으로 뛰어들어 시적 대상과 직접 교감하고
있는 이 작품은 수평적 의인관의 또 다른 예가 될 수 있다.

「상봉」에서 그려지는 장면은 장례의 풍경이다. 상여가 망자를 싣고 들
어온 고향산천의 길목에 외따로이 놓인 무덤, 시인은 그 무덤에 오랫동안
외롭게 기다려온 지인을 반기는 옛고향 친구의 모습을 투사시킨다. 그로
인해 암울한 장례 분위기는 이 시에서 되레 밝고 정겨운 상봉의 분위기로
반전되고 있다. 이와 같이 생명체는 물론 비생명체들에까지 대등하게 투
사되는 시인의 의인관적 사고는 장례식조차 따뜻한 만남의 장면으로 치
환시키는 힘을 발휘한다.

쭈글쭈글하게 잘 늙은 경북 경산의 햇대추가 한 됫박에 사천원씩 불
티나게 팔려나가고 있는데 새벽차로 올라오시느라 그러셨는지 가지런
한 이마에 찬 이슬들이 함초롬하시다
—「대추」 전문

도리깨를 사정없이 맞고 나온 콩꼬투리 속의 작은 콩알들이
해질녘 울타리가에 어둑하니 모여서는
울상인 서로의 얼굴들을 본다
—「형제」 전문

「대추」와 「형제」에 등장하는 대상은 각각 햇대추와 콩알들이다. '새벽차로 올라오신 햇대추'를 바라보는 시인의 시선은 웃어른에 대한 그것처럼 예의를 갖추고 있고, '울상을 하고 서로 마주보는 콩알들'을 바라보는 시선은 또다른 콩알 형제의 것처럼 해학적이다. 무릇 모든 생명의 상호연관성에 대한 전체적인 인식은, 더 넓은 전체는 물론 특정한 개별존재와의 관계 그리고 우리가 경험하는 생활에서 나온 것이어야 한다.[9] 위 작품들의 시적 대상들은 피상적인 관찰의 대상이 아니라 그렇게 생활 속에서 질박하게 묻어나는 애환을 담고 있는 까닭에 따뜻한 시선으로 포착되는 것이다.

보봐르에 의하면, 가부장제 사회 속에서 여성의 자아의식은 '타자'로서의 자신의 지위와 밀접하게 연결되어 있다.[10] 다시 말해, 자아의식의 한계는 '타자'에 대한 인식에서부터 비롯된다고도 볼 수 있다. '타자'를 타자로 인식하지 않는다면, 여성의 자아 역시 '타자'의 굴레로부터 벗어날 수 있을 것이다.

그런데 위에서 살펴본 것처럼 이시영의 시에 드러나는 시적 대상들은 '타자'의 굴레로부터 자유롭다. 이때 그들을 '타자'의 굴레로부터 해방시킨 것은, 대상을 시적 자아와 동등하게 인식하는 시인의 수평적 의인관이라 할 수 있다. 시인은 여성이 짊어졌던 타자성을 굴레로 인식하지 않는다면 굴레의 벽이란 무의미해질 것을 이미 간파하고 있는 것이다. 그의 시에는 이러한 인식이 인간 외 모든 대상에게로 확산되고 있다.

이시영 시에서 의인화 현상은 생명체와 비생명체의 경계를 넘나들며 인간 외의 모든 존재들로부터 동등하게 발견되는 특징이 있다. 시인의 의인관적 사고의 바탕이 생태계 전반의 모든 존재들에게 이어져 있기에 가능한 일이다. 이렇게 일련의 시들에서 드러나는 수평적 의인관은 그 모든

---

9) Irene Diamond & Gloria Fernan Orenstein 편저, 앞의 책, 215쪽.
10) 연효숙·김세서리아·이정은·현남숙·김성민·박은미·서영화 공저, 『철학의 눈으로 읽는 여성』, 철학과현실사, 2001, 96~99쪽 참고.

존재 대상들을 인간의 동등한 시선으로 그려냄으로써, 그들을 단지 타자성을 가진 자연대상물이 아니라 인간과 자연스럽게 소통하는 교감의 대상으로 올려놓는다. 이것은 생태계의 모든 존재가 평등하고 존엄하다는 에코페미니즘의 생명사상을 바탕으로 한 상생의 사유라고 볼 수 있다.

4) 화자의 태도와 시적 대상에 대한 교감

이시영 시의 특징 중 하나는 거의 대부분의 시에서 함축적 화자를 차용하고 있다는 점이다. 함축적 화자는 화자가 시의 표면에 드러나지 않지만, 화자의 태도에 따라 시적 대상과의 적절한 정서적 거리를 확보하는 데 효과적이다.[11] 이시영의 경우 작품 속에서 화자가 대상을 바라보는 태도는 크게 두 가지로 나눌 수 있다.

(1) 대상에 대한 감정이입

김주연은 이시영의 단시短詩들이 거의 모두 자연을 매개로 하거나, 아니면 그냥 대상으로 삼는 철저한 자연서정시들이라고 지적하였다. 인간에게서, 그리고 그 인간의 가장 극단적인 인간의 모습인 이데올로기나 예술적 포즈에서 구원을 찾지 못한 시인이 결국 자연 속에서 그것을 발견하였다는 것이다.[12] 이때 이시영 시의 함축적 화자는 대상에 대한 감정이입을 잘 드러내는 경향이 있다. 자연에서 구원을 꿈꾸고 자연과 조화를 이루며 살기를 바라는 시인의 의도가 반영된 결과이다. 에코페미니즘이 구현하고자 하는 조화로운 인간과 자연의 모습이기도 하다.

---

11) 장도준, 『현대시론』, 태학사, 1999, 205~206쪽 참고.
12) 김주연, 「다시 하늘을 바라보며」, 이시영, 『무늬』, 문학과지성사, 2008, 109쪽.

겨울이 깊어가자 라일락나무에 다시 꽃망울이 돋았다
거리엔 바람 불고 하늘은 푸른데
세상의 모든 아픈 것들은 저렇게 오는가
　　　　　　　　　　－「맷힘」 전문

긴 겨울 지나고 나자 마을 밖 외진 애장터에도 미소처럼 연한 풀잎이
돋았다
여기도 하나의 무덤이란 듯이, 생명이란 듯이
　　　　　　　　　　－「엄연한 봄날」 전문

오늘 아침 또 한식구가 집을 비우고 떠났는데
마당을 깨끗이 쓸어놓고 갔다
대빗자루 자국 선명한 그 위로
오늘은 어떤 햇살도 내리지 말거라
　　　　　　　　　　－「철거」 전문

「맷힘」에 드러난 계절은 겨울이다. 더군다나 찬바람 부는 깊은 겨울, 작품 속에 그려진 것은 라일락나무이다. 완연한 봄에야 꽃 피는 라일락나무가 한겨울에 꽃망울을 피워 올린 것이다. 이것을 보고 마음 저려오는 화자의 개입이 영탄조의 마지막 행에서 드러난다. 화자는 추운 겨울에 피어난 꽃망울을 바라보다가 그 라일락 꽃망울을 '아프다'고 느끼게 된다. 그리고 이렇게 대상의 아픔을 함께 느끼게 된 화자의 시선은 '아픈 라일락'으로부터 '세상의 모든 아픈 것들'로 확장된다. 아픈 자식을 보듬는 부모의 시선, '보살핌'의 가치로써 세상을 바라보게 된 것이다.

「엄연한 봄날」의 주인공은 긴 겨울을 지난 봄날의 풀잎이다. '애장터'라는 이름만으로도 애잔해지는 마을 밖 외진 곳. 화자는 그곳에 솟아난 연한 풀잎의 행위를 '미소'로써 비유하고 있다. 이 미소는 또다른 비유, '하나의 무덤'과 '생명' 위로도 얹어진다. 숨어 있던 화자의 감상과 느낌이 드러

나는 대목이다. 여기서 '하나의 무덤'과 '생명'은 동격으로서 생명에 대한 순환론적인 사유의 일면을 보여준다. 채 꽃 피우지 못하고 죽은 어린 아이의 몸이 대지의 품에서 분해되어 다시 풀잎으로 돌아나는 과정. 이 과정은 생태계의 커다란 순환구조 속에 놓이는 자연스러운 하나의 축이다. 무덤가에 돋아난 풀이 초식동물의 양식이 되고 초식동물이 또 다른 포식자의 양식이 되지만, 이 포식자는 자연에서 분해되어 다시 풀잎의 양식이 된다. 이 모든 과정이 생명의 변이 과정이며, 그 속의 죽음들은 결국 생명으로 다시 이어지는 과정일 뿐이라는 사실을 이 작품은 담담히 보여주고 있다. 이렇게 맞물리는 생명 변이는 '죽은 아이의 몸'과 '풀잎'을 통해 자연으로 이어지는 유기체적인 순환을 이끌어낸다. '너'와 '나'의 타자성을 지우고, 생태계의 순환질서 속에서 대상을 바라보고 있는 작품이다. 메를로 퐁티(M. Merleau Ponty)에 따르면 몸은 세계를 형성하는 재료이다. 따라서 우리의 몸과 다른 사람의 몸이 세계 안에서 함께 살 때만 정신은 하나의 '관계성relatum'을 갖는다.13) 에코페미니즘은 인간의 몸이 자연과 연결되어 있다는 인식을 토대로 하여, 이원화된 서구 형이상학에서 홀대 당해왔던 몸의 중요성을 부각시킨다. 그리하여 이 몸은 위 작품에서와 같이 '전체론적인 망(web)'14) 속에서 유기체적인 순환질서에 참여하게 된다.

「철거」는 철거를 소재로 한 다른 작품들과 사뭇 다르다. 어지럽거나 소란스러운 철거의 현장 풍경에 익숙한 독자로서는 이 작품이 생경하게 느껴질 수도 있다. 이 작품은 지극히 고요하고 평화로우며 서정적이기 때문이다. 그러나 한편 곰곰이 생각해보면, 그 상황이 전혀 이질적인 것만은 아니라는 사실을 깨닫게 된다. '철거'란 근본적으로 들어차 있던 무언가를 비워내는 행위이다. 비워냄 없이 새로운 것을 채우거나 새생명을 이식할

---

13) 정화열, 『몸의 정치』, 민음사, 1999, 183쪽.
14) Maria Mies & Vandana Shiva, 손덕수·이난아 역, 『에코페미니즘』, 창작과비평사, 2000, 16쪽 참고.

수는 없다. 이런 맥락에서 '철거'는 무겁고 어두운 것이기보다는 밝고 희망에 찬 행위라고 해석할 수도 있다. 하지만 정든 것을 떠나보내는 마음은 서운한 법. 화자는 '그 위로 오늘은 어떤 햇살도 내리지 말거라'라고 가는 이를 위로한다. 햇살도 어루만져 교감하고 소통하는 어머니 여신의 마음이다. 전반부에서 이어진 함축적 화자의 감성이 점차 고조되어 마침내 후반부에 이르르는 허구적 대상을 향해 적극적인 개입의 형태로 발언하는 태도를 취하고 있다.

결국, 위 시들은 실재의 세계를 전일적인 것, 상호의존적인 것으로 이해하고 그것을 시간적인 생명의 지속적 변화과정으로 바라보는 생태적 관점을 노정시키고 있다.15) 더불어 여기에 보태지는 따뜻한 어머니 여신의 마음이야말로 에코페미니즘이 강조해온 '여성성' 즉, '보살핌의 원리'를 담고 있는 것이라 할 수 있다.

(2) 대상과의 객관적 교감

이시영의 산문시에 드러나는 함축적 화자는 비교적 객관적인 태도를 취하고 있다. 이것은 이시영 시의 특징 중 하나로써, 그의 산문시가 표현의 측면보다는, 메시지의 전달에 좀더 치중하려는 의도를 갖고 있기 때문이라고 볼 수 있다. 이를 뒷받침이라도 하듯이 그의 산문시 대부분은 실제 있었던 이야기를, 다소 거리를 두고 관찰하거나 전달하는 형식을 취하고 있다. 이러한 시적 대상에 대한 거리와 객관적인 태도는 균형의 감각이며, 결국 포용의 정신에서 나온다. 이 세상은 상호 모순되는 충동과 가치들로 가득 차 있으며, 탄생과 죽음, 생성과 소멸, 객관과 주관, 이성과 감성, 정신과 육체, 절대와 상대 등이 공존하는 까닭이다.16)

---

15) 구명숙, 앞의 논문, 178쪽 참고.
16) 장도준, 앞의 책, 289쪽 참고.

① 아파트 앞 네거리에서 고양이 한 마리가 횡단보도를 건너는데 어찌나 빠르던지 순식간에 다리가 네 개에서 여섯 개로 변했다. 속력을 내어 달리던 덤프트럭 기사가 끼이익 아스팔트가 패이도록 브레이크를 밟고는 거친 고개를 빼어 "저런 개새끼가 있나? 확 밟아버릴라!" 어쩌고 하는데 정작 길을 다 건넌 고양이는 청년 기사를 향해 웃음을 한번 씨익 웃고는 유쾌한 수염을 날리며 봄바람 속으로 천천히 사라졌다.

— 「고양이」 전문

② 양평에 혼자 사는 소설가 김민숙 씨는 진돗개 두 마리 말고도 어쩌다 들고양이 아홉 마리를 기르게 되었다는데요, 식사 시간만 되면 어디서 나타났는지 고 앙징스런 것들이 앞발로 톡톡 창유리를 두드리며 해사하게 웃는다고 음식상에 남은 생선뼈들을 거두며 말하는 것이었어요. 하루는 글쎄 그 녀석들 중 한 마리가 산책길에 나선 자기를 알아보곤 좋아라고 바짓가랑이를 물고 늘어지는 통에 동네에서 고양이 엄마라는 호사스런 별칭이 붙었다고, 그런데 요즈음 사료 값이 너무 올라 걱정이라며……

— 「고양이 엄마」 전문

①은 고양이 한 마리가 도로를 횡단하는 위험천만한 장면을 그려낸 작품이다. 언뜻 보아서는 이 작품 속에 화자의 개입이 전혀 없는 듯 느껴질 정도로 담백하게 기술하고 있다. 그렇지만 길을 건넌 고양이가 청년 기사를 향해 한번 '씨익 웃는다'는 표현에서 다 지워지지 않은 화자의 개입 흔적을 찾을 수 있다. 극도로 제한된 개입인 셈이다. 사실 고양이의 살짝 치켜 올라간 입꼬리는 보는 이에게 웃는 모습으로 인식되기도 한다. 이런 점에서 '씨익 웃는 고양이'라는 묘사는 객관적 관찰의 결과일 수도 있다. 그래서 이 부분은 작품 전체의 분위기에 위배되지 않으면서도 해학을 이끌어내는 포인트가 된다. 이 작품에는 표면적으로 두 캐릭터가 등장한다. 젊은 덤프트럭 기사와 고양이가 그들이다. 여기에 이들의 행동을 지켜보

는 함축적 화자의 시선이 추가된다. 화자는 고양이의 도로횡단이라는 작은 사건을 관찰하면서 가능한 객관적으로 사실 전달을 하기 위해 노력한다. 그런데 그것은 인간과 동물 중 어느 쪽에도 치우치지 않는 중립적인 태도가 아니고서는 포착하기 어려운 장면이다. 화자는 도로를 건넌 고양이로부터 끝까지 시선을 떼어놓지 않는다. 혹시라도 다치지 않았을까 염려하는 인지상정의 마음이 고양이라고해서 미치지 않을 리 없다. 더군다나 그 고양이는 엄연히 횡단보도를 건넜으므로 인간의 잣대에서 보더라도 그 작은 소동의 일차적인 책임은 트럭기사에게 있는 것이다.

②에 등장하는 다른 고양이를 보자. 이 작품에서 역시 화자는 어떠한 개입도 하지 않고 단지 이야기를 전달하는 데 그치려는 입장을 드러낸다. 이 작품에는 위의 시보다 한층 밀착된 인간과 고양이의 관계가 그려지고 있다. 화자는 소설가 김민숙 씨와 들고양이들의 일상을 내레이션처럼 무심히 기술해 나간다. 그런데 이야기를 듣다보면 고양이들의 앙증맞은 행동과 소설가의 교감이 생생하게 그려짐으로써, 이야기 자체만으로도 이미 작품의 주제를 전달하기에 충분하다는 사실을 깨닫게 된다. 만일 화자의 견해나 미려한 시적 의장이 추가되었다면 그것은 사족에 지나지 않았을 것이다.

①에서 그려진 것은 엄밀히 따져볼 때, '소통되지 않는 인간과 동물'의 한 장면이다. 화자는 여기서 발생한 간극을 중립적이고도 평등한 시선을 통해 바라보고 조율함으로써 따뜻한 교감의 가능성을 객관적으로 제시하였다. 반면 ②에서는 이미 스스럼없이 교감하고 소통하는 인간과 동물의 관계를 표현하기 위해, 그것을 가급적 꾸밈없이 전달하는 방식을 취하고 있다.

해체미학 이전의 근대미학에서 보편성과 객관성 개념은 여성적 경험과 현실을 배제하고 모든 개개인을 일반화시키는 남성중심적 개념이다. 그러나 페미니즘 미학에서의 보편성은 절대적이거나 선험적이지 않으며 '맥락적'으로 구성되는 '상황적 보편성'이다.[17)]

이시영은 시적 대상과 상황으로부터 한 발자국 벗어나 개입을 자제하고 있다. 그런데 이때 시에 묘사된 객관적 상황들은 일반화·절대화할 수 있는 남성중심적 개념으로서의 보편성과는 다소 거리가 있다. 이 객관적인 장면 속에는 인간 개개인의 개인사와 감성적 구조가 묻어난다. '구체적 타자로서 각 개인의 개별성이 상호존중의 기초 위에서 보편성에 간여하게 되는 것'[18]이다. 이것은 전통미학에서 타자로 배제되었던 '감각'의 복권과 더불어 새롭게 재구성된 리얼리티라고 할 수 있다.

한편 다음의 시는 더욱 객관적으로 기사화된 경우이다.

> 바그다드의 한 병원 앞에서 주름이 깊게 파인 노인이 간밤의 미군 공습으로 아들이 숨졌다며 오열하는 사내의 가슴을 끌어안고 있는데 거북등처럼 갈라진 그의 왼손에서 째깍째깍 시계가 가고 있다. 무쇠의 슬픔의 시간은 12시 25분.
>
> ─「바그다드/로이터 뉴시스」 전문

마치 신문기사를 읽는 것처럼 건조한 작품이다. 객관화된 세계가 무덤덤하게 제시된다. '무쇠의 슬픔의 시간'이라는 표현조차 없었다면 이 작품은 함축적 화자의 존재까지 소멸되는 객관제시형[19]으로 분류되었을 것이다. 여기서 장도준의 견해를 참고할 필요가 있다. 그는 객관제시형 작품에 대해 "이런 형식의 시는 함축적 화자의 입장까지 철저히 말살시킴으로써 독자의 메시지에 대한 상상력의 폭을 넓혀주는 효과가 있다"[20]고 주장한다. 이러한 주장은 「바그다드/로이터 뉴시스」에도 상당부분 적용되

---

17) 한국여성문학학회 편, 『한국 여성문학 연구의 현황과 전망』, 소명출판, 2008, 21~22쪽 참고.
18) 위의 책, 23쪽 참고.
19) 장도준은 함축적 화자를 다시 '함축적 시인의 시각'과 '객관 제시형'으로 구분하고 있다.(장도준, 앞의 책, 205~210쪽 참고)
20) 위의 책, 210쪽.

는 것이다. 이 작품은 제목에서조차 객관적인 기사를 환기시키려는 의도를 보여주고 있는데, 이렇게 화자의 모습을 감춘 채 작품을 기사처럼 내보냄으로써 화자 대신 사건에 대해 상상하고 판단하게 하는 참여의 마당으로 독자들을 이끌어낸다. 즉, 독자들이 작품 속에 드러난 화자의 판단 내용에 안주하는 대신, 자발적이고 훨씬 풍요로운 해석을 생산하게 되는 것이다. 그리하여 이 작품에서 전달된 기사 내용은 문자 너머로 계속 증폭되고 확대된다. 이 작품이 내포한 전쟁의 비극을 잘 전달하기 위해 선택한 최선의 방법인 셈이다. 인간과 동물, 그리고 자연 생태계 전체에 가장 파괴적인 악영향을 미치는 전쟁에 대한 경고이다.

살펴본 바와 같이 이시영 시의 산문시들에 드러나는 화자와 시적 대상 간의 객관적 교감은, 자연현상과 대상들에 대해 개입을 자제하며 대등한 존재로서 그것들을 이해하려는 자세에서 우러나는 것이다. 즉, 화자가 취하는 객관적 태도는 대상에 대해 적절한 거리를 유지함으로써 주관적 해석을 피하고 존재 그 자체로 존중하려는 의도에서 비롯된 균형의 감각이며, 이 결과 모든 자연 존재들을 포용하고 상호 존중하는 에코페미니즘의 가치를 담아내게 된다.

5) 맺음말

기존의 에코페미니즘 연구들에서 논의되는 여성성은 서구 이분법적 세계관의 범주를 크게 벗어나지 못하는 것이다. 이러한 이유로 인해 이글에서는 이시영의 『은빛 호각』을 텍스트로 삼아, '여성성'의 재조명과 함께 그의 시에 내포된 에코페미니즘적 의의에 대해 논의를 진행하였다. 그 내용들을 정리하면 다음과 같다.

첫째, 이시영의 시는 '남성적인 영성' 또는 '여성적인 자연'이라는 이원론을 뛰어넘는 상징적인 시사점을 제시한다. 그의 시에 그려진 부성(남성성)은 남성과 여성 모두에게 내재된 '보살핌의 원리'로 소급되고 있다. 에코페미니즘의 지향점은 남성성을 구별하는 데 있지 않다. 생물학적 성을 뛰어넘는 '보살핌의 원리' 속에 기존 에코페미니즘 논의에서 배제되어 온 남성성을 포용한다면, 이것이 여성성과 연대하여 보다 풍요로운 가치가 생성될 수 있을 것이다.

둘째, 이시영의 시에 드러나는 의인관적 태도에 대한 논의이다. 의인관적 태도는 대상을 타자화한 뒤 그 존재나 행위의 의미를 인간의 관점에서 해석하는 것이다. 이때 주체와 대상 사이에는 수평적 관계보다는 인간중심적인 수직적 관계가 자리잡게 된다. 그런데 이시영의 시는 수평적 의인관의 가능성을 보여준다. 이것은 생태계의 모든 존재가 평등하고 존엄하다는 에코페미니즘의 생명사상을 바탕으로 한 상생의 사유라고 할 수 있다.

셋째, 이시영의 시는 거의 대부분 함축적 화자를 차용하고 있다. 그런데 단시의 함축적 화자는 상대적으로 대상에 대한 감정이입을 잘 드러내는 반면 산문시에서는 함축적 화자가 단시에 비해 비교적 객관적인 태도를 취하고 있다. 전자의 경우, 대상에 대한 감정이입은 자연에서 구원을 꿈꾸고 자연과 조화를 이루며 살기를 바라는 시인의 의도가 반영된 결과이다. 또한 후자는 대상에 대해 적절한 거리를 유지함으로써 주관적 해석을 피하고 존재 그 자체로 존중하려는 의도에서 비롯된 것으로서, 이 결과 모든 자연 존재들을 포용하고 상호 존중하는 에코페미니즘의 가치를 담아내게 된다.

에코페미니즘에서 남성성에 대해 새롭게 조명하려는 움직임이 조금씩 일어나고는 있지만, '남성을 동반자로 끌어안고 받아들인다'는 주장과 견해는 염려스러운 편견을 내포하는 것이기도 하다. 남성을 동반자로 끌어들인다는 것은 이미 상대를 타자화 한다는 전제가 깔려 있기 때문이다. 그러므로 에코페미니즘을 구현하는 데 있어서 남성과 여성의 몫이 다르지 않으며, '남성성'과 '여성성'에 씌워진 편견 역시 불필요하다는 인식을 먼저 정립해 나가야 한다. 이 연구에서도 논의했듯이 자연 대상과의 교감은 성차에서 비롯된 특이성을 바탕으로 하는 것이 아니다. 대상에 대한 '진심의 정도'가 교감의 관건이 될 뿐이다. 결국, 남성과 여성, 인간과 자연의 구분은 대상을 타자화하는 이분법적 사고의 관습에서 비롯된 것이다. 이글에서 논의한 것처럼, 남성성(부성)이 배제의 대상에서 벗어나 여성성과 연대해나가는 지점에 놓이게 된다면, 에코페미니즘 연구는 보다 탄력적으로 도약할 수 있으리라 본다. 나아가 여성성과 자연의 회복을 추구하는 에코페미니즘의 목적에 남성적인 영역이 어떻게 구체적인 역할을 수행할 수 있을지에 대해서도 진단하는 계기가 되기를 바란다.

참고문헌

고갑희, 「에코페미니즘 : 페미니즘의 생태학과 생태학의 페미니즘」, 『외국문학』 제43호, 열음사, 1995.

구명숙, 「생태페미니즘 문학의 양상과 전망」, 『한국사상과 문화』 제22집, 한국사상문화학회, 2002.

김성진 외, 『생태문제와 인문학적 상상력』, 나남출판, 1999.

김주연, 「다시 하늘을 바라보며」, 이시영, 『무늬』, 문학과지성사, 2008.

김지연, 「한국 현대 생태주의 시 연구」, 제주대학교 박사학위 논문, 2002.

연효숙 · 김세서리아 · 이정은 · 현남숙 · 김성민 · 박은미 · 서영화 공저, 『철학의 눈으로 읽는 여성』, 철학과 현실사, 2001.

이진우, 『녹색 사유와 에코토피아』, 문예출판사, 1998.

장도준, 『현대시론』, 태학사, 1999.

정화열, 『몸의 정치』, 민음사, 1999.

한국여성문학학회 편, 『한국 여성문학 연구의 현황과 전망』, 소명출판, 2008.

Diamond, Irene & Gloria Fernan Orenstein. 정현경 · 황혜숙 역, 『다시 꾸며보는 세상』, 이화여대출판부, 1999.

Lovelock, J. E. 홍욱희 역, 『가이아』, 갈라파고스, 2010.

Mies, Maria & Vandana Shiva. 손덕수 · 이난아 역, 『에코페미니즘』, 창작과비평사, 2000.

Putnam Tong, Rosemarie. 이소영 역, 『페미니즘 사상』, 한신문화사, 2006.

◆ 3. 생태론, 그 너머

3—1. 김광협 시의 생태적 의미

1) 머리말

김광협은 1964년 「冰河를 위한 시」라는 작품으로 『新世界』誌 시부문 신인문학상을 수상하였고, 1965년 동아일보 신춘문예에 「강설기降雪期」가 당선되어 등단하였다. 이후 그는 시집 6권과 시선집 2권, 번역시집 2권, 번역서 1권 등1) 끊임없는 창작활동을 하였으며, 1974년 현대문학상, 1981년 대한민국 문학상을 수상하였다. 그중 대한민국 문학상 수상 시집 『農民』은 1970~1980년대 민족문학의 주요 흐름으로 부각되었던 농민문학의 텍스트로서도 시사적 이의를 지닌다. 또한, 제5시집 『돌할으방 어디 감수광』은 외지인들에게 생소하기 그지없는 제주어로 쓰여 있어서 그 강골의 결단력을 짐작게 한다. 제주어는 외지인들에게 있어서 불통의 상징과도 다름없다. 그것을 매개로 하여 시집을 출간한다는 것은, 소통을 버리고 포기한 대가로서 불통을 얻는다는 의미이기 때문이다. 그러나 그의 일생을 돌이켜 볼 때 그것은 하나의 맥락으로 연결되는 행위이다. 그에게는 고향의 제주인들 역시 그가 껴안아야 할 민중이며 농민이었다.

김광협은 시인뿐만 아니라 언론인으로서도 다소 특이한 이력을 보여준다. 동아일보사 사회부 기자로 활동하던 시절, 그는 여러 필화사건에 휘말림으로써 정보부의 감시 속에 자유롭지 못한 생활을 하기도 하였다. 1966년 『靑脈』誌에 「大統領에게」, 「국립 서울大學校」, 隨想 「월남전 덕분」을

---

1) 제1시집 『降雪期』(현대문학사, 1970); 제2시집 『千波萬波』(현대문학사, 1973); 제3시집 『農民』(태멘, 1981); 제4시집 『禮成江曲』(한샘, 1983); 제5시집 『돌할으방 어디 감수광』(태광문화사, 1984); 제6시집 『山村抒情』(예하, 1992); 시선집 『황소와 탱크』(정음사, 1983); 시선집 『유자꽃 마을』(신원문화사, 1990); 토니 가터 외, 김광협 역, 『아메리카 인디언 청년 시집』(백록, 1991); 투르게네프, 김광협 역, 『투르게네프 산문시』(예하, 1992); J.클레어런스, 김광협 역, 『美國의 公害政策論』.(백록, 1993)

발표하고, '청년문학가협회' 권익 옹호 간사 활동을 한 것이 빌미가 되어 容共이라는 혐의로 1968년 중앙정보부에 불법 체포되어 구금, 기소되었던 것이다. 그 외에도 그가 작성한 弊瘼시리즈 기획기사의 내용으로 인해 고초를 겪는 등, 순탄치 않은 길을 걸었다.

이와 같이 굴곡 있는 삶을 살았던 김광협 시인의 시를 읽으며 안타까웠던 점은, 그가 견지했던 열정에도 불구하고 그의 작품에 대한 연구와 논의가 활발히 이루어지고 있지 못하다는 사실이다. 김광협의 작품에 관한 기존 논의는 김병택의 「김광협 : 농민의 삶」[2), 송상일의 「'살아진다'의 부정과 긍정」[3), 김지연의 「1960년대 제주시단」,[4) 이성준의 「'제주어 문학'의 가능성과 한계」[5) 등 4편이 있을 따름이다. 김병택은 '농민의 삶'이라는 측면에서, 송상일과 이성준은 각각 『농민』과 『돌하르방 어디 감수광』을 중심으로, 김지연은 1960년대 제주 시단의 흐름 속에서 그의 시세계를 개괄적으로 논의하고 있다. 본고는 전술한 연구물들에 이어서 김광협 시 연구의 작은 디딤돌 역할을 하고자 한다. 따라서 그의 초기 시세계를 이해하는 데 단초가 될 수 있는 첫 시집 『降雪期』를 논의 대상으로 삼는다.

1990년대 이후 생태주의의 물결이 문단과 학계에 거세게 불고 있다. 그런데 『降雪期』가 출간된 1970년은 환경 위기 인식을 바탕으로 한 생태 관련 논의가 폭넓게 활성화되지는 않았던 시기이다. 이 시기에 출간한 그의 첫 시집에서 이미 생태적 사유의 흔적을 찾을 수 있다는 것은 다소 이례적인 일이 아닐 수 없다. 이 점에 주목하여 본고는 생태적 관점에서 '인간과 자연의 관계 모색', '현실 인식과 생태적 상상력', '반문명과 전일적 생명관', '자아실현의 생태 윤리' 등의 순서에 따라 논의를 이어가려 한다.

---

2) 김병택, 「김광협 : 농민의 삶」, 『제주현대문학사』, 제주대학교출판부, 2005, 115~119쪽.
3) 송상일, 「'살아진다'의 부정과 긍정」, 『천사의 풍문』, 탐라목석원, 19991, 129~135쪽.
4) 김지연, 「1960년대 제주시단」, 『영주어문』7권, 영주어문학회, 2004, 171~187쪽.
5) 이성준, 「'제주어 문학'의 가능성과 한계」, 『배달말』51권, 배달말학회, 2012, 121~160쪽.

2) 인간과 자연의 관계 모색

우리가 생태적 관심을 갖기 시작한 것은 1970년대 이후 국가 주도의 경제성장 정책과 함께 본격적인 산업사회로 접어들면서부터이다. 무분별하게 들어선 산업시설로 인해 환경오염과 생태계 파괴 등의 문제가 크게 부각되자, 현실 문제에 천착하였던 민중문학의 시대적 흐름은 그러한 문제 상황 속에서 환경과 생태적 위기 인식을 이끌어내기에 이른다.

김광협은 대개의 경우 '생태적 위기 인식'을 직설적으로 가시화하지는 않는다. 그러나 사회문제에 지속적으로 관심을 기울였던 시인의 행적은 물론, 『농민』(1981), 『아메리카 인디언 청년 시집』(1991), 『美國의 公害政策論』(1993) 출간으로 이어지는 현실 인식의 연장선상에서 그것을 짐작하고도 남음이 있다. 환경 문제와 생태 위기는 1970년대 이후 사회 현실적으로 부각되기 시작한 이슈이기 때문이다. 더구나 그는 사회부 기자로서 한국 사회 전반의 문제들을 먼저 감지하고 파악해야 할 직업적 의무도 갖고 있었다.

최두석의 견해에 따르면, '생태적 위기가 전제로 깔려 있는지의 여부'는 과거의 자연시 혹은 전원시와 오늘날의 생태시를 구분하는 중요한 지표가 된다.[6] 이러한 주장은 이 장에서 논의하게 될 시들의 정체성을 규정하는 데 주의할만한 단서를 제공한다. 김광협은 현실에서 감지한 생태적 위기 인식을 그의 작품 표면에 노정시키는 대신, 작품 속에서 변형시키고 내재화한다. 언뜻 보기에 유사해 보이지만, 그의 시가 자연시 혹은 전원시와 차별화되는 특성을 갖는 것은 그러한 이유에서 비롯된 것이다.

이어질 논의 내용은 인간중심주의적인 환경론적 사유가 아니라[7] 인간과 자연의 조화를 지향하는 생태론적 사유의 측면이다. 그는 제주도 서귀

---

6) 최두석, 「시와 생태적 상상력」, 『실천문학』72호, 실천문학사, 2003.12. 111쪽.
7) 환경론적 사유는 주위의 자연생태계에 주목하기는 하지만, 인간이 살기 좋은 환경을 확보하려는 차원에서 자연생태계를 바라보기 때문에 인간중심주의에 기울기 쉽다.(최두석, 위의 논문, 114쪽)

포 농촌 마을에서 태어나 성장했다. 대학 진학 이후 고향을 떠나 생활하게 되었지만 시인에게 그 의미는 특별했다.[8] 이로 인해 그의 작품들에서는 고향을 회상하는 시인의 정서가 쉽게 포착된다. 그는 이 고향 모티프를 통해서 '파괴적인 문명 때문에 상실해버린 에코토피아를 되살리고, 원초적 자연성을 예찬함으로써 그 생태학적 낙원에 대한 회복 의지'[9]를 드러내고 있다. 따라서 여기에 투영된 시인의 의도와 작품 속에 드러나는 존재들 간 관계의 의미를 검토하는 일은 생태적으로 중요한 의미를 지닌다.

인간은 그 어떤 존재보다도 관계적 존재이다. 생태위기와 관련하여 볼 때 이 관계성의 의미는 매우 중요하다. 현재의 위기 상황은 관계의 위기이며, 관계의 일탈과 파괴가 그 원인이다. 따라서 위기 상황의 극복을 위해 새로운 관계 질서의 정립이 과제로 떠오르게 된다. 특히 인간과 자연 사이의 관계 회복에 따른 연대 모색은 그 핵심 과제라고 할 수 있다.[10] 먼저 이 관계의 일탈에 대한 시인의 성찰을 살펴보자.

> 日曜日의 都會에서
> 비둘기는 숲으로 돌아가지 못한다.
> 손을 잡은 붉은 넥타이의 善男과
> 노란 원피스의 善女
> 확인하는 기본적인 제스처와
> 無關한 고독이 다 같이 안녕하다.
>
> ―「가을 淸掃夫」부분

---

8) "고향은 어머니, 나를 낳아준 어머니라고 생각합니다. 어머니는 영원히 배반할 수 없고, 배격할 수도 없는 가장 높은 존재, 가장 귀한 존재, 가장 성스러운 존재가 아닌가 싶고, 고향 또한 그렇습니다. 어머니의 자궁 속에서 내가 잉태되고 탄생되었던 것처럼, 고향이 나를 낳아주고, 키워주고, 내 정신세계를 형성시켰기 때문에 고향은 영원한 영혼의 원천인 셈이죠."(김광협 문학 대담, 「고향과 정신의 힘」, 『시와 시학』 제16호, 시와 시학사, 1994.12, 198쪽)
9) 송용구, 『생태시와 저항의식』, 다운샘, 2001, 83~84쪽 참고.
10) 김지연, 「韓國 現代 生態主義 詩 硏究」, 제주대학교 박사학위 논문, 2002, 21쪽.

「가을 淸掃夫」는 현대 사회의 파편화된 관계성에 대해 초점을 맞추고 있는 작품이다. 비둘기가 숲으로 돌아가지 못하는 이유는 산업화로 인해 생태 연관 고리가 끊겨 있기 때문이다. 먹이사슬이 붕괴되면서 그들은 원래의 적거지로부터 쫓겨나 타지로 내몰렸으며, 도심에서 사람들이 장난 삼아 던져주는 과자부스러기나 음식쓰레기로 연명하며 살게 되었다. 그들에게서는 이른바 '숲'이라는 단어에서 연상되는 자연 본연의 삶과 야생성을 기대하기 어렵게 된 것이다.

그런데 이것은 단지 비둘기만의 문제가 아니다. 시인은 손을 잡은 두 남녀를 '善男善女'라고 부르는 대신 '남'과 '여'를 각각 분리해서, '붉은 넥타이의 善男과 노란 원피스의 善女'라고 적고 있다. 상호관계성이 사라진 사람들 사이에는 진정한 교감이 있을 수 없다. 낱낱이 파편화된 개별적인 존재로서 서로 무관하게 존재할 따름이다. 따라서 '손을 잡는' 행위조차 지극히 공식적이고 감정의 개입이 없는 '기본적인 제스처'에 지나지 않는다. 이러한 인간관계의 파괴는 근대문명으로 야기된 산업화의 또 다른 폐해이기도 하다. 사람들은 점점 더 자본의 논리에 의해 표면적인 관계를 맺지만, 그것은 또한 자본의 논리에 의해 금세 와해되거나 전도되기 일쑤다.

김광협은 이와 같은 문제의식을 바탕으로 하여 파편화되고 와해된 '인간과 자연, 인간과 인간'을 직시하고 그 바람직한 관계를 모색한다. 그 결과 그의 작품은 '고향'과 '농민'이라는 대표적인 제재를 통하여 인간과 자연의 건강한 연대를 보여줌으로써 조화로운 관계를 형상화하고 있다.

> 내 소년의 마을엔
> 유자꽃이 하이얗게 피더이다.
> 유자꽃은 꽃잎 새이로
> 파아란 바다가 촐랑이고,
> 바다 위론 똑딱선이 미끄러지더이다.
> 툇마루 위에 유자꽃 꽃잎인듯

백발을 인 조모님은 조을고
내 소년도 오롯 잠이 들면,
보오보오 연락선의 노래조차도
갈매기들의 나래에 묻어
이 마을에 오더이다.
보오보오 연락선이 한소절 울 때마다
떨어지는 유자꽃
　　　—「유자꽃 피는 마을」 부분

우리 西歸浦 보리밭에 종달새가 백그라운드 뮤직의 奏者가 되어 봄
의 勞動에 끼어들 때, 港口에 連絡船 고동 부우부우 울어 橘 팔러 陸地
갔던 비바린 보리밭 색깔 투피스를 입고 허위대 큰 나비처럼 내린다.

우리 西歸浦 하늘 위에 橘 꽃향기가 은은한 古典이 되어 봄의 榮華에
뛰어들 때, 바다에 흰 갈매기떼 볕살같이 내리어 선잠에 취했던 젊은 壯
丁은 우거진 綠陰의 수염을 하고 향그러운 나무처럼 일어난다.
　　　　　　　　　　　　　　　　　　　　　—「봄의 勞動」 전문

김광협 시에 등장하는 고향의 이미지는 다분히 비현실적이다. 실제 삶
의 모습이 아니라 관념 속의 낙원을 형상화한 듯 아름답게 윤색되어 있다.
예시된 작품 외에 '서귀포', '산과 소년', '제주 바다', '서귀포', '월라산 진달
래꽃'등 지명을 소재로 직접 취하고 있는 작품들에서도 고향은 추억의 공
간일 뿐, 생활의 터전으로 묘사되지는 않는다.11) 하지만 그 고향은 전통
적 자연시의 일부 경향처럼 완상의 대상에 머물러 있지 않다.
　「유자꽃 피는 마을」을 예로 들어보자. 관찰자 시점으로 그려지는 이 작
품에서 '내 소년'은 추억 속 시인 자신을 가리킨다. 그에게 고향은 한적한
영화의 한 장면처럼 아름다운 추억으로 포장되어 있다. 1941년생이라는

---

11) 김지연, 「1960년대 제주시단」, 앞의 논문, 174쪽.

개인사적 이력을 감안할 때 그의 소년시절은 1940년대 후반에서 1950년 대 중반이 된다. 가난할 뿐만 아니라 4.3사건, 한국전쟁과 같은 참담한 역 사와 마주해야 했던 시기이다. 그 유년시절 고향의 추억이 아름답기만 한 풍경일 수는 없었을 것이다. 그러나 시인은 그 모든 격랑의 파고를 해원 하듯 걸러낸 뒤 아름다운 장소였노라고 고향에서의 추억을 갈음하고 있 다. 여기서 '소년'은 동심의 주체로서 고향을 동화적 세계로 이끌어내는 효과적인 매개체가 된다. 시인은 이와 같은 '소년'의 역할에 기대어 고향 을 새롭게 재구성함으로써 물활론적인 마을 이미지를 그려낸다. '유자꽃' 과 '파아란 바다', '똑딱선'이 화폭에 담겨 있는 듯 서로 어우러지고, 조모 님의 백발은 유자꽃 꽃잎으로 변환된다. '보오보오 연락선의 노래'가 갈 매기들의 나래에 묻어오는 곳, 이곳에서는 유자꽃마저 연락선의 노래 소 리에 반응을 보인다. 연락선이 한 소절 울 때마다 유자꽃이 떨어진다는 것은 의인관적 세계관에서 비롯된 표현이다. 대상을 인간과 다름없이 영 적인 존재로 이해하는 의인관적 사고는 유자꽃과 갈매기, 연락선에 인격 을 부여함으로써 마침내 그들과 소년이 상호 소통이 원활한 관계를 형성 하도록 유도한다. 시인이 회상하는 '유자꽃 핀 마을'은 문명 이전 세계 속 존재들의 관계를 우리에게 보여준다. 인간과 비인간 그리고 인간과 자연 이 서로 구분 없이 기대어 사는 에코토피아의 세계인 셈이다.

「봄의 勞動」 또한 자연에 동화되어 사는 인간의 모습을 담아내고 있다. 먼저 살펴봐야 할 것은「봄의 勞動」이라는 제목 속에 들어 있는 '勞動'의 의미이다. '勞動'은 외연적 의미로 사용되고 있지 않다. '종달새가 백그라 운드 뮤직의 奏者가 되어 봄의 勞動에 끼어들 때'라는 대목에서도 그 사실 을 짐작할 수 있다. 화자가 바라보는 '봄의 노동'의 구체적 내용은 '보리밭 의 종달새 소리', '港口의 連絡船 고동 소리들'이다. 이것은 노동이라기보 다는 하모니라는 해석이 적절하다.

자연히 이 작품에 드러나는 고향 이미지도 현실적 삶의 현장이 아니라 새롭게 재구성된 모습을 띤다. 심지어는 '귤 팔러 육지 갔던 비바리'마저 노동으로 지친 모습 대신, 보리밭 색깔 투피스를 차려 입고서 '허위대 큰 나비'처럼 귀환하고 있다. 이러한 전개는 2연에서도 똑같이 드러난다. 귤 꽃 향기가 은은하게 퍼질 즈음의 서귀포는 바쁜 농번기에 해당한다. 농민들은 귤꽃을 솎아내고 병충해 방제에 매달려 바쁜 한철을 보내게 된다. 그렇지만 작품 속의 '젊은 壯丁'은 그러한 노동의 현장에서 비껴나 선잠에 취해 있다. 귤농사를 통해 생계를 유지하지만, 그는 농사짓는 일을 단순히 자연에 대한 착취의 일환으로 여기지 않는다.

자연은 인간에 의해 해석된다. 겔렌에 따르면, 제1의 자연은 제2의 자연(인공적으로 형성되고 인간에 의해 창조된 세계)에 의한 해석과 구성에 의존한다. 인간의 존재 양식에서 제2의 자연이 제1의 자연보다 더 본질적이고 우세하다는 것이다.[12] 이 견해는 생태문제와 관련하여 깊이 되새겨 볼 필요가 있다. 근대 이후 급속히 발전해온 과학적 자연 이해, 그리고 고도로 기술화된 생산방식을 통한 자연 착취 등이 현 생태위기의 주된 원인 중의 하나였음은 주지의 사실이다. 따라서 생태학적 위기는 인간의 문화적 본성 자체에 대한 반성을 요구하며,[13] 나아가 자연에 대한 인간의 행동양식 전반에 대해 재고하도록 유도한다. 이러한 맥락에서, 자연을 타자화하여 착취 대상으로만 삼지 않는 화자의 태도는 인간과 자연의 관계를 회복하는 데 중요한 의의를 내포하는 것이다. 그는 농사를 자연 착취의 일환으로 여기지 않을 뿐만 아니라, 귤농사를 통해 그 대상인 나무와 더불어 성장하고 열매와 더불어 향기로워진다. 그러므로 선잠에서 깼을 때 그는 '綠陰의 수염'이 덥수룩한 '향그러운 나무'가 되어 있다. 자연스러운 동화의 상태이다.

현재 우리가 맞닥뜨린 자연 파괴와 생태 위기는 자연과 인간의 조화로

---

12) 김성진 외『생태문제와 인문학적 상상력』, 나남출판사, 1999, 64쪽.
13) 위의 책, 65쪽.

운 관계가 와해되고 이분법적 대립 관계로 치달으면서 벌어진 결과라고
할 수 있다. 그는 와해되고 파편화된 관계를 회복시키기 위해 자연 상태
로의 회귀를 추구하였다. 자연히 김광협 시에 드러난 고향의 모습은 자연
과 인간이 조화를 이룬 에코토피아를 구현하게 된다. 이와 같이 인간과
자연의 관계성에서 비롯된 인식은 '농민'이라는 제재에 대해 조화로운 관
계의 상징성을 부여하고, 여기에 긍정적 자기 인식과 자부심을 피력하기
에 이른다.

> 보리밭에서 황소를 먹이시라.
> 황소는 당신의 基本인 것,
> 귀리나 깜부기는 황소에게
> 그러나 보릿대는 뽑지 마시라.
> 보릿대는 당신의 權利인 것.
> 한 農夫의 당당한 常識인 것.
> ─「한 농부 ③」부분

> 나의 어깨를 짚는 것.
> 이 도회의 日常에서
> 나의 心魂을 흔들어 일깨우는 것.
> 나의 속에서 불시로 만나는
> 그 濟州 돌하르방.
> 風霜의 소리가 全身에서 나는
> 고향 드르팥의 祖父님.
> ─「돌하르방」전문

　「한 농부③」에서 화자는 황소를 가리켜 '당신의 基本'이라고 정의한다.
여기서 화자가 적시한 '당신'은 문맥상으로 볼 때 '한 農夫'를 가리킨다. 그
렇지만 '한 農夫'는 농촌의 자연 속에서 땅을 일구고 살아가는 고향의 아

버지이고 할아버지이며, 그들에게서 농부의 피를 물려받은 화자 자신이
기도 하다. 그는 농부의 아들로서 자긍심을 갖고 있다. 그러므로 '보릿대'
는 단지 재배작물 이상의 의미를 갖는다. 그것은 농부의 '權利'를 대변하
는 존재인 것이다. '한 농부가 수확하는 작물'이라는 객관적 사실의 측면
에서만 본다면 '보릿대'는 상식적 결과물이라고 할 수 있다. 그런데 보릿
대는 농부의 권리를 대변하는 존재이므로, 농부가 그 보릿대를 수확하는
행위는 좀 더 높은 가치 차원의 '당당한 常識'으로 자리잡게 된다. 이 긍정
적 자기 인식은 「돌하르방」에서도 잘 드러난다. 고향을 떠나 도시에서 생
활하고 있지만, 화자는 문득문득 자신의 어깨를 짚고 심혼을 흔들어 깨우
는 고향의 존재를 느끼고 있다. 여기서 '나의 속에서 불시로 만나는 돌하
르방'의 정체는 결국 '고향 드르팥의 祖父님'이라는 사실이 드러난다. 즉,
돌하르방으로 표상된 고향은 '공간'이 아니라 '사람'이다. 할아버지와 아
버지로부터 면면이 이어져온 농부의 뿌리의식, 이 뿌리의식은 그리운 고
향의 '드르팥'14)으로 화자를 이끈다. 고향 농촌의 드르팥에 길긴 뿌리를
내리고 있는 조부는 일상 속에서 자연과 밀착된 조화를 이루며 살아가는
농민의 전형성을 띤다. 그들은 탐욕 없이 자연과 어우러져 사는 생태적
삶을 견지하는 상징적 존재들이다. 이렇게 시인은 농촌 자연에 대한 남다
른 연대감을 바탕으로 하여 농민에게 자연 동화의 상징적 표상을 투사한
다. 시인이 작품에 그려낸 농민의 삶은 파괴되고 와해된 관계들을 회복시
킴으로써 구현하고자 하는 조화롭고 건강한 자연과 인간의 모습이기도
하다. 위 작품들은 농민의 아들로서 자연과 깊은 유대를 지닌 성장 배경
이 시인으로 하여금 에코토피아를 형상화하는 데 큰 영향을 미치고 있음
을 짐작하게 한다.

---

14) 드르팥('드르팟')은 '들밭'을 말한다.(제주특별자치도, 『개정증보 제주어사전』, 2009,
    277쪽)

3) 현실 인식과 생태적 상상력

　김광협은 『農民』(1981)과 민요시집 『돌할으방 어디 감수광』(1984)을 출간하는 등 민중에 대한 관심을 끊임없이 드러냈다. 고향 제주인과 농민은 시인이 지속적으로 관심을 기울였던 '모든 인간' 즉 민중과 동일한 개념이었다.[15] 생태시의 다양한 주제들에서 나타나는 공통점은 시인의 자연 인식이 현실의 밑바탕에서 출발하고 있으며, 자연과 인간의 관계에 대한 성찰도 현실의 카테고리를 벗어나지 않는다는 점이다.[16] 민중의 편에 서 있었던 그의 작품 또한 여러 번에 걸쳐 필화사건을 겪었던 삶의 궤적이 보여주는 것처럼, 현실을 기반으로 한 생태적 상상력이 녹아들어 있다.

> 목화꽃 꽃물에서 건져내었다.
> 특별한 溺死體,
> 廣開土大王같은 늠름한 男性.
> 여름이었다. 綿實粕[17]이었다.
> 들녘에 목화꽃, 목화꽃.
> 繁榮의 날은 흘러가고
> 太平歌의 가락은 멎고
> 오, 모든 것은 찌꺼기로 남는다.
> 나의 들녘에
> 懷古的인 흰 무명옷이 날린다.
>
> 　　　　　―「목화꽃」부분

---

15) "농민과 흙은 갈라놓을 수 없는 불가분의 관계에 있습니다. 하지만 농민만이 흙과 관계된 것은 아니라고 봅니다. 장사하는 분들도, 정치하는 분들도 모두가 결국은 흙에서 태어나 흙으로 돌아가는 것입니다. 이렇게 볼 때, 농민이라 하면 쟁기를 들고 밭을 가는 그 농부만을 지칭하는 것이 아니고, 모든 인간을 대상으로 한, 즉 모든 인간이 농민이라고 생각됩니다."(김광협 문학 대담, 앞의 글, 199쪽)
16) 송용구, 앞의 책, 36쪽.
17) 출판 과정에 생긴 '棉實粕'의 오기인 듯하다.

우리들은 찾으러 나와 있었다.
목이 마른 놈들끼리
막걸리 잔에서 며칠을 두고,
우리들은 찾고 있었다.
우리들은 막걸리 잔에서
나아가고 있었다.
우리들은 끌어내고 있었다.
무우꽃 피는 벌판을,
흰 고의적삼을,
열심히 끌어내고 있었다.
                                           ─「목마름」부분

　　김광협 시에서 현실 인식이 표면적으로 드러나지 않는 점은, 그의 개인
사적 이력에 빗대어 볼 때 의외의 결과라고 여겨질 수 있다. 위 작품에서
도 사회역사적 주제나 구체적인 사건을 직접적으로 다루고 있지는 않다.
이에 대해 이 작품이 수록된 『강설기』의 시대적 배경을 한 가지 근거로
삼을 수 있다. 즉, 서슬 퍼런 군사정권 하의 검열이 시인으로 하여금 간접
화된 표현을 쓰도록 강요했을 것이라는 추측이 그것이다. 그렇지만 이보
다는 그의 현실 인식의 지향점이 생태의식에 닿아 있었기 때문에 그것을
내재화하고 있다고 여기는 편이 더 적절해 보인다.
　　「목화꽃」과「목마름」두 작품 모두에는 유사한 이미지의 소재들이 등장
한다. '무우꽃 피는 벌판'과 '흰 무명옷이 날리는 나의 들녘'이 그것이다. 이
소재들에서 우리는 이상화의 '빼앗긴 들'을 떠올리게 된다. 여기서 한 발자
국 더 나아가 '일제 하 침탈당한 조국'의 이미지와 '군사정권 하의 한국'의
이미지가 오버랩되는 것은 억지일 것인가. 시인은 직설적인 화법 대신 누
구에게나 익숙한 시를 변주하는 방법으로써 자신이 의도하는 바를 효과적
으로 담아내고 있다. 이러한 사실은 작품의 내용을 통해서도 확인할 수 있
다.「목화꽃」을 들여다보면, '繁榮의 날은 흘러가고', '太平歌의 가락은 몇

고' 등과 같은 의미심장한 구절들이 눈에 띈다. 이것들은 모두 지나가버린 과거에 대한 아쉬움을 짐작하게 하는 표현이다. 그 지난 과거는 '특별한 溺死體'인 셈이다. 게다가 '오, 모든 것은 찌꺼기로 남는다'라는 구절에서는 현재 처해 있는 상황에 대한 시인의 부정적인 시각을 읽을 수 있다.

「목마름」에서도 무언가 알 수 없는 실체를 찾기 위해 며칠씩 막걸리를 비우며 목마름을 달래는 사람들을 그리고 있다. 이들의 목마름은 그들이 찾고 싶은 것, 또는 찾아야 할 것을 찾지 못했다는 데서 비롯된 갈증이다. 이렇게 '찾고 싶은 것 또는 찾아야 할 것'을 찾지 못해서 '목이 마른 놈들'끼리 며칠 째 막걸리 잔을 기울인 끝에 마침내 그들이 찾아낸 것은 '무우꽃 피는 벌판의 흰 고의적삼'이다. 이것은 「목화꽃」에 등장하는 '懷古的인 흰 무명옷이 날리는 나의 들녘'과 동일한 의미선상에 놓인다. '무우꽃 피는 벌판'은 훼손되거나 인위적으로 조성되지 않은 상태의 자연을 의미한다. 더욱이 '흰 고의적삼'은 기계문명의 공정에 의해 인공적 색감을 입혀 대량 생산된 옷이 아니라, 정성스럽게 수작업으로 만들어지는 전통 고유의 의복이다. 이렇게 본다면 '무우꽃 피는 벌판의 흰 고의적삼'은 손때 묻지 않은 자연과 인간의 손에서 만들어진 고유 의복의 친연적인 조화를 보여준다. 이것은 인간과 자연이 엄격히 분리되고 욕망이 범람하는 현대 문명과 달리, 꼭 필요한 만큼만 취하며 서로가 서로에게 기대고 어우러지는 생태적 삶의 방식에서나 가능한 모습이다. 시인은 이러한 생태적 상상력의 연장선상에서 '모든 것이 찌꺼기로 남은' 현실을 극복하기 위해 과거의 '懷古的인 흰 무명옷이 날리는 나의 들녘'을 떠올리고 있다.

다음 작품은 이러한 생태적 상상력이 보다 구체적인 소재를 대상으로 하여 발현되고 있어서 주목된다.

六月에 헐린 우리 金融組合
콘크리트 바닥에 억새풀

찢긴 血肉의 내젓는 깃발
動脈같은 청청한 하늘
억새 숲에 내려앉은 十三년 묵은 햇살

六月에 떠난 우리 농삿군
田畓에 참나무, 버드나무 숲
털 센 멧돼지, 들쥐
흐르는 '다윈'의 理論
수풀 속의 떠들썩한 寂寞
                    ―「非武裝地帶」전문

　　이 작품 역시 현실인식이 표면에 드러나진 않지만, 제목을 통해서 충분
히 그 속에 내포된 함의를 읽을 수 있다.[18] '非武裝地帶'는 한국전쟁의 휴전
으로 인해 출입이 통제된 금단의 구역이다. 그러나 곰곰이 생각해보면, 비
록 인간의 출입이 금지되었다 해도 그 금단의 구역에서 다양한 동물의 출
입이나 식물의 생장까지 금제된 것은 아니다. 이러한 비극적 아이러니는
한국전쟁이라는 역사적인 사건 속에 들어 있는 중의적 상징성을 통해서도
잘 드러난다. 한국전쟁은 우리에게 역사적으로 돌이킬 수 없는 큰 상처를
남겨주었다. 그런데 전쟁은 역사적 사건이기 전에 가장 폭력적이고 흉포화
된 문명의 결과물이기도 하다. 파괴와 살상이 난무하는 참혹한 전쟁으로
인해 농사꾼은 떠났지만 '田畓에 참나무, 버드나무 숲, 털 센 멧돼지, 들쥐'
들은 남아 비무장지대를 지키고 있다. '다윈의 이론'대로 자연의 흐름에 따
라 서로 어우러진 채 '수풀 속의 떠들썩한' 생태계를 형성하고 있는 것이다.

---

18) 김병택은 김광협의 농민시 분석에서 농민의 실상을 두 개의 범주로 구분한다. 하나
　는 아버지와 어머니로 대표되는 개인적인 범주이고, 다른 하나는 황소와 탱크로
　대표되는 사회적인 범주이다. 그런데 이때 개인적인 범주가 사회적인 범주로 옮겨
　지면서 농민의 실상은 분단 현실의 비극적인 색채를 띠게 된다는 것이다.(김병택,
　앞의 책, 118쪽)

전술한 작품들을 통해 우리는 시인의 부정적인 현실 인식을 읽을 수 있다. 또한 그 모순되고 불합리한 현실에 대한 대안으로써 시인이 '懷古的 흰 무명옷이 날리는 나의 들녘, 무우꽃 피는 벌판의 흰 고의적삼'과 같은 생태적 이미지 혹은 '비무장지대'라는 생태적 공간을 제시하고 있다는 점은 찬찬히 되짚어볼 필요가 있다. 여기에는 생태적 상상력을 통해 현실을 극복하려는 시인의 의지가 담겨있다. 그 생태적 이미지와 공간은 기계문명에 이끌려온 현대인들로 하여금 잃어버린 것들에 대해 그들 스스로 돌아보게 하는 거울과 같은 역할을 한다. 시인이 견지했던 현실 인식 속에 생태적 상상력이 보태짐으로써 그 울림은 독자들에게 한층 더 크게 전해지고 있는 것이다.

4) 반문명과 전일적 생명관

김광협은 본격적으로 산업화가 이뤄지기 전 본래적인 농촌의 자연에 깊이 감응하며 유년기를 보냈다. 작품들에 드러나는 흙에 대한 감수성은 물론, 흙에서 비롯된 생명들과 주고받은 섬세한 교감은 그러한 성장 배경과 관련 있다. 이것은 심층생태학의 전일적 원리에 비추어 볼 때 중요한 의미를 지닌다. 전일적 사고란 개별 요소들 또는 생명체들 간에 유기적 관계를 이루고 그들 모두가 내면적으로 상호 연관되어 있는 '전체 장(total—field)'으로 파악하는 것이다.[19] 현재 우리가 맞닥뜨린 생태계 위기에 적극적으로 대처하기 위해서는 생태적 가치에 대한 의식전환이 필요하다. 근대 문명에서 야기된 생태적 위기는 자연생태계의 위기일 뿐 아니라, 그 속에 깃들어 있는 생명들의 위기이기도 하다. 더욱이 근대 과학이 자연을 유기적 전일적 존재로 파악하기 보다는, 그것을 생명 없는 물질 개념으로 해체해버렸다는 것은 잘 알려진 사실이다. 따라서 '생명'에 대한 진단은 생태

---

19) Fritjof Capra, 김용정·김동광 역, 『생명의 그물』, 범양사, 2004, 20쪽.

위기의 문제를 진단하고 대처해 나가는 데 있어서 핵심적인 축이 된다.

사회에서 경험한 문명에 대해 김광협의 시각은 두 가지 경향으로 드러난다. 하나는 산업화와 함께 진행된 인간중심주의적인 문명에 대한 비판적 관점이며, 다른 하나는 현재 우리가 속해 있는 문명 속에서도 '생명'을 통해 희망적인 가능성을 타전해보려는 시도이다. 먼저, 전자의 경우를 살펴보자.

> 오래간만에 近郊에서 만난 農夫
> 얼굴은 설익은 질그릇처럼 붉고
> 言動은 무르익은 봄 들같이 푸르다.
> 신선한 날 菜蔬 냄새가 나는 이.
> 唐根과 시금치를 가꾸는 이.
> 밝디밝게 흙의 心性을 짐작하는 이.
> 그가 디디고 선 맨발 밑의 흙이
> 볕살이 눕는 搖籃임을 깨닫는 이.
> ─「한 農夫 ①」부분

「한 農夫 ①」은 문명에 대한 비판적 시각을 간접적인 방식으로 노정시키고 있다. 이 작품은 문명에 대해 직접 비판하는 대신, 그 문명에서 벗어나 있는 농부의 삶을 긍정적으로 묘사함으로써 건강한 생태계를 피력하고 나아가 문명 비판의 간접적 효과도 거두고 있다. 「한 農夫 ①」에 묘사되는 장면들은 가이아의 상징성을 띠고 있다. '가이아Gaia'란 원래 그리스 신화에 나오는 대지의 여신을 뜻하지만, 러브록James Lovelock에 의해 비유적 의미로 사용되면서 지구상의 모든 생물들을 위하여 스스로 적당한 물리·화학적 환경을 조성할 수 있도록 피드백 장치나 사이버네틱 시스템을 구성하고 있는 거대한 총합체를 가리키게 되었다. 능동적 자기조절이 가능한 하나의 유기체로 인식되고 있는 것이다.[20]

---

20) J. E. Lovelock, 홍욱희 역, 『가이아』, 갈라파고스, 2010, 50~53쪽 참고.

'얼굴은 질그릇처럼 붉고 언동은 무르익은 봄들 같이 푸르다'는 표현에서 떠올려지는 농부의 모습은, 인공적이지 않은 자연의 질박함과 성성함을 연상케 한다. 그에게서 '신선한 날 채소 냄새'가 느껴지는 것은 그가 당근과 시금치를 가꾸기 때문이다. 농부는 흙에서 농작물을 키워내는 주체이다. 그런데 그는 당근과 시금치가 제공한 수확물을 먹고 살아간다는 측면에서 본다면 되레 이들의 피부양자이기도 하다. '농부'와 '농작물들' 사이에는 어느 한쪽에 일방적인 권리가 주어지지 않으며, 생태사슬 속에서 평등한 가치로 자리매김한다. 그들은 상호 의존관계를 유지하면서 서로를 닮아가는 존재들이다. 그리고 그들은 자연생태계라는 유기체 속의 구성원으로서 자리매김하게 된다. 따라서 농부와 농작물이 똑같이 깃들어 살아가는 흙의 심성이란 자신이 품은 생명들에게 양분을 제공하는 모성과도 같은 것이다. 이처럼 유기체로서의 자연생태계 속에 인간과 인간 외 모든 존재들이 상호의존적으로 관계를 맺고 있다는 전일적 사고는, 단지 문명 비판에 머무르지 않고 우리가 잃어버린 것들과 되찾아야 할 가치들에 대해 생태적 비전을 제시한다.

　전일적 자연생태계에 대한 진단과 비전 제시는 일부 김광협의 시에서 '생명'에 대한 탐구로까지 나아간다. 순환생태계 속의 생명으로부터 희망을 찾은 것이다.

　　겨울에 묶였다 기어 나오네,
　　시냇가 실버드나무 싹.
　　寒風에 잡혔다 놓여 나오네,
　　시냇가 실버드나무 싹.
　　靑山 마루 보랏빛 아지랑이,
　　시냇물 나뭇가지 푸성귀,
　　아조 죄끄만 벌레 한 마리,
　　겨울에 묶였다 기어 나오네.

寒風에 잡혔다 놓여 나오네.
희한도 희한할사
萬象 다 法則이 있네.
寒風에 실버드나무 싹
죽지 않았네.
실버드나무 뿌리 살아 있었네,
희한도 희한할 사.
—「실버드나무」전문

설레이던 바람도 잠을 청하는 시간, 나는 엿듣는다.
눈이 숲의 어린 손목을 잡아 흔드는 것을,
숲의 깡마른 볼에 입맞추는 것을,
저 잔잔하게 흐르는 愛情의 日月을,
캄캄한 오밤의 푸른 薄明을,
내 아가의 無量의 목숨을 엿듣는다.
뭇 嬰兒들이 燈을 키어들고 바자니는 소리를,
씩씩거리며 어디엔가 매달려 젖 빠는 소리를,
나는 엿듣는다.
…중략…
溫柔의 性稟으로 사풋사풋 내려오는 숲의 母性이여.
숲은 내 아기의 變貌
곁에 서면 歲月이 머리를 쓰다듬는 소리
歷史가 裝身具를 푸는 소리를,
시름에 젖은 音節로 되어
꽃잎처럼 흩어져 기어다닌다.
—「降雪期」에서

　김지하는 오늘날 생태 위기의 문제를 해결하기 위하여 환경운동은 생명운동으로 환골탈태해야 하며, 모든 방면에서의 문명 전환 운동으로 나아가야 한다고[21] 주장한다. 잘 알려진 것처럼, 환경 개념이 기계적·인간중심주의적 세계관을 반영하고 있는 반면, 생태계 개념은 생명과 관계되며 관계적인 세계관을 반영한다.[22] 이러한 생태계 속에서 순환하는 생명들에 대한 경외와 존중이 「실버드나무」에 잘 드러나 있다. 겨울을 지나막 솟아나기 시작한 실버드나무의 싹을 바라보는 화자의 환희에 찬 시선을 보자. 이 시선은 실버드나무의 싹에서부터 시작되었지만 '靑山 마루 보랏빛 아지랑이'와 '시냇물 나뭇가지 푸성귀', '아조 죄끄만 벌레 한 마리'까지 이어져 이들 모두를 아우른다. 작은 실버드나무 싹에서 비롯된 생태적 상상력이 푸성귀나 벌레와 같은 생명체들에게로 이어지는 것은 물론, '靑山 마루 보랏빛 아지랑이'와 같이 비생명체로까지 이어지는 것은 의미심장한 일이다. 생노병사를 거치면서 죽은 줄로만 알았던 생명체들이 봄을 맞아 다시 태어나고 싹을 틔우듯이, 순환적인 생태계 현상을 들여다보면서 시인이 발견한 '萬象의 法則' 속에는 인간과 자연 또는 생명체와 비생명체가 망라되어 있다. 그리고 그 유기적 구성의 바탕에 전일적 세계관이 자리 잡고 있다. 시인은 작품을 통해 근대 문명 속에 해체된 '생명'의 가치를 복원해내고, 생명들이 조화롭게 어우러진 유기적 세계를 그려내고 있는 것이다. 이와 같은 생명 인식은 다음 작품에서 생명 중심적 평등 의식으로 나아가게 된다. '생명의 평등성'이란 드볼Bill Devall과 세션George Sessions에 의해 구체화된 개념으로 모든 유기체와 생태권에 존재하는 실재는 상호 연관된 전체의 한 부분으로서 본질적인 의미에서 동등한 권리를 가지고 있다고 보는 관점이다.[23]

「降雪期」의 배경은 눈 내리는 숲이다. 눈에 덮인 숲은 인적 없이 원초적이고 순수한 백색의 천지를 드러낸다. 이 숲에 사는 생명들은 구체적 명칭이 생략된 채, '영아(嬰兒)들'이라고만 명시되어 있다. 순백색 숲 속에

---

21) 김지하, 『생명과 자치』, 솔, 1996, 108쪽.
22) 박이문, 『문명의 미래와 생태학적 세계관』, 당대, 1997, 68~77쪽 참고.
23) 구자희, 『한국 현대 생태담론과 이론 연구』, 새미, 2005, 161쪽.

놓여 있는 '愛情의 日月'과 '푸른 薄明', '아가의 無量의 목숨'은 화자가 '엿 듣는' 대상으로서 대등한 존재들이다. 그런데 이 '아가의 無量의 목숨'은 다음 행에서 '뭇 嬰兒들'로 변환된다. 즉, '아가'는 어느 한 존재를 특정하는 의미가 아니라 '嬰兒들' 모두를 가리킨다. 모두의 목숨을 가늠할 수 없으므로 그 목숨은 '無量'인 것이다. 이들은 '씩씩거리며 어디엔가 매달려 젖 빠는 소리'를 낸다. 숲에서 '젖 빠는' 존재들은 풀, 나무, 이끼, 곤충 그리고 동물들과 햇살, 바람 들이다. 이 모두는 '숲의 母性'에 의해 '嬰兒들'로서 평등하게 존재한다. 눈 덮인 숲은 백지처럼 텅 빈 여백을 드러낸다. 이 원초적인 여백 위에 꿈틀거리는 '생명'은 '바람도 설레게'하는 경외감을 주기 마련이다. 시인이 새롭게 재구성하고 싶었던 세상은 '어머니 숲' 속에서 모든 존재들이 생김새는 다를지언정 그녀의 자식으로서 똑같이 존재하는 곳이다. 이 작품은 '풀, 나무, 돌, 이끼, 곤충, 동물'등 모든 존재들에게서 '생명'을 읽어내는 데 그치지 않고, 그 생명들에게 부여된 평등한 권리를 그려내고 있다. 생명은 전일적 전체 속의 부분이다. 또한 생명은 그 자체만으로도 유기적 구조를 갖고 있다는 점에서 전체를 닮아 있다. 더구나 이 생명들은 전일적 구조 속에서 평등하게 존재한다. 시인이 주목한 '생명'은 모든 존재를 아우르는 개념이며, 그들은 어머니 젖을 빠는 '嬰兒들'처럼 지구생태계에 기대서 존재하고 있다. 시인은 관계론적으로 엮여 있는 생명들의 유기적 전체를 어머니와 자식의 비유로써 우리에게 보여준다. 그러므로 이 작품은 우리가 생존의 기반이 되는 생태계를 더 이상 위태롭게 만들어선 안 된다는 경계의 메시지도 부수적으로 담고 있다고 할 수 있다. 지구 생태계의 위기는 곧 모든 생명들의 평화로운 공존을 위협하기 때문이다.

5) 자아실현의 생태 윤리

전일적 사고에 바탕을 둔 시인의 '생명' 이해는 그의 작품 속에서 생태 윤리로 자연스럽게 발현된다. 이것은 생태적 윤리의 목적론적 방향을 인간 상호간의 관계에서 인간과 자연의 관계로 확장해야 한다고 주장한 요나스(Hans Jonas)의 책임 윤리[24]와 심층생태론의 궁극적 목표인 '자아실현'에 맥이 닿아 있다.

근대 과학의 이성적이고 분석적인 접근 방법은 생명을 물질로 환원시켜버렸으며, 나아가 모든 자연 대상을 해체하고 파편화시켰다. 그로 인해 벌어진 생태계 위기 현상에 대해 많은 생태학자들은 새로운 패러다임의 전환을 통해 극복해나가야 한다고 주장한다. 즉, 분석적 · 해체적 이론이 아니라, 자연생태계를 유기적이고 통합적 전체로 파악하려는 시도가 그것이다. 네스Arne Naess는 개체적 인간이 직관적으로 우주만물과 하나 되는 생태의식에 다다르는 것을 자아실현(Self—realization)이라고 불렀다.[25] 자아실현은 이와 같은 유기적 전체(wholeness)로서의 자연에 자아가 자리 잡는 과정이며, 자연과 하나가 됨으로써 우주와 호흡을 함께 하는 '큰 자아'로 나아가는[26] 길이기도 하다. 이 새로운 생태학적 패러다임의 전환은 생태위기를 진단하는 데서 한 발자국 더 나아가 생태윤리적 측면의 대응 방안을 제시하고 있다. 다음 작품을 보자

> 모든 것이 원한이기보다는
> 모든 것이 사랑이기에
> 사랑을 지키기 위해서,

---

24) 이진우, 『녹색 사유와 에코토피아』, 문예출판사, 1998, 23~45쪽 참고.
25) 이귀우, 「생태담론과 에코페미니즘」, 『새한영어영문학』 제43권, 새한영어영문학회, 2001, 41쪽.
26) 박준건, 「생태적 세계관, 생명의 철학」, 조규익 · 정연정 편, 『한국 생태문학 연구 총서1』, 학고방, 2011, 56쪽.

칼을 가세요.
한근 고깃덩일 탐낼 것이 아니요,
양심의 한 쪼가리
그것이 귀하니 그것을 우러러
칼을 가세요.
영원히 휘두를 칼을 가세요.
　　　　　　　　　　　　　　－「말씀」에서

　「말씀」에서 주목하고 있는 것은 '사랑'이다. 「말씀」이라는 제목의 무게
감이 현재 우리가 겪고 있는 생태위기의 상황에 대한 경고처럼 묵직하게
전해져온다. 근대 문명이 추구했던 발전 지향적 구조 속에서 정작 우리는
많은 것을 놓치고 살아야 했다. 기계론적 세계관의 자기 주장 · 합리 · 분
석 · 환원주의 · 선형적 사고는 통합적 · 직관적 · 종합적 · 전일주의적 ·
비선형적 사고를 잠식하였고, 그것은 고스란히 자기 주장적 · 확장적 · 경
쟁적 · 양적 · 지배적 가치를 노정시켰다.[27] 인간의 자연 지배, 인간의 인
간에 대한 지배가 정당화되는 권력 사회에는 '사랑'이 남아 있기 어렵다.
하지만 자아실현은 궁극적으로 자아와 우주만물이 하나가 되는 것을 목표
로 하기 때문에, 여기에는 무엇보다 '사랑'이 전제되어야 한다.[28] 따라서
시인은 전술한 근대 가치들의 문제를 직시한 뒤, 그것을 해결하기 위해
'칼을 갈라'고 주문하는 것이다. 예리한 칼날처럼 자연생태계에서 벌어지
는 각종 파괴와 상해의 징후들을 섬세하게 감지하고 자신의 것으로 인식
하여 아파하는 일, 이것이야말로 '양심의 한 쪼가리'를 견지하는 사랑의
길이기 때문이다.

---

27) Fritjof Capra, 앞의 책, 19~30쪽 참고.
28) 사랑은 자아와 세계가 둘이면서도 하나(일체)가 되는 것을 가능케 하며 동일성의
　　가장 보편적인 양상이 되는 것이다.(김준오, 『시론』, 삼지원, 1991, 362쪽)

나는 조금 떠 내려와
지금 여울을 건드린다.
上流의 여울에 약간 닿는다.
내 幼年의 女先生은
복사꽃 아래서 사랑을 하고
지금은 下流의 출렁임,
和色 엷은 中年의
흔들리는 옛 스승님이시다.
한 날 딴딴한 核果
열매의 훨씬 먼저 있던 꽃
그것의 榮枯盛衰.
　　　　　　　　　―「복사꽃」 전문

붉은 진달래꽃 꽃바다
달빛 비단 깁 짜는 月羅山
등성이 연연한 꽃물
내 外叔은 滿面에 醉氣.
나는 꽃바다에 노는 稚魚
헤엄치며 흘러온 靑年.
月羅山 덮는 봄 산새 노래
外叔은 戰線의 고운 넋.
진달래꽃 되어 돌아온 넋.
外祖父母 곁에 와 있는 兵丁.
살아 외치는 剛健한 목소리
진달래꽃 꽃바다 파도소리.
　　　　　　　　　―「月羅山 진달래꽃」 전문

　네스Arne Naess는 자아와 자연의 일치를 통해 모든 방향으로 자아의 확
장이 이루어진다고 하였다.[29] 인간과 자연의 피상적인 어울림을 뛰어넘

---

29) Fritjof Capra, 앞의 책, 29쪽.

어, 복사꽃을 통해 인간 삶의 변화가 그대로 표현된 이 작품은 자신의 감각을 자연에 실현하는 자기동일화의 좋은 사례가 될 만하다. 「복사꽃」에서 '나'는 복사꽃을 지칭한다. '나'는 숨어 있거나 잠깐 나타나는 존재가 아니라 작품 속에서 비중 있는 역할을 수행한다. 화자 자신이 스스로 주체가 되어 작품에 등장하고 있는 것이다. 이 변환은 작위적이지 않으며 대상들과 자연스러운 어우러짐을 보여준다. 흥미로운 점은 복사꽃이 여울에서 떠내려 오는 상류와 하류의 과정을, '幼年의 女先生'과 '中年의 스승님'으로 교차하여 비유하고 있다는 점이다. 먼 거리에서 대상을 완상하거나 관찰하는 데 그치지 않고 화자 스스로 복사꽃이 되어 물길 따라 흘러갔기에, 자신의 '榮枯盛衰'에 따라 변환하는 스승의 모습을 보여줄 수 있었던 것이다.

　「月羅山 진달래꽃」의 화자는 '꽃바다에 노는 稚魚'이다. 꽃나무와 '稚魚'가 어색함 없이 연결되는 것은, 「복사꽃」에서 선행된 자기동일화 효과 때문일 수도 있다. 그러나 이 작품은 거기에서 그치지 않고 관계론적 자연을 통째로 끌어와 그 동일화의 현장에 풀어놓고 있다. 「月羅山 진달래꽃」에 드러나는 소재는 '진달래꽃', '월라산', '꽃바다', '치어', '외숙', '외조부모', '병정', '파도소리' 등이다. 언뜻 보기에 전혀 연결고리를 갖고 있지 않은 듯 보이는 이 소재들은 작품 내적인 구조를 통해 긴밀하게 이어지면서 상호의존적으로 서로가 서로의 존재 근거가 되고 있다. 화자가 '치어'로 변모할 수 있었던 것은 진달래가 화사하게 핀 월라산이 꽃바다 같은 장관을 이루었기 때문이다. 비유로써 형성된 '꽃바다'는 화자가 마음껏 유영할 수 있는 공간이 되어 준다. 꽃바다를 유영하는 '나'는 꽃바다의 붉은 이미지 속에서 '醉氣어린 外叔'의 이미지를 읽는다. 그것은 外叔의 취기일 뿐 아니라 戰線에서 흘린 그의 피와 눈물이기도 하다. 外叔의 등장으로 인해, 돌아오지 않는 아들을 오매불망 기다리던 外祖父母도 이어서 모습을 드러낸다. 그들은 '살아 외치는 剛健한 목소리' 속에 서로 해후한다. 이 모든 장면을 바라보는 화자는 여전히 '치어'이다. 그런데도 그는 치어로서 그의 외숙이나 외조부모와 교감하는 데 조금도 불편을 느끼지 않는다. 그들은 자연 존재들로서 전체론적인 생명의 그물 속에 상호 연관을 맺으며 존재한다. 이러한 전체론적인 그물망의 사유 속에서 본다면 '조카', '손자', '치어'는 서로 의존적이며 대등한 부분적 존재에 지나지 않는 것이다. 이 존재들은 서로의 차이성을 털어내고, 전체론적인 세계 속의 대등한 주체들로서 서로를 바라보고 온몸으로 이해하기에 이른다. 그리하여 마침내 전체론적 맥락 속에서 각각의 존재들을 구분했던 인간과 비인간의 경계를 허물고, 서로의 존재망 속으로 스스럼없이 틈입하며 교감하는 모습을 보여주는 것이다. 이처럼 대등한 존재인식에서 비롯된 이 작품의 자기동일화는 화자와 특정 대상과의 동일시를 넘어, 전체론적 그물망 속에서 부분적 존재—인간과 인간 외 존재—들이 상호의존적으로 부드럽게 자리바꿈하고 변화하는 상보적 위치에 대한 깨달음으로까지 이어지고 있다.

6) 맺음말

시집 6권과 시선집 2권, 번역시집 2권, 번역서 1권을 발간하는 등 왕성한 창작활동을 하였음에도 불구하고, 김광협의 작품 세계에 대한 연구는 아직까지 미진하다고 할 수 있다. 이 글은 김광협 초기 시세계를 살펴보기 위해 그의 첫 시집『降雪期』를 텍스트로 하여 생태적 관점에서 논의를 진행하였다. 논의 과정은 '인간과 자연의 관계 모색', '현실 인식과 생태적 상상력', '반문명과 전일적 생명관', '자아실현의 생태 윤리' 등의 순서대로 진행되었는데, 그 내용을 정리하면 다음과 같다.

첫째, 현재 우리가 맞닥뜨린 자연 파괴와 생태 위기는 자연과 인간의 조화로운 관계가 와해되고 이분법적 대립 관계로 치달으면서 벌어진 결과라고 할 수 있다. 김광협은 고향 모티프를 통해서 문명으로 인해 파괴된 에코토피아를 되살리고 그 속에 인간과 자연의 관계를 새롭게 형상화하는 작업을 한다. 그는 현대문명 속에서 살아가는 존재들 사이의 파괴적이고 와해된 관계성에 대한 성찰을 거친 뒤, 인간과 자연이 서로 건강하고 조화로운 연대와 교감을 이루는 세계를 그려낸다.

둘째, 시인뿐만 아니라 언론인으로서 여러 필화사건을 겪으면서도 민중의 편에 서 있었던 김광협의 작품에는 사회와 역사에 대한 현실 인식이 들어 있다. 그런데 모순되고 불합리한 현실에 대한 대안으로써 시인이 생태적 이미지와 생태적 공간을 제시하고 있다는 점은 중요한 의의를 지닌다. 시인이 견지했던 현실 인식 속에 생태적 상상력이 보태짐으로써 그 울림은 독자들에게 한층 더 크게 전해지고 있는 것이다.

셋째, 성장한 뒤 고향을 떠나 경험한 도시문명에 대한 김광협의 시각은 두 가지 경향으로 드러나게 된다. 하나는 산업화와 함께 진행된 인간중심주의적인 문명에 대한 비판적 관점이며, 다른 하나는 그 문명 속에서도 '생명'을 통해 희망적인 가능성을 새롭게 타진해보려는 시도이다. 시인은 작품을 통해 해체된 생명의 가치를 복원해내고, 생명들이 조화롭게 어우러진 유기적 세계를 그려내고 있다. 나아가 이 생명 인식은 생명중심적 평등의식으로 이어지게 된다.

넷째, 전일적 사고에서 비롯된 시인의 '생명'이해는 그의 작품 속에서 생태 윤리로 자연스럽게 발현된다. 이성적이고 분석적인 근대 과학은 생명을 물질로 환원시켜버렸으며, 나아가 모든 자연 대상을 해체하고 파편화시켰다. 그로 인해 벌어진 생태계 위기 현상에 대해 많은 생태학자들은 새로운 패러다임의 전환을 통해 극복해나가야 한다고 주장한다. 자아실현은 인간과 유기적 전체로서의 자연이 하나가 됨으로써 '확장된 자아'로 나아가는 길이다. 김광협은 인간과 자연의 동일시를 통해 자아실현의 과정을 보여주고 있다.

살펴본 바와 같이, 그의 작품에는 자연과 자연의 일부인 사람들에 대한 애정이 잘 드러난다. 그 애정이 생태의식으로 이어진 것은 자연스러운 결과라고 할 수 있다. 『降雪期』는 시대를 앞서 간 한 시인의 따뜻한 메시지이다. 그가 예민하게 포착한 생태의식을 동시대 민중에게 털어놓은 고언이었던 것이다.

참고문헌

구승회, 『에코필로소피』, 새길, 1995.

구자희, 『한국 현대 생태담론과 이론 연구』, 새미, 2005.

김광협 문학 대담, 「고향과 정신의 힘」, 『시와 시학』 제16호, 시와 시학사, 1994.

김병택, 『제주현대문학사』, 제주대학교출판부, 2005.

김성진 외, 『생태문제와 인문학적 상상력』, 나남출판, 1999.

김지연, 「한국 현대 생태주의 시 연구」, 제주대 박사 논문, 2002.

_____, 「1960년대 제주 시단」, 『영주어문』 제7집, 영주어문학회, 2004.

김지하, 『생명과 자치』, 솔, 1996.

박이문, 『문명의 미래와 생태학적 세계관』, 당대, 1997.

송상일, 『천사의 풍문』, 탐라목석원, 1999.

송용구, 『생태시와 저항의식』, 다운샘, 2001.

이귀우, 「생태담론과 에코페미니즘」, 『새한영어영문학』 제43권, 새한영어영문학회, 2001.

이웅백, 「金光協 詩人의 一生」, 『시와 시학』 제16호, 시와 시학사, 1994.

이진우, 『녹색 사유와 에코토피아』, 문예출판사, 1998.

장회익, 『삶과 온생명』, 솔, 2004.

제주특별자치도, 『개정증보 제주어사전』, 2009.

조규익 · 정연정 엮음, 『한국 생태문학 연구총서1』, 학고방, 2011.

최두석, 「시와 생태적 상상력」, 『실천문학』 제72호, 실천문학사, 2003.

Capra, Fritjof. 김용정 · 김동광 역, 『생명의 그물』, 범양사, 2004.

Lovelock, J. E. 홍욱희 역, 『가이아』, 갈라파고스, 2010.

3—2. 김광협 농민시의 특성

1) 머리말

김광협은 1964년 「冰河를 위한 시」로 『新世界』誌 시부문 신인문학상을 수상하였고, 1965년 동아일보 신춘문예에 「降雪期」가 당선되어 등단하였다. 그는 등단 이후 시집 6권과 시선집 2권, 번역시집 2권, 번역서 1권을 출간하는 등 왕성한 문학 활동을 보여주었을 뿐만 아니라, 1974년 현대문학상, 1981년 대한민국 문학상을 수상하였다. 그중 『농민』(1981)은 세 번째 시집이며, 그에게 대한민국 문학상을 안겨준 시집이기도 하다.

그는 시인이자 언론인으로서도 순탄치 않은 길을 걸었다. 동아일보 사회부 기자로 근무하던 시절 1966년 『靑脈』誌에 「大統領에게」, 「국립 서울大學校」, 隨想「월남전 덕분」을 발표하고, 청년문학가협회 권익 옹호 간사 활동을 한 것이 빌미가 되어 1968년 중앙정보부에 용공 혐의로 불법 체포되어 20여 일간 구금 · 기소되거나, 弊習시리즈 기획 기사로 인해 고초를 겪는 등 여러 필화 사건에 휘말리기도 하였다.

일련의 사건들을 미루어 볼 때, 그의 시집 『농민』은 그 시대를 관통하는 농민문학 운동의 흐름 속에서 논의하는 것이 타당하다고 여겨질 수 있다. 그런데 그의 시는 사회역사적 현실 인식을 견지하고 있다는 점에서 당대 농민문학과 동일한 출발선상에 놓이지만, 방법론적 측면에서는 차별화된 그만의 목소리를 분명하게 견지하고 있다. 이 논의는 그러한 특성을 확인하는 데서부터 출발한다.

『농민』에 실린 작품들 상당수의 발표 시기는 1970년대이다.[1] 이 시기

---

1) 『농민』(태멘, 1981)에 수록된 작품 총 68편 중 1970년 이전에 발표된 작품은 12편, 1970년대(1970~1979)에 발표된 작품은 48편, 1980년에 발표된 작품은 8편이다. 시

는 우리 문학사에서 민족문학론에 대한 반성과 논의가 다시 이루어지고 이에 따른 작업이 구체화되었던 시기이다. 1970년대는 군사독재의 정치 상황으로 인한 정신적 피폐와 산업화의 여파로 인한 계층 간 갈등과 대립 등 사회적 문제를 노정시키고 있었다. 이러한 상황 속에서 민족문학론은 역사와 민족의 현실에 대한 인식을 바탕으로 태동하였다. 그 민족문학론 의 구체적 방법론으로 부상한 문학 흐름 중 하나가 농민문학이었다. '농민 시'는 이 농민문학의 하위 개념이라고 할 수 있다.

농민시에 대한 기존 연구는 서범석과 하병우 등에 의해 이루어져 있 다.[2] 특히 서범석은 농민시에 대해 폭넓은 연구를 진행해왔는데 그의 견 해를 빌린다면, 농민시란 '우리 고유의 문학적 풍토 속에서 형성되고 발 전·계승되어온 갈래로서, 전체 사회의 여러 관계 속에서 자기를 실현해 나가는 의식적이고 역사적인 인간으로서의 농민을 위한 시로서 농민의 생활·의식, 농촌의 상황 등을 형상화하여 그들의 삶의 개선을 꾀하는 시'[3]라고 정의할 수 있다.

본고는 전술한 서범석의 '농민시' 개념 정의 속에서 '우리 고유의 문학적 풍토에서 계승된 갈래'라는 점과 '농민의 생활, 농촌 상황 등을 형상화한 농 민의 시'라는 두 가지 핵심 의미에 대해 주목하고 있다. 그러므로 전자의 맥

집의 차례에서는 「콩깍지」가 누락되어 67편만 소개되어 있다.
2) 서범석, 「농민시의 전통」, 『국제어문』제11집, 국제어문학회, 1990. 7, 23~46쪽; 서 범석, 「한국 농민시 연구 서설」, 『국어국문학』 제104권, 국어국문학회, 1990. 12, 111~135쪽; 서범석, 「비판적 리얼리즘시의 양상―1930년대 농민시를 중심으로―」, 『국제어문』 제12·13집, 국제어문학회, 1991. 8, 483~507쪽; 서범석, 「정호승의 생 애와 농민시」, 『국어국문학』 제108권, 국어국문학회, 1992. 12, 119~138쪽; 서범 석, 「신경림의 『농무』연구―농민시적 성격을 중심으로―」, 『국제어문』 제37집, 국 제어문학회, 2006. 8, 163~195쪽; 서범석, 「농민시에 나타난 여성상 연구」, 『국제 어문』 제43집, 국제어문학회, 2008. 8, 147~180쪽; 서범석, 「개화기 농민시의 화자 와 시의식 고찰」, 『국제어문』 제56집, 국제어문학회, 2012. 12, 137~165쪽; 하병우, 「한국 농민시의 사상적 배경」, 『문학춘추』 제8호, 1994. 가을호, 190~207쪽.
3) 서범석, 「개화기 농민시의 화자와 시의식 고찰」, 앞의 논문, 138~139쪽.

락에서는 민요로서의 김광협 농민시의 특성을, 후자의 맥락에서는 시인의 농민관, 주제와 방법론 등의 측면에서 그 특성을 살펴보게 될 것이다.

앞서 언급한 것처럼 김광협의 시들에서 사회역사적 인식이 드러난다는 사실은 김병택의 논의를 통해 이미 밝혀진 바 있다.[4] 그런데 김광협의 농민시의 경우, 그것이 작품 표면에 드러나지 않고 내재화된다. 이러한 특성을 전제로 하여 논의될 구체적인 내용은 첫째 전통적 정서의 서정 민요, 둘째 초월적 농촌 이미지 구현, 셋째 농민에 대한 애정과 새로운 농민시 모색 등이다. 덧붙여서 본고는 김광협의 『농민』을 텍스트로 삼고 있음을 밝혀둔다.

2) 전통적 정서의 서정 민요

농민문학은 1970년대 민족문학의 주요 흐름 중 하나로 논의되기 시작한 이후 현재에 이르러서는 문학의 하위 장르로서 인식되고 있다. 그러나 역사적 맥락에서 들여다본다면, 농민문학을 문학의 본류로서 인식하고 논의를 진행하는 것도 새로운 접근 방법이 될 수 있다. 우리 민족은 예로부터 대부분의 사람들이 농업에 종사하며 농업을 근간으로 여기고 살아온 민족이었다. 그들의 거주지는 농촌이었으며 그들의 삶이란 당연히 농촌에서 벌어지는 농민의 생활을 의미했다. '생활의 배경이 농촌을 떠날 수 없는 농민의식이 지배적인'[5] 것이다.

농민문학의 세분화된 개념이라 할 수 있는 농민시에 대한 기존 논의들은 그 기원을 민요에서 찾고 있다.[6] 노동요에서 비롯된 민요의 본질적 특

---

4) 김병택, 『제주현대문학사』, 제주대학교출판부, 2005, 115~119쪽 참고.
5) 하병우, 앞의 논문, 192~193쪽.
6) 서범석, 「농민시의 전통」, 앞의 논문, 25~26쪽; 하병우, 「한국 농민시의 사상적 배경」, 앞의 논문, 190~192쪽; 심재휘, 「한국 현대시의 전통서정 연구」, 『어문논집』 37권, 민족어문학회, 1998, 232~234쪽 참고.

성은 일노래로서 '기능요'의 특성과 '민중요'의 성격을 함께 가지고 있다.[7] 즉, 농민시는 일의 피로를 덜고 능률을 올리기 위해 불려진 노동요이면서 농민 생활 전반의 의식과 정서를 담아낸 민요에 그 뿌리를 두고 있는 것이다. 그러므로 농민시에는 우리 민족 전통의 정서와 율격이 잔존한다고 볼 수 있다.

그런데 그는 농민의 생활, 농촌 상황 등을 형상화하는 데 있어서 '늘 고된 삶에 시달려온 농민들의 고통스런 현실을 반영해야'[8] 한다고는 생각지 않았다. 이로 인해 그의 농민시는 현실을 밀착되게 그려내기보다는 농촌의 따뜻하고 넉넉한 정서를 보여주는 데 치중함으로써, 농민의 삶이 다소 관념적으로 미화되는 경향이 드러난다. 이러한 특성은 그의 농민시가 일노래로서 가능요의 구실보다는 민중 정서를 담은 비기능요의 구실을 하고 있다는 점과 관련이 있다. 김광협의 농민시가 민요적 리듬을 보여준다는 것은 어렵지 않게 확인할 수 있다. 그의 농민시 중에는 3음보의 율격을 형성하고 있는 사례가 더러 눈에 띄는데, 다음 작품들을 통해 그것을 살펴보도록 하자.

> 한이야 / 많다만 / 많으라하지 //
> 섧기도 / 섧다만 / 설워라하지 //
> 내땅을 / 내일궈 / 내가먹는데 //
> 누구라 / 잔말이 / 그리많은고 //
> 하기사 / 하기사 / 가여운지고 //
> 땅없는 / 봉춘인 / 서러울거야 //
> 섧기도 / 섧기도 / 하겠건마는 //
> 얼씨구 / 봉춘아 / 한잔술함세 //
> 절씨구 / 봉춘아 / 그잔을듬세 //

---

7) 서범석, 「농민시의 전통」, 앞의 논문, 25~26쪽.
8) 서범석, 「개화기 농민시의 화자와 시의식 고찰」, 앞의 논문, 139쪽.

우리야 / 이웃에 / 그럴법한가 //
함께서 / 씨뿌려 / 함께가꾸세 //
　　　ー「심심한 날」부분

　위의 시 「심심한 날」은 3음보의 정형률이 도드라진다. 음보는 休止에
의해서 구분되고 성립되므로 음절수가 고정적이지 않고 그 자의적인 율독
에 따라 가변성을 지닌다. 그런데 위의 시는 문법적 조사를 줄이거나 생략
하는 것은 물론, 현대 국어의 띄어쓰기 규정을 어기면서까지 3음보의 정
형률을 견지하고 있다. 자의적인 율독에 의해 음보가 형성되는 것을 차단
하고 시인 스스로 음보를 명확히 정하여 독자에게 제시하고 있는 셈이다.

　전통적으로 우리 시행을 이루는 기본 율격은 3음보와 4음보이다. 3음
보는 우리의 미의식과 결부된 고유리듬이며, 4음보는 중국 문화의 偶數槪
念의 영향으로 성립된 리듬이다.9) 정병욱은 우리 민족의 전통적인 미의
식에 적응하는 음보율을 3음보에서 찾고 있다.10) 고려시대 시가의 대부
분이 3음보로 이루어져 있으며, 우리 민족의 대표적인 민요라고 할 수 있
는 '아리랑'과 '도라지타령' 등이 3음보로 되어 있다는 점이 그가 전통적
미의식을 3음보에서 찾은 이유이다. 작품 속에서 시인이 고집하고 있는 3
음보는 서민계층의 세계관과 감성을 표현하는 율격이다. 이것은 서민계
층의 리듬으로서 자연적 · 서정적이고 경쾌하며 가창에 적합하다.11)

　「심심한 날」은 농사꾼의 삶을 담고 있다. 화자는 땅뙈기를 가진 자신이
'내땅을 내일궈 내가먹는' 데 자족하고 있으며 모종의 자부심 또한 감추지
않는다. 그러한 자부심이 농사꾼의 애환을 한잔 술로 승화시킬 수 있는 원
천인 것이다. 여기에서 비롯된 마음의 여유는 '땅없는 봉춘이'에 대한 연민
과 포용으로 이어진다. 농사꾼에게 땅이 없다는 것은 삶의 기반을 상실한

---

9) 정병욱, 『한국고전시가론』, 신구문화사, 1985, 31~35쪽 참고.
10) 위의 책, 34쪽.
11) 김준오, 『시론』, 삼지원, 1991, 91~92쪽.

것과도 같은 의미이다. 화자는 그 땅 없는 농사꾼 '봉춘이'를 불러 한잔 술 나누며 '함께서 씨뿌려 함께 가꾸세', '함께서 가꿔서 함께 나먹세'라고 다독인다. 토지 소유의 유무를 떠나 동등하게 농사꾼의 연대감으로서 서로를 위로하고 이해하는 전통적 공동체의 인정이 묻어나는 작품이다. 그런데 한 가지 흥미로운 사실은 농사꾼을 표방하고 있음에도 불구하고 이 작품 속에서는 그것이 구체화되어 있지 않다는 점이다. 농사일을 가리켜 '한 많고 설운' 일이라고 정의하지만, 무엇이 한 많고 설운 일인지 분명하게 드러나지 않는다. 또한 역동적인 농사 현장도 생략됨으로써 화자가 농사꾼이라는 사실을 실감하기 어렵게 한다. 이러한 사실은 그의 시가 기능요보다는 비기능요로서의 민요적 특성을 갖고 있음을 뒷받침해준다. 그의 시는 고된 노동의 피로를 덜어주기 위한 기능요의 목적이 아니라 '민중 정서의 발현이라는 민요적 성격'[12]을 내재하고 있다고 보아야 옳을 것이다. 따라서 그의 농민시는 경쾌하고 가창에 적합한 3음보를 선택하게 된다.

> 白頭山 밑에 / 사는 / 사람들도 //
> 지금 / 김치를 / 먹겠는데 //
> 濟州道 / 동박낭 / 아래로 //
> 김치 한 사발 / 들고 오는 / 玉順이 //
> 붉은 김치 위에 / 내려오는 / 눈발 //
> 玉順이 / 김치를 / 엎질렀는데 //
> 마당에 / 함빡 피어난 / 꽃 //
> 흰 눈 위에 / 피어난 / 붉은 꽃 //
> 활활활활 / 불타오르는 / 꽃 //
> 우리나라의 / 사랑의 / 꽃 //
> —「김치」 전문

---

12) 심재휘, 앞의 논문, 234쪽.

멀리 (/) 바라다보니 /
사람이 (/) 있는데 /
산중턱 아래 (/) 농삿군이네 .//

가까이 (/) 내려다보니 /
사람이 (/) 있는데 /
논배미 가운데 (/) 농삿군이네.//

어어이, (/) 농삿군 /
울고 싶으오오? (/) 웃고 싶으오오? /
아니요오, (/) 그냥 있고 싶으오오. //

　　　　　　　　　　　　　　　　　　ー「농삿군」전문

　「김치」역시 3음보의 율격을 보여주고 있다. 김치는 한국인의 맛을 대
표하는 상징적인 서민 음식이다. 가장 전통적이면서도 서민의 삶을 잘 표
현하는 소재로서 김치만한 것을 찾기는 쉽지 않다. 시인은 이 서민적 소
재에 주목했을 뿐 아니라, 이 소재를 통해 민족적 연대감을 떠올린다. '濟
州道 동박낭 아래 玉順이'와 '白頭山 밑에 사는 사람들'이 서로의 엄청난
지리적 원근감을 털고 한 데 묶일 수 있는 것은 '김치를 먹는다'는 동질성
덕분이다. 그런데 시인은 긴요한 반찬을 엎질러버린 옥순이의 아쉬움이
나 황망함을 보여주는 대신, '붉은 꽃'이라는 비유로써 이 상황을 미학적
으로 덧칠하고 있다. 농민의 실생활에 밀착된 정서를 세세히 그려내기보
다는, 김치를 통해 공유되는 민중적 정서를 발현하는 데 초점을 둔 작품
이라 할 수 있다.
　언뜻 보기에 「농삿군」은 2음보의 율격을 지니고 있는 듯 여겨진다. 그
러나 찬찬히 들여다보면 각 연마다 6음보로 이루어져 있으므로 3음보의
변형으로 볼 수 있다. 이 작품에 등장하는 화자는 농사꾼이 아니라 농사
꾼에게 말을 건네는 관찰자이다. 화자가 제시하는 농사꾼에 대한 정보는

그가 산중턱이나 논배미 아래 서 있다는 것과 '그냥 있고 싶다'고 대답했
다는 것이다. 이 대답조차 농사꾼의 입에서 직접 나온 것인지, 화자의 감
정이입의 결과인지 확실치 않다. 시인은 농민의 피상적 단면을 포착하여
보여줌으로써, 농사 현장에 밀착된 감각을 구사하는 대신 관념적 태도를
다시 한 번 노정시킨다.

그가 그려내는 농민은 척박한 농지를 개간하고 힘든 농사일을 묵묵히
하는 그런 현실적 의미의 농민이라고 보기 어렵다. 그는 대부분의 농민문
학이 그러하듯 농민을 형상화하기 위해서는 그 궁핍하고 고된 현실을 반
영해야 한다는 데 대해 회의적이었다. 따라서 노동에 지친 농민을 달래고
농사의 피로를 덜어주기 위한 기능요가 아니라, 농촌 정서를 발현하기 위
한 비기능요의 관점으로 농민시를 창작하였다. 이런 맥락에서 시인이 전
통적인 서정 민요[13]의 율격에 기대어 창작한 것은 자연스런 일이었다고
도 할 수 있다. 일부 시들에서 문법적 오류를 범하면서까지 구사하였던 3
음보 율격은 시인이 우리 민족의 전통적 리듬에 대해 깊이 고심한 결과일
것이다. 이것은 또한 그가 우리 전통 미의식을 내포하는 리듬으로써 3음
보에 대한 분명한 인식을 갖고 있었다는 의미이기도 하다.

3) 초월적 농촌 이미지

서범석은 신경림의 농민 또는 농촌 소재의 시에 대하여 "1970년대에
부활하여 '민중문학적 농민시'로서 새롭게 나타났다는 역사적 의미를 지
니지만, 앞 세대의 농민시에 비하여 리얼리즘적 방법에서는 후퇴하였다"
라고 견해를 밝힌 바 있다.[14] 이와 같은 견해는 김광협의 시에도 그대로
적용될 수 있다. 김광협의 농민시는 농민의 삶을 사실적으로 그려내기보

---

13) 김흥규는 특정한 일과 관련 없이 흥이 나면 언제 어디서나 부를 수 있는 非機能謠
　　를 '서정 민요'라고 하였다.(심재휘, 앞의 논문, 235쪽)
14) 서범석, 「신경림의 '농무' 연구」, 앞의 논문, 176쪽.

다는 초월적인 이미지 묘사를 시도하고 있다. 여기서 한 가지 짚어봐야 할 것은 시인에게 있어서 '농민'의 의미가 어떤 것인가 하는 문제이다. 그의 농민관에 따르면, 농민이란 민중의 일부였으며 민중의 다른 이름이었다.[15] 그렇다면 그의 작품에 등장하는 농민은 '농사를 생업으로 삼는 사람'에 한정된 의미라기보다는 민중 전체를 대변하는 대리자라고 보아도 무방할 것이다. 앞에서 살펴보았듯이 그의 작품들이 현장감을 포기한 채 구체적이지 않은 묘사를 자주 보여주는 것 역시 이와 무관하지 않다. 농민의 개념을 민중 전체의 영역으로 확대하였으므로, 그의 작품들 역시 농민에 국한된 구체적 정서보다는 민중 전체를 대변할 수 있는 정서를 표현하게 된다. 이런 맥락에서 볼 때, '관념적 정서'와 '비현실적 묘사'라는 진단은 김광협 시의 방법론적 특장으로 재고될 필요가 있다.

그런데 이러한 정황은 김광협 시에 드러난 화자의 시점을 통해서도 확인할 수 있다. 일인칭 화자가 등장하는 작품의 경우는 대체로 회상적 태도를 취함으로써 현실에서 벗어나 있으며, 화자가 관찰자의 입장을 취하는 경우는 일정한 거리를 두고서 대상을 관찰하거나 감상적인 태도를 취하기도 한다. 이 두 가지의 경우 모두 농민의 삶을 비현실적으로 보여주는 데 기여하게 된다. 그리고 이로 인해 형성된 농촌의 모습은 평화로운 농촌 공동체의 초월적 이미지를 띠게 된다. 먼저, 일인칭 화자가 드러나는 작품을 살펴보자.

> 五월달 西歸浦 유자꽃 핀 밤에는 마을 하나이 그냥 등불이 되니까 똑 딱선도 燈을 켜지 않고 지난다. 유자꽃 핀 마을에서 나는 姜小泉이를 읽었는데 姜小泉이는 지금 그 마을에 가 영원히 쉬고 있을지 몰라.
>
> —「西歸浦」전문

---

15) "농민이라 하면 쟁기를 들고 밭을 가는 그 농부만을 지칭하는 것이 아니고, 모든 인간을 대상으로 한, 즉 모든 인간이 농민이라고 생각됩니다."(김광협 문학 대담, 「고향과 정신의 힘」, 『시와 시학』 제16호, 시와 시학사, 1994. 12, 198~199쪽)

우리들 어린 날의 꿈이
지금도 저 토담집
草家茅屋에 삽니다.
저 들판과 하늘과
산과 시냇물과
나무와 풀포기
그리고 저녁연기,
우리들의 꿈은 지금도
저 연기처럼 피어오르고
그 연기의 냄새처럼 향기롭습니다.
우리들의 어린 날은 갈수록
저 꺼지지 않는 등잔불처럼
새삼 더욱 그립기만 합니다.
　　　　　　　　―「農夫」부분

연분홍 꽃송아리 안쪽에
맺힌 이슬 방울도 연분홍.
그 속에 우리집 식구들은 들어가
여름 한철 거기서 살며
아버지는 橘남ㄱ에 약을 치고
어머니는 甘藷밭 김을 매고
油桃花 꽃송아리 연분홍 이슬 속에
우리는 모두 방학책을 읽는다.
앳되고 낭랑한 그 소리도 연분홍,
방학책을 한 줄 더 읽으면
油桃花 꽃송아리 하나가 또 핀다.
　　　　　　　　―「油桃花」전문

　「西歸浦」에 그려진 마을은 시간의 경계를 뛰어넘은 상상의 세계, 마치
무릉도원을 떠올리게 한다. '나'라는 화자는 '유자꽃 핀 마을'에서 '姜小泉

이를 읽었'다고 적고 있다. 그런데 그 행위가 과거형으로 되어 있는 것으로 보아, '나'는 '유자꽃 핀 마을'에서 책을 읽던 어린 시절의 화자 자신임을 짐작할 수 있다. 고향에 두고 온 기억, 그 시절의 공간은 돌아갈 수 없는 세계를 표상한다. 돌아갈 수 없으므로 그곳은 영원한 그리움의 안식처로 자리 잡는다. 1941년 출생한 시인의 유년기는 1950년대 전후라고 볼 수 있다. 압제와 전쟁의 흔적이 아직 남아 있는 시기이기도 하다. 그 시절을 회상한다는 것은 혼란하고 쓰라리게 궁핍한 시기, 농민의 아들이던 자신을 떠올린다는 의미가 아닐 것이다. 회상이란 일반적으로 특별한 감정을 동반하는 행위이다. 그것은 과거 실제 상황에 대해 초점이 맞춰지기보다는 그것을 반추하는 화자 자신의 감정 상태에 더욱 비중이 실리기 마련이다. 그 고조된 화자의 감정상태란 다름 아닌 그리움이며, 그리움에 의해 재구성된 과거 기억은 이상적인 삶의 모습으로 직조돼 드러나게 된다. 화자가 떠올리는 장면이 다분히 세속에서 비껴나 있는 듯 느껴지는 것은 이러한 이유 때문이다. 그러므로 회상 속 '유자꽃 핀 마을의 밤'은 멀리 바닷길을 비춰줄 만큼 환상적인 빛에 싸여 있는 것이다. 이 유자꽃 핀 마을은 어린 화자와 유명을 달리한 강소천이 공존하는 상상의 세계, 시공을 초월한 어울림의 세계이다.

「農夫」 역시 회상을 주조로 한 작품이다. 이 작품은 「西歸浦」에 드러난 것과 달리, 현실의 소재들을 취하려 한 흔적이 보인다. '토담집', '草家茅屋', '등잔불' 등 그 시대적 현실상을 담고 있는 몇 가지 소재들이 등장한다. 그 소재들이 놓여 있는 공간은 '우리들의 어린 날'이며, 화자 스스로 그것을 가리켜 '새삼 더욱 그립기만 합니다'라고 적고 있다. 화자가 떠올리는 회상의 공간으로 돌아가 보자. 이 공간에는 토담집과 초가모옥이 있으며, 들판과 하늘, 산과 시냇물, 나무와 풀포기, 저녁 연기, 꺼지지 않는 등잔불이 놓여 있다. 그리운 감정에 기대어 화자가 회상해낸 마을은 따뜻한 기억이 묻어나는 아늑한 공간이다. '우리들의 어린 날'이라는 표현에서 짐작할 수 있듯이 이 공간은 화자 개인의 공간이 아니라, 공동체의 삶이 살아 숨쉬는 공간이다. 그런데 이 소재들이 그려낸 풍경은 우리가 떠올릴 수 있는 일반적인 옛 마을의 모습이라고 짐작될 뿐, 여기서 농촌만의 특징적인 면을 찾을 수는 없다. '農夫'라는 제목을 통해, 화자가 농부의 아들이고 그자신이 농부임을 추측할 수 있을 따름이다. 화자가 '농부'라는 소재를 통해 그려낸 농촌은 더없이 평화롭고 아름답지만, 그곳은 현실을 뛰어넘어 기억 속에 영원히 존재하는 전통적 공동체의 이미지에 닿아 있는 것이다.

한편 「油桃花」의 화자는 회상을 통해 주객일체의 세계를 형상화하고 있다. 더욱이 이 작품에서는 단란한 농촌 가정의 생활이 앞 작품들에 비해 비교적 사실적으로 그려진다. 비록 단조롭고 피상적인 설명에 그친다 해도 '아버지는 귤나무에 약을 치고', '어머니는 감저밭 김을 매고'라는 대목이 농사 행위를 표현하고 있다는 점 때문이다. 하지만 여기에 덧붙여 '油桃花'라는 제목에 관해 관심을 갖고 살펴볼 필요가 있다. 油桃花는 관상용 식물로써 제주도에서는 돌담 너머 관상수나 가로수로 많이 활용되는 꽃나무이다. 꽃은 아름답지만 독성이 강해서 근본적으로 농업이나 실생활과는 무관한 식물이라 해도 과언이 아니다. 이러한 식물이 표제가 되어 화자의 회상을 이끄는 매개가 된다는 것은, 그 식물의 표피적인 멋에 기대어 고향의 기억을 아름답게 떠올리기 위한 의도라고 짐작할 수 있다. 실생활에 도움이 안 될 뿐 아니라 독성마저 강한 식물의 실체보다는 그 외양을 통해 기억을 매개함으로써, 식물 본연의 의미보다는 부차적인 이미지에 의존하고 있는 셈이다. 이런 이유 때문에, 약을 치고 김을 매는 행위조차 독자들에게는 현실적인 노동 행위로 인식되지 않는 것이다. 그것은 노동 행위라기보다는 자연과의 일체감이 드러나는 농민의 삶을 대변하는 행위라고 여기는 편이 타당해 보인다. 그러기에 어린 화자는 '유도화 꽃송아리 연분홍 이슬 속'에서 형제들과 함께 방학책을 읽는다. 그 스스로 유도화와 일체된 감각을 보여주는 것이다. 더 놀라운 것은 유도화의 반응이다. 유도화 또한 화자의 행위에 대해 나름의 반응을 보여주는데, '방학 책을 한 줄 더 읽으면/ 유도화 꽃송아리 하나가 또 핀다'라는 부분이 바로 그것이다. 이들은 서로의 교감 속에 책을 읽거나 그 리듬에 맞추어 반응하는 등 주객일체의 연대감을 형성한다. 관념 속 초월적 세계에서나 가능한 경지이다.

결국 김광협의 농민시가 농민과 농민의 삶을 소재로 하여 농촌 풍경을 그려내고는 있지만, 그것이 실제 삶의 현장을 표현하기보다는 상상적 관념을 그려내는 데 치우치고 있다. '회상'의 창작 원리에서 비롯된 결과이다.

다음은 화자가 관찰자로서 등장하는 경우의 작품들이다.

> 오, 산은 보랏빛, 햇살도 눈부시군요.
> 저 가을 들판을 바라보니
> 들새들 날아돌며 까불어대고
> 허리 굽혀 낫질하는 사람들
> 등짐 가득 지고 둔덕을 가는 사람들
> 구리빛 붉은 얼굴에는 땀방울
> 땀에서는 햇살들도 더불어 놉니다.
> ―「수확」부분

> 소가
> 뿔을 공중에 내젓는다.
> 뿔에 쏟아지는 달빛 때문이다.
> 달빛에 소는 뿔이 간지러워
> 그래서 외양간으로 들어간다.
> 소의 비밀스런 삭임질의 평화
> ―「달빛과 소와 농부와」부분

복사꽃 꽃잎 지는 한낮,
연분홍 꽃잎 사이
바다는 프르고
햇빛은 와 속살긴다.
唐柚子 이파리에.
　　　　　　　　―「西歸浦의 봄」전문

　「수확」은 제목 그대로 수확하는 농촌의 현장을 표현한 작품이다. 화자는 수확의 장면들을 차례로 적어가고 있다. 맨 처음 화자의 시선이 닿은 곳은 햇살이 눈부신 보랏빛 산이다. 산의 원경을 표현한 듯한 이 색감은 수확하는 농촌 풍경과는 아무런 개연성 없이 그 스스로의 이질적인 색채를 눈부신 햇살 아래 드러낸다. 더구나 화자는 이 풍성한 수확의 현장에 직접 참여하기는커녕, 몸을 숨긴 채 대상을 바라보며 묘사해나간다. 수확의 주체가 아닌 관찰자의 태도를 취하고 있는 것이다. 이로 인해 농부들의 수확 장면은 다분히 상식적이고 피상적인 모습으로 형상화되기에 이른다. 이 사실은 수확 현장의 표현들을 통해서도 쉽게 드러난다. 이를테면 '허리 굽혀 낫질하는 사람들', '등짐 가득 지고 둔덕을 가는 사람들', '구리빛 붉은 얼굴에는 땀방울' 등은 섬세한 시인의 시선으로 포착한 농민의 특정 단면이라기보다, 일반적으로 농민을 생각할 때 떠오르는 전형성을 띤 모습이라고 할 수 있다. 따라서 이 표현들은 독자의 주목을 끌지 못한다. 오히려 앞에서 묘사된 산의 색감 그리고 농부의 땀방울에서 '더불어 노는' 햇살들이 도드라져 보인다. 화자가 주의 깊게 바라본 것은 어쩌면 농부들의 수확 현장의 수고로움이나 노동의 강도가 아니라 수확의 장면이 드러나는 농촌 풍경 자체일지도 모른다. 수확은 분명 고된 노동의 현장이지만, 그것이 상징하는 풍요로움으로 인해 한적하고 여유 있는 농촌 공동체의 관념적 이미지에도 맥이 닿아 있다.

　「달빛과 소와 농부와」를 통해 전술한 농촌 공동체의 평화로운 모습을 확인할 수 있다. 「수확」에서 '햇빛'이라는 소재를 감정의 매개체로 활용하고 있다면, 「달빛과 소와 농부와」는 '달빛'을 매개체로 삼아 감정을 토로하고 있다. 화자가 바라본 것은 달밤에 벌어지는 소의 행동이다. 그런데 이 단순한 장면에 대해 화자는 주관적이고 감상적인 견해를 이어붙이기 시작한다. 먼저, 소가 뿔을 공중에 내젓는 행동에 대해 화자는 '뿔에 쏟아지는 달빛 때문'이라고 설명한다. 그리고 소가 외양간으로 들어가는 행위에 대해서도 '달빛에 뿔이 간지러워'라고 그 이유를 적는다. 여기서 '간지럽다'라는 것이 단순히 물리적 가려움만을 자칭하지 않는다는 것은 충분히 짐작할 수 있다. 달빛은 원래에 간지러움을 유발하는 물리적 기능을 갖고 있지 않다. 따라서 달빛 때문에 생긴 가려움은 피부 표면을 가렵게 하는 물리적 증세가 아니라, 수줍음 따위 정서적 의미를 내포하는 것이라고 볼 수 있다. 물론 이 견해는 화자 자신의 감정이입이 낳은 주관적 견해이다. 소를 화자 자신과 다르지 않은 대상으로 인식하는 태도는 급기야 소의 행동 하나하나에 대해 자신의 감정을 일치시켜 해석하는 데까지 나아가게 된다. 작품 속에서 소는 화자와 똑같은 감정을 가진 대상으로 인식되고 그려진다. 농촌에서 밭을 갈고 노역을 묵묵히 감내하는 일꾼의 모습 대신, 달빛을 통해 인간처럼 감정을 느끼는 소의 모습을 그려낸 것이다. 농촌 공동체의 평화로운 이미지를 묘사하기 위해서는 농촌 현실과는 거리가 있는 비사실적인 소의 묘사가 보다 적합하기 때문이다.

「西歸浦의 봄」에 등장하는 대상은 인간이나 그외 동물처럼 동적인 존재들이 아니다. 이 작품 속에는 '복사꽃', '바다', '햇빛', '唐柚子'등 식물과 비생명체들이 드러날 따름이다. 시인의 어린 시절, 서귀포는 개발의 손이 닿지 않은 채 농촌의 풍경을 그대로 간직한 마을이었다. 대다수 사람들이 농업에 종사하고 농민으로서 살아가는 한적한 마을, 이 작품은 그 마을을 눈에 비친 모습대로 고스란히 옮긴 것이다. 구체적인 삶의 묘사가 없더라도 눈앞에 펼쳐진 풍경이 아름답고 여유로운 농촌의 모습을 떠올리게 한다.

위 작품들에서 우리는 시인이 생각하는 농촌의 이미지를 짐작할 수 있다. 그런데 이것은 농촌 이미지에 머무르지 않고 나아가 이상적인 낙토의 모습을 형상화한 것이기도 하다. 그곳은 단지 배부르게 먹고 넘쳐나는 물질에 싸여 있는 공간이 아니다. 오히려 산업화 과정을 통해 점점 각박해져 가는 현실을 반성하고, 우리가 지나온 평화로운 농촌의 풍정 속에서 소박한 행복을 찾고자 하는 바람이 들어 있다. 그가 인식하는 농민이란 농업에 종사하는 특정 계층의 사람들만을 지칭하는 의미가 아니라, 서로 자유로운 교감을 나누며 소박하게 살아가는 모든 민중의 상징적 이름이었다.

4) 농민에 대한 애정과 새로운 농민시 모색

김광협의 농민시에 표현된 농민의 삶은 구체적이기보다는 다소 피상적인 모습을 보여준다. 이것이 농민의 고통스런 현실을 반영하는 데 회의적이었던 시인의 의지와 더불어, 확대된 농민 개념에서 기인한다는 점은 이미 논의된 바와 같다. 그런데 시인의 이력을 비춰보면 그것만으로는 언뜻 납득하기 어려운 면이 있다. 그는 농민의 아들로서 서귀포에서 나고 자랐으며, 성장한 뒤 이향하기 전까지는 그 자신이 농민이었다. 그가 자신의 작품 중 절반 이상의 소재를 농촌과 농민에서 취할 만큼[16] 농민에 대해 각별한 애정을 갖고 있었다는 사실도 그러한 의문에 무게를 실어준다. 이 의문의 단서를 찾기 위해 1970년대 민족문학론과 농민문학의 연관선상에서 살펴보기로 하자.

1970년대 민족문학론자들은 독재정치의 문제와 산업화에 따른 노동자, 농민, 도시빈민 문제 등에 관심을 갖고 저항담론을 구축하였다. 그들은 진정한 민족문학 담론이란 현실의 비참함과 모순을 드러내고 민중의 요구에

---

16) 김광협은 '현대시인 집중연구'의 문학 대담에서 자신의 작품 중 반 이상의 소재가 농촌과 농민이라는 사실을 명확히 밝히고 있다.(김광협 문학 대담, 앞의 글, 198쪽)

맞춰 전통을 재현해야 한다고 주장한다. 그들에게 있어서 '민중'은 엄밀한 사회과학적 개념으로 사용되기보다는 피지배층 일반을 가리키는 의미로 사용되었다. 그들은 민중에 대해 주체로서의 자기각성을 강조하기도 하였지만, '민중'의 개념을 '민족' 개념과 접속시키는 순간, 민중은 정치 권력의 희생자·피해자이자 '민족'을 위해 헌신해야 하는 저항적 주체로 정향되기에 이른다.[17] 결국 민족문학론의 핵심은 현실에 대한 비판적 리얼리티를 부각시키고 민중들로 하여금 자기 각성을 유도하려는 데 있었다.

1970년대 『창작과 비평』에서 농촌·농민문학이 강조되었던 이유는, '농촌을 통해 민족의 현실을 증언하고 민중들에게 진정한 민중의식과 민족적 사명을 불어넣도록 이끌고자 하는 의도' 때문이었다.[18] 이와 같이 민족문학의 진행과정에서 태동한 농민문학은 '계몽성'이라는 시대착오적인 접근으로 인해 문학 주체의 문제를 노정시키게 된다. 이른바 '농민이 쓴 문학'과 '농민에 대해 쓴 문학'[19]에 대한 논의가 그것이다.

이와 같은 논란 속에서 김광협의 위치는 특별한 것이었다.[20] 그는 지식인이면서 농민이기도 하였으므로 '농민이 쓴 문학'과 '농민에 대해 쓴 문학' 논의 속에서 스스로의 위치 정립에 대해 숙고했으리라 여겨진다. 그 숙고의 결과, 세상에 내놓은 농민시에는 '지식인 농민'이 농민에 대해 쓴 문학으로서 그가 견지했던 농민 인식이 잘 드러나 노정되기에 이른다. 그것은 두 가지 경향으로 드러나는데 첫째, 당대 농민문학의 계몽성에서 벗어

---

17) 이상록, 「1970년대 민족문학론」, 『실천문학』, 2012. 11, 120~122쪽 참고.
18) 위의 글, 127~128쪽.
19) 최원식은 궁극적으로 농민문학이 '농민을 쓴 문학'보다는 '농민이 쓴 문학'이 기본이 되어야 한다고 주장하였다.(최원식, 「농민문학론을 위하여」, 백낙청·염무웅 편, 『한국문학의 현단계 Ⅲ』, 창작과비평사, 1984, 81쪽)
20) 김영호는 1970년대 농민문학의 논의는 농촌현실의 급박함을 강조하면서도 그것의 문학적 수용을 지식인적 차원에서만 진행시키는 자체 내의 모순에 의해 자생적인 농민문화의 창출을 아예 무시해버리는 중대한 오류를 범하게 된다고 주장한다.(김영호, 「농민문학론의 새로운 전망」, 『실천문학』 5호, 1984. 10, 476쪽)

난 차별화 작업21) 둘째, 안빈자족하는 건강한 농민상 구현 등이 그것이다.
먼저 전자의 경우를 살펴보기로 하자.

> 닭이 운다.
> 머언 동네에서 닭이 운다.
> 어두운 곳에서 어두움과 싸우는 자
> 어두운 곳에서 어두움을 쓰러뜨리는 자의 귀에
>
> 닭이 운다.
> 머언 동네에서 닭이 운다.
> 닭의 울음소리가 들린다.
> ─「동트는 산골」부분

> 동백꽃 피 흘리는 마을
> 흰 눈은 동백꽃 핏물에 떨어져 죽어갔다.
> 건덩건덩 덩실덩실 춤바람 날리며
> …중략…
> 乞粒패 따라 죄 덩실덩실
> 건덩건덩 춤바람 날리나니
> 뉘 집 망나닌고, 너는
> 뉘 집 총각인고, 너는
> 뉘 집 홀아빈고, 너는
> 乞粒패 너의 얼굴도 동백꽃 피에 물든다.
> ─「동백꽃」부분

---

21) "그는 당파적 농민문학과는 늘 거리를 뒀다. 사회적 모순을 고발하는 수단으로 농
촌의 궁핍상을 선전하는 따위의 시는 찾아볼 수 없다. 그에게 농민은, 설령 그것이
농민들을 위한 것이라도 목적을 위한 수단이 될 수 없는 존재이다. 농촌계몽의 피
폐성은 이미 충분히 비판을 받았다. 당파적 농민문학은 이 계몽주의 성격을 벗어
날 수 없을 것이다."(송상일, 『천사의 풍문』, 탐라목석원, 1999, 131쪽)

술집 사기접시에
저미어진 귤들이 가지런히 누워있다.
저미어진 귤의 살들이 반짝반짝거린다.
너는 저 群靑 바다가 내려다보이는 濟州 밭고랑에서
여기 서울 琥珀빛 술잔 그늘까지 왔구나.
하기야 옛날 高麗ㅅ적
저 멀리 되놈의 皇室에까지 갔던 너인데
高麗 童貞女들과 함께
禮成江을 빠져나가 갔던 너희들인데
이제 여기 잠시 살들을 드러내어
우리 韓國 청년들의 입맛을 돋우어준들 어떠냐.
귤아, 너는 슬픈 果實이구나.

—「귤」전문

　　당시 농민문학의 흐름은 궁극적으로 '진정한 민중의식과 민족적 사명'
을 일깨우는 데 있으므로 사회·역사적 인식이 자연스럽게 발화될 수밖에
없었다. 그러나 그는 이러한 당대 농민문학, 농민시의 흐름에서 벗어나 독
자적인 횡보를 보여준다. 김광협의 농민시는 '사회·역사 인식의 내재화'라
는 구체적인 방법을 통해 계몽적인 농민문학으로부터 거리를 두고 있
다.[22] 그는 농민의 아들로 태어나 농민으로 성장하였으므로 누구보다 농
민에 대해 잘 이해하고 있었다. 간접 체험으로 습득한 지식의 차원이 아니
라, 직접 몸으로 얻은 경험의 결과였다. 그 자신이 농민이었으므로 농민을
이념적인 계몽의 대상으로 여기지 않았으며, 이러한 조건은 그로 하여금
사회·역사 인식의 생경한 노출보다는 그것을 내재화하도록 유도하였다.
　　「동트는 산골」과 「동백꽃」은 역사 인식을 내포하고 있다. 전자의 경
우, '어두움과 싸우는 자', 그리고 '어두움을 쓰러뜨리는 자'라는 표현이 나

---

22) "나는 이 시집 속에 들어있는 詩가 시혹 조금치나마 時代의 産物이 되어 지는 것을
　　거부한다."(김광협 自序 중에서, 『농민』, 앞의 책, 2쪽)

오지만 이것들의 실체는 드러나지 않는다. 하지만 다음 연 '머언 동네에서 닭의 울음소리가 들린다'는 대목에 이르렀을 때, 독자들은 비로소 이육사의 「광야」를 떠올리게 된다. 이것은 이제 한국인에게 익숙한 역사적 맥락의 문학적 상징으로 자리 잡은 작품이다. 시인은 그 낯익은 문장을 변용함으로써 주제를 간접적으로 노정시키고 있는 것이다.

후자의 경우는 앞의 작품보다 상대적으로 명료하게 그 이미지가 전달된다. '동백꽃'을 향해 피와 죽음의 이미지를 형상화시키는 이 작품은 제주 4·3사건을 환기시킨다. 동백꽃 지듯 툭툭 떨어진 목숨들, '망나니', '총각', '홀아비'는 허망하게 죽어간 이름 없는 넋들이다. 해원과 진혼의 축제처럼 걸립패들의 춤바람이 한바탕 펼쳐진다. 그 이름 없는 죽음들을 상징하는 붉은 동백꽃은 흰 눈과의 강렬한 색상 대비를 통해 가라앉았던 비극을 선명하게 각인시키는 역할을 한다.

「귤」에서는 드물게도 구체적 사건과 정황을 늘어놓고 있다. 고려시대 租貢의 아픈 역사를 형상화한 이 작품은 '귤'을 '高麗 童貞女'들에 빗대어 표현함으로써 까마득한 역사를 현실 속으로 끄집어낸다. '저미어진 귤'과 '저미어진 귤의 살들'이 그 옛날 고려 여인들의 치욕을 상징적으로 잘 대변해주고 있다. 이 작품은 실제 역사의 사건을 소재로 취하였으므로 자칫하면 이념적 선전성을 띨 수도 있지만, '귤'의 의인화를 통해 동화적 분위기를 형성함으로써 그것을 가볍게 희석시켜 내재화한다.

살펴본 바와 같이 시인은 그 스스로가 농민으로서 농민에 대해 쓰기 위해 먼저 당대 농민 문학의 계몽적 주류에서 벗어나기 위해 노력하였다. 따라서 의식적이고 역사적인 주체로서 농민의식과 민족적 사명을 일깨우려 하기보다는 '사회·역사 인식의 내재화'라는 구체적인 방법을 통해 계몽적인 농민문학·농민시와 거리를 두고 있다.

다음은 궁핍하고 수탈당하는 농민 대신 안빈자족하는 건강한 농민상을 구현하는 작품들이다.

울바자에 올라간 호박 덩굴에서
어느날 아침 꽃 한 송이가 벙글었는데,
벙거지 따위를 걸쳐 쓴 서울 사내 두엇이
호박꽃도 꽃이냐며 휑 지나치더라.
…중략…
호박꽃은 아랑곳없이 등황색 평화를 마을에 좌악 깔아놓곤
호박꽃이 그럼 꽃이 아니고 무엇입네까 하며 벙긋벙긋거리다 화알짝
웃더라.

―「호박꽃」부분

저녁 한 끼니
임자는 쌀밥을 짓게나.
내 지은 쌀 내 먼저 한 끼는 먹어보세.
아이야 너는 저 넘어 주막에 가
한 되 탁배기나 받아오렴아.

앞 강물 철철철,
뒷결엔 고욤도 익는구나.
고욤처럼이나 익어가는 얼굴
강물만큼이나 흐르는 심사
에헤 데헤 데헤 에헤
이 해 농사도 다 지었구나.
근심 걱정은 두고 두고 하리니
큰 댓자로 드러눕노라.

―「安貧」부분

오지항아리에서
이 聖者는 東洋의 많은 仁者들을 길러내셨습니다.
그는 梅花 벙그는 봄날 아침
粉靑 보시기에 담겨나와

향기로운 말씀으로 우리들을 感泣시키십니다.
우리가 매양 이 오지항아리 곁을 떠나지 못함은
이 聖者께서 우리들의 큰 믿음이시기 때문입니다.
인류가 그를 배반함은 어리석디 어리석음 뿐
그는 오래오래 영원히 추앙받을 따름입니다.

―「된장」전문

　그 즈음 농민문학의 주요 흐름은 계몽성 외에도 핍박받거나 궁핍한 농민의 삶을 적극적으로 반영하여 표출하고자 하는 움직임을 포함하고 있었다. 이러한 농민시의 양상은 '농민의 생활, 의식, 농촌 상황 등을 형상화하여 그들의 삶의 개선을 꾀하는 시'23)라는 농민시의 개념에 비추어 볼 때 일견 타당성 있어 보인다.

　그러나 당대 농민시와 거리두기를 하였던 김광협의 작품은 전혀 다른 방향에서 농민과 농촌에 대한 형상화가 이루어진다. 그의 작품에 등장하는 농민은 궁핍하고 소외된 존재 또는 핍박받은 역사적 맥락의 민족을 상징하는 존재가 아니었다. 그는 농민에 대한 애정을 바탕으로 하여 안빈자족하는 건강한 농민상을 구현하고자 하였다. '존재로서의 민중'24)을 그려내는 작업을 한 것이다. 그 자신이 지식인이기 앞서 농민이자 농민의 아들이었기 때문에 가능한 일이었다.

　「호박꽃」의 제재는 '호박꽃'이다. 이 호박꽃은 '벙거지 따위를 걸쳐 쓴 서울 사내 두엇'에게서 '호박꽃도 꽃이냐'라고 홀대 당하는 존재이기도 하다. 그런데 이런 수모에 대처하는 호박꽃의 태도는 의연하고 여유롭다. 호박꽃은 자신을 홀대하는 이들에게 적개심과 분노를 드러내는 대신, 그들의 야유에도 '아랑곳없이', '등황색 평화를 마을에 좌악 깔아놓'는 담대

---

23) 서범석, 「개화기 농민시의 화자와 시 의식 고찰」, 앞의 논문, 138~139쪽.
24) 이상록은 "1970년대 민족문학론에서 '민중'의 개념은 '존재로서의 민중'이 실질적으로 무너지고, 지식인에 의해 재해석된 계몽되고 지도되어야 할 주체로서 재현되었다"라고 주장한다.(이상록, 앞의 논문, 122쪽)

함을 보여준다. 타인의 시선에 개의치 않고 자신의 중심을 꿋꿋하게 견지하기 위해서는 무엇보다 스스로에 대한 자부심이 내재돼 있어야 한다. 이 자부심은 외부의 비아냥거림 따위란 속절없는 것으로 만들어버림으로써 스스로의 가치를 더욱 돋보이게 한다. 이 작품 속에서 호박꽃이 상징하는 '농민'의 가치는 '등황색 평화'를 깔아놓는다는 비유를 통해 짐작할 수 있다. 오순도순 살아가는 소박한 사람들, 흙에 발을 딛고 사는 이들의 심성 하나하나가 타인의 홀대에도 아랑곳없이 벙끗 웃는 호박꽃의 평화로움을 닮아 있다.

이 평화로운 농민의 심성에서 우러나는 여유는 「安貧」으로도 이어진다. '安貧'은 농민이 스스로의 삶에 만족하는 데서 비롯된 여유라고 할 수 있다. 이 작품에서 화자가 스스로의 삶에 만족하는 근거로 제시된 것들은 '내 지은 쌀'과 '한 되 탁배기', '익어가는 고욤', '다 지은 농사' 등이다. 여기에는 자본주의 물질문명의 군더더기가 스며들어 있지 않다. 그저 기본적인 의식주만으로도 충분히 만족스러운, 때 묻지 않은 소박함이다. 이렇게 시인이 바라본 농민은 소박한 생활 속에서 만족할 줄 알고, 물질문명의 장식적 삶에 눈 돌리지 않는 사람들이다. 자연에서 얻은 양식과 자연이 주는 풍류로 인해 근심 걱정 덮어두고 '큰 댓자로 드러누울' 수 있는 농민의 관점에서 바라본다면, 문명과 문명의 이기란 한낱 거추장스럽고 불편한 것에 지나지 않는 것이다. 위 두 작품에서 한 발자국 더 나아가 「된장」에서는 농민에 대한 시인의 경외감마저 읽을 수 있다. 시인은 이 작품에서 된장이라는 가장 토속적인 제재를 통하여 농민을 상징적으로 표현하고 있다. 그는 된장이 담긴 오지항아리를 가리켜 '聖者'라고 말하고, 된장을 가리켜 '聖者가 길러낸 東洋의 많은 仁者들'이라고 언급한다. 다시 말해 농민들의 터전으로서 농촌의 자연이 聖者라고 한다면, 농촌에서 살아가는 사람들은 농민이고 仁者인 셈이다. 이 聖者는 화려하거나 위압적이진 않지만 '향기로운 말씀'과 '믿음'을 주는 존재이다. 聖者가 '향기로운 말씀'과 믿음으로 길러낸 仁者 역시 성자를 닮아가는 것은 지극히 자연스러운 일이다. 성자를 닮아가는 인자들, 이러한 시인의 농민 인식이 마지막 두 행에서 갈무리되어 강조된다. "인류가 그를 배반함은 어리석디 어리석음 뿐/ 그는 오래오래 영원히 추앙받을 따름입니다."

살펴본 것처럼, 김광협은 당대 농민시와는 다른 방법론을 통해 농민과 농촌에 대해 형상화하고 있다. 그는 궁핍하고 핍박받는 농민 대신, '지식인 농민'으로서 자신의 농민관을 바탕으로 하여 안빈자족하는 건강한 농민상을 구현하고자 하였다. 이러한 모색은, 70년대 농민문학과 농민시의 계몽주의적 경향에서 벗어나, '80년대 말 이후 고재종, 박운식 등 현장 안에서 농민시인의 목소리로 현실 체험을 형상화해나가는'[25) 농민시가 창작되기까지 가교 역할로서의 시사적 의의도 크다고 볼 수 있다.

5) 맺음말

김광협은 등단 이후 왕성한 창작 활동을 보여주었다. 그중 『농민』(1981)은 세 번째 시집이며, 그에게 대한민국 문학상을 안겨준 시집이기도 하다. 시인이자 언론인으로서도 순탄치 않은 길을 걸었는데, 용공 혐의로 구금·기소되거나, 여러 필화 사건에 휘말리기도 하였다. 일련의 사건들을 미루어 볼 때, 그의 시집 『농민』은 그 시대를 관통하는 농민문학 운동의 흐름 속에서 논의하는 것이 타당하다고 여겨질 수 있다. 그런데 큰 틀에서 볼 때 그의 시는 사회역사적 현실 인식을 견지하고 있다는 점에서 당대 농민문학과 동일한 지향성의 출발선상에 놓여 있으면서도, 방법론적인 측면에서 그것들과는 차별화된 그만의 목소리를 분명하게 견지하고 있다. 본고는 김광협의 『농민』을 텍스트로 하여 그의 농민시에 드러난 몇 가지 특징적인 면에 대해 살펴보았다. 논의 내용을 정리하면 다음과 같다.

---

25) 박혜경, 「체험의 형상화로서의 농민시」, 『실천문학』 16호, 1989. 겨울호, 230쪽.

첫째, 당시 대부분의 농민문학과 달리, 그는 농민의 생활, 농촌 상황 등을 형상화하는 데 있어서 그 궁핍하고 고된 현실을 반영해야 한다는 데 대해 회의적이었다. 이로 인해 그의 농민시는 현실을 밀착되게 그려내기보다는 농촌의 따뜻하고 넉넉한 정서를 보여주는 데 치중함으로써 농민의 삶이 다소 관념적으로 미화되는 경향이 드러난다. 이러한 특성은 그의 농민시가 일노래로서 기능요의 구실보다는 민중 정서를 담은 비기능요의 구실을 하고 있다는 점과 관련이 있다. 일부 시들에서 문법적 오류를 범하면서까지 구사하였던 율격은 시인이 우리 민족의 전통적 리듬에 대해 깊이 고심한 결과일 것이다. 이것은 또한 그가 우리 전통 미의식을 내포하는 리듬으로써 3음보에 대한 분명한 인식을 갖고 있었다는 의미이기도 하다.

둘째, 그의 농민관에 따르면, 농민이란 민중의 일부였으며 민중의 다른 이름이었다. 농민의 개념을 민중 전체의 영역으로 확대하였으므로, 그의 작품들 역시 농민에 국한된 구체적 정서보다는 민중 전체를 대변할 수 있는 정서를 드러내게 된다. 이런 맥락에서 볼 때, '관념적 정서'와 '비현실적 묘사'라는 진단은 김광협 시의 방법론적 특장으로 재고될 필요가 있다. 이러한 정황은 김광협 시에 드러난 화자의 시점을 통해서도 확인할 수 있다. 일인칭 화자가 등장하는 작품의 경우는 대체로 회상적 태도를 취함으로써 현실에서 벗어나 있으며, 화자가 관찰자의 입장을 취하는 경우는 일정한 거리를 두고서 대상을 관찰하거나 감상적인 태도를 취하기도 한다. 이 두 가지의 경우 모두 농촌의 실제 모습에서 벗어나 초월적 농촌 이미지를 보여주는 데 기여하게 된다. 그가 인식하는 농민이란 농업에 종사하는 특정 계층의 사람만을 지칭하는 의미가 아니라, 서로 자유로운 교감을 나누며 소박하게 살아가는 모든 민중의 상징적 이름이었다.

셋째, 1970년대 민족문학의 진행과정에서 태동한 농민문학은 계몽주의적 성향으로 인해 문학 주체의 문제를 노정시키게 된다. 이와 같은 논란 속에서 김광협의 위치는 특별한 것이었다. 그는 지식인이면서 농민이기도 하였으므로 그의 농민시에는 '지식인 농민'이 농민에 대해 쓴 문학으로서 그가 견지했던 농민 인식이 잘 드러나 노정된다. 이것은 두 가지 경향으로 드러나는데, 당대 농민문학의 계몽성에서 벗어난 차별화 작업 그리고 안빈자족하는 건강한 농민상 구현 등이 그것이다. 그 자신이 농민이었으므로 농민을 이념적인 계몽의 대상으로 여기지 않았으며, 이러한 조건은 그로 하여금 사회·역사 인식의 생경한 노출보다는 그것을 내재화하도록 유도하였다. 또한 궁핍하고 수탈당하는 농민 대신 안빈자족하는 건강한 농민상을 구현하고자 노력하였다. 이러한 모색은 70년대 농민문학과 농민시의 계몽주의적 경향에서 벗어나, 80년대 말 이후 농촌 현장 안에서 농민시인의 목소리로 체험을 형상화한 작품이 나오기까지 가교 역할로서의 시사적 의의도 크다고 할 수 있다.

참고문헌

김광협 문학 대담, 「고향과 정신의 힘」, 『시와 시학』 제16호, 시와시학사, 1994.

김병택, 『제주 현대문학사』, 제주대학교 출판부, 2005.

김영호, 「농민문학론의 새로운 전망」, 『실천문학』 5호, 1984.

김준오, 『시론』, 삼지원, 1991.

박혜경, 「체험의 형성화로서의 농민시」, 『실천문학』 16호, 1989.

백낙청, 염무웅 편, 『한국문학의 현단계』 III, 창작과비평사, 1984.

서범석, 「농민시의 전통」, 『국제어문』 제11집, 국제어문학회, 1990.

_____, 「신경림의 '농무' 연구」, 『국제어문』 제37집, 국제어문학회, 2006.

_____, 「개화기 농민시의 화자와 시의식 고찰」, 『국제어문』 제56집, 국제어문학회, 2012.

송상일, 『천사의 풍문』, 탐라목석원출판부, 1999.

심재휘, 「한국 현대시의 전통서정 연구」, 『어문논집』 제37권, 민족어문학회, 1998.

이상록, 「1970년대 민족문학론」, 『실천문학』, 2012.

장덕순, 『구비문학개설』, 일조각, 1996.

장도준, 「한국 시의 전통적 율격과 그 성격 규정에 대한 비판적 고찰」, 『한국문예비평연구』 제15권, 한국현대문예비평학회, 2004.

정병욱, 『한국고전시가론』, 신구문화사, 1985.

하병우, 「한국 농민시의 사상적 배경」, 『문학춘추』 제8호, 1994.

3—3. 젠더 관점에서 바라본 강은교의 여성적 시쓰기

1) 머리말

'여성은 태어나는 것이 아니라 만들어진 것이다'라는 보봐르S. de Beauvoir의 말은 젠더의 관점에서 성차를 설명하는 주효한 발언이다. 젠더 gender란 사회적으로 결정되는 성을 가리키며, 생물학적 성(sex)과는 구분되는 개념이다. 이러한 '젠더' 개념은 남성적 혹은 여성적 특성이 선천적으로 습득되는 것이라고 보았던 생물학적 결정론의 입장을 뒤집는 계기를 마련하였다. 성차를 설명하는 기존의 생물학적 결정론은 인간의 자연적 성에 주목하였다. 성차에 관한 과학적 분석이 이어지기도 했는데, 대표적인 사례는 19세기의 생리학 그리고 현재까지도 영향력을 발휘하고 있는 사회생물학 등이다.[1] 마치 객관성을 띠고 있는 듯 보이는 이러한 과학적 사례들이 결국 여성을 폄하하는 시각으로 이어지게 된 이유는, 그동안 과학이 남성에 의해 주도되었다는 사실과 무관하지 않다.[2]

그런데 생물학적 요인에 의해 여성의 고유한 특징이 규정된다고 보는 결정론적 논리는 역사 속에서 여성의 위치를 가부장적 체계 속에 예속시키는 근거로 이용되어 왔다는 비판을 받게 된다. 서구 근대문명의 이분법적인 세계관을 바탕으로 하여 가부장적 체계는 더욱 견고하게 뿌리를 내렸으며,

---

1) 19세기의 생리학은 세포의 동화작용과 이화작용이라는 가설을 여성과 남성에게도 적용한 것이다. 남성은 이화작용의 결과 적극적이고 능동적 속성을 갖는 반면, 여성은 동화작용의 결과 소극적이고 수동적 속성을 갖는다는 것이다. 사회생물학은 동물의 성 선택이나 성 행동을 인간에게도 적용하여 남녀의 성향을 설명하는 것이다. 수컷은 공격적인 데 반해 암컷은 수동적, 종속적인 것처럼, 남성은 능동적이고 여성은 수동적이어서 각각 공적 영역과 사적 영역에 적합한 기질을 갖게 되었다는 것이다.(현남숙, 「성차를 넘어서」, 연효숙 외, 『철학의 눈으로 읽는 여성』, 철학과 현실사, 2001, 158~159쪽)
2) 위의 글, 157~159쪽 참고.

여성들은 그 속에서 불평등을 지속적으로 경험해야만 했다. 이때 성에 따른 불평등은 생물학적 필요의 결과가 아니라 성차(gender difference)라는 문화적 구성물로 인해 만들어진다는[3] 주장이 제기된 것이다. 성차가 생물학적으로 결정되어 있는 것이 아니라 사회화 과정을 거치면서 결정된다고 보는 견해는 지금까지 여성들의 소극적인 성 기질이나 남성보다 열등한 성 역할을 적실하게 설명해준다. 나아가 여성이 지금과는 다른 성향을 갖고, 지금의 성 역할과는 다른 일들을 해낼 수 있으리라는 변화의 가능성 또한 열어두고 있다.[4]

이 글은 강은교의 첫시집 『풀잎』을 텍스트로 하여 '여성적 시쓰기'에 대한 논의를 진행하게 된다. 이희경은 '여성적 시쓰기'에 대한 논의[5]를 통해서 '여성성 정체성' 추구가 어떻게 드러나는가를 집중적으로 분석한 바 있다. 그는 '여성적 글쓰기'가 여성의 육체성을 바탕으로 한 생물학적 글쓰기를 말하는 여성주의 노선을 표명한다면, '여성적 시쓰기'는 좀 더 포괄적인 의미를 지닌다"[6]라고 설명한다. 본고는 지금까지 논의되어온 '여성적 글쓰기'가 여성주의 노선을 지향하고 있다는 이희경의 견해에 대해서 공통된 인식을 갖고 있다. 그러나 '여성적 글쓰기란 여성의 육체성을 바탕으로 한 생물학적 글쓰기'라고 규정한 데 대해서는, 젠더의 측면을 배제했다는 점에서 재론의 여지가 있다고 본다.[7]

---

3) 페미니즘의 첫 번째 전제는 성차(gender difference)가 남성과 여성 사이의 구조적 불평등의 토대이며 이로 인해 여성들은 사회 속에서 체계적으로 이루어지는 불공평을 경험하게 된다는 것이다. 둘째, 페미니즘은 성에 따른 불평등이 생물학적 필요의 결과가 아니라 성차라는 문화적 구성물에 의해 생산된다는 사실을 전제하고 있다.(Pam Morris, 강희원 역, 『문학과 페미니즘』, 문예출판사, 1999, 14쪽)
4) 현남숙, 앞의 글, 165쪽.
5) 이월영 외, 『여성문학의 어제와 오늘』, 태학사, 2006, 172~208쪽.
6) 이희경이 '여성적 시쓰기'의 논의 대상으로 삼고 있는 여성시는 남성의 대상으로서 여성, 전통적으로 규정된 여성문학의 제한된 글쓰기를 수용하는 범위 안에서 전개된 여류시와 구분된다. 동시에 뚜렷한 여성해방문학, 여성주의 노선을 지향하는 여성주의 시만을 가리키는 것은 아니다.(위의 책, 172~173쪽)

본고에서 논의 대상으로 삼은 텍스트는 강은교의 『풀잎』이다. 주지하는 바와 같이 강은교는 이른바 '여류시인'이라는 편견을 벗어던지고, 자립적인 목소리로 여성의 정체성을 탐색한 선험적 여성시인이다. 본고는 정치적 지향성에 국한되지 않는 포괄적인 의미의 여성적 시쓰기를 전제로 하여 강은교 작품에 드러나는 타자성의 의미와 극복 과정, 지향점에 따른 그 의의를 젠더의 측면에서 검토해나가고자 한다. 구체적인 논의 내용은 다음과 같다. 첫째, '버려진 육체와 주변적 자아'라는 주제 하에 타자성의 의미에 대해 진단한다. 둘째, '타자의 길, 능동적 통과제의'에서는 타자성을 극복해나가는 험난한 통과제의적 과정을 탐색한다. 셋째, '주체의 죽음과 창조적 상생'의 장에서는 극복된 타자성의 궁극적 지향점에 관해 논의하게 될 것이다.

2) 버려진 육체와 주변적 자아

여성에게 부여된 주변적 위치에 대한 논의를 진행하기 위해서는 먼저 젠더에 대한 개념 정리가 이루어져야 할 것이다. 본고에서 사용하는 '젠더'의 의미는 기본적으로 '사회적 성'이라는 기본적 개념 정의에 의존하지만, 이것은 어디까지나 생물학적 성을 배제한 개념이 아니다. 만일 누군가가 '여성'이라는 단어를 사용한다면 그 순간 우리의 머릿속에는 '성별(sex)을 가진 여성'이 자연스럽게 떠오르기 마련이다. 여기서 생물학적인 성은 배제의 대상이 아니라 오히려 수긍할 수밖에 없는 전제 요소라고 해도 틀리지 않을 것이다. 그러므로 본고의 젠더 개념은 생물학적인 성을

---

7) '여성적 글쓰기'의 주요 논객 중 하나인 엘렌 식수는 그녀의 초기 저작 『새로 태어난 여성』에서 남성적/여성적의 구분을 남녀의 성적 특질(sex)과 젠더(gender)에 다같이 연관시킨다. 그러나 1980년대 들어 그는 여성적인 것을 정의하는 데 있어서 여성의 성적 특질보다 사회적 성, 즉 젠더에 더욱 의존하게 된다.(이봉지, 「엘렌 식수와 여성주체성의 문제」, 『한국프랑스학논집』 제47집, 한국프랑스학회, 2004. 8, 10쪽)

바탕으로 하여 사회·역사적으로 형성된 것을 가리킨다.8) 물론 이것은 생물학적 결정론과는 다른 개념이다. 여성적 특성이란 선천적으로 규정될 수 있는 것이 아니며, 사회적 관계 속에서 변화를 겪거나 구체화된다고 보는 편이 타당할 것이기 때문이다. 그리고 그 사회적 변화와 형성 과정은 남녀간 육체적·생물학적 차이가 완전히 배제될 수 없다는 전제에서 출발한다. 바로 이점이 본고에서 확장된 젠더의 개념을 표명하는 이유이다. 이와 같은 내용을 바탕으로 하여 주변적 자아의 타자성에 관한 논의를 이어가려 한다.

> 날이 저문다.
> 날마다 우리나라에
> 아름다운 女子들은 떨어져 쌓인다.
> 잠속에서도 빨리빨리 걸으며
> 寢床밖으로 흩어지는
> 모래는 끝없고
> 한 겹씩 벗겨지는 生死의
> 저 캄캄한 數世紀를 향하여
> 아무도
> 자기의 살을 감출 수는 없다.
>
> 집이 흐느낀다.
> 날이 저문다.
> 바람에 갇혀
> —平生이 落果처럼 흔들린다.

---

8) 보봐르는 불평등한 타자로서의 여자의 종속적 지위와 여자의 소위 '여성적' 기질들은 여자가 '여성의 몸(female body)'을 가지고 역사 안에서, 사회 안에서 살아가는 동안에 그들에게 부과되고 강요된 삶의 방식들에 의하여 '만들어진' 것이라고 주장한다.(신옥희, 「타자에서 주체로 — 시몬 드 보부아르의 여성 해방 사상과 현대 페미니즘」,『한국여성철학』제11권, 한국여성철학회, 115쪽 참고)

높은 지붕마다 남몰래
하늘의 넓은 시계소리를 걸어놓으며
廣野에 쌓이는
아, 아름다운 모래의 女子들
                              ―「自轉 I」에서

그렇다. 바다는
모든 女子의 子宮 속에서 회전한다.
밤새도록 맨발로 달려가는
그 소리의 무서움을 들었느냐.
눈치채지 않게 뒷길로 사라지며
나는 늘
떠나간 뜰의 落花가 되고
                              ―「自轉 II」에서

　　인간관계에서 '주체―주체' 관계는 본래적으로 불가능하고 일단 관계
가 형성되면 양자 중 반드시 한쪽이 타자가 되는 '주체―타자' 관계 내지
'타자―주체' 관계가 형성된다는 사르트르의 견해9)에 이어, 시몬 드 보봐
르는 가부장제 사회 속에서 여성의 자아의식은 '타자'로서의 자신의 지위
와 밀접하게 연결된다고 주장한다. 즉, 가부장제 사회 속에서 타자의 역
할을 떠맡은 사람들이 바로 여성이라는 점을 지적한 것이다.10)
　　「自轉 I」은 『풀잎』에 실린 첫 작품이다. 이 제목이 시집의 첫머리에 놓
임으로써, 제목에 부여된 중의적인 의미들이 의미심장하게 다가온다. '自
轉'이란 '천체가 그 자체의 회전축을 중심으로 스스로 회전하는 운동'을 말
한다. 우주 속에서 자전하는 별들은 자신의 축을 갖고 있다. 작품 속에서

---

9) 이정은, 「주체적 남성, 타자화 된 여성, 상호적 인간」, 연효숙 외, 앞의 책, 88~89쪽.
10) Irene Diamond & Gloria Fernan Orenstein 편저, 정현경·황혜숙 역, 『다시 꾸며보
　　는 세상』, 이화여대출판부, 1999, 204~205쪽 참고.

이 '축'은 스스로에 대한 자의식을 수반한다. 그런데 자의식을 통해 바라보는 自轉의 삶이란, 쳇바퀴 도는 듯한 '스스로의 회전'일 뿐이다. 매일 동일한 궤도 위에서 힘들게 회전하지만, 자신의 위치는 '바람에 갇혀' 한 발짝도 나아가지 못한 채 머물러 있다. 그러므로 이러한 자의식은 자신의 축에서 벗어나 스스로를 바라봐야 하는 중요한 이유이자 근거가 된다.

「自轉Ⅰ」과 「自轉Ⅱ」에서 드러나는 자아는 자신의 축에서 벗어나 바라보는 객체화된 자신의 모습이다. 그것은 '떨어져 쌓이고', '침상 밖으로 흩어지고', '흔들리고', '廣野에 쌓이고', '부서지고', '사라지는' 모습으로 형상화되어 있다. 외부로 버려진 채 방치된 존재의 모습이다. 이것은 중심에 속해 있지 않으며 중심 밖으로 밀려난 주변인으로서의 자아인 셈이다. 구체적인 비유로써 '落花'와 '落果'가 등장한다. 落花와 落果는 늘 '떠나간 뜰의 落花'가 되고 '흐느끼는 집' 속에서 흔들리지만, '아무도 자기의 살을 감출 수 없다'는 사실을 직시하는 타자성을 띤 주변적 자아이다.

「自轉Ⅰ」에 드러나는 주변적 자아의 모습은 육체성을 띠고 있다. 그들은 '아름다운 女子'이지만, 침상에서도 몸의 온전한 주체가 되지 못한 채 소외되어 있다. 이렇게 '감출 수 없는 자기의 살'은 '침상 밖으로 흩어지는 모래'처럼 소외된 채 버려져 있을 따름이다. 중심에서 밀려나 주변인으로서 객체화되었다는 뜻이다. 그런데 화자는 주변인으로 밀려난 타자성을 인식하면서도 그 사실을 담담히 묵시하고 수용한다. 보봐르가 『제2의 성』에서 여성이 자신을 규정하기 위해서는 '나는 여자다'라고 선언해야 한다고 말한 의미는, 여성 스스로의 주체성을 모색하기 전에 먼저 남성 중심 현질서 속에서 불평등한 자신의 타자성을 인정해야 한다는 것이다.[11] 「自轉Ⅰ」의 화자 역시 육체성을 내포한 자신의 젠더를 남성 중심의 세계에서부터 밀려난 주변부의 타자로 인지하고 있다.

---

11) 이봉지, 앞의 논문, 236쪽; 신옥희, 앞의 논문, 109~110쪽 참고.

한 가지 눈여겨 볼 것은, 화자가 육체에 대해 지극히 건조한 태도를 견지하고 있다는 점이다. 이것은 두 가지 의미를 지닌다. 첫째, 강은교의 작품 속에 그려지는 생물학적 성은 젠더의 전제 요소이지만 에로티즘의 욕망이나 생산적 모성으로 이어지지 않는다. 다만 그것은 '비리데기' 모티프에서 드러나듯이 가부장적 체계 내 '차별받는 존재'로서의 성적 차이를 보여줄 따름이다. 둘째, 육체성에 부여하는 젠더 의식을 통해, 여성으로서 시인이 추구하는 주체성 모색의 향방을 가늠할 수 있다. 여성의 육체는 '권력의 현실적인 작용점'과 '저항의 시발점'이라는 의미를 지닌다.[12] 즉, 권력으로부터 억압받는 가장 현실적인 처소로서의 육체는, 스스로를 억압하는 권력의 실체에 저항하는 시발점이 된다는 것이다. 그런데 강은교 시에 드러난 젠더 의식은 '저항의 시발점'으로서의 육체성에 대해 큰 의미를 부여하지 않음으로써, '권력으로부터의 억압 형태' 또는 '그것에 대한 저항'과는 모종의 암묵적인 선긋기를 하고 있는 것이다. 이로 인해 앞으로 전개될 '타자성 극복'의 방향이 권력에 대한 저항과는 다른 형태로 전개될 것임을 짐작게 한다. 보다 구체적으로 명시되고 있는 다음의 시를 보자.

> 비어 있는 터 어디에나
> 헛된 것은 헛되임으로 고이고
> 한 자갈로서 저희 맨살을
> 오래 멈추고저 한다.
> 들어라, 물 끝에서 오래 된 女子 하나
> 구겨지며 언제나
> 해거름으로 떠돌고 있나니
> ―「風景祭」(臨津江)에서

---

12) 임명숙, 「젠더 공간에서의 여성적 글쓰기 양상 모색」, 『돈암어문학』 제14집, 돈암어문학회, 2001. 10, 59쪽.

여기엔 지붕도 없고
한 잠의 고요도 없고
―具의 꽃이 다만
寂寞風景에 식은 자기 뿌리를 펼 뿐.
　　　　　　―「風景祭」(지는 해)에서

　「風景祭」 시리즈는 제목 그대로 자신을 둘러싼 풍경을 보여준다. 「風景祭」(臨津江)에서 자아는 '한 자갈로서' 맨살인 채 물 끝에서 '구겨지며 해거름으로 떠도는 오래된 女子'의 모습으로 그려진다. 중심에 머무르지 못하고 밖으로 밀려나 떠도는 주변적 자아이다. 자연히 이 주변적 자아는 타자성을 띠게 된다. 강은교 시의 특성은 여성(화자)에게 주변적 자아로서의 타자성을 부여하지만, 정작 화자를 타자이게 만든 주체의 실체는 드러나지 않는다는 점이다. 이것은 주체를 주체로서 인식하지 않는다는 의미이며, 주체의 자리를 비운 채 공란으로 남겨놓는다는 의미이기도 하다. 다시 말해 현실의 가부장적 질서 속에서 강압적인 힘을 행사하는 남성 혹은 남성적 실체를 상정한 뒤, 이를 주체로 인식함으로써 적대적 감정을 갖지 않는다는 것이다. 그러나 실체가 드러나지 않는 주체 때문에 타자의 위치는 더욱 막막한 주변성을 띠게 된다. 화자가 '지붕도 없'고 '한 잠의 고요도 없'는 막막하고 불안한 주변적 위치를 인식하는 것은 이 때문이다. 여기에서 '식은 뿌리'를 펴는 '―具의 꽃'은 화자 자신을 가리킨다. 육체성을 포함하지만 능동적인 욕망이나 생산성으로 나아가지 않는 젠더 의식으로 인해, 급기야 자신을 '―具의 꽃', 즉 꽃의 사체라고 표현하고 있는 것이다.

　그는 작품들을 통해 중심에서 밀려나 주변으로 '버려진 육체'를 '버려진 나'로 인식하고, '버려진 나'를 통해 '버려진 여성성'을 성찰한다. 이렇게 시인이 스스로 '육체의 죽음'을 선언하고, 버려진 주변적 존재로서의 여성 젠더를 수용하는 것이 그가 타자성을 극복해나가기 위한 첫 번째 단계가 된다. 주목할 만 한 점은, 시인이 자신의 타자성을 억압적인 피해 상황으로 파악하지 않으므로 굳이 이것에 대해 열등감을 느끼지 않는다는 점이다. 또한 그는 자신에게 부여된 '타자성'을 인식하지만 이것을 야기한 구체적인 대상을 적시하여 반감을 드러내지도 않는다. 그는 '타자성'의 원인을 지목하거나 외부를 향해 대결구도를 형성하지 않은 채, 다만 여성 젠더로서 '타자성'을 담담히 성찰한 뒤 수용한다.

3) 타자의 길, 능동적 통과제의

'버려진 육체와 주변적 자아'에서 드러난 '타자성'은 어떤 강압적이거나 부정적인 외부 실체를 상정하고 있지 않았다. 이러한 점은 전술한 바와 같이 강은교 시의 특징적인 면모라고 볼 수 있다. 이희경은 여성의 입장에서 보고, 생각하고, 쓰려고 할 때 가장 먼저 터져 나오는 것이 여성 현실의 억압과 부조리함이라고 적고 있다. 여성이 처한 현실을 직시하고, 그것을 여성의 눈으로 보고, 쓰는 것이야말로 여성성을 바탕으로 한 시 쓰기의 첫걸음이라는 것이다.13) 여성으로서 여성성을 바탕으로 한 시 쓰기는 '여성이 처한 현실'을 직시한 뒤 이루어지는 것이 틀림없지만, 그 방법론적 측면에서 강은교는 '여성 현실의 억압과 부조리'를 노정시키거나 그 불평등한 주체·타자관계를 야기한 실체를 지목하여 그 대상과 반목하는 대신, 자신이 처한 현실을 능동적으로 극복해나갈 방법을 깊이 성찰하고 있다. 그리고 그 침잠 속으로 깊숙이 고통스러운 닻을 내린다. 이러한 이유로 인해, 이 장에서 이어지는 타자성 극복의 방식은 현질서와 가부장적 체계에 대한 대립의 형태로 나아가지 않는다. 그가 택한 방식은 처절한 성찰이다.14) 사투와도 같은 내면 탐색, 이 기나긴 여정은 두 말할 필요 없

---

13) 이월영 외, 앞의 책, 174~175쪽.
14) 아도르노는 고통을 진리의 기본 조건으로 간주한다.(노성숙, 「아도르노의 모더니티 극복과 여성 주체성」, 『한국여성철학』 제7권, 한국여성철학회, 2007. 6, 105쪽)

이 '타자의 길'이다. 스스로를 '타자'로 인식한 그가 타자성을 극복하기 위해 치르는 능동적 통과제의의 여정인 셈이다. 흥미로운 점은, 강은교 시에서 '타자성 극복'이란 '주체적인 젠더로서의 길 찾기'이며 이것은 '비리데기의 아버지 구원'라는 통과제의적 상징성을 통해 수행된다는 점이다. '비리데기'는 시인 자신이 투사된 대상이며, 동시에 '여성'을 대변하는 존재이기도 하다.

> 그렇다 旅行이다.
> 가장 가까운 곳에서
> 눈물 하나가 바다를 일으킨다.
> 바다를 일으켜서는
> 또 다른 바다로 끄을고 간다.
> 부끄럽게 가만가만
> 暴風 속에서도 새우를 키우며
> 돌아오지 않으려고
> 바다에서 자는 물,
> 잠자리가 불편하다고
> 곳곳에서 女子들은
> 무덤을 가리키며 울었다.
> ―「비리데기의 旅行노래―二曲·어제 밤」에서

「비리데기의 旅行노래」는 연작 형태로 제1곡에서 5곡까지 이어진다. '비리데기'에 대한 기존 논의에서는 '버려지는 존재로서의 여자'[15] 또는 '가부장제 이데올로기의 희생자'[16]라는 해석이 설득력 있게 제기되었다. 그런데, 강은교 시에서 '버려지는 존재로서 여자'의 자의식은 자신을 유기

---

15) 김혜련, 「그녀의 바리데기, 아름다운 전율」, 유성호 편, 『강은교의 시세계』, 천년의 시작, 2005년, 78쪽.
16) 송희복, 「강은교의 시세계와 여성생태주의」, 위의 책, 227쪽.

하는 존재에 대해 원망보다는 '애증이 교차하는 아버지상'을[17) 형성해나
가고 있다. 실제로 전쟁의 와중에 아버지와 헤어진 적 있는 그는 채 100일
이 안 되었을 때 그리고 다섯 살 때, 강보에 싸이거나 어머니의 손에 이끌
려 아버지를 찾아 헤맨 경험이 있다.[18) 이러한 모티프는 그의 시에서도
'비리데기'에 의해 그대로 재현된다. 타자성 극복을 위한 주체성 탐색의
길이기도 한 이 과정은 통과제의의 형식을 따르고 있다.

위의 시 「비리데기의 旅行노래 — 二曲 · 어제 밤」는 그 출발을 선언하
는 내용이라고 볼 수 있다. '그렇다 旅行이다/ 가장 가까운 곳에서/ 눈물
하나가 바다를 일으킨다'에서 시인은 통과제의의 과정을 '旅行'이라고 적
고 있다. 이 여행은 '눈물 하나가 바다를 일으키는' 여정이며, '바다를 일으
켜 또다른 바다로 끄을고 가는' 상징적인 모습을 띤다. 시몬느 비에른느의
견해를 빌리면, "통과제의적 여행이 취했던 형태 속에는 모두 '모태회귀'
라는 공통적 모티프가 존재"한다. '바다'와 '어머니'는 등가성을 지닌 대상
들로써, "물 속에 들어간다는 것은 우주 생성 이전의 단계로 회귀하는 것"
을 의미한다.[19) 한 존재가 통과제의의 입사의식을 통해 새로운 존재로 다
시 태어나듯이, 위 시의 화자는 '타자성 극복'을 위한 탐색의 길이란 태아
상태로의 모태회귀[20) 즉 탄생 이전으로 돌아가는 것처럼 험난한 과정의
통과제의임을 직시하고 있는 것이다.

누가 날 살리리
날 살릴 이 누가 있더냐

---

17) 이혜원, 「생명을 회구하는 바리데기의 노래」, 위의 책, 296쪽.
18) 강은교, 『순례자의 꿈』, 나남, 1991, 384~387쪽 참조.
19) Simone Vierne, 이재실 역, 『통과제의와 문학』, 문학동네, 1996, 50~51쪽.
20) 통과제의를 총괄할 수 있는 양상 세 가지는 다음과 같다. 첫째, 죽음의 제의. 둘째,
   태아 상태로의 귀환.(모태회귀) 셋째, 지옥으로의 하강 또는 천국으로의 상승.(위의
   책, 32쪽)

밥상 위에 놓아 둔 時間이 모두 젖어
그대의 눈은
빈 그릇을 만지며 울고
번개 기다리는 들에는
부끄럽게 부끄럽게
흩어져가는 어머니 어머니,
　　　－「비리데기의 旅行노래－五曲·캄캄한 밤」에서

　　시인은 「비리데기의 旅行노래－五曲·캄캄한 밤」의 註를 통해 "비리
데기는 亡人의 樂地往生을 기원하는 巫歌로서, 山中에 버림받은 오구大王
의 일곱째 딸 비리데기가 죽은 父母를 살려내기 위해 저승에서 藥水를 구
해오는 줄거리로 되어 있다."라고 밝히고 있다. 위에 인용된 부분은 오구
大王이 병들어 죽어가면서, 버려뒀던 일곱 째 딸 '비리데기'에게 도움을
청하는 장면이다. 자신이 버렸던 딸의 도움을 받아야만 살 수 있는 오구
대왕의 역설. 약을 구하기까지 험난한 과정이 가로놓여 있음에도 불구하
고 비리데기는 王의 제안을 받아들인다. 마치 전형적인 효녀설화를 보는
듯한 작품이다. 그러나 비리데기 희생의 대가로 불사약을 구해 아버지를
살린다는 내용은 표면상의 이야기 구조일 뿐이다. 다시 말해, '비리데기'
라는 '여성'이 자신을 희생하여 '오구大王'으로 대변되는 '가부장적 세계'
를 떠받친다는 해석은 자칫 도식적인 이원론의 구조를 심화시키는 데 기
여할 수 있으므로 주의할 필요가 있다.

　　자아의 의식은 결핍과 고통의 의식이다.[21] 비리데기 통과제의의 고행
은 부권(가부장)에 희생되는 여성의 이야기가 아니라, 여성 자신이 능동
적으로 자신의 타자성을 극복하고 새로운 갱생으로 나아가기 위한 피눈
물 나는 탐색의 여정이다. 비리데기는 자신을 유기한 주체로서 아버지라
는 '권력'을 직시하지만, 그것을 배척하거나 증오하지 않는다. 오히려 아

---

21) 한자경, 『자아의 탐색』, 서광사, 1997, 102쪽.

버지를 살려낼 수 있는 불사약을 찾는 데 역동적으로 참여함으로써 이원론적 대결구도를 불식시키고, 서로의 위치를 상보적인 관계로 재배치한다. 이런 맥락에서, '밥상 위에 놓아 둔 時間'은 밥상으로 비유되는 집안의 가사공간 속에 협소하게 국한되었던 주변적 자아로서의 여성, 버려졌던 비리데기의 지난 시간을 의미한다. 이 시간 속에서 비리데기는 자신이 타자임을 인식하면서도, 타자성의 굴레 속에 스스로를 유폐시키고 있었다. 화자는 그 속에 들어 있는 자신을 '부끄럽게 부끄럽게 흩어져 가는 어머니'라고 표현한다. 주변적 자아로서 과거의 화자는 '가부장적 기존 질서에 매몰된 이 땅의 무기력한 어머니'의 모습으로 치환되었다가 이내 흩어져 사라져간다. 여기서 '부끄럽게 부끄럽게 흩어져 간다'는 것은 과거의 존재를 지워내는 과정이다.

그런데 이 장면에는 자아를 바라보는 이중의 액자가 존재한다. 자아란 타자와의 관계 속에서 성립된다. 위에서 비리데기는 '딸을 버린 오구大王'이라는 타자를 통해 자아를 인식하고 있다. 그런데 화자는 '버려진 비리데기'라는 타자를 통해 자신의 자아를 인식하고 있다. 이들의 자아인식은 자연스럽게 타자성으로 이어진다.

다음은 통과제의의 정화의식이 잘 드러난 작품이다.

> ① 우리가 물이 되어 만난다면
> 가문 어느 집에선들 좋아하지 않으랴
> 우리가 키운 나무와 함께 서서
> 우르르 우르르 비오는 소리로 흐른다면.
> ② 그러나 지금 우리는
> 불로 만나려 한다.
> 벌써 숯이 된 뼈 하나가
> 세상에 불타는 것들을 쓰다듬고 있나니
> ③ 萬里 밖에서 기다리는 그대여

저 불 지난 뒤에

흐르는 물로 만나자.

        ─「우리가 물이 되어」에서

  4원소(대지, 물, 공기, 불)에 의한 정화의식의 기원은 고대 제의에서 찾을 수 있는데, 이 네 가지 원소와 관련된 시련은 통과제의적 상징을 환기시킨다. 즉, 대지의 어두운 방은 죽음의 영역이다. 물은 육욕의 무게를 씻어주며, 공기는 신념을 없애주고, 불은 영혼을 정결하게 한다.[22] 위의 시에서 ①은 물과 공기에 의한 정화의 과정이다. 화자는 물을 통해 육욕의 무게를 씻어낸 뒤 스스로 물이 되고자 한다. 통과제의의 첫 관문은 때처럼 눌어붙은 욕망들을 씻어내야만 건너갈 수 있다. 그러나 켜켜이 쌓인 욕망들을 씻어내는 일은 살점을 떼어내듯 지난한 고통을 수반하는 것이다. 이렇게 '물에 의한 정화'를 쓰라리게 겪은 뒤에야 비로소 그는 '우르르 우르르 비오는 소리'로 흐르는 유연한 몸을 얻는다. 이 유연한 몸은 '비오는 소리'가 상징하는 공기에 의한 정화의식을 다시 거친 뒤 '흐르는 몸'으로 거듭나게 된다. 전술한 통과제의의 상징성에서 드러나듯이 공기의 정화의식으로 신념을 없애버린다는 것은, 신념조차 편견일 수 있음을 자각하는 열린 사고로의 도약을 의미한다. 사고의 자유로움이다. 육욕과 사고의 자유로움을 얻은 '흐르는 몸'은 ②에서 불에 의한 영혼의 정화의식을 치르게 된다. 불로써 '숯이 된 뼈 하나', 즉 불꽃으로 타오른 몸은 영혼의 정화의식을 치르며 '세상에 불타는 것들을 쓰다듬는' 객체화된 모습을 보여준다. '세상에 불타는 것들을 쓰다듬는'다는 의미는 '숯이 된 몸'이 '세상에 불타는 것들'과 함께 타오르고 있다는 뜻이다. 그렇지만 ③에 이르면, '저 불 지난 뒤에 흐르는 물로 만나자'라고 하여, 정화의 시련을 거치고 죽음을 통과한 뒤 재생의 의지를 내비친다. 이 통과제의적 죽음에는 그 자

---

22) Simone Vierne, 앞의 책, 36~37쪽.

체 내에 재탄생의 약속이 담겨 있다.[23) 이와 같이 비리데기가 걸어가는 '타자의 길'은 죽음을 통과하는 것 같은 극심한 통과제의의 과정을 포함하는 것이다. 그러나 그것은 결코 비극적이지 않다. 통과제의의 법칙 속에 원초적 역동성이 담겨 있듯이[24) 비리데기의 험난한 길 끝에는 새로운 생이 약속처럼 놓여 있을 것이기 때문이다.

> 가까운 大陸에는
> 몇 번이나 다시 고친 긴 무덤
>
> 멀리 갈 때는
> 낡은 신발도 먼저 가며 흐느낀다.
> 가다가 언뜻언뜻
> 바람에 칫수를 들키기도 하면서
> 그러나 懺悔하지 않는
> 내 신발의 千里
>
> 길이 멎고
> 앞선 江이 끊어진다.
> 몇 집이 공터에서 헤어져
> 바깥바다로 끌려가고
> 마지막으로
> 우리는 虛空에 도착한다.
> ―「旅行次」에서

강은교의 시에서 드러나는 통과제의는 처절한 성찰과 탐색의 과정이다. 마치 한 개인이 입사의식을 통하여 새로운 세계의 일원으로 발을 들여놓듯이, 그는 외롭고 험난한 제의의 모든 절차를 묵묵히 인고해낸다. 그것은 '몇 번이나 긴 무덤을 다시 고치는 것'처럼 고통스럽고, '千里의 길

---

23) 위의 책, 186쪽.
24) 위의 책, 185쪽.

을 낡은 신발로 흐느끼며' 가는 머나먼 길이다. 그 머나먼 여정의 끝에서
'길이 멎고, 앞 선 江이 끊어'진다. 그리고 마침내 '마지막으로 우리는 虛空
에 도착'하게 되는 것이다. 지금껏 강은교가 그려낸 통과제의는 외롭고 곡
진한 개인의 자기성찰과 탐색이었다. 그런데 마지막 부분, 즉 통과제의의
머나먼 여정의 끝에서 그는 자신이 탐색해온 외로운 '타자의 길'이 혼자만
의 것이 아니었음을 인식하고 비로소 젠더로서 자신이 서 있는 여성의 위
치를 돌아보게 된다. 지금까지 자신이 걸어온 '타자의 길'은 개인이 아니
라 '우리', 여성의 일원으로서 걸어온 상징적인 탐색의 길이었던 것이다.

　강은교는 일부 여성시인들이 보여주는 '부권의 거부를 통한 여성적 시
쓰기'[25])와는 다른 형태로 자신의 작품세계를 형성해나간다. 작품 속에서
비리데기가 오구大王을 바라보는 시선은, 시인이 자신의 아버지를 바라
보는 시선과 동일하다. 비록 자신을 버린 주체이지만 비리데기는 오구大
王을 인정할 뿐만 아니라, 그를 살리기 위해 위험을 무릅쓰고 '불사약 찾
기'라는 험난한 여정 속으로 거침없이 뛰어든다. 비리데기의 이러한 결정
이 그 누군가의 압력이나 강권에 의한 것이 아니라 스스로의 결정에 의한
것이라는 사실은 중요한 의미를 지닌다. '불사약 찾기'는 강은교가 '비리
데기'라는 타자에게 타자성 극복의 방법으로 제시한 상징적인 통과제의
의 내용이다. 이 험난한 통과제의에 능동적으로 참여함으로써 비리데기
는 이미 주변적 타자가 아니라 스스로 삶의 결정권을 가지고 수행해나가
는 주체로 자리매김하게 된다. 설화 속 존재 비리데기에게 부여된 신성
성[26])은 이러한 행위에 대해 더욱 의미심장한 소명의식을 부여한다. 버려
진 공주 비리데기가 자신을 유기한 오구大王을 통해 비춰본 자아는 주변
적 존재로서 타자성을 지니고 있었지만, 그는 오구대왕을 거부하거나 부

---

25) 이월영 외, 앞의 책, 183쪽.
26) 유성호 편, 앞의 책에서 송희복은 비리데기를 '여신'(227쪽)으로, 이혜원은 '신성한
　　여성성'(294쪽)으로 해석한다.

정하지 않았다. 그는 오히려 오구대왕이 구축한 기존 체계 속으로 뛰어들어가 타자성을 극복하고 주체적 젠더로서의 길을 찾기 위해 고통스러운 통과제의의 과정을 거친다.

놀라운 사실은 "거기서 일어서는 한 사람/ 내 그리운 아버지를 본다"(「黃昏曲調 三番」)에서 드러나듯이, 버려졌던 비리데기가 자신을 버린 오구대왕에 대해 원망을 토로하기보다는 여전히 애정을 숨기지 않는다는 점이다. 이러한 '애정'은 강은교의 여성적 시쓰기가 기존 사회질서에 대한 반감이나 전복을 꾀하는 것과는 거리가 있음을 암시하는 것이다. 비리데기는 이미 자신의 타자성을 직시했지만 이것을 스스로 극복 가능한 것으로 인식하고 타자성을 극복하기 위한 고행의 길을 택한다. 이때 '오구대왕을 살려낼 약 찾기'라는 지난한 과제를 거부 않고 능동적으로 수용함으로써, 그 구체적인 방법론은 기존질서 체계와의 상보상생적인 방향을 지향하고 있음을 보여준다. 그가 기존질서 속의 대안적 관계로서 그려내는 창조적 상생의 새로운 질서에 대해 다음 장에서 논의하고자 한다.

4) 주체의 죽음과 창조적 상생

타자화된 상태에서 벗어나는 것은 곧 주체화 과정을 뜻하는데, 여기에서 주체화 과정은 전체와의 대안적 관계를 창출해내는 것을 의미한다.[27] 논의된 바와 같이, 시인은 자신을 주변적 자아로서 인식하고 있었지만, 자신을 타자로 비추는 아버지에 대해 단순한 원망이나 증오가 아닌 양가감정을 표출한다. 이것은 타자로서의 자신과 가부장적 기존 질서를 대변하는 아버지의 관계가 긍정적으로 전개될 수 있는 단서를 제공하는 것이기도 하다. 다음 시를 통해 양자 관계의 발전적 가능성을 타진해보자.

---

27) 문순홍, 「생태여성론의 이론적 분화과정과 한국사회에의 적용」, 『여성과 사회』 제 7호, 한국여성연구소, 1996. 6, 53~54쪽.

내가 마시는 물의 무게를,
내가 지고 가는 하늘의
一千萬個의 별빛을,
내가 씹는 살(肉)의
피의 이 좋은 맛,
무너지지 않으면
壁은 이미 壁이 아니다.
무너져 太陽의 언저리에서
千萬 번 돌다가 돌아다니다가
어디서든 부딪쳐 깨어짐의 希望을,
세상 한 쪽은 늘 피로 물드는
希望의 끝간 데를,
거기서 일어서는 한 사람
내 그리운 아버지를 본다.
— 「黃昏曲調 三番」 전문

　비리데기가 수행한 통과제의를 통해서 드러나는 것처럼, 시인은 타자
성 극복의 과정이란 대단히 험난한 것임을 인지하고 있다. 비록 그것이
새로운 삶, 갱생을 기약하는 것이라 할지라도, 거기에는 죽음을 상징하는
고통이 뒤따르기 때문이다. 위 작품은 그러한 고통에 대한 비유적 표현들
을 열거하고 있다. 그것은 '내가 마시는 물의 무게'이고 '내가 지고 가는 하
늘의 일천만개의 별빛'이기도 하다. '내가 지고 가는 하늘의 무게'가 '一千
萬個의 별빛'이라는 점에 미루어 짐작할 때, '내가 마시는 물의 무게' 역시
이에 비견되는 무게를 가리킨다고 볼 수 있다. 그런데 이 무게는 '별빛의
무게'이므로 현실 속에서 우리가 체감할 수 있는 성질의 것이 아니다. 설
령 그것이 一千萬個의 어마어마하게 많은 별들을 포괄하는 것이라 할지
라도 그 무게는 우리의 지각을 통하여 인식할 수 없는 것이다. 즉 그것은
관념적 차원의 무게이다. 이러한 맥락에서 짚어볼 때 비로소 '내가 씹는

살(肉)의/ 피의 이 좋은 맛'이라는 의미도 이해할 수 있게 된다. '살(肉)'을 씹고 '피'를 마시는 행위는 관념화된 표상이다. 실제 행위를 의미하지 않으므로, 그것들이 관념적 차원의 상처와 고통을 가리키는 것은 자연스러운 일이다. 마치 그것은 '무너져 太陽의 언저리에서 千萬 번 돌다가 돌아다니다가 어디서든 부딪쳐 깨어짐'과도 같은 추상성을 띤다. 다시 말해, 자기성찰을 위한 통과제의의 과정은 엄청난 고통을 수반하는 것이기는 하지만 이것은 대부분 관념적이고 정신적인 차원의 영역에서 벌어지는 것이다. 시인은 이러한 '깨어짐'을 '希望'이라고 명명한다. 깨어짐이 깨어짐으로 그치지 않고, 깨어짐을 통해 새로운 존재와 의미를 이끌어낼 수 있다면 그것은 비록 깨어짐일망정 희망을 내포하는 까닭이다.

그런데 그가 '希望'을 수렴함으로써 구체화시킨 대상은 '내 그리운 아버지'이다. 시인이 겪은 통과제의의 과정은 타자성을 극복하기 위한 상징적인 치름이었다. 이때 타자성을 극복하는 주체화 과정이 전체와의 대안적 관계를 창출해내는 것을 의미한다고 한다면, 여기에서 시인이 궁극적으로 '그리운 아버지'를 찾아낸다는 것은 특별한 의미를 지닌다. 그는 대다수 여성 시인들과 유사한 관점에서 '아버지'를 가부장적 기존질서의 상징으로 인식하고 있다. 그러나 그 가부장적 질서와의 관계를 모색하는 방법은 여느 시인들과 다른 차별화된 면모를 보여주고 있는 것이다.

주지하다시피, 여성들이 대부분 경험하는 불평등한 현실에 대해 여성학자들은 가부장적 체계에 그 원인이 있다고 주장한다. 남성 중심적 가부장적 질서에 의해 여성 착취가 자행되고 있다고 보는 것이다. 그들은 남녀의 성차별을 사회 문화적으로 정당화해 온 인류 문화의 바탕에 도사리고 있는 깊은 사유 체계를 탐색하였다. 즉 가부장제 문화의 철학적 기반은 이원론二元論이라는 것이다. 인간은 유한한 현상적 삶 너머에 있는 무한한 정신적 세계를 동경하여 영靈과 육肉이라는 이분법적 세계관을 구축하였다. 이 영육이분법은 서구철학에서 주체와 객체를 구분하는 이분법으로 발전되었다.[28] 이러한 맥락에 비추어 볼 때, 강은교의 시각은 중요한 의의를 지닌다고 할 수 있다. 그가 지향하는 대안적 존재론은 이원론을 폐기[29]하는 데서부터 출발하기 때문이다. 그는 젠더로서의 자신의 위치가 주변적 존재에 머물러 있음을 부인하지 않는다. 비록 자신이 아버지라는 권력으로부터 부당하게 유기되어 주변적 타자로 밀려났지만, 그는 단순히 증오하거나 배척하는 대신 오히려 아버지가 세워놓은 체계 속으로 뛰어들어가 자신의 타자성을 탐구하고[30] 기존 질서와의 조화를 꾀한다. 여기에는 무엇보다 아버지로 상징되는 기존질서를 억압의 실체로 파악하지 않는 시인의 독특한 관점이 주효하게 작용한다. 이로 인해 궁극에는 '아버지'를 그리운 대상으로, 나아가 조화를 이루어야 할 대상으로 인식하기에 이르는 것이다.

그러므로 시인에게 비친 '그리운 아버지'는 시인의 감정을 이입시키는 대상으로서 타자성을 띤다. 보봐르는 자기 자신을 주체로서 파악하기 위해서 타자의 존재가 필수적으로 필요하며, 이항대립적 사고 속에서 대립되는 두 항은 서로 의존적인 관계에 있다고 보았다.[31] 위 작품에서 시인은 '아버지'라는 상징 권력을 통해 자신이 타자임을 인식하고 있었다. 그러나 타자성을 극복한 뒤 그는 주체로서 되레 타자의 위치에 있는 아버지를 바라보고 있다. 즉, 시인이 인식하는 '젠더로서 타자의 위치'는 고정적

---

28) 하정남, 『종교적 영성 페미니즘 에코페미니즘』, 영산원불교대학교출판국, 1999, 182쪽.

29) 문순홍의 견해에 따르면 대안적 존재론은 이원론의 폐기이며, 자연과 역사가 하나의 구체적인 통일체(영성, 여성적 원리, 생명성)로 파악되는 것이다.(문순홍, 앞의 논문, 54쪽)

30) 임명숙은 지배문화가 그 주변에 살고 있는 여성들에게 부과하고자 하는 규범이나 가치, 실행들로부터 한 발자국 뒤로 물러나 그것들을 비판할 수 있게 한다는 점에서, 타자성 자체가 억압이나 열등감과 관련된다고 할지라도 그러한 점이 오히려 관대함, 다원성, 다양성 그리고 차이를 허용하는 방식으로 변화될 수 있다고 본다. (임명숙, 앞의 논문, 61쪽)

31) 이봉지, 앞의 논문, 248쪽.

이지 않을 뿐만 아니라,[32] 얼마든지 대체·교환이 가능한 자리이다. 양자는 서로의 위치를 주고받는 관계에 놓여 있으므로, 폄훼하거나 부정하지 않고 보완적인 자격으로 서로의 타자성을 비춰보게 된다. 이렇게 서로의 타자성을 통해 형성된 주체성은 상보적이며 관용적인 자의식을 띠게 되는 것이다. 비로소 주체와 타자가 자연스럽게 조화를 이루고, 젠더로서 상생할 수 있는 새로운 길이 열리게 된다.

한편, 강은교의 작품 속에서 '진정한 주체'는 역설적이게도 바로 주체의 해체와 죽음을 통해 완성되고 있다. 다음 시행들을 통해 확인해보자.

> 벼랑으로 가는 소리와
> 벼랑에서 떨어지는 소리와
> 벼랑 아래 제 무덤을 짓는 소리와
>
> 함께 소리 다섯을 내려 놓고
>
> 저문 날 虛空에
> 혼자
> 밝은 목 꺾어 걸리도다.
> 　　　　　　－「저문 날 虛空에」에서
>
> 나는 헌옷을 벗고
> 낡은 피는 수채구멍에 버린다
> 곁눈질로 우는 피의 기쁨
> 뒤뜰에선 오랜만에
> 꽃잎 떨어지는 소리
> 　　　　　　－「저물 무렵」에서
>
> 이제는 흰 壁도 흰 壁으로 보입니다.
> 바람소리가 길을 묻던 날은 언제인지
> 　　　　　　－「告白」에서

---

32) 위의 논문, 249쪽.

주체 인식은 타자라는 대상을 필요로 하며, 이러한 점에서 주체와 타자는 의존적인 관계에 있다고 할 수 있다. 그런데 기존의 이원론적 사고체계 속에서 남성 주체는 자신의 주체성을 정립하기 위하여 여성을 객체화하였다.[33] 이런 문제에 대해 강은교는 서로의 틈입과 자리바꿈이 가능한 젠더의 새로운 역할 모델을 제시하고 있다. 새로운 젠더 모델의 주체는 고정화된 실체[34] 속에 스스로를 가두지 않는다. 새로운 주체는 중심부의 위치에 자리 잡고 있던 자신의 기득권을 내려놓을 뿐만 아니라, 그것이 고정적이지 않으므로 주체와 타자 모두에게 그 국면마다 끊임없이 스스로를 창조하고 형성할 수 있는[35] 것으로서 가변적인 성질을 가진다는 점을 선포한 것이다.

　위의 시 「저문 날 虛空에」와 「저물 무렵」은 주체의 죽음[36]을 형상화하고 있는 작품이다. 전자는 '허공에 걸린 달'을 통해서, 후자는 '헌옷'과 '낡은 피'의 은유를 통해서 주체의 죽음을 드러낸다. 이 작품들은 제목에 명시된 '저문 날'과 '저물 무렵'이라는 시간적 배경에서도 죽음과 새로운 탄생의 복선을 읽을 수 있다. 주지하다시피 저물 무렵은 하루가 저물고 또다른 하루가 배태되는 시간이다. 「저문 날 虛空에」에서 '목을 꺾'는다는 것은 육신의 죽음을 뜻하는데, 이때의 죽음은 '혼자/ 밝은 목 꺾어'라는 표현에서 드러나듯 스스로 선택한 능동적인 행위이다. 이 결과 '밝은 목'은 세상을 비추는 존재로 새롭게 태어나게 된다. 「저물 무렵」에서 '헌옷을 벗고', '낡은 피는 수채구멍에 버리'는 죽음의 행위 역시 '새옷'과 '새로운 피'를 기약한다는 점에서 강력한 갱생의 이미지를 담고 있다.

　앞에서 살펴본 것처럼, 시인은 험난한 통과제의의 과정을 거치면서 자

---

33) 위의 논문, 249쪽.
34) 연효숙, 「포스트모던 시대의 페미니즘과 여성 주체성」, 연효숙 외 앞의 책, 150쪽.
35) 위의 글, 150쪽.
36) 포스트모던 철학에서 제기된 '주체의 죽음'이란, 절대화된 주체에 대한 거부인 동시에 고정된 실체로서의 주체 개념에 대한 파괴이다.(이봉지, 앞의 논문, 249쪽)

신이 인식했던 스스로의 타자성을 극복함과 동시에 주체성을 획득할 수 있었다. 그리고 자신이 찾아낸 주체성이란 불변의 고정적 실체를 가지는 것이 아니며 타자와의 관계 속에서 얼마든지 자리바꿈과 변환이 가능한 가변적이고 유동적 실체임을 비로소 깨닫게 된다. 이러한 깨달음은 이원론적 세계를 위시한 기존의 가치관을 해체함으로써 얻어지는 것이다. 비로소 그는 해체된 가치를 딛고서 자신의 '밝은 목'을 스스로 꺾어 허공에 걸어놓는다. 이 '주체의 해체와 죽음'을 통해 얻은 지혜야말로 여성 젠더가 나아갈 방향을 환하게 비춰줄 것이라 믿기 때문이다.

그러므로 '이제는 흰 壁도 흰 壁으로 보입니다'(「告白」)라는 말은 일견 단순해 보이지만, 상징적 통과제의의 고투 끝에 얻은 철학적 성찰이 고스란히 투영된 것이다. '흰 壁'을 '흰 壁'으로 보는 건 의외로 간단치 않은 일이다. 그러기 위해서는 첫째, 흰 색을 다른 색으로 보는 편견의 시선으로부터 자유로워야 하며 둘째, 인간중심적 사고에서 벗어나 '관계적 사고'로 전환함으로써 '흰 壁이 갖고 있는 흰 壁 자체의 내재적 가치를 인정할 수 있는 관용'을 가져야 한다. 이것은 강은교의 시에서 중요한 의미를 갖는 내용들이다.

전자의 경우 '편견의 시선에서 자유로워진다는 것'은 주체와 타자, 중심부의 지배 권력과 피지배 권력, 남성과 여성으로 구분되었던 이원론적 세계관에서 탈피하는 것을 의미한다. 강은교는 이러한 편견의 굴레로부터 능동적으로 걸어 나온 셈이다. 자신의 타자성을 인식하는 데 있어서 그는 사회적 성뿐만 아니라 자신의 생물학적 성에서 비롯된 주변적 위치를 누구보다 잘 직시하였고 이를 부인하지 않았다. '아버지에게서 버려진 딸'의 모티프는 그의 실제 삶의 궤적과도 일치하는 것이었다. 그러나 그는 그것을 억압의 상황이나 열등감의 원천으로 파악하지 않았으며, 되레 자신을 유기한 남성권력에 대한 탐색을 병행하였다. 이 결과 타자성이란 고정적 실체가 아니고 언제든 상황에 따라 자리바꿈할 수 있는 유동적 실체임을 이해하게 된다. 바로 이 지점이, 그가 이원론적 세계관을 버리고 자신의 타자성 극복과 주체성 인식을 넘어 주체성 해체로 나아가는 분기점이다. "타자성이란 책임의 윤리적 터전이며, 윤리적인 것은 필연적으로 타자중심적 혹은 자기초월적일 수밖에 없다"라는[37] 정화열의 견해는 이러한 맥락에 놓여 있다고 볼 수 있다. 이와 같은 시각은 다음 논의되는 후자의 측면과도 연결된다.

후자의 '관계적 사유를 통해 내재적 가치를 인정'한다는 것은 젠더 논의에 있어서 중요한 윤리적 측면을 내포하는 것이다. 캐롤 길리건C. Gilligan은 '여성 젠더 중 대표적인 것인 관계성이야말로 전통 윤리의 덕목인 정의와 더불어 없어서는 안 될 도덕적 요소'[38]라고 주장하였다. 인간 중심적 사유에서 벗어나 관계적 사고를 한다는 것은 스타호크의 영성 개념을 통해서도 이해할 수 있는데, 세계에 존재하는 인간 · 동물 · 식물 · 광물 등 모든 존재는 보편 내재된 가치를 갖는다는 영성의 핵심 개념[39]은 그러한 견해를 뒷받침한다.

강은교는 이러한 젠더의 성역할을 잘 인식하고 있었다. 그 스스로 여성 젠더의 범주에 생물학적 성까지 포함하였지만 이것은 사회적 성을 제한하는 부정적 요소로 작용하지 않았다. 오히려 그는 그것을 기존 생물학적 성에서 비롯된 타자 논의의 편견을 떨쳐버리는 계기로 승화시켰다. 그가 인식하는 주체와 타자는 명백하게 구획 지어진 개념이 아니라 상호 틈입하고 변화하는 유동적 개념이므로, 이른바 가부장적 기존 질서 속의 권력 중심으로 자리잡았던 남성 주체에게도 강은교가 제시하는 젠더 모델의 개념은 동등하게 적용된다. 이것을 바탕으로 하여 그는 자신이 지향하는

---

37) 정화열, 박현모 역, 『몸의 정치』, 민음사, 1999, 262~263쪽.
38) 젠더 논의는 생물학적 성과 사회적 성에 대한 논의에 그치지 않고 더 나아가 도덕적 규칙보다는 상호간의 관계를 중시하는 여성 젠더가 인간 사회에 더 바람직하다는 주장으로까지 이어진다.(현남숙, 앞의 글, 165쪽)
39) Rosemarie Putnam Tong, 이소영 역, 『페미니즘 사상』, 한신문화사, 2006, 498쪽.

젠더의 역할에 '관계성'이라는 여성적 특성의 윤리적 태도를 접목함으로써, 궁극적으로는 지금까지 권력과 압력의 주체로 왜곡되어온 가부장적 기존질서를 포용하고 더불어 상생해나갈 수 있는 대안적 존재론의 근거로 확장시킨다.

5) 맺음말

본고는 정치적 지향성에 국한되지 않는 포괄적인 의미의 여성적 시쓰기를 전제로 하여 논의를 진행하였다. 강은교 시에 대한 젠더 관점의 논의 내용을 정리하면 다음과 같다.

첫째, 강은교는 작품들을 통해 중심에서 밀려나 주변으로 '버려진 육체'를 '버려진 나'로 인식하고, '버려진 나'를 통해 '버려진 여성성'을 성찰한다. 이렇게 시인이 스스로 '육체의 죽음'을 선언하고, 버려진 주변적 존재로서의 여성 젠더를 수용하는 것이 그가 타자성을 극복해나가기 위한 첫 번째 단계가 된다. 주목할만한 점은, 시인이 자신의 타자성을 억압적인 피해 상황으로 파악하지 않으며 이것에 대해 열등감을 느끼지 않는다는 점이다. 또한 그는 자신에게 부여된 '타자성'을 인식하지만 이것을 야기한 구체적인 대상을 적시하여 반감을 드러내지도 않는다. 그는 '타자성'의 원인을 지목하거나 외부를 향해 대결구도를 형성하지 않은 채, 다만 여성 젠더로서 '타자성'을 담담히 성찰한 뒤 수용한다.

둘째, 강은교는 일부 여성시인들이 보여주는 '부권의 거부를 통한 여성적 시쓰기'와는 다른 형태로 자신의 작품세계를 형성해나간다. 그가 택한 타자성 극복의 방식은 현질서와 가부장적 체계에 대한 대립의 형태로 나아가지 않는다. 강은교 시에서 '타자성 극복'이란 '주체적인 젠더로서의 길 찾기'이며 이것은 '비리데기의 아버지 구원'라는 통과제의적 상징성을 통해 수행된다. 이 역동적인 통과제의에 능동적으로 참여함으로써 비리데기는 이미 주변적 타자가 아니라 스스로 삶의 결정권을 가지고 수행해 나가는 주체로 자리매김하게 된다. 놀라운 사실은, 버려졌던 비리데기가 자신을 버린 오구대왕에 대해 원망을 토로하기보다는 여전히 그에게 애정을 숨기지 않는다는 점이다. 이러한 '애정'은 강은교의 여성적 시쓰기가 기존 사회질서에 대한 반감이나 전복을 꾀하는 것과는 거리가 있음을 암시하는 것이다. 비리데기가 '오구대왕을 살려낼 불사약 찾기'라는 지난한 과제를 거부 않고 능동적으로 수용함으로써, 그 구체적인 방법론은 기존 질서 체계와의 상보상생적인 방향을 지향하고 있음을 보여준다.

셋째, 강은교가 인식하는 주체와 타자는 명백하게 구획 지어진 개념이 아니라 상호 틈입하고 변화하는 유동적 개념이므로, 이른바 가부장적 기존 질서 속의 권력 중심으로 명명되었던 남성 주체에게도 그가 제시하는 젠더 모델의 개념이 동등하게 적용된다. 이것을 바탕으로 하여 그는 자신이 지향하는 젠더의 역할에 여성적 원리를 이끌어냄으로써, 지금까지 권력과 압력의 주체로 왜곡되어온 가부장적 기존질서를 포용하고 더불어 상생해나갈 수 있는 대안적 존재론의 근거로 확장시킨다. 이원론적 세계관에서 비롯된 주체·타자의 구획과 편견을 떨쳐내고, '관계적 사유를 통한 내재적 가치를 인정'한다는 것은 젠더 논의에 있어서 중요한 윤리적 측면을 보여준다. 궁극적으로 그가 여성적 원리로부터 대안적 존재론을 이끌어낸 것은 조화로운 상생의 미래를 열어가기 위한 노력이라고 할 수 있다.

참고문헌

노성숙, 「아도르노의 모더니티 극복과 여성 주체성」, 『한국여성철학』 제7권, 한국여성철학회, 1997.

문순홍, 「생태여성론의 이론적 분화과정과 한국사회에의 적용」, 『여성과 사회』 제7호, 한국여성연구소, 1996.

신옥희, 「타자에서 주체로 : 시몬 드 보부아르의 여성 해방 사상과 현대 페미니즘」, 『한국여성철학』 제11권, 한국여성철학회, 1997.

연효숙 · 김세서리아 · 이정은 · 현남숙 · 김성민 · 박은미 · 서영화 공저, 『철학의 눈으로 읽는 여성』, 철학과현실사, 2001.

유성호 편, 『강은교의 시세계』, 천년의 시작, 2005.

이봉지, 「엘렌 식수와 여성주체성의 문제」, 『한국프랑스학논집』 제47집, 한국프랑스학회, 2004.

이월영 · 이희경 · 장미영, 『여성문학의 어제와 오늘』, 태학사, 2006.

임명숙, 「'Gender' 공간에서의 여성적 글쓰기 양상 모색」, 『돈암어문학』 제14집, 돈암어문학회, 2001. 10.

정화열, 박현모 역, 『몸의 정치』, 민음사, 1999.

하정남, 『종교적 영성 페미니즘 에코페미니즘』, 영산원불교대학교출판국, 1999.

한자경, 『자아의 탐색』, 서광사, 1997.

Diamond, Irene & Gloria Fernan Orenstein. 정현경 · 황혜숙 역, 『다시 꾸며보는 세상』, 이화여대출판부, 1999.

Morris, Pam. 강희원 역, 『문학과 페미니즘』, 문예출판사, 1999.

Putnam Tong, Rosemarie. 이소영 역, 『페미니즘 사상』, 한신문화사, 2006.

Vierne, Simone. 이재실 역, 『통과제의와 문학』, 문학동네, 1996.

현대시의 생태론

초판 1쇄 인쇄일	| 2014년 10월 27일
초판 1쇄 발행일	| 2014년 10월 28일

지은이	| 김지연
펴낸이	| 정구형
편집장	| 김효은
편집/디자인	| 박재원 우정민 김진솔 윤혜영
마케팅	| 정찬용 정진이
영업관리	| 한선희 이선건 허준영 홍지은
책임편집	| 우정민
표지디자인	| 박재원
인쇄처	| 월드문화사
펴낸곳	| **국학자료원**

등록일 2006 11 02 제2007-12호
서울시 강동구 성내동 447-11 현영빌딩 2층
Tel 442-4623 Fax 442-4625
www.kookhak.co.kr
kookhak2001@hanmail.net

ISBN	| 978-89-279-0859-3 *93800
가격	| 25,000원

* 저자와의 협의하에 인지는 생략합니다.

  잘못된 책은 구입하신 곳에서 교환하여 드립니다.